Miss deer

[鹿 小 姐 书 系]

小甜蜜 2

薏米 著

江苏凤凰文艺出版社
JIANGSU PHOENIX LITERATURE AND ART PUBLISHING, LTD

图书在版编目（CIP）数据

小甜蜜. 2 / 薏米著. --南京：江苏凤凰文艺出版社，2019.11

ISBN 978-7-5594-4059-4

Ⅰ. ①小… Ⅱ. ①薏… Ⅲ. ①长篇小说—中国—当代 Ⅳ. ①I247.5

中国版本图书馆CIP数据核字（2019）第216826号

小甜蜜2

薏米 著

责任编辑 丁小卉
特约编辑 乔 木 石 慧
装帧设计 周 丽 李映龙
责任印制 刘 巍
出版发行 江苏凤凰文艺出版社
出版社地址 南京市中央路165号，邮编：210009
出版社网址 http://www.jswenyi.com
印 刷 长沙鸿发印务实业有限公司
开 本 880mm×1230mm 1/32
字 数 280千字
印 张 10
版 次 2019年11月第1版 2019年11月第1次印刷
书 号 ISBN 978-7-5594-4059-4
定 价 38.80元

So sweety

目录

目录

So sweety

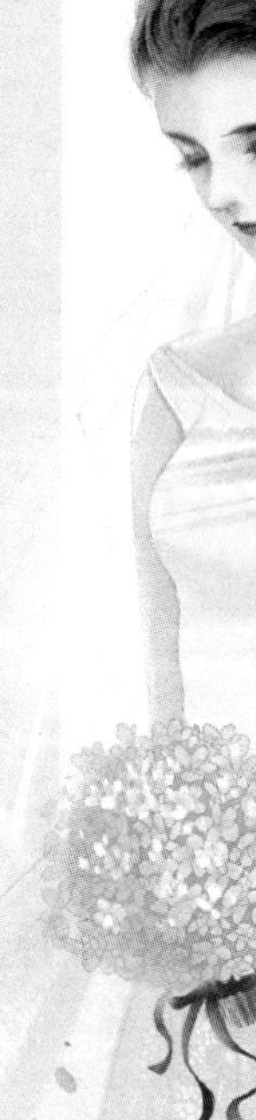

Chapter 1

第一章 他喜欢宠着她

听到苏安安出事了，顾墨成当即离开了办公室。出公司大门的时候，他还给老夫人打了一个电话。

顾老夫人本来在车里等着顾子铭来接自己，可等了半天，顾子铭的人影还没有出现，她先接到了顾臻的电话。

顾臻对她擅自行动的行为很生气，把她骂了一顿，然后替她找了顾墨成，让顾墨成来安顿她。

顾老夫人不觉得自己犯错了，相反，她觉得要不是自己擅自行动，顾墨成不会允许儿媳妇主动来见自己。

她这不是担心儿媳妇，专门跑过来看看吗？

老夫人在车里坐久了，待不住，她带着保镖到校门口的小商店里坐下。

她一个老太太带着两个高大的保镖，吓到了商店里的人。不过她一把年纪，加上嘴甜会说话，才一会儿的工夫，就和商店里的店员聊得火热了。

突然，校门口传来了动静。眼尖的她一眼就看到自己的儿媳妇被几个大男人围住了，其中一个伸手抢过苏安安手里的手机，将它砸烂了。

苏安安拼死反抗，她那点三脚猫的功夫在几个大男人身上根本没有用，更别说那几个男人的身手一看就是经过训练的。

“快去，保护我儿媳妇！”顾老夫人急了，让保镖去帮苏安安的忙。

突然遇到一群袭击自己的人，苏安安第一反应是逃跑。

可是她用尽全身力气，还是逃不过他们的围攻。没一会儿的工夫，她的手臂就被那些人抓痛了，那些人为了让她乖乖跟他们走，对着她的肚子又是一拳。

苏安安忍着痛，过肩摔摔倒了一个人，然后就被他们钳制住了双手。他们把她往车里拖，眼看着就要得逞了，这时，两个男人跑过来帮她。

苏安安被扔在地上，她爬起来，朝刚才打她的男人一脚踹了过去。

苏安安打架打惯了，身上这点痛算不了什么。可吃了亏，在有帮手的情况下怎么可能不还回去。

这群人收钱办事，原以为在学校门口绑一个小姑娘非常简单，没想到这小姑娘这么厉害，好不容易将人控制住，又跑出来两个帮手，他们不敌，只能撤退，开车走了。

苏安安看着开走的车子，耳边传来顾老夫人的声音。

“安安，安安。”顾老夫人连忙跑出来，她上前抓着苏安安的手，着急地问，“没受伤吧？”

苏安安摇摇头：“没事。”

哪里会没事啊，顾老夫人看见了打斗的场面，被吓到了，特别是她看到自家儿媳妇给了一个大男人过肩摔的时候，十分吃惊。

看着乖巧的丫头，打起架来却这么彪悍，怪吓人的。

看那架势，小丫头似乎经常打架，她的脸上和手上都有好几块瘀青了，还一副没事人的样子。

“安安，妈妈带你去医院看看。”顾老夫人说着握住苏安安的手，只见苏安安手上东一块西一块的都是瘀青。这手背上怎么还有血？

“血！”顾老夫人只说了一个字，苏安安就想起老夫人晕血，连忙把手背翻了个面，不让她看见。

这是她刚才不小心摔倒，被地上的石头擦伤的。

“妈妈，我扶你去车里坐坐。”苏安安连忙扶着头晕的顾老夫人上了车。

顾老夫人觉得眼前的场景在晃动，她要是再多看一眼苏安安的手背，一定得晕倒下了。

车里，顾老夫人躺着休息了一会儿，觉得舒服一些了。

她执意要带苏安安去医院，同时她心里还觉得奇怪：小丫头被打成这样子，怎么不痛呢？她不知道苏安安初中的时候和傅芯两个人天天打架，学校里甚至没人敢欺负她们。

没有人保护她们，她们只有强大起来保护自己。

顾子铭傻傻地在女生宿舍外等了很久，一直没有见何安出来，他只好自己进去了。

女生宿舍有规定，男士不得入内。

顾子铭被宿管阿姨拦在宿舍大门口，他说找何安，阿姨帮他翻开了宿舍人员记录表，压根没有何安这个人。姓何的倒有几个，就是没有叫何安的。

顾子铭这才想起来，他们这些去飙车的，不会用自己的真实名字。他竟然还信了何安的假话，在宿舍门口等了她半小时。

顾子铭反应过来：何安骗了他，她压根没有去宿舍换衣服，她压根就不想和他比赛。她一进宿舍，就从另一个出口跑掉了。

也只有他这么傻，把她的话当真了。

顾子铭又气又恼地出了女生宿舍，然后他想到了还在校门口等他的顾老夫人。

他气喘吁吁地跑到学校门口，没有见到老夫人。一个电话打过去，他还没有说话，就被老夫人劈头盖脸地一顿臭骂。

“你这个臭小子跑哪里去了？要不是你，你二婶怎么会被人打？”

顾老夫人越说越觉得这件事是顾子铭的错。顾子铭被她骂得一头雾水，自己不就是晚去了一会儿吗？和他二婶有什么关系？

二婶？对了，他想起来二叔的老婆和他在同一所学校念书。

“今天的事你爷爷已经知道了，你就等着他收拾你吧！”顾老夫人生气地说道。她扭头看着身边的苏安安，一想到苏安安被人围攻，她更心疼了。

要不是被自己撞见，儿媳妇可得遭更多的罪了。那群人也不知道是什么来路，居然跑到学校门口要把她儿媳妇抓走。

“你二婶还好没事，要是有事，我非让你爷爷扒你一层皮不可！你整天就知道和人飙车、打架，一点正事都不做！”顾老夫人这话，苏安安听着感觉像在骂自己。刚好，她最会的就是这两样。

“奶奶，你今天过来不是看我的？”顾子铭问道。

顾老夫人拿着手机冷哼一声：“你一个臭小子有什么好看的？我来看你二婶的。”说着，顾老夫人握住苏安安的手，“你二婶比你乖多了，就你这样的，我见你一次揍一次。我告诉你，今天你二婶受伤就是你害的，你等着被揍吧。”说完，顾老夫人把电话挂了。

一旁的苏安安听得一愣一愣的，哪有奶奶这么盼着自己孙子挨揍的？顾子铭真惨。

苏安安心想着，自己千万得乖一点，要是被老夫人知道自己喜欢飙车，曾经也和人打架，她是不是也得挨揍？

看苏安安低下头，顾老夫人以为是自己的语气吓到她了，老夫人放轻语气，说：“安安你别怕，子铭他没你乖，你爸揍他是他活该。”

苏安安点点头，不得不赞同老夫人的话。

顾墨成和顾老夫人也通了电话，老夫人也把顾墨成骂了一顿，说他连自己的老婆都保护不了，嚷嚷着要把苏安安带回老宅保护起来。

顾墨成没吭声，问了医院的地址赶了过来。

苏安安身上都是一些皮外伤，并没有什么大碍。不过顾老夫人很紧张，一定要她留在医院观察几天。她无奈，又不好意思拒绝，只好等顾墨成过来。

顾墨成很快就来了，他推开病房的门，径直走到苏安安面前："怎么回事？"

一向冷静的他在听到苏安安出事时，立刻慌了，就这样丢下顾氏跑了出来。

"没事。"苏安安看到顾墨成，笑了起来。

顾墨成低头看着她手背上被包扎好的地方，没等他问，顾老夫人说道："怎么会没事，都流血了。"

说到"血"，老夫人的头又晕了。

"成成，你对安安太不负责了。天天只知道赚钱，你跟你爸年轻的时候一个德行，这钱赚得完吗？我们顾家缺钱吗？"顾老夫人生气地说道。她想到苏安安这么乖的丫头被一群男人打了，不由责怪起顾墨成来。

"是谁打的？"顾墨成声音低沉地问苏安安。

苏安安回想着当时的情景：一辆车突然停在她面前，车里跑出来四五个男人，他们想把她拽到车上去，还好她打架打惯了，第一反应就是打回去，然后找机会逃开。

"不知道，"苏安安摇头，"我不认识他们。"

苏安安想了想，她最近挺乖的，很久没有被围攻了。是以前的仇家来寻仇的吗？不可能，那群人一看就是在社会上混了很久的，而她以前打架的对象都是学生或是刚入社会的小青年。

"成成，是不是你最近得罪人了？"顾老夫人问顾墨成。

顾墨成没有立即回答老夫人的问题，他在生意场上做事狠绝无情，确实得罪了很多人。他们忌惮顾家的势力，没人敢挑衅顾家，更不敢欺负到他头上来，但是难保不会有人存心报复。

上次，在慕瑾瑜和苏紫菡的婚宴上，他当着众人的面说苏安安是自己的妻子。事后他怕这会影响她的学业和生活，没让媒体公布，所以知道她是自己妻子的人没有很多。

到底是谁对苏安安下的手？

“肯定是你。”顾老夫人说，“你和你爸差不多，老是得罪人，然后祸及妻儿。要不然就是像你爸一样，在外面随便勾搭女人，那些女人就把气出在安安身上。”顾老夫人觉得就是这么回事，她以前没少因为顾臻遭受其他女人的报复。

反正苏安安出事，就是顾墨成没有保护好她。

顾墨成没有反驳顾老夫人，顾老夫人也很识趣地起身，把空间留给苏安安和顾墨成。

病房里只剩下两个人，他看着她被包扎起来的手背，问道：“还有哪里受伤了？”

苏安安撩起衣袖，她手腕上都是男人手指的印记，还有几处瘀青，顾墨成皱紧了眉头。

“还被人打了一拳。”苏安安说着，把上衣撩了起来。

她雪白的小腹上多了一些发紫的瘀青，顾墨成看得心烦意乱，到底是谁对安安下的重手？

苏安安喜欢看顾墨成担心自己的表情，她看着他皱着的眉头以及他眼底的不悦，笑得开心。没有谁被打了还能像她一样笑得幸福。

“老公，你担心我？”苏安安站起身，抬着头，笑着对顾墨成说道。她记得他刚才推门进来时一脸的慌乱。

她喜欢他的慌乱。

“还笑。”顾墨成说道，“不痛吗？”

苏安安摇摇头，她笑着扑到顾墨成的怀里：“我看到你，就不痛了。”

其实她本来也没啥事，身上的伤也没有老夫人说得那么夸张，是老夫人非要让她住院检查的。

苏安安说着软绵绵的情话，顾墨成拿她没办法，这小丫头越来越不怕他了，而他竟然对她的撒娇很受用。

接着，苏安安的笑容淡了下来：“其实被他们打的时候，还是蛮痛的。”

这点痛对苏安安而言不算什么，她就是想在顾墨成面前扮得柔弱点，让他在意自己一点。她不想在自己的男人面前还要故作坚强，被那群男人围攻的时候，她是真的害怕了——她不是那群人的对手。

“老公，如果我出事了，你会不会担心我？”苏安安听着顾墨成的心跳声问道。

顾墨成低下头看着小丫头认真的表情，他不由得放轻声音：“傻瓜。”

如果他不担心她，又怎么会一听到电话那头她的惊叫声就丢下了各部门经理，跑过来找她？这是他的妻子，他放在心尖宠着的女孩子。

顾墨成的一句“傻瓜”告诉了苏安安答案，苏安安觉得自己被打了一顿也是值得的，因为她知道了顾墨成很在意她。

“老公，你放心，他们欺负不了我。”苏安安说道，“我会保护好自己的。”

她今天要是真被那群人抓走了，也会和他们拼个鱼死网破的。

顾墨成看着怀里的苏安安，他情不自禁地低头吻她。抱着她，他觉得很踏实，吻下去了才知道自己确实拥有着她。

他害怕苏安安出事，更怕苏安安遇到事以命相搏。

一个缠绵的吻结束后，顾墨成看着苏安安泛着红晕的脸，紧紧搂着她，在她的耳边轻轻地交代着：“如果某天你真的遇了事，你不要和别人硬拼，等我来。人在，比什么都重要。”

苏安安很认真地听着顾墨成的话，她点点头：“嗯嗯，老公你说什么都是对的。”她笑着抬起头，看见他的嘴角微微翘起来，他也在笑。然后，她踮起脚吻他。

她现在最喜欢做的事就是吻他。

顾墨成本来想让小丫头好好休息，没想到她又来撩自己。他吻她的时候，他能克制住自己，她吻他，他一下子就被点燃了。

“安安，你就这么喜欢惹我？”顾墨成抱着苏安安问道。

苏安安红着脸笑笑，回道：“除了你，我不会这样对别人。”

顾墨成深深地看着她，低头吻了过来。这次的吻没有那么快结束，顾墨成抱着她吻了很久，然后两个人紧抱着靠在床上休息。

苏安安不喜欢住院，医院里有消毒药水的味道，她很讨厌。也许是因为她很小的时候，妈妈死在医院里，所以她害怕。虽然那个时候她很小，对妈妈没有什么记忆。

“老公，我想回家。”苏安安说道。她就是受了一点皮外伤，没必要住院。

“在医院住一晚，明天再走。”顾墨成不放心地说道。

他刚才看到苏安安腹部发紫的痕迹，不放心。他想等明天检查报告出来了再决定。

“可是我不喜欢住在医院里。”苏安安说道。

她说着，仰起头亲了一下顾墨成的脸颊：“老公，我想回家。”

顾墨成不让她回去，她就不断地亲他。他瞧她可怜的样子，又被她的吻再次扰乱了心思。

“不许。”顾墨成坚定地说。不住一晚，他不放心。那一拳也不知道有没有伤到她的内脏。他沉着脸，她不敢吻他了。

她挺怕他生气的。

“可是，医院真的好闷。”用吻贿赂不成，苏安安装可怜地说，“我一个人在医院里很无聊的，而且晚上医院很可怕。老公……我害怕。”她可怜兮兮地看着他。

这情形让顾墨成想笑，她这样子真像一只可怜的小猫。

“不行。”顾墨成看着怀里的苏安安低下了头，他不忍心让她难受。他低头在她的耳边轻柔地说，“我在这里陪你。没有什么好怕的，有我在。”

顾墨成的声音温柔有力，听得苏安安开心地笑了起来，有他陪着，她就在医院里住一晚吧。

“你说的，得陪着我的。”苏安安说道。

“嗯。”顾墨成应道。

“你一步都不许离开。”她加了条件。

顾墨成一笑，他的嘴落在她的耳边，声音轻轻的，如风一样刮到她的心里。

“都听你的。”

苏安安抬起头，看着顾墨成的脸，情不自禁地又想亲他了。

苏安安不知道顾氏发生了什么事，她只知道，一整个下午，顾墨成都在忙着接电话，处理公事到很晚。

苏安安有些过意不去，其实她什么问题都没有，就是不想一个人住在医院，想让顾墨成陪着自己而已。

顾墨成说：“没事。”

他答应了她，就会做到。

她感觉自己在往被他宠坏的方向发展，会不会有一天她被顾墨成宠到无法无天？

第二天一大早，苏安安就起来了，顾墨成还在睡。苏安安知道他昨晚忙到很晚，想让他多睡一会儿，就放轻动作、慢慢地从他怀里钻出来。

她想着趁顾墨成睡觉的时候，在医院附近给他买点吃的，她刚出病房，迎面走来的是昨天给自己检查的护士，她对护士笑了笑。

护士正和自己的同事聊着，同苏安安打了招呼，继续聊了下去。

“这女孩的老公长得真帅。”

“看上去很有钱，最主要的是她老公对她很好。昨天她住进来后，医生都说没事了，她老公一定要让她再住一晚。”

“这不，她老公都把工作带到医院里处理了。”护士一脸羡慕地说道。找到这种老公真是幸福，长得帅，有钱，还很宠老婆。

谈到苏安安和顾墨成，她们想起另一间病房的病人。

“人和人真没法比。你看304病房住的慕先生，他老婆虽然天天在这儿陪着，但什么活也不干，两个人还经常为了小事吵架。”

“都没有人愿意去那间病房照顾他。”

苏安安走远了，没有听见后面护士说的话。就算听见了，她也不想去管别人的事，因为她已经足够幸福了。

苏安安在网上查到医院附近有一家灌汤包不错。等她赶到店门口的时候，队伍已经排了很长了。

她等了很久才买到灌汤包，她把灌汤包打包，自己忍不住先吃了一个，确实好吃。她打算把它们带到病房里，和顾墨成一起吃。

苏安安从电梯里出来时，凑巧碰到了慕夫人。

慕夫人抬起头，她也看到了苏安安，她一改对苏安安厌恶的表情，脸上露出笑容。

“安安。”她笑着唤道，然后热情地握住苏安安的双手，“阿姨好一段时间没有看到你了，真的很想你。”

“慕夫人。”苏安安抽出自己的手，语气冷淡。

慕夫人脸上的笑容僵住了：“安安，都怪阿姨信错了人。”慕夫人叹了一口气，“安安，你能原谅阿姨吗？”

见苏安安没有说话，慕夫人接着说：“安安，其实瑾瑜当时是不愿意和紫菡在一起的。他心里的人一直是你，是我这个妈妈不好，非要让他娶苏紫菡。”

慕夫人想来想去，还是苏安安最好。苏安安听话，没有背景，她进了慕家的门，绝对不会像苏紫菡那样仗着有蒋家撑腰来气自己。

“安安啊，”慕夫人笑着又说道，“你以后多来慕家玩玩，你爷爷他会很高兴的。他老人家一把年纪了，最想看到的就是你和瑾瑜在一起。我和你叔叔也是这个意思。”

苏安安听不下去了，开口提醒道：“阿姨，慕瑾瑜已经和紫菡姐姐领证了。”

“安安，你放心，我和你叔叔是站在你这边的。我心里就认你这个媳妇。”慕夫人笑着说道，伸手又要握苏安安的手。

苏安安走开，向旁边退了一步。

“阿姨，我还是喜欢有钱的男人。”苏安安笑着回道，“慕夫人，慕家比顾家有钱吗？好像没有吧。”

“安安，你可别选错人了。”慕夫人提醒道，“我们瑾瑜确实比不上顾墨成，但是顾墨成一把年纪了，他会对你好吗？他只是玩弄你的感情。”慕夫人气愤地说道，她觉得苏安安有眼无珠，竟然为了钱挑顾墨成。

“我就喜欢年纪大的。”苏安安不以为然地说道，“年纪大一点好，他经验丰富，不会轻易被外面的狐狸精迷倒，而且他懂得照顾人。我就喜欢又老又有钱的顾墨成。”

“安安！”慕夫人听得恼怒，她的语气变得严厉，“等某天顾墨成没钱了，你就该哭了。”

苏安安回道：“会吗？顾家的钱，他花得完吗？”

苏安安说的话全部落到了顾墨成的耳朵里。

他醒后没有看到苏安安，简单地洗漱后就出来找她了，才出病房就看到她和慕夫人站在一起。听到她说看上了他的钱，说他年纪大会照顾人，他不仅不生气，反而觉得她这么回话有意思。

顾墨成越来越觉得他的小妻子和乖巧这两个字搭不上边了。

“安安。”他走出来。

苏安安看到他，立即露出笑容。她无视惊讶的慕夫人，朝顾墨成跑去，说：“老公，我给你买了灌汤包，很好吃。”

顾墨成接过她手中的包子，搂着她的腰朝病房走去。

慕夫人在看到顾墨成的时候，就呆住了。她惊讶于他的容貌，还有他身上散发出的成熟魅力。

苏安安叫他“老公”，他就是顾墨成？

回到病房，苏安安把灌汤包放在桌上，对身后的顾墨成说：“包子真的很好吃。”说着，她夹起一个送到顾墨成的嘴边。

顾墨成看着她，顿了顿，张口咬了下去。

苏安安看顾墨成冷着脸，感觉到他不开心。

她拿着包子吃一口，又偷偷地看他一眼，然后听到他冰冷的声音从头顶传来：“老男人？就是爱我的钱？”

苏安安一愣，原来自己和慕夫人的谈话他都听见了。苏安安“呵呵”地朝他干笑：“老公，你不老，你一点都不老！你听错了。”

现在拍他马屁还来得及吗？

“是吗？”顾墨成低着头看着苏安安，有些不悦，他是越来越在意别人说他年纪大了，特别是小丫头说他。

“哦。”顾墨成应了一声，他看着假装很认真吃早饭的苏安安，问道：“那是我听错了，你不是说就喜欢有钱的男人？”他盯着她，继续说，“还说，喜欢顾墨成这个老男人。”

苏安安心虚得不敢回一句话，他突然笑了。

“安安。”他唤了一声。

苏安安抬起头，看着他摇摇头。

“你说还是没说？”顾墨成冷冷地问道。

苏安安怕他，她放轻了声音：“我说了，也没有说错啊。”他比她大，对她来说，他就是一个老男人，而且很有钱。

“你没觉得自己说错了？”顾墨成看着小丫头低着头，连手里的包子都不敢吃的样子，他笑了笑。

他的气息让苏安安痴迷，她脸红了，抬起头看他，才看到他嘴角促狭的笑意。

——他在调戏她！

“哼，我不和你说话。”说着，她推开面前的顾墨成，换了一个地方吃早餐。

可是她的心已经被顾墨成弄乱了，美味的包子也没有之前好吃了。她一边心不在焉地吃着包子，一边偷偷地看向顾墨成。

——他怎么也不追过来找她？

顾墨成看向她，说道：“过来。”

苏安安没过去，他先走了过来。他坐在她的身边，伸手将她揽入自己的怀里：“老男人经历丰富，又会照顾人。”

顾墨成重复着苏安安刚才的话，苏安安纳闷了，怎么还在说这件事？

“对，我是说了。”苏安安承认道。她窝在顾墨成的怀里，然后将她手里的包子送到他的嘴边，讨好他。

顾墨成知道她的心思，咬了一口包子，听到她说自己是老男人的时候，他心里确实不舒畅，但不是在生她的气。

“老公，好吃吗？”苏安安转换话题，“我排了很久的队才买到的。”

“嗯，不错。”顾墨成应道，抱住苏安安。

短短的一个多月，他发现自己对小丫头的宠溺程度有点吓人。

他谈过一场无果的恋爱，被背叛过，所以他害怕爱情。他不清楚自己是不是爱上苏安安了，但是他知道一点，他喜欢宠着她。

“安安，你还没有回我的话。在你的眼里，我的年纪很大吗？”顾墨成十分介意。

“嗯。”她点了头，他比自己大了十一岁，当然大了。她转过身盯着顾墨成的眼睛，说：“不过我喜欢。”

她的表白简单直接，听得顾墨成心里暖暖的。

“你喜欢我的钱？”他又问道。

“谁不喜欢钱。”苏安安嘀咕一声。

顾墨成还是第一次听到有女孩子在他面前直接承认喜欢他的钱。他笑了笑，并不觉得苏安安虚荣。

对，这个世上谁对钱没有欲望？他也有。他喜欢苏安安的坦白。

苏安安看顾墨成在沉思，以为自己说错了话。男人都喜欢纯洁的爱情，不沾物质，可是她认识顾墨成的时候，他就是顾家的掌权者，有钱有势。她喜欢他，喜欢他的人，自然喜欢他的钱，这不冲突。

“我也喜欢。”顾墨成说了一句。

“什么？”苏安安疑惑地看着顾墨成，不知道他说的喜欢是指什么。

顾墨成笑了笑，没有接着往下说。

他的话是接着苏安安说的，应该是喜欢钱。可其实他想说，他喜欢她。

他多少年没谈过恋爱了，也从没有向女孩子表白过。所以喜欢或爱，这些字眼他说不出口。

“如果有一天你没有钱了，我养你。”苏安安说道。

顾墨成被她的话逗笑了，他怎么会落魄？没了顾氏，他自然有其他的法子养活自己和她。而且顾氏有他在，怎么可能破产？苏安安说的可能性不存在。

不过她的话，让顾墨成觉得有意思：“好，那我就安心地在家里做你的小白脸。”

苏安安一愣，她没想到顾墨成会这么回答她。

“反悔了？”

“没有！”苏安安摇摇头，“我在想，我要养你和姐姐两个人，以后我是不是得再多打一份工了。”

这是苏安安第一次在顾墨成面前提起苏若初。苏若初的事顾墨成有些了解，苏安安没说，他也不追问。

“嗯，那你是得努力了。”

提到姐姐，苏安安看了顾墨成一眼，她觉得她应该告诉顾墨成关于她姐姐的事。

“老公，我有个姐姐。”

顾墨成“嗯”了一声，示意苏安安继续往下说，他知道苏安安说的姐姐是苏若初。

“她是我的亲姐姐。”苏安安又说，“不过她身体不好。外面的人都传她嫁到国外去了，其实不是。”

听苏安安的话，顾墨成更加确定了苏若初还在苏家，而苏华可能用苏若初要挟苏安安做一些她不愿意的事。比如，她顶替了苏紫菡嫁给他。

苏安安正要往下说，顾墨成的手机响了起来，打断了他们的对话。

顾墨成掏出手机，看了眼上面的号码，接了起来。

不知道电话那头说了什么，顾墨成的脸色变得凝重。他抬起手腕看了眼时间，对那头的人说道：“现在最早去景城的机票是几点？”

“十一点？”顾墨成的眉头微微皱起，看了一眼身边的苏安安。

十一点的飞机，意味着他现在就得赶往机场。

顾墨成挂了电话，向苏安安解释道：“安安，我有点事要去景城，十一点的飞机。”

苏安安不是无理取闹的人，她昨天已经让顾墨成陪了自己一晚了：“老公，你去吧。”不过是一点皮外伤，她能照顾好自己。

苏安安的话让顾墨成十分内疚，他说好陪她一起等报告出来的。

“嗯。”顾墨成点头，“回来我再补偿你。”他又不放心地说，“我先陪你去医生那儿取报告。”

苏安安怕顾墨成赶不上十一点的飞机，忙说不用。顾墨成却坚持要陪她去医生那里问问，看了报告，他才能放心。

顾墨成的小题大做让苏安安感觉十分温暖。他们去了医生办公室，报告刚好在他们进来的前一分钟出来了。

医生看了报告，说没有什么问题。

“我说了，我没有事。”苏安安笑着对顾墨成说道，“你快点走吧，不然赶不上飞机了。”

顾墨成看报告没事也放心了，不过他舍不得离开。

苏安安陪顾墨成到医院大门口，助理已经把车子开到了医院门口等着他了。

“我打电话让陈叔来接你。”顾墨成说道。

他什么时候变得这么婆婆妈妈，对一个人千叮万嘱？

“我自己可以给他打电话。”苏安安说道，“别把我当成小孩子，我能照顾好自己。”

顾墨成笑笑，摸了摸苏安安的头。她在他眼里不是小孩子又是什么？他低头吻了吻她的额头，然后往下吻住她的嘴。

这是在医院大门口，来来往往不少人，顾墨成的吻让苏安安害羞起来。

“乖，等我回来。”

“我会乖的。”苏安安应道，她看着顾墨成上了车，看着他的车子离自己远去，她的心里突然变得空洞。

习惯了两个人在一起，眼下他突然走了，她真的不适应。才分开不到一分钟，她已经想他了。也不知道他什么时候能处理好事情，她会不会要过很久才能再见到他？

苏安安挂念着顾墨成，顾墨成也惦记着小丫头。

顾墨成不放心她一个人在学校。他想了想，给顾老夫人打去电话。

“妈，我去趟景城。”

顾老夫人听到顾墨成说要去景城，她没有什么感觉。儿子大了，她早就习惯了他不能经常在自己身边，而且她现在只想把苏安安骗到家里来陪自己。

她想到了苏安安。

“去景城？安安怎么办？你也真是的，安安刚出事，你就把她丢下。”顾老夫人在电话里指责着顾墨成。

顾墨成直截了当地回道：“你把安安带回老宅照顾吧。”

顾老夫人愣了一下，连忙应下。生怕顾墨成反悔，她急急忙忙把电话挂了。

“老头子，快给我安排保镖和司机，我要去医院接儿媳妇。”顾老夫人挂完电话后，激动地走向二楼，吵得正在写字的顾臻没法继续。

顾臻抬起头，看着满脸笑意的顾老夫人。

“不就去接一个小丫头，需要这么大的排场吗？”

话是这么说，但顾臻也去卧室换了一套衣服，打算陪顾老夫人一起去。

苏安安被打一事，顾臻也怕是有人针对顾家做的。他和顾墨成都找人去调查了，但是一下子也没查出结果。

如果对方是普通人，应该很快就会找到了。可是没有，说明对方有一定的实力。

“你跟着来做什么？”顾老夫人看顾臻跟在自己身后，不开心地说道。

“不跟着，他们把你打了怎么办？”顾臻回了一句。

顾老夫人打量着顾臻：“你一个老头子打得过谁，别让人把你打了才是。”

顾臻脸色变冷了，他好心陪她去，却被她嫌弃了！

苏安安不知道顾臻和顾老夫人正赶过来接她。她送顾墨成走后，打算回病房收拾下东西，然后打电话约傅芯出去玩。

苏安安转身走向医院，视线中突然出现了一双脚，她抬起头看到站在她面前的慕瑾瑜。

慕瑾瑜两只手挂着绷带，看上去很滑稽，他冷着脸盯着苏安安。

“安安，你怎么会变成这样？”慕瑾瑜失望地说，“刚才那个男人是顾墨成？”

苏安安点点头，她觉得没什么好隐瞒的：“嗯，我老公。”

她的话里带着一点自豪和骄傲，没有办法，自己找到了一个好老公，她就是这么开心。

“因为他比我好看、比我有钱，你就选了他？”

苏安安笑着点点头，慕瑾瑜还是有点自知之明的。

“对呀，他很有钱！你比他有钱吗？而且以你的长相就是去整个容也没他好看。”苏安安说道，他在她心里是完美的，“没有办法，他什么都比你好。你说我不选他，选谁？你最好不要挡我的路，不然你的手得断第三次。”她冷声说道。

慕瑾瑜不敢再缠着苏安安。

苏安安往前走了两步，就看到苏紫菡站在他们的面前。

“苏安安，你这个浑蛋，不要脸地勾引自己的姐夫。”苏紫菡骂道。

苏安安看着对自己指指点点的路人，听见慕瑾瑜对苏紫菡说：“紫菡，你在胡说什么？”

苏紫菡见慕瑾瑜替苏安安说话，更生气了：“瑾瑜哥，我全心全意地爱着你，你就这么对我？”她说着，眼泪在眼眶里打转。

“姐姐的演技不错，”苏安安嘲讽道，“我对别人的老公没有兴趣。我不像你和蒋阿姨，喜欢抢别人的东西。”

“你胡说！”苏紫菡最受不了别人说她妈妈是小三，是苏华的情人。

苏紫菡的手挥过来，苏安安一把拽住，反手就一个巴掌扇了过去。

“苏安安，你敢打我。”苏紫菡捂着脸，哭着说道。

“苏紫菡，你惹我一次我打你一巴掌，你只管试试。”苏安安威胁道。

她的话让苏紫菡想到了顾墨成，苏紫菡捂着被她打痛的脸颊，眼里含着泪，没敢再上前惹她。

苏安安解了气，她头也不回地走掉了。

苏安安没什么东西需要收拾，她很快地拎着自己的包出了医院。

她给陈叔打电话说不用来接自己，然后同傅芯约好，在医院门口见。可是她没有等到傅芯，却等来了顾臻和顾老夫人。

看到顾老夫人和顾臻，苏安安怔住了，她以为他们是来看自己的。

"爸爸妈妈好。"苏安安很有礼貌地说道。

顾老夫人看着自己乖巧的儿媳妇就笑开了。顾臻绷着脸，他还记着上次和苏安安喝酒，最后他被老太婆和顾墨成骂的事。

"我身体没事，今天已经出院了，你们不用特意来看我的。"

"走吧。"顾臻冷冷地对苏安安说道。

苏安安不解：去哪儿？她还和傅芯约好了，要一起去玩。

"妈妈，我约了朋友一起玩。"苏安安有点怕顾臻，她扭头看向对自己笑着的顾老夫人。

"正好，把你朋友叫上，去家里玩。"顾夫人握住苏安安的手，这么好的机会，她怎么会把人放走？

"去家里？"苏安安诧异，去顾家老宅……她不要！

"怎么，你不喜欢和我们两人住？"顾老夫人顿时拉下脸，故作不开心地说道，"儿子不待见我们，连儿媳妇也不喜欢我们两个。也是，我们都一把年纪了，肯定被人嫌弃。"

顾老夫人一说完，苏安安连忙说道："没有没有。"

"没有的话就和我们回家。"顾老夫人等的就是这句话，她说完便牵着苏安安的手上车。

"我给墨成打个电话。"苏安安用顾墨成的名义说道。

她总觉得自己去顾家是羊入虎口。

"你这丫头，怕我们把你拐了吗？"顾臻生气地说，"我们大老远地跑来接你，真是不知好歹！"

被顾臻一骂，苏安安低下了头。

顾老夫人立即瞪了顾臻一眼——对她儿媳妇这么凶做什么。

"是成成打电话给我们让我们接你到老宅去。"

"我明天要去学校。"苏安安又说道。

顾臻冷下脸，不搭理苏安安。

"学校那边你爸打过招呼了。你刚受了伤，这几天你就在家里好好地休息。"

苏安安想来想去，找不到更好的理由，她失落的表情落在顾老夫人眼里，顾老夫人看穿了她的心思："想不到理由了吧？你乖乖地同我们回老宅住几天吧。放心，我不会欺负你的。"

苏安安听见这话，觉得她就要被顾老夫人欺负了。

顾老夫人心情很好，她终于把儿媳妇骗到顾宅了，她是先约人打麻将炫耀儿媳妇呢，还是先带着儿媳妇去宴会炫耀呢？

苏安安一到顾家老宅就收到了顾墨成的短信。

顾墨成正打算上飞机，他关机前给苏安安发了一条短信。

——乖乖等我回来。

顾墨成简洁的风格，看得苏安安抿嘴笑了起来。

和苏安安走在一起的顾老太太凑过来看了一眼。

“成成追女孩子的手段和你一样，没用。”短信的内容落到顾老夫人眼里，她鄙夷地对顾臻说道。

苏安安连忙把手机盖上，她听到顾臻“哼”了一声。

“我没有手段，你会嫁给我？”

“那是我先追你的。”顾老夫人不服。

顾臻摇摇头，到现在她还认为是她追的他，她哪里知道是他故意给她放水。他要是不喜欢她，她再紧追又有什么用。

算了，老太婆年纪大了，他不想同她争。

顾臻快步走在前面，不搭理顾老夫人，顾老夫人不介意，也不生气，她现在的重点对象是苏安安。

“安安。”顾老夫人凑到苏安安面前，苏安安抬起头，看到她眼里闪过狡黠的目光，有种不好的预感。

“你会打麻将吗？”

苏安安一愣，摇了摇头，她还是不要告诉顾老夫人，自己厉害吧。

一听苏安安说不会，顾老夫人开心极了。她打麻将的技术太烂，家里的老头子和顾子铭都厉害，现在终于找了一个垫底的，让她能神气一番了。

“我打电话给子铭，让他回来。”顾老夫人开心地说道。

顾子铭接到顾老夫人的电话之前，眼皮一直在跳。

“奶奶，我在上课呢。”

“现在给我回家。”顾老夫人说道。

“奶奶，我现在真的在上课，走不开啊。”顾子铭解释道，“我们教授出了名的严格，要是被他查到我逃课，我会被扣光学分的。”

顾子铭不想回老宅，他一回去老太太就会因为无聊逮着他不放，故意找他事让爷爷揍他。

“我让你爷爷给校长打一个电话。”

顾臻听到顾老夫人的话，眉头皱在一起。

又让他给人打电话！之前打电话是为了让苏安安不住宿舍，昨天打电话是给苏安安请假，现在又帮顾子铭请假。

“奶奶，这样不好吧。”顾子铭觉得老太太突然帮他请假，准没好事。

“有什么不好的，你奶奶我想你了。”顾老夫人不以为然地说道。顾子铭不想回去，还想再挣扎。

顾老夫人生气地说：“你不回来，我让你爷爷去学校揍你。让你天天上网，天天去外面飙车！”顾老夫人生气地说，“快点回来，一个小时内我要见到你人。”

不对，她现在手痒了，一个小时都等不到。

“半个小时！”说完，顾老夫人得意地挂了电话，她看着坐在沙发上盯着自己的苏安安，露出了笑容。

“安安，等子铭回来，我们一起。”

顾臻恼了，生气地骂了一句：“不像话！”

顾老夫人看他站起身走人，朝着他的背影说道：“半个小时后你自己来客厅。”

顾臻气归气，上了楼还是掏出手机给朋友打了电话。

“安安，我去厨房给你炖点汤，你先坐一会儿。”顾老夫人想趁这半小时的空当给苏安安炖碗汤。

“我不要。”想到上次的补汤，苏安安摇头表示不想再喝。

“你不是说好喝吗？这次的汤我改良过，味道一定比之前的好。”

她做的东西，没人敢喝，顾老夫人只能折腾苏安安。

苏安安看着顾老夫人一脸高兴地起身往厨房去，不知道她现在走还来不来得及？

陈叔把小白给苏安安送来了，这是顾墨成的意思，怕苏安安在老宅无聊。

苏安安对突然到来的陈叔感激得要命，当顾老夫人快把汤熬出来的时候，她牵着小白出去溜圈，想着顾老夫人等不到她回来，肯定会把汤分给别人喝。

顾家还有谁会喝老夫人做的东西？也就一个顾臻。自己的老公，顾老夫人早就折腾腻了。

苏安安牵着小白出了顾宅的园子，她没有走远，就听到男孩子愤怒的声音：“何安！”

她回过头，看到戴着头盔的铭少骑着机车正朝她驶过来，她看看周围四通八达的道路，不知道该跑哪条。再说，她的两条腿貌似跑不过机车的两个轮子。

“何安！”见苏安安要跑，顾子铭加大油门，迅速骑到她的面前。

“你还想往哪里跑？”

苏安安回过头看着他，自己就是想跑也跑不过他的机车啊。不过他这辆车真酷！

苏安安两眼盯着顾子铭的机车，不由自主地想伸手去摸一把。

“何安，昨天我在你们宿舍门口等了很久。”顾子铭咬牙切齿地说道，他想到自己又一次被何安耍了就生气。

“呵呵。”苏安安笑了，说道，“那是你傻。”

“你！”顾子铭下车，摘去了头盔，他沉着脸对苏安安说道，“你今天必须得还我。”

“还你什么？”苏安安问道。

“上次的比赛我们谁都没有输，也没有赢，所以……”所以他根本不需要听她的话去跳什么裤衩舞。

“是你自己要跳的。”她说什么他就信什么，也不知道求证一下。

“何安，你今天必须跑！”他想来想去，只有这样才能弥补自己。

“看在你是女孩子的分上，你就穿着内衣、内裤跑吧。”顾子铭的脸色缓和，然后他顿了一下，补充道，“你今天不跑就别想走。”

苏安安看着顾子铭一副不放过她的样子，想着她该怎么逃，要是被顾墨成知道她之前和人飙车打赌，不生气才怪。

“呵呵。”苏安安对顾子铭笑笑，“铭少，在这里跑吗？这里都没有几个人，我跑了也没什么意思吧。”她决定先躲过今天再说。

这里是郊外，是顾家的山庄，附近也有几户人家，都是宁城有头有脸的人物。

人是没有几个，不过苏安安一跑，影响绝对不逊于在市中心跑。

顾子铭环视四周，这里冷冷清清的，是没有看到几个人。他转念一想，不对，今天不让苏安安跑，下次不一定遇得到她。

“就在这里跑。”顾子铭决定道。

苏安安见他不上当，着急起来，她低头看看顾子铭脚边的小白。小白这个叛徒，它已经绕着他转、并不时地蹭着他的脚了。

苏安安原来还想让小白上前咬铭少，然后她趁机跑走。现在小白已经倒戈，她该怎么办？

她不会真的要在这里穿着内裤跑步吧？

“这里人太少了。”苏安安说道。

顾子铭掏出手机，对苏安安说道：“没事，我会拍好放网上的。”

苏安安顿时傻了，这铭少真狠。

顾子铭打开手机里的摄像功能，然后把手机举起来对准苏安安的时候，脚边的小白拼命地咬住了他的裤脚。他低头看着它，脱口而出：“将军，别咬！”

将军？苏安安一愣，顾子铭认识她家的小白，她要不要借小白和他套套近乎？

苏安安耳边传来顾老夫人生气的声音：“臭小子，你站在那里干吗？”

顾子铭一听是老夫人的声音，再看了一眼手机上的时间。

“糟了。”

半小时已过，奶奶非得让爷爷揍他不可。

“奶奶。”顾子铭收起手机，他顾不得让苏安安裸跑的事了。

他转身看着走过来的顾老夫人：“我马上就进来。”他说着就去推自己的机车，可是顾老夫人叫了他一声就无视了他，径直走向他的身后。

“安安，快点进来。”顾老夫人笑着温和地说道。

顾子铭愣住了，扭头看到苏安安走向一脸笑意的顾老夫人。

“你这个臭小子，还不快点叫人。”

顾子铭更蒙了：叫人？叫什么？

何安是谁，为什么奶奶对她的态度这么好？该不会是奶奶太无聊，给他找来的相亲对象吧？

“奶奶，我年纪还小。”顾子铭说，“我不找女朋友。”

顾老夫人沉下脸，训斥道：“胡说什么！”

说话间，苏安安已经走到了顾老夫人面前。

从他们的对话里，她知道铭少是顾老夫人的孙子，也就是她的侄子。这突然高出来的辈分让她开心极了。

“叫婶婶！”顾老夫人对顾子铭说道。

“婶婶？”顾子铭觉得自己一定是听错了，为什么叫她“婶婶”？这女孩子比他还小。

“乖。”苏安安笑着应道，“子铭真乖。”

“乖什么！”顾子铭恼了。

顾老夫人生气了，她伸手朝着顾子铭的后脑勺打过去：“你一点礼貌都没有，等你二叔回来揍你。”

顾子铭被老太太打得好痛，他摸了摸头。

为什么是二叔回来揍他？婶婶？他看着一脸笑意的苏安安，想到之前听爷爷、奶奶说二叔找了一个比他还小的老婆：何安就是二叔的老婆！

不是说二婶乖巧听话吗？眼前的女孩子和他飙车，还耍了他三次，哪里听话呀！

顾子铭不甘心地骂了一句粗话，顾老夫人朝着他的头又敲了过去。

“你怎么骂粗话？向你二婶好好学习学习。”

“奶奶！”顾子铭不满地叫道，向她学习？

她飙车比他还狠、还厉害，学习这个吗？

苏安安怕顾子铭出卖她，连忙上前主动地挽住顾老夫人的手，甜甜地对顾老夫人叫了一声：“妈妈。”

苏安安喊得那么甜，听得顾老夫人的心都化了。

“还是安安最乖。”说着，顾老夫人瞪了顾子铭一眼，顿时拉下脸，“臭小子，还站着干什么？还不进去给你婶婶开门。”

顾子铭心塞，竟然还让他给何安开门。

苏安安看顾子铭被骂，心里好不得意。她扶着顾老夫人说：“妈妈，你真好。”

苏安安的小嘴哄得顾老夫人合不拢嘴，笑着对她说道：“妈给你煲了汤，你回去喝。”

听到喝汤，苏安安脸上的笑容僵住了：她怎么还要喝汤？

三个人进了门，顾老夫人穿上拖鞋朝着二楼喊道：“老头子，子铭回来了，快下来。”说完，顾老夫人径直走向客厅。仆人已经摆好了麻将桌，她开心地坐了下来。

今天终于找到人陪她打麻将了，平时就她、顾臻和顾子铭三个人，有时候顾臻摆架子还不肯陪着玩，家里的仆人又不敢同她玩。

顾臻冷着脸从楼上走下来。

“你磨蹭什么？快点下来！”顾老夫人看顾臻站在楼梯口，冲他喊道。

顾臻下来，顾子铭走到他面前，轻声问道：“爷爷，她真的是我二叔的老婆？”

顾子铭还是持怀疑的态度。他知道二叔娶了一个比自己还小的老婆，可是看到人又是另外一回事，他接受不了。而且要叫耍过他的苏安安“婶婶”，他不服气。他心里的那口气还没出，就被苏安安的辈分压住了。

“嗯。”顾臻点头，不悦地看着正在给老夫人倒水的苏安安。

“你们在说什么？”顾老夫人人老耳朵不聋。

“子铭说，墨成怎么娶了一个这么小的老婆回来！太丢他的脸。”顾臻添油加醋地说，主要是他对苏安安不满。

“丢什么脸？”顾老夫人一听，不高兴地说，“那是你二叔有本事！你有本事的话，你也娶一个小姑娘回来！”顾老夫人说完，又觉得不对劲，她看着走到自己面前的顾子铭，站起身朝顾子铭的后背打过去，“我告诉你，你敢往家里带乱七八糟的女孩子回来，我让你爷爷揍死你，往死里揍！”

顾子铭委屈极了，他只是问了爷爷一句话，结果被奶奶又打又骂。他本来就笨，被奶奶打得更笨了。

“还是安安乖。”顾老夫人扭头看向苏安安，笑着夸道，“成成眼光好。”

顾子铭瞪着苏安安，爷爷和奶奶瞎了眼吗？怎么会觉得苏安安乖呢？

“奶奶，她哪里乖了？”顾子铭问道。

他的话刚说完，老夫人又要伸手打他。他想逃，却被身后的顾臻一把拽住，顾老夫人慢慢走过去，敲了敲他的额头：“安安哪里都比你乖！”

反正她看自家儿媳妇是越看越满意，喜欢得不得了。

顾子铭看顾老夫人这么维护苏安安，气得瞪了苏安安一眼，苏安安咧着嘴朝他笑。

他们坐好后，开始打麻将。

牌局刚开始，苏安安的电话就响了起来，场上的另外三个人都安静下来，不敢说话。他们怕是顾墨成的电话。

苏安安看了眼手机，是顾墨成的。她接起电话，当着顾臻和顾老夫人的面不好意思叫“老公”，而且他们三个人六双眼睛正紧紧地盯着她。

“你在做什么？”

“看书。”苏安安撒了谎。

顾子铭看着苏安安撒谎半点慌乱都没有，果真是老手。二叔什么时候也这么蠢？

“碰！”他故意叫了出来，吓得顾老夫人朝他打去。

顾子铭摸摸自己被打的手，看了眼对面的爷爷，老爷子闭上眼当作什么都没有看见。

顾墨成在那边听到了动静，他没有开口。

苏安安说：“那个，妈妈把子铭叫回来，让我帮他补补功课。不过，他不想看书，就在我旁边玩手机游戏。”

听完苏安安的话，顾子铭恼了。他哪里在玩游戏？他为了陪老太太打麻将，还专门翘课回来的。

“你……”他的话没有出口，顾老夫人已经举着手在他旁边威胁地看着他，只要他敢乱说话，她就狠狠地打过去。

“让他回自己房间去，不要打扰你。”顾墨成冷声说道，他显然觉得自己的侄子不乖，会带坏苏安安。

“好，我这就让他走。”

“你和我妈说，他影响你看书。”顾墨成说道。

“哦。”苏安安应了一声。

顾墨成说完，这边的助理正好过来找他，他对苏安安说：“我现在有事，迟点打给你。”

“好。”苏安安说完挂了顾墨成的电话。

这个电话打得顾老夫人紧张得要命，她连忙问苏安安：“成成没发现什么吧？”

“没有。”她说着，看了一眼正一脸不服盯着自己的顾子铭，“他说，子铭不乖，让妈好好教训教训他。”

这句话顾老夫人很赞同：“等玩完之后，你爸就收拾他。”

顾子铭欲哭无泪，他课都不上，专门跑回来，奶奶就这么对他？

牌局开始。

苏安安不敢表现出自己会打麻将，她故意放慢速度，乱打一通，让顾老夫人连赢了几局。

“你会不会打？”顾子铭对苏安安不满道。

苏安安笑笑，她要的就是他们觉得自己不会。

等着顾老夫人开心地赢了三局的时候，苏安安觉得不对劲，就算自己故意打错牌，但是怎么都是顾老夫人赢？

苏安安纳闷地继续打牌，她发现顾老夫人想要什么牌，顾臻都会及时地打出来。难怪都是顾老夫人赢，原来是顾臻在放水。

顾子铭踩了她一脚。

顾子铭一直都知道顾臻局局给顾老夫人放水，但他又不能不打，不打的结局是被爷爷揍。

顾子铭不认为苏安安真不会打。

苏安安看了一眼顾子铭，顾子铭趁顾臻和顾老夫人看牌的时候眨了眨眼。

这是要寻求合作？苏安安心里想着。

“别作弊。”顾臻眼亮，就顾子铭那点伎俩逃不过他的双眼。

顾老夫人抬起头，看看顾子铭又看看苏安安。

“玩就好好玩，联合起来有什么意思！”

这绝对是只许州官放火，不许百姓点灯。

“妈，是子铭要我打牌给他。”苏安安立即把顾子铭出卖了，她笑着对老夫人又说道，“你是要筒还是要条？”

“筒吧。”说话间，苏安安打出顾老夫人需要的三筒。

顾老夫人两眼一亮，开心地说道：“和了！”

这明目张胆地作弊，看得顾子铭傻了。

“奶奶，你们……”顾子铭检举道。

顾老夫人瞥了他一眼，不悦地说道：“我们什么？我们串通是吗？老头子，你看到我和安安串通打牌了吗？”

“没有。”顾臻说道。

顾子铭一愣，他说了也是白说，爷爷也是奶奶的人，怎么会站在他这边。

苏安安知道顾老夫人赢的原因之后，开始偶尔赢个一两盘。

最惨的是顾子铭，他一开始以为苏安安给自己垫底，到后面发现自己输得更多。

他向苏安安学习，给奶奶放水，但牌一打出去，顾老夫人就打他。说他不懂打麻将，这让来让去就不好玩了。

顾子铭发现了，自己怎么做在老夫人心里都是错的。苏安安怎么做，老夫人看来都是对的。区别对待，这绝对是区别对待。

四个人一直打到了吃晚饭的时候。

苏安安从牌桌上站起来，看到端着茶水走来的仆人，想起了补汤的事。之前老夫人惦记着搓麻将，把这事忘了，所以她现在不快点撤退，还等什么时候。

苏安安和他们说自己困了，然后迅速回了房间。

顾老夫人坐了一会儿后想起厨房里的补汤，她想叫苏安安喝，又怕自己儿媳妇已经睡着了，就把主意打到顾子铭的身上。

“子铭，奶奶给你炖了汤，喝完再上去睡。”

顾子铭回来的时候，明明听到老夫人说汤是给苏安安熬的。他不要喝顾老夫人做的东西，难喝得要命。

顾老夫人说着让仆人把汤端来，顾臻对顾子铭淡淡地说道；“喝完再睡。”

在自己爷爷的心里，奶奶做什么都是对的。

“快喝。”顾老夫人催促道。

顾子铭捧着油腻的汤，心想奶奶到底在里面加了多少油啊？他咬咬牙，闭上眼睛喝了一大口。

汤好咸，他怎么都不想再喝，放下汤碗跑上楼去。

苏安安看了看时间，晚上十点多，她翻出顾墨成的电话打了过去，那边传来嘟嘟嘟的声音，顾墨成没有接她的电话。

苏安安想着顾墨成肯定在忙，便先去洗了个澡。她刚洗完出来，就听到了自己的手机在响，连忙过去接了起来。

因为跑出来急，又没有穿鞋子，她差点摔倒。

“老公。”她唤道。

“嗯。”柔柔的声音传到顾墨成的耳里，在阳台上吹风的他立即想起苏安安娇羞的脸。

一天没见，他很想她。

顾墨成抽了一口烟，同电话里的苏安安聊着：“还不睡？”

“等你的电话。”苏安安不敢告诉顾墨成她是和他妈打麻将打到现在。

“你刚在干吗？没接我电话。”

顾墨成听着她的质问，勾了嘴角笑起来，他转过身看着包厢里在喝酒的一群人。

“我在应酬，没有听见。”

“哦。”苏安安应着，她知道顾墨成急急忙忙地赶到景城是去处理公事。

她想了想，怕他喝多了，叮嘱着：“你少喝些酒。”

“嗯。”顾墨成应着，他喜欢苏安安的关心。

然后两个人都沉默了，苏安安站在窗口，抬起头看着外面的天空，惊喜地说道：“老宅的天空好像比城里的好看，今天有很多星星。”

“这里下雨。”顾墨成回道，雨下得很大，噼噼啪啪地敲打着窗户。

“我听到了，很大的雨。老公，你什么时候回来？”苏安安问道。

顾墨成不确定，和徐家的合作出了些问题，他还得多待几天。

“我尽快。”

苏安安知道顾墨成是一个守信的人，一定是事情棘手，所以他没有办法确定什么时候回来。

“去休息。”顾墨成对苏安安说道。

他刚说完，苏安安听到电话那头传来一个女人的声音：“顾先生，你怎么一个人在这里抽烟？”

女人的声音听起来很温柔，让人很舒服。

苏安安立即紧张起来，屏住呼吸听他们说话。

“安安，去睡觉。”顾墨成又说道，他瞥了眼走到自己身边的女人，对苏安安不挂电话的原因心里有数。

“放心。”

简单的两个字真让苏安安放下心来，她舍不得结束通话，对电话那头的顾墨成说道：“老公，我想你！”

“晚安。”不等顾墨成给自己回话，苏安安先挂了电话。

听到苏安安挂电话前的那句想他，他勾起嘴角笑了，这个小丫头故意让他想她。

“顾先生。”女人走到顾墨成的身边，看到了他的笑容，一时呆在原地。

“徐小姐。”顾墨成来了景城两次，徐家都是派这位徐小姐接待的。

顾墨成问道：“徐小姐，你们徐氏在珠宝定制方面做得比宁城萧家更好，明天能让人带我去徐氏定制一份珠宝吗？”

“顾先生是送人吗？”徐家小姐笑着问道，她看顾墨成的双眼带着光彩，“是送妈妈还是妹妹？”

“妻子。”顾墨成忽略掉徐家小姐眼里的爱慕，直接说道。

“妻子？”她不记得顾墨成结婚了。她嘴角的笑意淡去，很快又露出了笑容，“之前没有听说顾先生结婚了。”

“上次来的时候我就已经结婚了，只是我们没有办酒席。”顾墨成又说道，“我们夫妻办宴会那天，请徐小姐和徐老爷子来宁城喝喜酒。”

“哦。”徐小姐一笑，“顾夫人一定很漂亮。”

想到苏安安，顾墨成放柔声音：“嗯。她很漂亮。”

“比我还漂亮？”徐家小姐追问道。

顾墨成认真地回道：“徐小姐也美，但是在我的心里，自然是自己的妻子最美。”说着，顾墨成抽完了手中的香烟，他掐灭手中的烟头，“徐小姐继续吹风，我先进去。”

徐家小姐看着顾墨成走进包厢的背影，嘴角的笑意消失得一点儿不剩。

顾墨成这样的男人，很受女人喜欢。对于女人的暗示，顾墨成要么直接回绝，要么就视而不见。现在他有了苏安安，更不会将其他的女人放在眼里。

Chapter 2

第二章
他乘坐的航班出事了

因为在陌生的地方，身边又没有顾墨成的陪伴，苏安安好不容易才睡着。

第二天苏安安睁开眼，一看手机，十点了！她连忙起床，怕给顾臻和顾老夫人留下不好的印象。

她走到房门口，看到地上的一张字条。

“苏安安，咱们的事没完。”

这是顾子铭留下的，他一早就溜了，不敢再留在家里。至于和苏安安的账，他不能这么算了。

顾子铭敢肯定二叔不知道苏安安会飙车，因为他二叔最讨厌别人玩飙车这么危险的游戏。他以这件事要挟苏安安，苏安安不敢不听他的话。

在顾家老宅里，有奶奶这种护短的人在，就算他把苏安安会飙车的事说出来，奶奶说不定也会夸苏安安厉害。

这账他记着，下次碰到苏安安再算。

字条末端还留了顾子铭的电话。

苏安安懂他的意思，她也怕顾墨成知道，记下了他的号码，然后把字条毁尸灭迹。

苏安安还没有下楼，就听到楼下的吵闹声。她往下一看，客厅里坐着三个和顾老夫人年纪相仿的老太太。

“安安，过来。”

顾老夫人一眼看到了苏安安，向她招手。

苏安安走到顾老夫人面前，顾老夫人握住她的手，笑着和人说：“漂亮吧。”

“你家子铭的女朋友？”

苏安安的年纪很容易让人误会是顾子铭的女朋友，绝对不会想到她是顾墨成的妻子。

“错了，我家成成的。”顾老夫人得意地说。

“我家成成的老婆。”她重复道，生怕面前的三个人没有听清。

“怎么会？”一位老太太惊讶地说，“瞧这丫头的年纪，和墨成差十来岁吧？”

“十一岁。”顾老夫人说道。

“这相差得也太大了点。”

顾老夫人不喜欢别人这么说自己的儿子和儿媳妇，她看着说话的老太太，不高兴地说道：“你家萧彦在外面玩的女人，年纪也和安安差不多。”

萧老太太被顾老夫人这么一说，闭了嘴。

顾老夫人笑笑，高兴地说道：“再过段时间，我就可以抱上孙子了。”

在座的三个老太太家里的儿子都没有成家，她们为了儿子的婚事操碎了心，早上一接到顾老夫人的电话就过来聊天了，哪知道，顾老夫人是专门给她们炫耀儿媳妇的。

谁让她们的儿子一个个都不争气，年纪一大把不抓紧时间结婚生子，要不顾着事业，要不在外面拈花惹草。之前顾墨成没有结婚，她们围在一起说的都是自己的儿子，八卦哪家的小姐好，互相张罗着相亲的事。

“小丫头，你几岁？”

“二十岁。”

“在哪里上学？”

在知道苏安安是顾墨成的老婆后，老太太们的问题就没断过。她们想从苏安安身边找到自己儿子可能喜欢的类型，这样好找儿媳妇。

“安安，你去吃早饭吧。”顾老夫人对苏安安说道，接着对老太太们说，“你们别东问西问的，把我儿媳妇问累了。”

不用面对她们一群人的打量，苏安安松了一口气。

顾老夫人站起身：“打麻将吧。”

刚转身的苏安安听到这话，感叹顾老夫人的精力不错。

“好。”她们三个人一口应下。

“过几天我们萧家办宴会，你来吗？”萧彦的妈妈问顾老夫人。

顾老夫人没有回答，又听她说：“蒋家的老太婆也来。”

“来。”顾老夫人一愣，立即回道。

说完，顾老夫人看向去餐厅的苏安安，说：“我带我儿媳妇去。”

宁城的天气也开始变得糟糕起来，连下了几天的雨。顾墨成说景城的雨下得更大，但是他会尽早回来的。

苏安安对他的思念随着时间的推移越来越浓。

她在顾家老宅住着，提出要去学校上课，顾老夫人让司机接送她。

在老宅，苏安安看出顾臻和顾老夫人两个人住在偌大的庄园里很是寂寞，不然顾老夫人怎么会在她住进来后，得了空就找她说话。

顾臻因为上次喝酒的事，没敢让苏安安再喝酒。

饭桌上，有了苏安安，他们觉得这房子里不再是冷冷清清的。

顾老夫人有空的时候，会带着她去旁边的别墅串门。

老夫人喜欢她，见人就说这是自己儿子的妻子。老人家喜欢她陪着，她也听老夫人的话，在学校和顾宅来回跑。就是有时候司机大叔开车的速度慢了些，让习惯开快车的她十分难受。

今天依然下着绵绵细雨，苏安安休息。

顾墨成说今天下午会回宁城，顾老夫人忙让仆人准备顾墨成喜欢吃的菜，苏安安也去帮忙。

顾墨成一出去就是七天，她很想他。

不过七天，苏安安却觉得他离开了很久，觉得古人说的“一日不见，如隔三秋”这句话很有道理。

吃完午饭，苏安安焦急地抱着手机守着。从景城到宁城两个小时，顾墨成到机场得三点了。可是苏安安很着急，想马上就赶到机场去见他。

苏安安的焦急顾老夫人看在眼里，她取笑道：“小丫头，想成成了？”

苏安安红了脸，点点头。

顾老夫人笑起来。她喜欢直接的人，喜欢就是喜欢，扭捏什么。十年前，顾墨成找的那人就不行，喜不喜欢都不敢在她面前承认。成成看人的眼光有进步，这点像她！

“别急，他四点就能到这里。”顾老夫人说道。

苏安安当然知道自己今天就能看到他，可是她现在就想见到他。思念人的时候真的是心急如焚。

“现在年轻人谈个恋爱都急躁。”顾臻对苏安安有意见，不悦地说道。

顾老夫人听着不乐意：“你以前不也这样。”

哪个人在年轻的时候追求爱情不急躁？

被顾老夫人一顶，顾臻立即闭了嘴。

苏安安抿着嘴看顾老夫人和顾臻吵架，她觉得他们两个人这么大岁数了，还能这么恩爱，真的很幸福。特别是顾臻对顾老夫人的宠爱，是一般的男人比不上的。要是自己老了，顾墨成会不会也这么顺着她?

“爸爸对妈妈真好。”苏安安说话的同时，想起了苏华。

很小的时候，苏若初和她说过，她妈妈为了苏华和家里断绝了关系，跟着苏华创业吃苦。一开始，苏华也对她妈妈很好，可是一碰到金钱就变了。苏华还是出轨了，做了对不起她妈妈的事。

“嗯，是的。”顾老夫人承认道，她伸手握住顾臻的手，笑了笑说道，“人一辈子能遇到一个自己爱的，也爱自己的人，并不容易，所以要好好地珍惜眼前的幸福。”

苏安安觉得老夫人说得有道理。

“安安，墨成会对你好的。”顾老夫人平时喊顾墨成“成成”，这次郑重地提了“墨成”两个字。

她和苏安安一样是幸运的，当初她在那么狼狈的时候遇到了顾臻，顾臻对她一直很好很好，从未改变过，哪怕她现在满脸褶子。

顾老夫人和顾臻靠在沙发上看着电视，没过多久就合上眼睛睡过去了。他们也在等顾墨成，想见儿子的焦急不比苏安安少。

苏安安看过去，他们两个人的手依然相互握着，没有松开过。

顾老夫人是真的幸福，苏安安突然很想知道他们是怎么在一起的！顾臻的性格应该和顾墨成差不多吧，对谁都冷冷淡淡的。

苏安安正打算把电视关掉，可看到突然跳出来的新闻时，顿时怔住了。听到“景城到宁城的飞机”这些字眼，她的眼泪一颗颗地掉了出来。

顾臻被电视的声音吵醒，他睁开双眼看了一眼，然后握着顾老夫人的手跟着颤了颤。

“把电视关掉。”顾臻冷冷地对苏安安说道。

苏安安沉浸在新闻里，她没有听见顾臻的话。

“遥控器给我。”顾臻声音变得严厉了。

苏安安反应过来，含着眼泪把遥控器递过去。可是已经来不及了，顾老夫人醒来，听到顾臻的话：“你对安安凶什么？让安安看电视。”她说话间，已经看到了面前的电视播放的内容。

飞机失事的有关新闻还在播放，顾老夫人整个人呆住了。

“好了，没事的。”顾臻开口说，“我们打个电话问问墨成。”

“没事？什么叫没事？！”顾臻一说完，顾老夫人哭了出来，“当初你和我说景行没事的，可是呢，他死了，死了！”

一提起自己已故的大儿子，顾老夫人激动极了，她大哭起来。

这一辈子她过得太如意，没想到到了中年，大儿子却被老天夺走了。

苏安安拿出电话打给顾墨成。顾墨成的电话关机，苏安安接着打，一直没有打通。

她没有多想，朝着大门外走去，顾老夫人跟了出去。

顾家老宅里只有两辆车，好开的那辆被家里的司机开去修理了，这会儿还没有回来。剩下的这辆是手动挡，苏安安坐进去，上面插着车钥匙，顾老夫人和顾臻也坐了进去。

去宁城机场得上高速，这天是周末，到机场的车子不少。苏安安从顾家老宅出来，直接开上了高速。

新闻里说景城到宁城的飞机遭到雷击，坠落后下落不明。

顾墨成就在那架飞机里，苏安安开车时脑海里全是这个念头。

后座的顾老夫人哭得伤心，她想到了过世的大儿子："要是成成没了，我也不想活了！"

白发人送黑发人，她受不住这接二连三的打击。

"胡说什么！"顾臻对顾墨成的担忧不亚于顾老夫人和苏安安。他看到新闻后，本来想打个电话给顾氏的人，问一问跟着顾墨成去景城的其他人。被顾老夫人和苏安安一闹，他没来得及打电话，也没有把手机带出来，现在他们只能去机场看看情况。

"墨成会没事的。"顾臻说道，可是他的心里还是七上八下的，没有确定之前怎么可能不担心？那飞机上的是他唯一的儿子啊！

顾老夫人依然哭着："成成好不容易结婚，孙子都没有生，就没了……"她越想越伤心，心里想得更多的是过世的顾景行。

顾老夫人的哭声让苏安安的心情更是沉重，她的眼眶湿润，影响了视线，她伸手抹去眼泪，没一会儿又泪流满面。

顾臻从后视镜看到苏安安在哭，说道："安安，专心开车。"

话音刚落，苏安安突然挂挡加速。

高速上的车流多了起来，苏安安跟在后面着急，又受了顾老夫人情绪的影响，什么也不顾地加速超了过去。

她把着方向盘，一下子靠左超车，一下子靠右超车，车速飙到一百五，后座的顾老夫人见此，停止了哭泣。

顾臻见苏安安熟悉地挂挡加速、超车，这种速度和技巧，不是普通人能掌控的。一不小心没有超过，就会被后面的车子撞上，或者是撞上前面的车，可是苏安安开得很稳。

“老头子。”顾老夫人也看得奇怪，她说话的时候，顾臻低头看了她身上的安全带。

“没事的。”顾臻握住顾老夫人的手。

“都是你，说什么要节省，私人飞机放着不让用，每次墨成都得自己赶飞机。”顾老夫人想想又怪罪起顾臻来。

飞机失事这种事也不是顾臻能控制的，现在出了事，他由着顾老夫人责问。

他们生了两个儿子，一个已经没了，这一个再没了，谁都承受不住。

“是，是，是我的错。”顾臻握紧顾老夫人的手说道。

现在最重要的是以最快的速度赶到机场，三个人急急忙忙地出来，都忘记了拿手机。

到了机场，这心才能稍微安定下来。

一到了机场停车场的空地上，苏安安来了个漂亮的漂移，车一下子停到了车位里。

车子的旋转，吓得顾老夫人连忙抱住顾臻。

苏安安记挂着顾墨成，她顾不上在顾臻和顾老夫人面前隐藏自己了。如果顾墨成不在了，她飙车的事被人知道了又有什么关系呢。

苏安安下车后，顾老夫人和顾臻跟着下了车。顾老夫人觉得头晕，她不得不承认自己年纪大了。

苏安安回过头看着顾臻和顾老夫人，她意识到是自己开车太快，吓到他们了。

“妈妈，你没事吧？”苏安安问道。

顾老夫人摆摆手：“快去机场问询台问问。”

说着她站起了身子，在顾臻的搀扶下跟着苏安安一起赶去大厅。

飞机失事的事已经在新闻里播放，不过乘坐这架飞机的家属没有他们来得迅速。苏安安他们应该是第一个赶到机场来询问的家属。

“一点从景城到宁城的航班上的人员名单给我们看看。”苏安安一到问询台就急切地问道。

工作人员早准备好了名单，递给了苏安安。

苏安安接到单子，一看到上面顾墨成的名字，顿时怔住了。

跟在后面的顾臻和顾老夫人连忙上前来看，顾臻先抢了过来，看到自己儿子的名字在上面，受不住地白了脸色。

怎么会这样？

“顾臻！”顾老夫人看顾臻的脸色就猜到顾墨成真出了事，“全是你的错，你把儿子还给我！”

正当三个人万分伤心和绝望的时候，一名机场人员急匆匆地冲进大厅，看到顾臻，他松了一口气。

“是顾老爷子吗？”因为是从楼上的办事处直接跑过来的，他气喘吁吁地说道，“顾先生的电话。”

顾先生？

苏安安一怔，刚才死灰般的眼睛顿时多了亮色，顾老夫人停止了哭闹，催促着愣住的顾臻，说道：“你快接电话呀！”

顾臻反应过来，拿起电话接了起来。

“爸，我没事。”顾臻在听到顾墨成的声音后，压在胸口的那块石头突然掉了下来。他承受的压力并不比顾老夫人和苏安安的少。

“好，好！”顾臻连说了两个好字，眼前一黑，突然倒在地上。

顾墨成出事的打击对他来说太大了，他是强撑在那里守着顾老夫人，害怕自己一倒下，顾老夫人也跟着垮了。所以在听到顾墨成的声音后，他确定自己的儿子没事，才晕了过去。

“阿臻。”顾老夫人看着顾臻倒了，原本止住的眼泪又流了出来。

她年轻的时候倔强，遇到任何事都喜欢把眼泪往肚子里咽，年纪大了，反而爱哭了。

这都是被晕倒的男人宠出来的毛病。

苏安安开始听到工作人员说顾墨成的电话，再听着老爷子对电话连说了两个“好”字，她松了一口气。顾墨成应该是没事了。可是再看着顾臻晕倒在地，她又担心起来。

她想不会是自己刚才开车太快，把顾臻吓到了吧？

“爸爸！”苏安安着急地叫着，机场的人看到顾臻出事，连忙叫人过来把老爷子抬走。

手机掉在地上，苏安安捡了起来。

因为听到这头的动静，顾墨成没有挂断电话，一直等在那边。

“老公。”苏安安今天遇到的事够多了，又是顾墨成出事，又是顾臻晕倒的。

“安安，先送我爸去医院。”顾墨成冷静地交代道，“我会联系韩龙逸。”

老爷子心脏不太好，年纪大了，什么问题都有。

“我知道了。”苏安安应道，她看了一眼晕倒的顾臻和哭泣的顾老夫人，眼里没了眼泪，多了一份坚定。顾墨成不在，她得照顾好二老。

“我知道该怎么做，你放心好了。”苏安安又说道。

虽然她很想问顾墨成在哪里，但是她知道这个时候最重要的是送顾臻去医院。顾墨成能打来电话，说明他一切安好。

机场的医护车很快就来了，苏安安陪着顾老夫人上了车。顾老夫人一直握着顾臻的手，她没有像之前知道顾墨成出事时那样慌乱，只是眼睛红红地看着躺在那里的顾臻。

这样的顾老夫人反而让苏安安看得更难受。

一个人在自己丈夫晕倒时哭都不哭，只能说明一种可能，他们彼此已经爱到跨越生死的地步了。

到了医院，顾臻被送到了急救室救治。苏安安安静地陪着顾老夫人，老夫人眼睛紧紧地盯着急救室，她不说话，苏安安不知道该说什么话安慰她。

人总是要老去的，也免不了面对生死和病痛。顾臻年纪大了，一下子经不起顾墨成出事的打击。

没过多久，韩龙逸赶到了，他边走边给顾墨成打了电话，告诉自己到了。

“小嫂子，你陪着嫣姨。”韩龙逸对苏安安说道，他看了一眼一旁的顾老夫人，急忙走进急救室。

韩龙逸和顾老夫人都是韩家的人，不过两个人不是同一脉。

“对不起。”苏安安觉得是自己把车子开得太快了，才让顾臻突然晕倒的。

顾老夫人看着苏安安，说道；“傻孩子，你道什么歉？”

“我把车开得太快了。”苏安安说道。

顾老夫人摇摇头，她拉过苏安安的手：“要不是你开得快，接不到墨成的电话，他会更早晕倒的。”

顾臻会晕倒，是受不了顾墨成出事的刺激。他硬撑着，是想做她的支柱。

苏安安听着顾老夫人的话，反握着手：“妈，爸爸会没事的。”

顾老夫人一笑：“他没事，我就没事。”

这句话彻底透露了顾老夫人心里的念头，顾臻晕倒她表现得太过安静。是不是说明，顾老爷子的身体状况她一直都清楚，她也做好陪他一起走的打算？

苏安安不知道该说什么，她只能握紧顾老夫人的手，让她的手不那么冷。

不知道等了多久，天色慢慢地黑下来，顾老夫人的眼睛盯着手术室，没有移过地方。

稍晚一些的时候，顾墨成来了，他沉着脸大步走来，脚下的步伐慌乱急切。

顾墨成看了一眼苏安安，视线落在顾老夫人的身上："妈。"

"来了。"顾老夫人扭头看着顾墨成。

"对不起，让你们二老担心了。"顾墨成道歉，事因他而起。

顾老夫人一笑："他年轻的时候想着打造一片天地罩着我，让我一辈子无忧。天是造出来了，可是你爸的身体却坏了。"

顾老夫人说得洒脱，听的人却很难受。

"墨成，钱是赚不完的，顾家的钱够你们花，以后你得顾着自己的身体。"

"我知道了。"顾墨成坐在顾老夫人身边说道。

手术室的灯灭了。顾墨成先站起来走上前，苏安安扭头看向顾老夫人，顾老夫人抓紧自己的衣服，没有看过去。

韩龙逸先出来，对顾墨成说道："墨成，没事。"

听到"没事"两个字，顾墨成松了一口气，原先坐着的顾老夫人连忙站了起来。

苏安安扶着她上前，她看见还在昏睡的顾臻，笑道："你这老头子净知道吓人。"说着，她露出了笑容。

这短短的一个下午，顾家人虚惊两场。顾臻没事，住进了病房里，顾老夫人一听他没事，又看顾墨成安全归来，完全放松下来，她顿时觉得饿了，点了很多吃的，让顾墨成带着苏安安去买。

苏安安一一记下顾老夫人要吃的东西，全是宁城里出名的美食。

两人出了医院，正念着美食名称的苏安安没有注意到走在前面的顾墨成突然停下脚步，撞了上去。

她抬起头，看着顾墨成。一周没见，顾墨成瘦了。

苏安安想起飞机失事的事，想到她以为顾墨成出事的那种绝望和悲痛的心情，她的眼泪掉了出来。

顾墨成看苏安安哭了，忙问道："怎么了？"他伸手把她揽到自己的怀里，"哭什么？"

"我以为你真的没了！"苏安安哭着说道。

如果他没了，自己怎么办？

苏安安当时的脑子乱糟糟的，心里就一个念头——去机场找顾墨成。虽然她很清楚，飞机失事，她去机场也没有用。

“我在的。”顾墨成说道，想起自己父母的感情。

这些年，顾臻对顾老夫人的宠爱他看在眼里，他甚至觉得顾臻做得太过了。可是刚才看到等在手术室外的顾老夫人，他突然觉得他们是互相深爱着对方的。

顾臻愿意宠自己的妻子，而顾老夫人喜欢被自己的丈夫宠着。这是爱情，他们愿意用自己的方式去经营，没有什么愿不愿意的事。

“我好怕你没了。”苏安安哭了出来，她扑到顾墨成的怀里，闻着他身上的味道，心里更加难受，哭得更厉害了。

虽然已经是晚上，可是医院门口出入的人不少，顾墨成见她哭得这么厉害，搂着她上了车。

车子里比外面安静。坐在副驾驶座的苏安安还在抽泣，看到顾墨成后，她的情绪反而更加激动。

“安安。”顾墨成递了纸巾过去，“是你救了我，救了我爸。”

苏安安擦着眼泪，不解地看着顾墨成。

“上飞机前，我想起我给你准备的项链没拿。”说话间，顾墨成从车里拿出一个盒子，“你不是说那天送的礼物不算数，等改天再补一份礼物给你吗？”

苏安安愣愣地看着顾墨成，她不过随口一说，顾墨成就记着了。

“所以你赶回去拿珠宝，然后错过了登机的时间？”

“嗯。”顾墨成看着苏安安眼角的泪珠，伸手过去帮她擦掉，“你说，是不是你救了我？”

他和助理人都过了安检口，登机前他想起放在酒店房间里要送给苏安安的珠宝，连忙赶了回去。等他再折回来的时候，飞机已经起飞了。

他们只能买下一班的机票。因为拿珠宝赶来赶去，所以他忘记打电话给苏安安。等到他想起来的时候，已经过了一个多小时。

顾墨成打了苏安安和顾臻的电话，没有一个接通。在候机室里，看到新闻说他之前准备乘坐的那一趟飞机出了事，他猜到自己打不通他们电话的原因，打了顾家老宅的座机，和他想的一样，顾臻和苏安安他们三个人着急地往机场赶，都忘记带手机了。他这才联系宁城机场的负责人，让他们到机场找顾臻他们。

助理说，还好他回去拿送给苏安安的礼物，耽误了班机，他们才保住了性命。

所以说，是苏安安救了他们一命。

如果顾墨成没了，剩下年老的顾臻夫妇，还有只知道玩乐的顾子铭，顾家很快就会被其他家族吞并。

“安安，你是我的福星。”顾墨成说道。

苏安安被他说得又掉出眼泪来：“以后出差你都得给我带礼物。”她说着又笑了起来。

顾墨成点头：“嗯”。

苏安安扑进他的怀里：“顾墨成，我爱你！”

经过这次的事，苏安安清楚，自己不再是喜欢着这个男人，而是深爱着他。

当顾臻晕倒的时候，顾老夫人有念头要跟着他去。苏安安当时就在想，如果顾墨成真的出事了，她会不会也有这样的念头？在医院里看到顾墨成的时候，她确定了自己的心意。

她爱顾墨成，很爱很爱。

“如果你没了，我就陪着你去。”苏安安又说了一句。

这句话重重地砸进顾墨成的心里，他说不出自己的感受，从来没有一个女人对他说过这样的话。就算十年前的那份爱情，也没有到生死相依的地步。

生死相依，他只从自己的父母和哥哥嫂嫂身上看到过。

“别说傻话。”顾墨成放柔声音说道，用力把她往怀里搂。

顾墨成和苏安安给顾臻和顾老夫人买了晚饭回来时，顾臻已经醒了，顾老夫人正陪着他说话。

“你以后再吓我试试看！”顾老夫人恼怒地说道。

她的老命都快被吓没了，她还想再多活几年，她还没有抱到墨成和安安生的孩子呢。

“我要是没了，你也得好好过下去，墨成会孝敬你的。”顾臻认真地说道。

顾老夫人“哼”了一声：“这老家伙，才醒来又说什么乱七八糟的话。”

“你没了，我再找一个老头子嫁了。”

顾臻笑笑，看着顾老夫人。

顾墨成和苏安安推门进去，顾墨成先开口：“妈，东西买回来了。”

顾老夫人连忙接过顾墨成手中的饭盒，说道：“你儿子跑了很远的路，给你买了你最爱喝的粥。”说着，她端出来喂给顾臻喝。

病房的门被推开，进来的是韩龙逸。韩龙逸看着在吃东西的顾臻和顾老夫人，笑着打了招呼：“顾叔叔、嫣姨好。”

“龙逸，你什么时候找媳妇啊？”顾老夫人习惯见到萧彦和韩龙逸就问他们的终身大事。现在自己儿子有了老婆，她更喜欢问单身的他们。

韩龙逸笑笑，没有像以前那样说不急，而是看了一眼苏安安，不好意思地说道：“快了，快了。”

他正在努力。

听韩龙逸这语气，顾老夫人喜道：“你有喜欢的人了？是哪家的小姐？我认识吗？”

顾老夫人一下子问了几个问题，搞得韩龙逸不知该怎么回答。

“妈，你先喂爸吃饭吧。”顾墨成提醒道，顾老夫人专注地和韩龙逸说话，把粥喂到了顾臻嘴边。顾臻倒没说什么，由着顾老夫人和别人说话。

“二哥。”韩龙逸对顾墨成笑笑。

顾墨成心里明了，跟着韩龙逸走到吸烟室。

韩龙逸递给顾墨成一根烟，他清楚顾墨成的脾性。顾墨成心烦的时候，需要抽一根烟。

“说吧。”顾墨成说道。

“老爷子的身体不太好。”韩龙逸说道，“这次醒过来了，下次就不确定了。”

“我妈心里有数。”顾墨成说道。

老太太早知道顾臻身体不好，前两年她就给自己和顾臻准备了寿衣。

“不过这件事还是别同我妈说，就说我爸的身体好转，没有什么大问题。”顾墨成交代道。

韩龙逸点点头，他看着顾墨成一口一口地抽起烟来。

“老爷子要是走了，嫣姨铁定受不了。”韩龙逸说道。

顾墨成不说话，继续抽着烟。

“爱得太深不是什么好事。”韩龙逸说这话的时候，想到的是苏若初。苏若初要不是爱那个叫阿笙的男人太深了，也不会变成疯子。

“嗯。”顾墨成应了一声，想到小丫头对他说的话。她说他没了，她也跟着去。

之前他听着这句话，心里极其沉重，这会儿他回想着更是心烦。

人都会死，这是避免不了的。

顾墨成也不会因为自己比苏安安大十来岁，老了以后就不对苏安安好，相反，他突然觉得自己应该对小丫头更好。这样，生活才不会被他糟蹋了。

病房里，苏安安坐在一旁看着顾老夫人给顾臻喂饭的画面，觉得很温馨。

“安安，你的车技不错。”顾老夫人突然开口说道。

现在事情都解决了，顾老夫人回想起坐在苏安安车里的感觉，觉得惊险万分。

“你开车比子铭还要厉害吧。”

顾臻和顾老夫人坐过顾子铭的车，顾子铭是贪玩，车子开得快，吓得她不敢再坐他开的车。

“我……”苏安安顿时脸红起来，“我也不知道自己开得那么好。”她撒了谎。

顾老夫人抿着嘴角笑笑：“是吗？”她显然不相信苏安安的话。

顾老夫人笑着说：“成成最讨厌别人飙车，他知道你开车这么厉害吗？”

“不要同他说。”苏安安立即着急起来，她不想惹顾墨成生气。

“哦。”顾老夫人看着顾臻，笑了笑，“不说，不说。不过，你真的是一开始就开车这么厉害的？安安，我们不说，你也得同我们说实话。”

苏安安知道自己之前飙车的事想瞒顾老夫人和顾臻是不可能的。

“我两年前就学过开车，和别人在地下赛车场比过。”苏安安低声说道。

顾老夫人一愣，她以为小丫头贪玩才开得这么快，没想到她也和子铭一样到地下赛车场和人飙车。这要是被墨成知道，绝对会生气的。

“我和别人飙车赚钱。”苏安安低下头说出了事实，她怕顾臻和老夫人生气。

“这件事，你千万不要同成成说。”顾老夫人想了想说道。

“啊？”苏安安以为他们会恼怒，没想到顾老夫人会这么说，她抬起头，诧异地看着他们。

顾臻没什么意见，他一向听顾老夫人的。

“安安，你听到了没有？”顾老夫人重复道，“墨成他最讨厌这种事，要是被他知道自己的老婆跑到地下赛车场比赛，他会很生气的。”

顾墨成生起气来，连她这个做妈的都没有法子。

“哦。”苏安安应道，“我以后不会去了。”

“这种事危险，少去。”顾老夫人说完，继续喂顾臻喝粥。

顾子铭真的猜对了，他跑去和人飙车，顾老夫人会让顾臻打断他的腿，而知道苏安安飙过车，她联合顾臻瞒着顾墨成。

没有办法，顾老夫人心想着自己的儿子好不容易讨了老婆，怎么能拆散他们？再说苏安安的车技比顾子铭好太多，年轻人嘛，追求刺激没什么不对的。她年轻的时候就不是什么安分的主。

晚上，顾墨成让老宅的司机送苏安安和顾老夫人回去。顾老夫人不愿意走，她要在病房里陪着顾臻。顾墨成拗不过她，也知道她和顾臻感情深厚，就让苏安安一个人先回去。

他作为顾臻唯一的儿子，这个时候必须留在这里。苏安安没多说什么，她听从他的安排。

苏安安一走，顾老夫人就夸起她来："安安真是一个懂事的女孩子，我和你爸都很满意。"

顾臻脸色淡淡的，她喜欢就喜欢，非要把他扯进去。

这个苏安安没有表面上那么乖巧，不过女孩子心眼好，最主要的是能给他儿子带来幸福。所以当顾老夫人戳穿苏安安的车技时，他没有再戳穿苏安安。

一辈子遇到一个喜欢的人，不容易。

"你以后对人家好点。"顾老夫人交代道，"别仗着自己年纪大就欺负她。"

顾墨成无语，他妈能少提他年纪比苏安安大的事吗？

"我和你爸年纪大了，都是一只脚踩进棺材里的人，你和安安要相互扶持。"顾老夫人的语气突然平淡下来，听得顾臻皱紧眉头。

"韩嫣。"顾臻恼了。

他不喜欢顾老夫人提生死的事，他也清楚自己一旦没了，她肯定是要跟着他去的。但是他的心里更想让她好好活下去。有时候他会想，是不是因为自己对她太好了，以至于他一旦没了，她就过不下去了？可是这么多年了，他已经习惯对她好了，根本不可能因为生老病死就放弃对她好。

见顾臻沉着脸，顾老夫人立即闭了嘴。平时她对顾臻呼来喝去的，顾臻真生气的时候，她还是怕的。

"爸、妈，你们照顾好自己，对我来说就是最好的。"顾墨成发自内心地说道，"我和安安也会好好的，尽早生一个孙子让你们开心。"

难得顾墨成说这种话，顾老夫人听得很开心。

"嗯。"顾臻先应了。

"你先回去陪安安，这里有我和阿姨照顾着。"顾老夫人催促着顾墨成回去。

顾墨成没听顾老夫人的话，起身在旁边的床上躺下。他把床占了，里面的房间留给了顾老夫人。

顾臻生病，他作为人子怎么能走，没有任何事比照顾自己的父亲更重要。

第二天，苏安安起了个大早，拿了老宅仆人做的早饭去了医院。

学校那边，她缺课得厉害，但是由于她考进去的成绩很好，加上和校长、教授们打过招呼，没有扣她的学分。

她来得早，要敲门进去。病房的门打开，出来的是顾墨成。

“老公。”苏安安看到他，笑着举起手中的保温盒，说，“我给你们送早饭来了。”

顾墨成原本打算下楼给顾臻和顾老夫人买早饭，看到苏安安和仆人手中的饭盒，“嗯”了一声，接过苏安安手中的保温盒。

苏安安跟着主动牵起他空着的另一只手。

顾墨成瞥了一眼，没有挣脱，牵着苏安安的手走进病房。

顾老夫人还在里面的房间休息，顾老爷子已经醒来，躺在床上看早报。他看到苏安安愣了一下，他没想到她来得这么早。

“安安来给你们送早饭。”顾墨成说着，把饭盒放到床头。

顾臻的视线落在顾墨成和苏安安相互牵着的手上，因为他的注视，苏安安不好意思地想挣开，顾墨成却握得更紧了。没当一回事。

握自己妻子的手，没有什么不妥的。

“来个病房还要牵着手。”顾臻冷冷地说道，继续看报纸，不过他低头的时候，嘴角微微地翘起。

他有多久没有看过自己儿子的笑容了，更没有见过儿子如此维护一个女孩子。

顾墨成没有回顾臻的话，他回头示意苏安安去旁边的沙发上坐。

他把早饭拿出来，照顾顾臻吃饭。

顾臻一脸不屑：“我还没有到手不能动的地步，碗筷放下，你陪小丫头去。”

“喂你的人不对。”顾墨成说道。

昨天晚上，顾老夫人可是喂了顾臻半个小时，又是喂饭，又是喝水，又是吃水果。

顾墨成说完，走到沙发边陪苏安安吃早饭。

苏安安也没有吃，她看着碗里的肉包子，抬起头看身边斯文喝粥的顾墨成，忍不住抿嘴发笑。昨天晚上，她回了顾宅后，一想到在车里对顾墨成的表白，就忍不住偷笑。

顾臻病倒的消息传了出去，最先过来的是顾子铭。

昨天太晚了，顾臻和顾老夫人不让顾墨成打电话给顾子铭。他们的意思是顾臻没事，让顾子铭来了也没有什么用，不过是多一个人陪着担心。

早上，顾子铭接到顾墨成的电话，急忙骑着机车过来。

“爷爷。”顾子铭一进病房就对顾臻叫道，边说边跑到床边检查顾臻的身体。

“子铭，我没事。”顾臻说道。

“你把我吓死了。”顾子铭紧张地说道，他急得冒了一头的汗。

父母早逝，他从小就跟着顾臻夫妇生活，虽然平时他因为调皮挨了顾臻不少骂，但是他和爷爷奶奶的感情很是深厚。

“我没什么事，你们一个个太紧张了。”顾臻说道。

“爷爷，你好我们才好。”顾子铭笑着说道，看顾臻没事，他就放心了。

他跟着数落起顾墨成：“二叔也是的，早上才打电话给我，也不说爷爷的情况，把我急得一身汗。”说着，他凑到一旁的顾老夫人身边，“奶奶，你闻闻臭不臭？”

“臭小子。”顾老夫人抡起手朝着他的后背打去。

“你在背后说你二叔，不怕他听见？”顾老夫人跟着说道。

提到自家二叔，顾子铭脸上的笑意顿时淡去，他还没说话，就听到身后的脚步声。他扭头一看，见顾墨成牵着苏安安走进来。

顾子铭连忙从床上站起来，对顾墨成叫道：“二叔。”至于顾墨成身边的苏安安，他忽略掉了。

让他叫比自己小的苏安安“二婶”，他真心叫不出口，更何况还是和他有过节的苏安安。

“叫人。”顾老夫人提醒道。

顾子铭不肯叫，顾墨成也不说话，沉着脸盯着他，把他看得全身发麻，他不得不开了口：“二婶好。”

苏安安抿嘴一笑，张口说了个无声的“乖”。

看苏安安得意的样子，顾子铭想瞪回去，但是他看二叔把苏安安的手抓得那么紧，就知道二叔很宝贝自己的老婆。

“二叔，你从哪里找的老婆？听奶奶说，她比我还小。”顾子铭问道。

“是比你小。”顾墨成冷冷地说道，他牵着苏安安的手在沙发上坐下。

他重复着顾子铭的话，是对顾子铭的话不满。他比苏安安大是事实，但他不喜欢别人一再地告诉他。

见自家二叔不高兴，顾子铭胆子再大也不敢说苏安安年纪小的事了。他笑着讨好：“二叔就是厉害。”说话间，他的视线落在苏安安身上，“对了，我认识一个女孩子，和二嫂的名字差不多，她的名字里也有个安字。”

顾子铭是故意这么说的，他看见苏安安脸上的慌乱，继续说道：“她叫何安。”

苏安安瞪着顾子铭，她在赛车场上的名字不就是何安吗？

“何安很厉害，她飙车技术一流。”顾子铭得意地朝苏安安挑眉，“二叔，你知道吗？她常常和我一起飙车，还赢过我。”

“臭小子。”顾子铭说得起劲的时候，被顾老夫人踢了一脚，“在这里闲聊什么？天天逃课不好好读书，还经常跑去飙车！”说着，顾老夫人生气地又要踢过去。

顾子铭连忙弹开，一脸委屈地看着顾老夫人。

“奶奶，上次逃课是你打电话要我回家……”他的话没有说完，见病床上的顾臻沉下了脸瞪着他。

顾子铭不敢往下说了，他看出来了，爷爷奶奶和苏安安是一条战线的，他要是敢乱说话，肯定没好果子吃。

“打电话让我回家跪搓衣板。”顾子铭放低声音。

对于顾老夫人欺压顾子铭的场面，顾墨成见得不少，他从不插手。顾老夫人虽然会打顾子铭，但是她心里有数，不会真的下重手。

顾子铭是他哥留下的唯一的孩子，二老疼都来不及，怎么会真打。

“爸、妈，我有点事，先回顾氏了。”顾墨成开口。

听到顾墨成要走，苏安安不舍地看着他。

以前她没那么黏他，在飞机失事那件事后，她一下见不着他就会想他，他人在身边陪着，哪怕是远远地看着她心里也很踏实。

“我五点就过来，”顾墨成察觉到苏安安的不舍，低头看着她，柔声说道，“乖。”

“嗯。”苏安安点点头，当着顾臻和顾老夫人的面，她不好主动吻他。

乖？顾子铭以为自己听错了，苏安安在他面前可不是这副乖乖的样子，二叔这么精明的人，可别被苏安安骗了。

“二叔，有些人表里不一，你的眼睛得擦亮点。”顾子铭提醒道，他话一说完，顾老夫人恼怒地说道，“你这个臭小子，又在胡说什么？”

顾子铭闭嘴，委屈极了。

顾墨成走后，病房里就剩下四个人。

顾老夫人直接对顾子铭开口道：“你二婶飙车的事你别在你二叔的面前提，你要是敢多说一个字，我揍死你。”

“你们都知道？”顾子铭吃惊地说道。他看了看苏安安，又看向顾老夫人：“奶奶，她飙车！”

“嗯。”

“不和二叔说？”顾子铭问道，同二叔说了多好，二叔一定会很生气地把苏安安打一顿。这样，他在苏安安那里受的气就消了。

“你敢说试试！”顾老夫人威胁道。

“她飙车比我还猛！”顾子铭加重了语气。

顾老夫人一脸不屑：“那又怎么样？你没人家厉害还敢跟我告状。”

顾子铭听完顾老夫人的话，愣住了。爷爷和奶奶这是要联合起来包庇苏安安，瞒着二叔苏安安飙车的事？

“子铭，听见没有？”顾老夫人说道。

顾子铭被顾老夫人威胁，只能点点头。他扭头看向苏安安，苏安安当着爷爷奶奶的面还敢笑他。可是，他能怎样？

苏安安是他二婶，得罪了苏安安，就是得罪了二叔和爷爷奶奶。

顾子铭只能暂且忍着。

苏安安出了病房，刚巧碰到韩龙逸。之前韩龙逸忙着顾臻的事，苏安安没空和他交流姐姐的病情。

她看到韩龙逸，韩龙逸也看到了她。不过，韩龙逸看到她的时候，竟然掉头想走。

“韩龙逸。”苏安安叫道。

这段时间发生的事太多了，先是她被人打，后面又是以为顾墨成出事，再接着是顾臻病倒，她完全没空和顾墨成提及姐姐的事，也没空去苏家看姐姐。

韩龙逸被苏安安叫住，却没有停下，反而加快了脚步。

苏安安跑过去，拦住他的去路。

“韩龙逸！”她挡在韩龙逸面前，一脸奇怪地看着他。

怎么回事？他看到自己要躲，是不是姐姐出了事？

“我姐姐怎么了？”

韩龙逸说：“她挺好的，没事。”

“乱扯。”苏安安不信，“她没事你为什么要躲着我？”

“她是不是精神状况不太好，病情是不是加重了？”苏安安一着急，上前抓住韩龙逸的手。

她是抓，可是在别人的眼里是摸。

“真的没事。”韩龙逸肯定道，“我的医术你得相信。”

这后半句话，苏安安信了。韩龙逸的医术很好，不然蒋家那边怎么会急着找韩龙逸给蒋盛旭看病。

顾臻病倒，顾墨成立刻就给韩龙逸打了电话。

“你姐姐挺好的，真的。”韩龙逸保证道。

“那你看见我躲什么？”

韩龙逸笑起来：“这不是怕二哥他误会吗？”

“上次送你回顾家，刚好被二哥看见。二哥一看我和你关系密切，把我骂了一顿。”

“是吗？”说话间，苏安安的嘴角溢出了笑容。

顾墨成会生气，说明在意她。

韩龙逸看得奇怪：“你笑什么？”

“没有没有。”苏安安道，“你好好给我姐姐治病，不许打她的主意。”

韩龙逸没有应她的话，他已经在打主意了。

苏安安得知姐姐没事，放心地走了。

韩龙逸看着她离开，脑海里想到苏家顶楼恢复神志的苏若初。

他上周去了苏家。

他已经习惯了陪苏若初聊天，和她说外面的事。她突然看着他，目光清明，不同于之前的混沌。

“韩医生，帮我一个忙。”说话间，她看向了外面，“我想出去。我需要一个箱子，能装得下人的箱子。”她淡淡地对他说道。

因为常年没有怎么开口，她说话慢，但是声音格外温柔，听着就让人舒服。

韩龙逸疑惑苏若初要箱子干吗，是想躲在箱子里离开苏家？离开苏家的计划应该同苏安安说吧。

他正想着，苏若初忽然说：“这件事不要和苏安安说。”

韩龙逸一愣，没想自己的心思这么轻易地被她看穿了。

眼前的女人瘦弱白皙，她冷着脸让人觉得疏离，可是韩龙逸莫名地想靠近她。

“好。”他笑了。

说完，苏若初继续看向窗外，她没有再在韩龙逸面前装痴傻，只是后面何妈送吃的，她又恢复了痴痴呆呆的样子，嘴里念着“阿笙”的名字。

韩龙逸知道苏若初已经恢复了神志，他想着这一声声的“阿笙”是真的在想那个男人，不由自主地心痛起来，为自己还没有开始就夭折了的爱情。

苏安安回病房的路上碰到了顾子铭，顾子铭拉着她走到楼梯口。他打量着她，一脸嘲讽地说道：“你竟然背着二叔和其他男人好。”

苏安安对他的话莫名其妙，不想搭理他。

“刚才你摸了韩龙逸的手，你说二叔如果知道，是会剁了你的手，还是韩龙逸的？韩龙逸和二叔关系很好，他应该会把你的手剁了。”

二叔这人不能得罪，谁惹了他，他千百倍地还。

“不许和墨成胡说。”苏安安沉着声音说道。她不是怕顾墨成剁了自己的手，而是怕他生气。

“不说也行。”顾子铭得意地笑笑，“下个月有场比赛，我们重新比一回。”

“我不去。”苏安安直接回绝，她不敢再去飙车，也不想做顾墨成不喜欢的事。

“不去？”顾子铭挑眉，“好啊，那我和二叔说，你和韩龙逸手牵着手，亲密着呢。”

“你敢！”苏安安握紧拳头，威胁道，“他不会信的。”苏安安再加了一句。

顾子铭说道：“是啊，我没有照片，没有视频，二叔是不会信。但是我说了，二叔一定会生气，二叔这个人小气着呢。这次比赛奖金是五百万，苏安安你要是赢了，就不用跑了。”

她本来就不用跑。是顾子铭自己笨，听她的话跳什么裤衩舞。

“外加我那辆机车。”

等苏安安真去参加比赛，他就把二叔叫到现场去，让二叔亲眼看看自己的老婆是怎么飙车的！想想那时候的情景，他就开心。

“机车？”想到顾子铭那辆帅气的机车，苏安安心动了。不过，她还是不能去。

“怎么样？”

“不去。”苏安安说道，“你要是在墨成面前诬陷我和韩龙逸，我就告诉爸爸妈妈你让我飙车。”

顾子铭一想到自己的爷爷奶奶偏袒着苏安安，他就不想说话。

真是郁闷，他飙车要被揍，苏安安飙车他们却夸她厉害。

“走了。”苏安安看顾子铭老实了，转身出了楼梯口。

苏安安没有马上回房间，而是找了一个没人的地方给傅芯打电话。

“小芯。”

顾家最近发生的事，傅芯是知道的。

“顾老爷子的身体好些了吗？”傅芯关心道。

她从苏安安那里得知顾臻和顾老夫人的感情，很羡慕。

能相爱到老真的不容易，不是每对夫妻都能这样的。像她的父母，就是因为感情不和离了婚，而她妈妈又带着她改嫁到陆家。

“好很多了。”苏安安回道，“小芯，你还记得我和你说过，铭少就是顾墨成的侄子吗？”

“嗯。”傅芯应道，世界真小，老和她们作对的铭少竟然是顾墨成的侄子。

“他说下个月地下赛车场那边有场比赛，赢的人有五百多万奖金。”

傅芯听到这么多钱，激动地说道：“这么多钱？”

“安安，你想去？以你的身手，拿不到第一，第二是没有问题的。”

苏安安回道：“我不能去。”她很心动，特别是顾子铭拿他的那辆机车出来做赌注，可是一想到顾墨成，她就告诫自己不能去。

“不去吗？”傅芯回道，“你很想去吧，不然怎么会打电话和我说这事。”

傅芯了解苏安安，冲着那奖金苏安安就很想去，而且这种比赛高手很多，对苏安安这种级别的赛车手来说，对手很重要。

“安安，你去的话，我就陪你一起。”

“算了。”苏安安想了想，拒绝道。

“你怕顾墨成知道？”傅芯问道，“你用的是化名，找一个借口出去，顾墨成不一定知道。”

苏安安沉默了。

苏安安骨子里是喜欢刺激的赛车比赛的，可是一想到顾墨成，她提醒自己得理智。

“安安，你应该让顾墨成知道你所有的事，他既然喜欢你，就得喜欢你的全部。你明明喜欢赛车，那就同他说。他如果实在接受不了，那也是他的事。”

苏安安淡淡地说道：“他接受不了，不要我了怎么办？”她已经爱上他了，不想失去他。

“他接受不了，说明他没有完全爱上你。”

傅芯的话让苏安安难受，她不想告诉顾墨成一些事，就是怕顾墨成不够爱她，知道她的真面目后就不要她了。

爱一个人就会多想，很怕不如对方的意，会被甩。

傅芯理解苏安安的患得患失，也没有再劝她。

和傅芯结束通话后，苏安安回到病房里，看到一个老太太沉着脸往外走，她觉得眼熟，定睛一看，原来是蒋老太太。

病房的门开着，苏安安站在门口，没有同她打招呼。

蒋老太太冷冷地瞪了苏安安一眼，从她身边走过。

蒋老太太那一眼看得苏安安很不舒服，甚至害怕起来。

她走进病房，发现顾老夫人的脸色不好，她对苏安安说道："把她送的东西全给我扔了。"

苏安安应了一声，顾臻没有阻止，拿出遥控器，看起电视来。

看到苏安安把水果篮拿出去扔了，顾老夫人的脸色才缓和起来。

"这老太婆来送什么水果，不知道安的什么心！以后顾家的门都不能让她进！"

顾臻在医院里住了一周，身体渐渐好转，他实在躺得难受，一定要出院。禁不住他的请求，顾墨成替他办了出院手续。

苏安安回学校上课，她的成绩再好，也得把之前落下的课补起来。

这天刚下课，她就接到了苏华的电话。

苏华没事不会打电话给她，打给她一定没有好事。

苏安安没有马上接电话，故意等着苏华打第三遍的时候才接。

"苏安安，你把若初带到哪儿去了？"

若初？姐姐！

苏安安听到苏华的话后莫名其妙，等反应过来又恼怒地问道："姐姐出事了？她去哪里了？苏华，是不是你把人藏起来的？"

苏华不听苏安安说的话，他认定是苏安安把人带走的。

"苏安安，你以为把你姐姐带走，我就拿你没有办法了吗？"苏华冷冷地威胁道，"你姐姐的精神状态你清楚，她要是在外面出了事，我饶不了你！"

苏安安不悦地反驳道："我没有去过苏家，怎么带走姐姐？苏华，是不是你把姐姐送到精神病院去了？"

"苏华"这个称呼让苏华很愤怒："苏安安，我是你爸！你去了顾家，就不认我这个父亲了？"

苏安安早就不想认了，和顾家没有关系。

"父亲？你尽过父亲的责任吗？"苏华的话，苏安安听着就想笑，她质问道。

"孽子！"苏华捏紧手中的手机，骂道，"我供你吃，供你穿，你竟然说我没有尽过父亲的责任。苏安安，把苏若初交出来，不然别怪我翻脸不认人。”

苏安安听不下去了，直接挂断电话。

冷静下来后，她回想起苏华的话。

姐姐不见了？从苏华愤怒的语气里听得出来，姐姐是真的找不到了。所以他以为是她藏起了姐姐，可是这段时间她并没有回苏家。

姐姐怎么会突然不见呢？

苏安安想起了韩龙逸，苏华会打电话过来质问她姐姐的事，可能和韩龙逸有关。

是韩龙逸把姐姐带走了？苏安安想找他求证，可是又没有他的手机号码。

“老公。”苏安安给顾墨成打去电话。

顾墨成正想给她打电话，她的电话就打过来了。他还想打趣她是不是想自己了，话还没来得及说出口，就听到她说：“那个，韩龙逸的电话号码有吗？”

“韩龙逸？”

他的小妻子打来电话，是为了要韩龙逸的号码？

“你打给我，就是为了这事？”顾墨成冷冷地问道。

苏安安感觉出顾墨成不开心，她放轻声音说：“是的。”

“老公，你先给我他的电话号码，我等下同你解释，好吗？”

听着苏安安轻柔的声音，顾墨成想生气又气不出来：“我发短信给你。”

苏安安勾了嘴角笑笑，对手机那头的顾墨成讨好道：“老公，我爱你，很爱很爱。”说着，她也不管顾墨成什么反应，就把电话挂了。

被小丫头表白的次数多了，顾墨成习惯了，可是听到她说“很爱很爱”的时候，他的心跳还是加快了。

十年间，没有谈过一场恋爱的他开始确定了自己的心意。

苏安安按照顾墨成给的号码给韩龙逸打了电话。

“韩龙逸，我姐姐呢？”苏安安直接问道，“是不是你把她带走了？”

“我没有。”韩龙逸说着打开自己的后备厢，把苏若初要的大箱子拿出来。他打开箱子，里面是一套棉被，还有几件衣服。

苏若初要箱子，不是为了躲在里面？

“可是苏华打电话来，说她不见了。不是你把她带走的那会是谁？”苏安安觉得奇怪，她没等韩龙逸回话，先把电话挂了。

既然不是韩龙逸把人藏起来的，那会是谁？不管是哪种情况，苏安安觉得自己得回苏家看看。

韩龙逸刚想和苏安安提苏若初的事，苏安安已经挂了电话。他看着箱子里的棉被和衣服，觉得奇怪，苏若初在做什么？

他今天带着苏若初要的箱子去苏家楼顶，苏若初让他放下箱子，然后让他到外面走走，回来的时候让他把箱子带上，他没有多问。

他在苏家的花园晃了一圈，再回到顶楼的时候，房间里就只有一个箱子了。

韩龙逸以为苏若初躲在箱子里面，他连忙拎着箱子离开了苏家。出来的时候，他遇到了照顾苏若初的何妈，他怕被发现，连忙开车走人，到了安全的地方才把车停下来。紧接着，他就接到了苏安安的电话，他欣喜地打开后备厢，想把苏若初从箱子里放出来，可是打开一看，里面除了被子和衣服，并没有其他的东西。

这是怎么回事？

苏安安赶到苏家时，苏华正冷着脸在大厅里踱来踱去。他派出去找苏若初的人回来后，都说没有找到。

“苏安安，你把你姐姐藏哪里去了？”蒋媚笑着说道。

苏若初不见了，苏安安逃不脱责任，蒋媚很是开心。苏安安害得紫菡在慕家不好过，她也不会让苏安安过得舒坦。

“我倒要问你们，把我姐姐藏哪里去了？她在顶楼待得好好的，怎么会没了？”苏安安气愤地说道。

姐姐突然不见，苏安安第一个想到的幕后黑手就是蒋媚。

“是不是你？因为苏紫菡流产的事，你为了报复我，故意对我姐姐下手？”

苏华看向蒋媚：“是不是你？”

“老公，不是我，真的不是我！”蒋媚着急地解释道，“肯定是苏安安做的。今天除了何妈，就那个诊所医生上过顶楼，医生是苏安安找的。何妈看见医生走的时候拿了一个大箱子，一定是他们串通好的。老公，一定是苏安安做的。”蒋媚一口咬定是苏安安做的，就算不是苏安安，她也要把脏水往苏安安的身上泼。

苏安安不想和他们废话，她看了下楼梯，姐姐不可能突然消失的。

看苏安安往顶楼去了，苏华跟了上去，他身后跟着蒋媚和仆人何妈。

顶楼和以往没有什么不同，很安静，走在走廊上，他们的脚步声特别清楚。苏安安走到房间门口，推门进去，当看到床上的人时，怔住了。

苏若初正坐在床上抱着被子，嘴里念着："阿笙、阿笙。"

苏安安身后的三个人看到苏若初的时候也愣住了。苏若初不是好好地在房间里，怎么说不见了？

"姐姐。"苏安安快步进去，她坐在床边伸手握住苏若初的手。

走进来的苏华沉着脸，看向身边的人。

"老爷，刚才我进来真的没有看见大小姐。"何妈焦急地解释着。

苏华抬起手朝着何妈的脸狠狠地扇了过去，何妈被打得重重地倒在地上。

"以后再敢胡说，我扒了你的皮！"苏华威胁道。

"我刚才到顶楼来，真的没有看见大小姐。"被打的何妈委屈地说道。

苏安安见苏华动手打何妈，疑惑地问道："你打何妈做什么？"说话间，苏安安走过去，把倒在地上的何妈扶起来。

苏华瞪了苏安安一眼，冷着脸出了房间。

蒋媚勾起嘴角，冷冷地看着苏安安和何妈一眼，之后也跟着离开了。

"三小姐，我没事。"何妈捂着被打肿的脸说道。

苏安安看着何妈，苏华下手真是狠，他一巴掌下去，何妈的脸被打得红肿，嘴角还流出血来。

"我先下去了。"何妈说话的时候，扭头看了一眼床上痴傻的苏若初。

顶楼因为苏华的离开恢复了安静，苏安安爬上了床，握住苏若初的手。

"姐，你差点把我吓死了，我还以为你真的失踪了。"

听到苏安安的话，苏若初抬起头朝她笑笑。

"姐。"苏安安看到苏若初的笑容，心疼地摸着她的脸，"都七年了，你什么时候能认出我？我好想你好起来。"苏安安扑到她的怀里。

苏若初没有说话，当苏安安扑进她怀里的时候，她的手放在苏安安的背后，脸上的笑容不再是痴傻，而是变得哀伤。

苏若初睡着后，苏安安轻手轻脚地下了床。顾墨成打电话过来，她连忙接起来，怕铃声吵着姐姐。

"你在哪里？"

顾墨成回老宅后，顾老夫人说苏安安去了苏家。他一听，晚饭都没有吃，直接开车过来接她。对她再回苏家这件事，他没有生气，只是担心。

"苏家。"苏安安回道。

"出来。"

"嗯？"听到顾墨成的话，苏安安露出笑容，"你来接我了吗？"

"嗯。"顾墨成说道。

“好的，我马上出来。”

苏安安下楼的时候，看到苏华坐在客厅的沙发上抽着烟。她走下楼，苏华也看到她了。

想到刚才电话里苏安安叫他“苏华”，他的脸色沉了下来。养了那么多年的女儿，竟然如此不孝，不仅对他大呼小叫，还直接叫他的名字。

“给我过来。”苏华严厉地说道。他看到苏安安那双淡淡的眸子，猛然间想起了自己过世的妻子。他的心情烦躁起来，抽烟的速度也加快了。

不管是苏安安还是苏若初，都和她很像，和她一样漂亮。

“爸爸。”苏安安走过去，勉强露出笑容，“墨成在门口等着我。”

苏安安搬出顾墨成，苏华内心五味陈杂。

没有人像他这样，把自己的女儿当作筹码利用，女儿也把自己当作仇人对待。可是那又如何，他恨自己的前妻，也恨苏安安。

“嗯。”苏华应道，他竟然没有说请顾墨成进来坐或者让她伺候好顾墨成。

苏安安觉得奇怪，她看了一眼苏华，往大门口走去。人还没有走出苏家的大门，却被何妈叫住了。

“三小姐。”何妈跑过来，她肿着脸，嘴角处一片青紫。

“大小姐睡着了吗？”何妈问道。

“嗯。”苏安安应道，“今天的事，何妈你受委屈了。”

何妈摇摇头：“我之前上去真的没有看到大小姐，真是奇怪了。”她回忆着当时的情况，“韩医生拎着一个箱子走后，我上楼一看没有见到大小姐，连忙给老爷打电话。怎么后面大小姐又出现了？”

何妈觉奇怪，苏安安听着何妈的话也觉得不对劲，她不是觉得苏若初突然消失不对劲，而是何妈的话。

何妈是看着她和姐姐长大的，姐姐又和何妈的女儿关系很好。按理说，姐姐不见了，何妈为了姐姐好，应该先打电话给自己。如果韩龙逸真的带走姐姐，何妈联系了自己，就能让她把姐姐顺利接走。

可是何妈给苏华打了电话。

苏安安若有所思地打量着何妈，何妈被苏安安看得难受，问道：“三小姐，怎么了？”

苏安安摇摇头：“没事。何妈，谢谢你这些年一直照顾着姐姐。”

何妈回道：“这是我应该做的。三小姐，你放心，我会照顾好大小姐的。”

“嗯。”苏安安点头，转身离开了苏家。

苏家顶楼的房间灯已经被关掉了，苏安安和何妈没有看见顶楼房间的窗口处站着苏若初。她不舍地看着离开的苏安安，看着苏安安扑进在外等着的顾墨成怀里。

安安能找到一个爱她的男人，自己这个做姐姐的很开心。

这个丫头终于长大了，不需要她的保护，以后有一个比她更强大的男人保护着安安。

她笑着，视线瞥到还在园子里的何妈，嘴角的笑意慢慢地变冷。

七年了，她被苏华关了七年！今天只是试试，她让韩龙逸拿箱子进来，然后哪里都没有去，躲在房间的柜子里。经过这一试，她看得更清楚了，也明白了为什么七年前她带着苏安安逃跑会那么快被抓回来。

她要离开，而且是不会再被带回来的离开。

苏若初抬起头，看向没有星星的夜空，心沉了下来，对外面的世界，她期待又恐惧。

Chapter 3

第三章 把顾墨成让给别人

苏安安扭头看着冷着脸开车的顾墨成，他好像不是很高兴。她不敢出声，怕打扰他开车。

到顾家老宅之后，苏安安下车等在一旁，看着顾墨成把车停好。他出来，她跟在他身后。

顾墨成停下脚步，回过身看着苏安安。

“老公。”苏安安柔柔地唤了一声。

惹顾墨成生气了，她就会放柔声音，甜甜地叫他一声“老公”。她有一种感觉，每次她轻声唤他“老公”，他都会听她的话。

“你想同我说什么？”顾墨成问道，他看着苏安安的笑容，加上她那句“老公”，心里哪里舍得怪她什么？他只是担心她受欺负。

“我今天去苏家是因为……”苏安安想解释，手机却响了起来。

这个电话来得真不是时候，她每次想同顾墨成说姐姐的事，都会被电话打断！

苏安安看了眼手机号码，是韩龙逸。

“韩龙逸的。”苏安安对顾墨成说道。

顾墨成纳闷起来，韩龙逸找他老婆找得有些勤快。

“小嫂子，你姐姐找到了吗？”韩龙逸直接问道，他回到诊所后，一直记挂着苏若初的事。

不知道是苏若初自己藏起来了还是被人带走了，他更相信是前者，但是他仍然不放心，就给苏安安打了电话。

“找到了。”苏安安回道，没有解释细节。

不是因为怕顾墨成知道姐姐的事，而是顾墨成盯着她，她怕和韩龙逸聊太久顾墨成不喜欢。

“她还好吗？”韩龙逸继续问道。

苏安安要回答的时候，顾墨成伸手到她面前。她看了一眼顾墨成，把自己的手机递给他。

“小嫂子，你还在吗？”韩龙逸问道。

“她在。”

两个字冰冷地传到韩龙逸的耳朵里，听得韩龙逸心里顿时慌乱起来。

“二哥，你和小嫂子在一起啊。”韩龙逸笑着说道。

“嗯。”顾墨成说道，“龙逸，你很喜欢和安安聊天？”

韩龙逸听出顾墨成语气里的不悦，他好像打翻了二哥的醋坛子。

“不喜欢，不喜欢。”韩龙逸连忙说道，“二哥晚安。”

没等顾墨成回话，韩龙逸赶紧把电话挂了。

苏安安接过顾墨成递过来的手机，紧张地解释道：“老公，我和他什么事都没有。”

顾墨成走在她前面，没有回她的话，急得她跟在他后面一直软软地叫着“老公”。

“够了。”顾墨成突然停下脚步，他转身看着苏安安那双在夜里闪闪发亮的眼睛。

顾家老宅的路两旁是路灯，在灯影下，顾墨成伸手将她拉入自己的怀里。

“老公，就是今天我找韩龙逸问一些事，我之前不知道他的号码。我们俩也很少见面。”苏安安解释道，她摸着顾墨成的衣服扣子，“老公，你相信我的，是不是？”

顾墨成自然是信她，也信韩龙逸。不过，他不喜欢她跟其他男人打电话。

他的占有欲在一遇到苏安安的事时，就格外不受控制。

“老公。”苏安安放柔声音，偷偷地抬起头。夜间的风有些冷，吹得苏安安的身子颤了颤，顾墨成将她往自己怀里带带，然后低了头，准确无误地吻住她的嘴。

他吻得很慢，苏安安看着他闭着的双眼，不由自主地抿嘴，把自己的双眼闭上。她的手移到他的身后，抱紧。

一吻结束，苏安安靠在顾墨成怀里不肯出来。她就喜欢被他抱着。

“我有个姐姐。”苏安安说道，“她长得比我漂亮，对我也很好。你知道的，我妈妈在我很小的时候就去世了。”苏安安回忆着，没有妈妈，姐姐对自己来说就像妈妈一样。

因为姐姐给了她妈妈般的温暖，把她照顾得很好。

“你知道吗？我姐姐很聪明，苏华很器重她。”苏安安抬起头看着顾墨成，顾墨成看了苏安安一眼，没有打断她。

“苏华虽然对我不好，可是有姐姐护着我，我不会受到蒋媚和苏紫菡的欺负。可是七年前姐姐出事了。很多人都说我姐姐去国外结婚了，说她嫁了一个好男人，到国外享福去了。事实上，姐姐哪儿都没有去，她就被苏华关在顶楼上。”说到这里的时候，苏安安眼睛红了，泪珠从眼眶里掉出来。

“姐姐爱过一个男人，苏华嫌弃那个男孩子家里穷，不同意他们在一起。姐姐约好和他私奔，可是他没有来。从那之后，她就被苏华关了起来，一直到现在。”

苏安安的眼泪浸湿了顾墨成的衣服，顾墨成没有说话，将她搂得更紧了。

“一个人被关了七年，不疯也疯了。”苏安安冷嘲道，“疯了，她被苏华逼疯了。”苏安安的眼泪在眼眶里打转，双手握成了拳头，“他口口声声说最疼姐姐，却不顾姐姐的感受，硬是拆散她的爱情，把好好的姐姐逼成了一个疯子。”

苏安安早就恨透了苏华。

苏华这么对待自己的亲生女儿，他不怕天打雷劈吗？

听到“疯子”两个字，顾墨成的心一怔，他以为苏若初得了病被关在苏家，没有想到她成了一个疯子。

“苏华怕别人知道自己的大女儿成了一个疯子，就对外宣称苏若初嫁到国外去了。苏华他就是一个没人性的！”苏安安痛心疾首地说道，她是为姐姐，也是为自己。

苏安安的这些话给顾墨成的冲击不小，他看她的情绪激动起来，把她搂紧。

“安安。”他轻轻唤了一声。

“今天，我接到苏华的电话，他说姐姐不见了。”苏安安慢慢地冷静下来，说起今天苏若初失踪的事，“之前我请韩龙逸给姐姐看病，知道韩龙逸今天去了苏家，我以为是韩龙逸偷偷把姐姐带出来了。可韩龙逸说没有，后来我回了苏家，姐姐明明在苏家，可是苏华却说她不见了。”苏安安对她失踪的事感到奇怪。

不仅是她，顾墨成也觉得奇怪。

“安安。”顾墨成伸手抹去苏安安的眼泪，“你知道我今天为什么生气吗？”

“你姐姐的事我早就有所察觉，可是你没有同我说过。”

他感觉得出苏安安不喜欢回苏家，也厌恶苏华，可是每次苏华一个电话打过来，她就会赶回苏家。所以他能肯定，苏华手中有牵制她的把柄。

“我是你的谁？”顾墨成问道。

苏安安老老实实回答他的问题：“老公。”

“我记得我和你说过，我是你的丈夫，你得把我当作你的依靠，有什么事要同我说，我会护着你。”顾墨成认真地说。

苏安安低下头：“我是想和你说，可是每次刚一提起就被打断了。”她抬起头委屈地看着顾墨成。

顾墨成见她挂着泪珠，一脸委屈地看着自己，压根没有生气，反而觉得好笑。

“你会帮我救出姐姐的，对吗？”苏安安问道。

顾墨成一笑，吻了吻她的额头：“傻丫头。”

这个问题她是白问了，她不说他也会查出来，然后帮她带苏若初出来。让苏若初留在苏家，对她来说是麻烦。

“我才不傻。”苏安安笑着踮起脚，主动吻顾墨成。

蜻蜓点水的一个吻后，她满脸笑意地盯着顾墨成看。顾墨成浑身难受，忍不住将她搂到怀里又吻了起来。

顾墨成会把苏若初带出苏家的，只是他听苏安安说苏若初失踪一事，又觉得哪里不太对劲。一个疯子怎么会无缘无故地失踪，又突然出现？

或许这件事韩龙逸更清楚。

两个人手牵着手回到屋里。

顾老夫人一看到他们两个，瞧瞧顾墨成，又看看苏安安：“你们年轻人真是的，外面天多冷，要亲也回家亲呀。”

苏安安红了脸。

“妈。”顾墨成唤了一声，示意顾老夫人别打趣苏安安。

顾老夫人撇撇嘴，真是有了媳妇忘了娘，父子俩一个德行。

“快点吃晚饭吧，吃好饭才有力气回房给我造孙子。”顾老夫人的话说得原本退了红晕的苏安安又红了脸。

顾墨成当作没有听见，他牵着苏安安的手到餐桌旁坐下用晚饭。

苏安安放假的前一天，顾老夫人就让苏安安第二天哪里都不要去，她要带苏安安去参加宴会。

苏安安记得，顾老夫人说的是萧家的宴会。

顾墨成不放心顾老夫人把她带出去，顾老夫人不乐意："我还能把你老婆丢了不成？"

"这说不定。"

"安安，你说，去还是不去？"

顾老夫人拿自己的儿子没办法，就直接把矛头对准苏安安。她盯着苏安安，要是苏安安说不去，那她以后都不理苏安安了。

苏安安被顾老夫人盯着，哪里敢说不去："我去。"苏安安对顾墨成说，"我老待在家里也很无聊，去萧家玩玩也挺好的。"

顾墨成见苏安安都这么说了，只好妥协。他叮嘱顾老夫人好好照顾苏安安，别把人弄丢了。

顾墨成的交代听得顾老夫人很不爽，她有那么不靠谱吗？

"墨成，你放心，我绝对不会把人弄丢的。"

顾老夫人拍胸脯保证，顾墨成仍然不太放心。他让苏安安把将军带上，跟着一群老太婆无聊的话，还可以逗逗它。

苏安安应下了，她看着顾墨成对她不放心，心里就偷着乐。

他把她当小孩子，太紧张了，就算顾老夫人把她弄丢了，她也能够自己回家。她不知道的是，他不是把她当孩子，而是舍不得她出一点意外。

顾墨成走后，顾老夫人立即张罗着给苏安安打扮，她要让自己的儿媳妇惊艳全场。

等苏安安给她生了孙子，她就可以天天带着孙子出去逛。她的视线落在苏安安的小腹上，他们两个这么恩爱，在一起那么久了，怎么还没有怀上孩子？

在去顾氏的途中，顾墨成想了想，还是觉得不太放心，他给萧彦打去电话。

萧彦怀里的女人先一步帮萧彦接了电话。

"喂。"

顾墨成已经习惯每次给萧彦打电话的时候，听到的是女人的声音。萧彦这个花花公子，换女人比换衣服还勤快。

"让萧彦接电话。"

"亲爱的，找你的。"女人将手机放在萧彦的耳边，他笑着对女人说："可是女孩子找我？"

正嬉笑的时候，他听到顾墨成的声音：“萧彦！”

萧彦一下子清醒过来，他一只手搂着怀里的女人，一只手拿着手机：“你又打扰我睡觉。”

“安安去了萧家，你帮我照顾她。”顾墨成说道。

萧彦笑笑：“顾墨成，你真是一个老婆奴。”

自从顾墨成结婚后，萧彦接到顾墨成的电话，说的都是有关苏安安的内容，这顾墨成的心被苏安安占得满满的。

“你很在意你的小妻子？”萧彦笑着说道。

顾墨成想了想，没有反驳他的话：“嗯。”

他是越来越在意苏安安了，那种在意他根本没法说不是。在意就是在意了。

“恭喜你，顾墨成。”萧彦说道，“你又恋爱了。”

顾墨成没接萧彦的话：“萧彦，女人玩多了不好。”

萧彦不以为然地轻笑：“我不像你这么有福气。我知道了，等会儿回萧家去。我妈看到我回去，肯定以为我想通了，答应她去相亲。”

他、韩龙逸和顾墨成，三家的关系不错，他们年龄又相仿，都被家里的老太太催着结婚。韩龙逸一烦，直接丢下韩氏，跑到路边开了小诊所。他则由着老太太念叨，至于相亲、结婚，他没有兴趣。

因为顾墨成十年前的一场感情，他们都认为不找女人的他没个四十岁不会结婚，谁料最快结婚的是他。

苏安安跟着顾老夫人到了萧家。萧家在宁城的影响力和顾家的不相上下。两家的关系一直很好，顾老夫人进去的时候，萧老夫人就迎上来了。

“来了，都在等你呢。”萧老夫人笑着说道。她喜欢办聚会，每隔一段时间会请豪门的老太太来家里聚聚。

萧彦是她的小儿子，他虽然风流花心，但是不影响豪门千金想嫁给他。这种聚会里，就有不少太太带着自己的女儿过来，想借这个机会攀上萧家，让自己的女儿嫁给他。

这是第一次有人不带女儿，带着儿媳妇过来参加萧家的聚会的。

“阿姨好。”苏安安对萧老夫人说道。

萧老夫人尴尬地笑笑，她的外孙女和苏安安的年纪差不多，小儿子和顾墨成同年，和苏安安差个十来岁，这苏安安叫她一声“阿姨”，她真不好意思应下。

“叫奶奶吧。”萧老夫人说道。

顾老夫人一听急了：“这不是乱辈分了，叫阿姨没有错。”顾老夫人说道，这可是她的儿媳妇啊。她故意对萧老夫人说道，“我们家安安年纪小，墨成的意思是过两年再去领证，不过年底会办婚礼。”

“这是应该的。”萧夫人接过顾老夫人的话说道。

“我今天特意为你开了一桌麻将，你要玩吗？”

“哦，我家安安也喜欢打麻将，让她也玩吧。”说话间，顾老夫人把苏安安推到前面。

顾老夫人玩得开心的时候，萧家的仆人过来和萧夫人说道：“蒋家老太太来了。”

这个老太婆苏安安很害怕，总觉得她盯着自己的时候眼神很恶毒。

蒋家虽然排在五大家族之后，但是蒋老太婆掌握着蒋家的大权，不像她们闲在家里玩乐。

桌上，除了顾老夫人和萧夫人，其他两人都站起身去迎接蒋老太太。

对这种讨好，顾老夫人不屑，甚至觉得这群人没啥眼光，对一个恶毒的女人这么殷勤。

蒋老太太是冲着顾老夫人来的。

两个人不对付很多年，顾家和蒋家的关系一直没有改善过。之前苏紫菡嫁给顾墨成本来是一个契机，没想到被苏紫菡自己推掉了。

蒋老太太一进来就寻找顾老夫人，看到顾老夫人身边的苏安安时，她的眼底多了恨意。她走上前，笑着同萧夫人打招呼。

萧夫人做人圆滑，顾老夫人也好，蒋老太太也罢，她都不好得罪，所以她把两个人都请过来了。

“你怎么才来？”萧夫人问道。

“家里有点事，所以来迟了。”说话间，蒋老太太冷眼看着坐着的苏安安。

这宴会里所有年轻的女子看到她来了，都站起身来迎接，唯独苏安安坐在那里没动。

“这是谁家的女儿，一点礼貌都不懂。”蒋老太太嘲讽道。

苏安安没有回话，顾老夫人先说道：“我顾家的。”顾老夫人说着，扭头看着蒋老太太冷嘲，“我顾家的人为什么要对你有礼貌？”

一句话气得蒋老太太的脸色冷下来：“你倒是得了一个好儿媳妇。”蒋老太太嘲讽道。

顾老夫人笑笑，接过她的话：“谢谢，我的儿媳妇肯定是不错的。”

“韩嫣，有件事你可能还不知道。”蒋老太太说道，“这个苏安安攀龙附凤，勾引过我们家盛旭。”

苏安安见蒋老太太污蔑自己，恼了：“你别在这里胡说。”

“我胡说什么？”蒋老太太说，“这件事苏家的人都知道。苏华有这样的女儿真是不幸。”

她说完，周围的人纷纷带着鄙夷的神色看向苏安安。

顾老夫人绷着脸，将手中握着的茶杯猛地朝地上砸去：“你这样污蔑我的儿媳妇，当我是死人吗？”说话间，顾老夫人冷着脸站了起来。

“我这是提醒你，别把鱼目当珍珠。你们顾家娶了一个不要脸的儿媳妇回来，还把她当宝。”

“倒是谢谢你的提醒了。”顾老夫人冷声说道，“你刚才是说我的儿媳妇勾引你的孙子？”

“是的。”

“你眼瞎了吗，还是脸皮厚？”顾老夫人嘲讽道，“就你孙子那货色，哪点比得过我儿子？就你那孙子，给我儿子擦鞋都不配。”顾老夫人越说越气，这蒋家老太婆以为她的孙子是香饽饽吗？

蒋老太太被她说得绷紧身子、脸色发白。如果是旁人这么说蒋家，老太太早一巴掌甩了过去。可是面前的韩嫣比她命好，嫁给了顾臻，生了顾墨成。

这两个人护着她，整个宁城谁敢动她。

“滚吧，别在这里像一条狗一样乱咬人。”顾老夫人嘲讽道，她丝毫不害怕被她气得发抖的蒋老太太。

“韩嫣，你别太过分！”

和韩嫣斗了多年，她输得一败涂地，到底是谁过分？

顾老夫人不屑地朝蒋老太太笑笑，她对刚才和安安一起打麻将的两位夫人说道：“我们继续打麻将吧。”

蒋老太太不能得罪，顾老夫人更不能得罪。

四周的宾客开始散开，各自聊天玩乐，萧家恢复了之前热闹的气氛。萧夫人作为主人，笑着招待蒋老太太。

蒋老太太冷哼一声，突然觉得自己的脚上不对劲，低头一看，一条狗正抬着头盯着她看。一股尿骚味冲进她的鼻子，她看见自己的鞋子湿了一块。

当顾老夫人和她说话的时候，小白在她脚边撒了一泡尿。

“畜生！”蒋老太太骂了一句，没等她用手中的拐杖打向小白，它已经跑向另一边的苏安安了。

“小白。”苏安安唤道。

蒋老太太寒着脸，盯着苏安安和那条白狗，这就是把她家盛旭咬废了的死狗。苏安安也好，顾家也好，这笔债她一定会讨回来。

“我有事先走了。”

蒋老太太被顾老夫人骂了一通，脸皮再厚也不好留下来。

她上了车，跟在她身后的男人唤道：“老太太。”

“上次的事办砸了，这一次我希望你把人给我带回蒋家。”

“老太太，这段时间顾家派人保护苏安安，我找不到机会下手。”

蒋老太太冷冷地瞪着他，骂道：“废物！我给你半个月的时间，半个月内，你把苏安安给我送到盛旭面前。”蒋老太太命令道。她想起韩嫣嚣张的神情就生气，她要韩嫣和顾墨成知道得罪蒋家的下场。

蒋老太太走后，顾老夫人没有什么心情继续打麻将了。把姓蒋的老太婆骂走了，她心里爽，这种宴会参加太多了没啥好玩的，还不如回去陪老头子。

“安安，我们走吧。”

苏安安正纠结着怎么和顾老夫人说，她不想待在这里，如此正好顺了她的心意。

她们走到萧家门口的时候，正好碰到回来的萧彦。

萧彦被顾墨成的电话吵醒，但是他舍不得离开温香软玉，又和美人缠绵了一番才赶过来。

“韩姨。”萧彦唤道。

苏安安抬起头看他，一下子就想起这是萧彦。她之所以对萧彦的印象这么深，是因为她听了傅芯的话，专门八卦了顾墨成和萧彦的关系。

紧接着，苏安安想起来她把顾墨成的车撞了的那次，她和萧彦碰过面。

他不会认出自己吧？

苏安安害怕起来，往顾老夫人那边挪了一步。

萧彦笑着和顾老夫人打完招呼后，看向苏安安，他觉得这个女孩子眼熟。

“这是小嫂子吗？”他上前一步，伸出手来。他还没有握到苏安安的手，手就被顾老夫人打了下去。

“别碰我儿媳妇。”顾老夫人说道。她知道这个萧彦的名声坏，专门玩弄小姑娘的感情。

有一次她来萧家做客，不到半天，就有两个小姑娘上门说怀了萧彦的孩子。萧彦这样的花心大萝卜，得让安安远离他。

“韩姨，是墨成让我过来的。”萧彦笑着说道。他天生一双桃花眼，笑着的时候眨眨眼就能让人感觉像触电了。就靠这张脸和这双眼睛，他在外面勾搭了不少女孩子。

他的花心和蒋盛旭的流氓行径不同。他和女孩子谈恋爱，是你情我愿。蒋盛旭是一旦看上了，就会用尽手段把人弄到手，也不管别人是否愿意。

“墨成怕您把他老婆弄丢了。”萧彦朝顾老夫人说完，又看向苏安安，“小嫂子，我叫萧彦，是顾墨成的兄弟。”萧彦自我介绍道，他发现苏安安很怕他，一直躲在顾老夫人身后，只敢露出半张脸。

顾墨成眼光不错，这女孩子长得真是漂亮。不过，他是不是在哪里见过她？

“小嫂子，我们见过面吗？”

见过，当然见过，他们还见了两次。

“你勾搭我家儿媳妇做什么？”顾老夫人拦着萧彦，说道，“你敢对安安动心思，我让墨成揍你。”

“冤枉啊，韩姨。”萧彦笑着说道，“我真的好像在哪里见过小嫂子，你放心，肯定不是在酒店房间。”

这浑小子！顾老夫人不想和他多聊，拉着苏安安的手就走。

“墨成也真是的，找他来照顾你。安安，我和你说啊，他没个正经，你得远离他。”

苏安安点点头，她当然得远离萧彦，因为很有可能一不小心就会被他发现自己就是和顾墨成飙车的女孩子，到时候她一定会死得很惨。

萧彦看着顾老夫人和苏安安离开的背影陷入了沉思，他仍然觉得苏安安眼熟，就是一下子记不清在哪里见过。女孩子太多了，他得慢慢回忆。

不如去查查苏安安的资料，说不定他能想起来在哪里见过她。

萧彦正寻思的时候，萧夫人过来说道：“彦儿，怎么站在这里？快过来。”萧夫人看到自己儿子回来了，高兴极了。她在家天天盼着萧彦回来，终于把他盼回来了。

“这是季家小姐，那是陈家的千金。”萧夫人和萧彦介绍着在场的女孩子。

萧彦笑着说道：“妈，这些千金小姐我可不敢乱玩。”

“谁让你玩了！”萧夫人生气地打萧彦，“我是让你挑挑看，有没有喜欢的。要是有喜欢的，我让你爸上门去提亲。你都三十一岁了，也不知道娶老婆。你看看人家顾墨成，娶了一个这么年轻漂亮的小姑娘。”

“妈，你放心，我也能给你娶一个小姑娘回来，年纪绝对不比顾墨成的大。”萧彦笑着说道，然后闪人，“妈，昨晚运动得太累了，我先上楼休息休息。”

“你这个臭小子。”萧夫人生气地看着他的背影。

他难得回来住，自己就他一个儿子，她拿他一点办法都没有。若不是当年的事，他也不会只知道在外面玩，家里人虽然急，但是谁都拿他没辙。

苏安安她们上了顾家的车，车子离开的时候，苏安安透过车窗看到一个妇人伸手拉着一个女孩下车。女孩子踩着高跟鞋不情愿地出来，妇人冷着脸在骂她。

苏安安一下子就认出那女孩子是傅芯。

小芯怎么也来萧家了？

傅芯被傅婉拽下了车：“妈，我不想去。”

傅婉回过头，冷冷地说：“萧家这张请帖是你叔叔向萧夫人讨来的，你不去让我怎么同他交代？”说话间，傅婉拉着傅芯往里面走，“小芯，妈妈是为了你好。萧家实力比陆家强，你嫁给了萧彦，这辈子不愁吃穿。”

一大早，傅芯被傅婉拉到美容院里又是敷脸又是做指甲，之后又去了商场挑选衣服。她还纳闷呢，没有听说陆家要搞宴会啊。来了萧家，她才知道傅婉让她盛装打扮，是想让她被萧彦看上。

她不喜欢萧彦那个花花公子。

“妈，我还小，不想嫁人。”傅芯说道。

她妈这么着急想把她嫁出去，是和哥哥有关吧。

“小芯，你该知道陆家不可能养你一辈子的。”傅婉转身，认真地看着傅芯说道，“你叔叔希望你今年找一个对象，不能结婚就先把婚事定下。妈妈帮你看了宁城未婚的男的，觉得萧家不错。小芯，你听话，不要让妈妈在陆家难做。”傅婉没有把话说全，但是傅芯听懂了。

她知道自己在陆家待不了一辈子，她想嫁给喜欢的人这辈子都不可能。

“走。”傅婉说话间，拽着傅芯往萧家里面走。

傅芯不愿意，但是仍然任由傅婉把她拉到了宴会上。

苏安安回来没多久，顾墨成就回来了。

顾老夫人见儿子回来得这么早，不乐意地说道：“放心，我没把你老婆卖了。”顾墨成这么早回来，不就是怕她把他老婆丢了？

“没那个意思。”顾墨成说着走到苏安安面前，“你玩得还开心吗，有没有受欺负？”

“哼。”顾老夫人冷哼一声。

“有妈妈在，没人敢欺负我。”苏安安回道。

“今天碰到蒋老太太，她说我勾搭蒋盛旭，是妈妈为我说的话。”苏安安说起萧家的事。

顾老夫人听完又“哼”了一声。

“嗯。”顾墨成应着，伸手拉过苏安安的手。

“你没看到蒋老太太被妈妈气得脸色都青了。”苏安安笑着说道。

顾老夫人损人的功夫很厉害，苏安安觉得应该向她学习。

“妈妈骂得蒋老夫人都不敢吱声，怎么这么厉害？”苏安安夸着顾老夫人，顾老夫人听到心里，得意地勾了嘴角。

“被我爸宠的。”顾墨成淡淡道。

有顾臻在背后撑着，谁敢顶撞顾老夫人？蒋老太太手里掌控着蒋家的权力，可是在顾老夫人面前不敢放肆，怕的就是顾臻。

“哼。”顾老夫人又哼了一声。

苏安安听着顾老夫人和顾墨成的对话，忍不住抿嘴发笑。

顾臻刚从医院里出来，这段时间顾老夫人和顾墨成让他在房间里多躺一躺。

顾子铭嫌顾家老宅闷没回来，最主要的是他在老宅老是被顾老夫人骂，而且顾墨成也在，他怕顾墨成。所以现在客厅里就顾老夫人、顾墨成和苏安安聊天。

他们说话的时候，顾墨成的手机响起来。他看了眼来电显示，说道：“萧彦的。”

顾墨成拿起手机走到一旁去接电话。

顾老夫人对苏安安说道：“这个萧彦就是一个花花公子，安安，你千万得远离他。”

“妈，我不会被他勾搭走的。”苏安安以为顾老夫人怕她出轨，连忙解释道。

顾老夫人说道：“我是怕你离他离得近，得病。”

“啊？”苏安安不解。

“他迟早得病。”顾老夫人不喜欢男人整天在外面拈花惹草，她觉得男人就该像顾臻和顾墨成一样，没有女人前得守身如玉，结婚后更得一心一意地对自己的老婆。

萧彦说好听点是风流，说难听点是滥情。

“哦。”苏安安点点头，她对萧彦也没有什么好感。她之前天天在网上看到萧彦搂着女人的照片，而且每次搂着的女人都不一样。

“妈，萧彦和墨成的关系很好吗？”苏安安轻声问顾老夫人。

“他们年纪相似，从小一起玩的，还有韩家的韩龙逸，也是和他们一起长大的。”

“哦。”苏安安应着，她扭头向身后的顾墨成看了一眼，压低声音和顾老夫人说道，“妈，网上乱说顾墨成和萧彦。”

顾老夫人愣了几秒，说道：“乱扯。”

她以为是顾墨成忘不掉十年前的女人，现在看顾墨成对苏安安那么好，又觉得可能她儿子早忘了那个女人。

“我随便说说。”苏安安不过是突然想到了八卦。

苏安安随便一提，顾老夫人倒是把苏安安的话听进去了。

墨成这些年身边没女人不说，朋友就韩龙逸和萧彦。

韩龙逸倒是正常，正正经经地交了几个女朋友，就是没一个成了的。萧彦花心，女人换得快，这样的人顾老夫人是不想顾墨成同他交往的，怕顾墨成被他带坏。但是顾墨成不找女朋友，她又希望他把儿子带坏，在外面找一个女人成家。

“安安，你离萧彦远些，”顾老夫人叮嘱着，“让墨成也离他远点。”

顾老夫人站起来，她上楼去看顾臻，离开的时候又说：“萧彦以后肯定找不到好老婆。”

顾墨成说要带苏安安回趟苏家。

他和苏安安虽然没有领证，也没有正式办婚礼，但是他已经把苏安安当作妻子看待了。苏华对苏安安再不好，也是她的父亲，他以女婿的身份上门，最重要的是他答应了她，回苏家帮她把苏若初带出来。

这次去苏家，他就是想试探试探苏华对苏若初一事的态度。

苏华接到苏安安的电话，一听顾墨成要来苏家吃晚饭，高兴极了。

顾墨成在他的项目上投了大笔的资金，就是因为这些资金，他把整个苏氏都砸到这项目里，之前亏损的钱也慢慢地回本了。

他正打算向银行贷款，投更多的钱进项目，然后想让苏安安再同顾墨成说说，投第二笔钱到苏氏。现在，顾墨成说来苏家吃饭，他怎么会不高兴！

顾墨成要来吃饭的事，苏家最不乐意的是蒋媚。要不是顾墨成，苏紫菡怎么会和慕家的关系搞成现在这样。

在知道顾墨成要来吃晚饭的当天，蒋媚接到了苏紫菡的电话。

苏紫菡刚和慕瑾瑜吵了一架，他们两个吵架，慕家人已经习惯了。慕家人不敢得罪苏紫菡，但是都对苏紫菡视而不见，能不搭理她就不搭理她。慕瑾瑜和她吵架后，直接夺门而出。

“妈妈，慕瑾瑜一定到外面去找女人了。”苏紫菡哭着说道。

慕瑾瑜的手还没有完全恢复，苏紫菡就在他身上发现紫色的头发。她的头发是黑色的，所以他一定是在外面找了女人。

“苏安安，都是苏安安那个浑蛋害我的！”苏紫菡愤恨地说道。

“今天晚上，苏安安带着顾墨成过来吃晚饭。”蒋媚说道。苏华一接到苏安安的电话，就让苏家仆人打扫卫生、准备食材。

“苏安安！”听到苏安安的名字，苏紫菡恨恨地说，“妈妈，你不是说想法子拆散他们，为什么到现在都没有消息？”

蒋媚也觉得奇怪，难不成是蒋老太太还没有行动？不可能，自己的妈妈她最了解，蒋老太太有仇必报，不可能会饶了苏安安。

“紫菡，你别急。”蒋媚劝说道。

“不行，今天晚上我要回苏家，让苏安安这个浑蛋不得好死。”苏紫菡心里恨透了苏安安，见苏安安过得好，她更加恨。

“紫菡，你别过来。”蒋媚劝道。

顾墨成跟来苏家，苏紫菡不可能在苏安安身上占到半点便宜。要让苏安安和顾墨成分开，不一定要对苏安安下手，也可以从顾墨成身上着手。

她一直想找人勾引顾墨成，可是没有机会下手。这次顾墨成来苏家，就是一个不错的机会。

可是找谁呢？比苏安安小，又比苏安安听话，好掌控……

蒋媚想到一个人后，嘴角的笑意更浓，她拿起手机打了一个电话。

知道顾墨成要去苏家，顾老夫人立即给他们准备了很多礼品。她买的都是贵重的物品，她要让苏家人知道他们顾家很珍视这个儿媳妇。

顾墨成和苏安安是下午四点半从顾家老宅出发的。老宅在郊区，到苏家的路程要花一个小时。

到了苏家门口，刚下车，苏安安就听到一个尖细的声音传来：“安安。”

苏安安转身，看见一辆宝马车里走下来一个女人。

女人刻意打扮过，手上戴着金器，肩上披了一件真皮小外套，看着是个十足的贵妇，但是她一张口就知道她出自市井街头。

苏安安觉得奇怪，苏二婶怎么来了？苏安安又看到苏雅从车里走下来，她猜测是蒋媚叫她们过来的。

苏雅打扮简单，穿着白色连衣裙，怯生生地站在苏二婶身后，一眼看去就能让男人产生保护的欲望。

苏安安不喜欢苏雅，特别是知道苏雅对顾墨成动了心思后。

“顾先生，你好。”苏雅出来，没有同苏安安打招呼，反而先向顾墨成问好。

这娇柔的声音听得苏安安心头恼火，苏雅根本没把她放在眼里。

“老公，我们进去吧。”苏安安搂紧顾墨成的手臂说道。

顾墨成没有理会苏雅，他对苏安安点点头，两个人走进苏家。

苏雅见顾墨成没有理自己，委屈地拉下小脸，苏二婶走到她面前握住她的手：“雅雅，不急。”

说话间，苏二婶放开苏雅的手，走上前拉住苏安安的手。

“安安，婶婶有点话和你说。”

苏安安看了一眼顾墨成，示意自己可以解决，让他先进去。

顾墨成进去，苏雅跟在他的身后。

苏二婶看着顾墨成和苏雅一前一后地朝苏家走，勾起嘴角笑笑。

“二婶，你想同我说什么？”苏安安问道。

“安安，他就是顾先生啊？”苏二婶明知故问。

“嗯。”苏安安回道。

“安安，你上次说的话还算数吗？”

苏安安一愣，她同苏二婶说了什么？什么话算数吗？

苏二婶看苏安安的样子，知道她已经忘了，说道：“上次，你说让雅雅跟顾先生。我回去一想，觉得顾先生年纪虽然大点，但是人不错。”

苏二婶说得苏安安愣住了。

在苏家，苏二婶让她给苏雅介绍对象，她确实开玩笑说让苏雅跟了顾墨成。当时苏二婶是一脸的不屑，说女儿不会跟顾墨成的。

“可是，我记得二婶你当时拒绝了。”苏雅想跟顾墨成，做梦！她怎么可能把自己的老公让出去。

“我那不是不知道雅雅喜欢顾先生吗？”苏二婶放轻声音，“再说了，你也没说顾先生长得这么好看。”

苏安安勾了嘴角：“她喜欢，我就得让给她？”

被苏安安一问，苏二婶不好意思起来：“安安，我是想让你给雅雅一个机会。”

“雅雅是你的妹妹，肥水不流外人田，你撮合撮合顾先生和雅雅，不是对自己有利吗？哪个有钱人在外面没个女人的，索性让顾先生养其他女人，不如让雅雅帮你。”

苏二婶厚颜无耻的话听得苏安安想笑，苏二婶打的可真是好主意。

“二婶不介意雅雅当小三？”

苏二婶一愣，她当然介意，只是她相信自己的女儿能抓住顾墨成的心，然后让顾墨成把苏安安甩了。

没等苏二婶说话，苏安安接着道：“二婶既然介意，那我就不能委屈雅雅做小三了。”

“安安！”见苏安安转身要进苏家的门，苏二婶急着上前拽住她的手，“雅雅是真的喜欢顾先生！”

苏安安冷下脸，抽出自己的手，说道：“你女儿喜欢，我就得把自己的老公让给她？”

真是笑话！苏安安说着，径直往里走去。

苏二婶急了，上前张开手拦住苏安安的路。苏安安冷嘲：“二婶，给雅雅和顾墨成相处的时间够长了。我的男人，你们真以为这么好抢走？”说完，她一把推开苏二婶，走进了苏家。

苏二婶恼怒地盯着苏安安的背影，苏紫菡能抢走慕瑾瑜，他们家雅雅也能从苏安安的手里抢走顾墨成。

苏安安跟在苏雅和顾墨成身后，她看到苏雅走在顾墨成身边，突然身子一歪，整个人往顾墨成那边扑过去。

这招数，苏安安看得眉头直皱，苏雅竟然假装摔倒，然后借机让顾墨成扶她。

“老公！”她见苏雅倒向顾墨成，立即唤了他一声。

顾墨成本来就要躲开苏雅，他听到苏安安的声音，连忙转身。苏雅不知道他突然移开脚步，她本来都算好了，摔倒的时候刚好能被他接住。现在这样一来，她直接狼狈地摔在了地上。

“顾先生。”她抬起头，柔弱地唤了一声，眼眶里还掉出眼泪。

顾墨成没有看她一眼，而是走向苏安安：“怎么了，安安？”

“这高跟鞋穿得我脚后跟好痛。”苏安安说道，顾墨成低头看了一眼她的脚，没有看出她脚后跟破了。他再瞧了眼她狡黠的目光，心里顿时明白了她在做什么。

从苏安安被她二婶拦住，再到苏雅跟着他不时地和他说话，他心里就有数了。

“你扶着我，不然我不走了。”苏安安撒娇道。

苏二婶着急地过来扶起苏雅，苏安安故意看过去，朝她们露出灿烂的笑容。

“好！”顾墨成笑笑，宠溺地搂着苏安安往苏家走。

从苏二婶和苏雅面前走过，苏安安再给了她们一个笑容。

别想抢走她的老公！

在苏安安和顾墨成到苏家大门的时候，苏华就知道他们来了。

看到顾墨成，苏华愣了一下，在这之前，他没有见过顾墨成本人。

这个男人，浑身上下透着矜贵的气质，一看就知道出身富贵，是众星拱月般长大的。他的样貌遗传了顾臻和韩嫣的优点，特别是遗传了当时宁城第一美人韩嫣的，单他这一张脸就足够迷倒很多女人了。

“顾先生。”苏华讨好地唤了一声，他看了一眼被顾墨成牵着手的苏安安。

阴差阳错，苏安安代替苏紫菡嫁给了顾墨成，却过得比苏紫菡好很多。

苏华看着幸福的苏安安，心里有数种滋味。以后苏安安有人护着，他不知道自己是开心还是难受。

“爸。”苏安安给了苏华面子，唤了他一声。

苏华正答应着，然后看见跟着他们进来的苏雅和苏二婶。

——她们怎么来了？

这是他的家宴，他怕惹顾墨成不高兴，连苏紫菡和慕瑾瑜都没有叫回来。

苏华看向身旁的蒋媚。

蒋媚一脸笑意地看着苏安安，苏二婶和苏雅是她叫来的。

苏安安不是靠着顾墨成的宠爱欺负她家紫菡吗？那么她就找一个比苏安安还年轻的女孩子勾引顾墨成，等顾墨成把苏安安甩了，看苏安安还怎么嚣张。

“蒋媚，”看见蒋媚得意的笑容，苏华冷了脸色，“去端茶！”

“顾先生，请。”苏华请顾墨成到客厅里坐下。这是他女儿的丈夫，但是没有经过顾墨成的允许，他还得客客气气地叫一声“顾先生”。

蒋媚从厨房端来了茶水，她把对苏安安的恨意掩饰好，然后端了一杯茶给苏安安。

“安安，小心烫。”

蒋媚虚伪的笑容、讨好的语气，让苏安安觉得厌恶。不管蒋媚对她的恨意掩饰得多好，她还是能感觉出来。

“爸爸，今天也叫了二婶一家来吃饭吗？”苏安安故意问，“不是说只请我和顾先生吗？”

“这不是人多热闹吗？”苏华没有说话，蒋媚先接了话。

苏华沉下脸，冷冷地瞥了一眼蒋媚，他没有给蒋媚面子，直接说道：“我没有叫她们。”

蒋媚一愣，又笑了起来：“是这样的，紫菡在嫁给瑾瑜前，留了一些衣服给雅雅，我就叫她过来拿了。”

“真巧！”苏安安笑着说道。

蒋媚站起身，对苏雅招手说道：“雅雅，我带你去拿紫菡的衣服。”

从进门后，苏雅的目光就一直落在顾墨成身上。这个顾墨成，苏雅是真的很喜欢。在她还不知道他是顾墨成的时候，就对他一见钟情了。

“哦。”苏雅心不在焉地应道。

——顾墨成的眼神一直在苏安安的身上，看不到她的存在。

“安安，不如你也一起上去？紫菡的好些衣服都没有穿过，你挑挑看有没有合适的。”蒋媚又对苏安安说道。

苏安安看了一眼顾墨成，她知道他有事要同苏华谈。

“我去看看。要是没有找到合适的，你陪我去买。”苏安安故意当着蒋媚和苏雅的面，放柔声音撒娇。

她们想拆散她和顾墨成，做梦！

“好。”顾墨成笑了起来。小丫头这点心思，他早就看穿了。她喜欢演，他就陪她演。

“安安。”苏安安站起身离开的时候，顾墨成提醒道，“你忘了一件事。”

苏安安不解，顾墨成站起来，拉着她的手，然后吻了一下她的额头：“去吧。”

当着这么多人的面，顾墨成吻了她，她顿时红了脸。这恩爱秀得有点过了吧！

苏雅看到顾墨成吻了苏安安，双手不由自主地握成拳头。

苏二婶劝说：“雅雅，别急。”

“安安，走吧。”走到楼梯口的蒋媚也看到了，她冷脸唤道。

苏安安跟着她们走上二楼。

苏华笑着对顾墨成说道：“顾先生对安安真好。”

“嗯。”顾墨成应道，“她是我的妻子。”他说话的时候，嘴角溢出了笑容，那笑容是发自内心的。

苏华突然有一种女儿真的嫁出去了的感觉，他对苏安安的感情很复杂。

苏安安刚出生的那段时间，他爱不释手地抱着她，和喜欢苏若初一样地喜欢她，甚至是更加疼爱她。可是当他决定好好地宠这个女儿的时候，他和妻子大吵了一架，再看到苏安安，听到她的哭声就想起妻子的话，想抱又狠了狠心没有去抱。妻子死后，他对她更加冷漠，他不把她当成自己的女儿，只当成一颗棋子、一个碍眼的东西。现在他看到她被顾墨成疼爱着，却有种女儿嫁人的感觉。

“谢谢顾先生对安安的照顾。”苏华笑着说道。

和对苏安安的感情一样，苏华这个人很复杂，甚至可以说在前妻死后，他这个人变得有点病态。

苏安安跟着蒋媚上了楼，她很清楚，蒋媚她们叫自己上来，是另有目的。

“阿姨，紫菡的衣服我穿不了吧。”苏安安故意说道。她比苏紫菡高，苏紫菡的衣服，她不适合：“还是留给雅雅吧，雅雅比较喜欢穿旧衣服。”

苏二婶正开心地在苏紫菡的衣柜里替苏雅找好看的衣服，听到苏安安的话，苏雅红了眼去扯苏二婶：“妈，我不要这些衣服了。”

看自己的宝贝女儿受了委屈，苏二婶生气地说道：“安安，我们家雅雅惹你了？”

苏安安没有回话，蒋媚先出声说道：“安安，紫菡有好东西都会想到雅雅，你和雅雅也是姐妹，好东西得拿出来分享。”

这句话里的意思，苏安安听出来了。蒋媚是拐着弯告诉苏二婶和苏雅，让苏安安把顾墨成拿出来分享。

“嗯，阿姨说得有道理。”

苏安安这么听话，让苏二婶一喜。

“安安，刚才二婶和你说的话，你考虑考虑。我们都是为了你好，为了苏家好。”

苏安安没有见过这般厚颜无耻的人，想抢她老公，还说是为她好。

“安安，顾墨成这样的男人你掌控不了。他现在爱着你，但是谁也说不清他什么时候就喜欢上别的女人了。”

“阿姨说得有道理。”没有等蒋媚把后面的话说完，苏安安点点头接道，“紫菡姐姐年纪比我们都大，慕瑾瑜以后肯定会在外面找女人，不如让雅雅跟了慕瑾瑜，这样帮着紫菡姐姐抓住慕瑾瑜的心，对我们苏家很有帮助。”

蒋媚说的不是慕瑾瑜，而是顾墨成。

听完苏安安的话，她们三个人的脸色都变了。

把顾墨成换成慕瑾瑜，苏二婶不愿意。那慕瑾瑜背着苏安安和苏紫菡搞上，要是雅雅跟了他，怎么会有好日子过？再说了，慕家也比不上顾家有钱有势。

“慕瑾瑜那种男人，我们家雅雅不要。”苏二婶直接说道。

她当着蒋媚的面嫌弃慕瑾瑜，这让蒋媚沉下了脸。

苏雅连忙拉着苏二婶的衣袖：“妈妈。”

“瑾瑜哥和紫菡姐姐那么相爱，我怎么会去破坏他们的感情？”苏雅说道。

苏安安意味深长地“哦”了一声。慕瑾瑜和苏紫菡相爱，她不好破坏，自己和顾墨成也相爱，她怎么就好意思来抢了？

“安安，我们都是为了你好。这件事，你奶奶也知道了，她很赞成。”苏二婶搬出苏家的老太太来压苏安安。

苏安安都不怕苏华，还怕一个老太婆吗？她觉得真是很好笑。以前，慕瑾瑜那个渣男苏紫菡要，苏华就用姐姐逼她把慕瑾瑜让出来，现在又是顾墨成。

顾墨成，她可不会让！

顾墨成是她的老公，是她爱着的男人，她是傻了还是疯了，把这么好的男人送给苏雅？

“你们脑子没有坏吧？”苏安安嘲讽地说道，“顾墨成是我的老公，他不是什么物件儿。”

她打量着像一朵小白花、委屈地站在苏二婶身后的苏雅：“再说，苏雅这样的姿色，你们当我老公是瞎子，能瞧得上她？”

一句话气得苏二婶脸色发青。

“苏安安，你不让也得让！”苏二婶恼怒地说道，“你要是不让，就让你奶奶和你说。”

苏二婶每次来苏家拿东西，苏华或者蒋媚不给，她就把老太婆搬出来。

“可以让爸爸同我说。”苏安安笑着对蒋媚说，“阿姨，你们让我把顾墨成送给苏雅，爸爸知道吗？”

蒋媚脸色一白，苏华怎么可能同意？他再不喜欢苏安安，她也是他自己的女儿。苏雅可不是他的女儿！

“如果阿姨这么想帮苏雅介绍对象，不如把慕瑾瑜让出去。苏雅可比紫菡姐姐有本事，能帮着紫菡姐姐拢住男人的心。”苏安安冷嘲热讽地建议。

蒋媚生怕这句话被苏二婶听了进去。苏雅长得不如苏紫菡漂亮，可是扮柔弱的本事丝毫不输给蒋媚，要是苏雅有心和苏紫菡抢慕瑾瑜，绝对是苏雅完胜。

“安安，你太自私了。”蒋媚替苏二婶指责道，“你二婶和雅雅是为了你好，你怎么一点都不领情。”

领情才怪！苏安安看了看时间，自己在这里和她们聊得差不多了，楼下顾墨成和苏华说姐姐的事也说完了吧？

“紫菡姐姐的衣服不适合我，雅雅你慢慢挑。”说完，苏安安迈开脚步要离开房间。

苏雅上前，拦住苏安安的去路。

“安安，我喜欢顾先生，你给我一个机会吧。”

听着苏雅深情的表白，苏安安真想撬开她的脑子看看。这脑子没有坏吧？顾墨成是自己的老公，因为她喜欢，自己就得把老公送给她？

“不能。”苏安安说道，“顾墨成是我的丈夫，请你搞清楚这点。你想做他的小三，也得看我愿不愿意给你这个机会。”

苏雅咬了咬唇，要不是她真的很喜欢顾墨成，她哪里会厚着脸皮带着妈妈来苏家。

“安安，顾先生和你没有结婚。”苏雅说道。

“所以呢？”苏安安勾了嘴角笑笑，“你有机会嫁给顾墨成做顾夫人？”

苏安安的话让苏二婶两眼一亮，她和苏雅打的不正是这个主意。

“有我在，你哪里有机会接近顾墨成？还是你认为我会傻得把顾墨成拱手相让？”

“苏安安！”苏二婶被她的话气得咬牙切齿。苏二婶不是蒋媚，蒋媚顾及着蒋家的颜面，对她再恨也得忍着。苏二婶全由自己的脾气来，苏安安说了让自己生气的话，她理所当然地动手打过去。

苏安安怎么会由着苏二婶打？她往旁边挪了一步，顺便将面前的苏雅往前一推。倒霉的苏雅就这么被自己的妈妈打了一巴掌。

苏二婶对苏雅嫁进豪门寄予厚望，哪里动过苏雅一根手指头。现在她看到自己打苏安安没成，反而把苏雅打了，顿时更加恼怒起来。

“苏安安，你不帮雅雅不说，还打雅雅，太过分了！”苏二婶怒声说道。

蒋媚看苏二婶对苏安安下手，她在旁边找了一个位置坐下，噙着笑意看戏。

苏雅莫名地挨了一巴掌，站在原地哽咽着。苏二婶心疼极了，她转头瞪着苏安安：“你这有娘生没娘教的野种，我今天非收拾你不可！”

“野种？”这个称呼让苏安安皱了眉头，“二婶，你把嘴巴给我放干净点。”

“野种，你就是一个野种！”苏二婶来了劲，苏华前妻的那点事她清楚得很，苏安安不一定是苏华的种。

“你妈妈不要脸，干出偷人的勾当，苏安安你不是野种是什么？”苏二婶骂得起劲，恨不得把当年苏妈妈的事全说出来。

“我妈妈怎么偷人了？”苏安安冷声问，“你给我把嘴巴放干净点！”

苏华不喜欢别人提起自己的前妻，偷人这事苏安安从苏老太婆的口中听到过一次。不过那次，苏华也在旁边。一向很听苏老太婆话的苏华当场掀了桌子，把苏老太婆吓得不敢再说“偷人”“野种”这些字眼。

现在再从苏二婶的口中听到，苏安安想起苏华对自己一直以来的态度，她有理由怀疑自己到底是谁的女儿！

“她偷的是谁？怎么偷人的？”苏安安平静下来，冷冷地问道。

妈妈的事，苏华不会和她说，那么现在她可以从苏二婶口中套出一些。

“我……”苏二婶语塞，她不知道具体的细节，只是从老太婆口中听到过只言片语。

“二婶，没有证据可不能像一条狗一样乱咬人。”

“你这个野种，骂谁是狗？”苏二婶被苏安安刺激得愤怒起来，她指着苏安安大声骂道，“苏安安，你要不是野种，你妈妈一死，苏华会想把你扔了吗？你就是你妈妈给他戴的那顶绿帽子！”

她和蒋媚不同，她的声音穿透了房间的门，一直传到楼下的客厅里。她骂得起劲，就是要找出最难听的话骂苏安安和苏妈妈。

“哼，你别真以为自己是苏家千金，你就是一个没人要的野种！”苏二婶大声骂道，“你算什么东西，要你把顾墨成让出来是给你留点面子，你要不听话，苏家把你赶出去，让你千金小姐都做不成！”

“弟妹。”苏二婶的话说得太过了，蒋媚不得不起身劝说道。

蒋媚要的是苏二婶骂苏安安，逼苏安安给苏雅和顾墨成创造独处的机会，她没有让苏二婶把苏安安妈妈的那点事全骂出来。

苏华有两个忌讳，一个是他疯了的大女儿，一个是他死去的妻子。

很多人都说苏华无情无义、忘恩负义，为了自己的利益，他把原配气死，娶了蒋家的小姐回来。只有蒋媚清楚，他这些年心里只有一个死去的人，他对她根本没有半点感情。

“弟妹，好了。”蒋媚上前拉苏二婶，苏二婶正骂得起劲，她一挥手，把蒋媚一把推在地上。

苏雅看苏二婶推了蒋媚，再看自己的妈妈像一个泼妇一样骂人，她急着上前，哭了起来："妈妈，不要骂安安了。"

苏二婶扭头看了一眼哭着的苏雅，她跟着红了眼："我的雅雅，你放心，妈妈为你出气。"

房间里乱糟糟的，哭的哭、骂的骂，蒋媚还被苏二婶推到了地上。

苏华站在门口，冰冷地看着里面的人。

蒋媚注意到他的出现，立即从地上爬起来，走向苏华说道："老公，是我没有管好安安，让她动手打了雅雅。"

苏华身后站着的是顾墨成，顾墨成不放心苏安安跟着上楼，没有想到会听到苏二婶骂安安"野种"。他越过苏华，走到苏安安面前。

"老公。"苏安安抬起头，唤了他一声。

苏安安没有想哭，不过看到顾墨成的时候，她觉得好委屈，然后眼泪掉了出来。

"你这个小浑蛋，装什么柔弱，哭什么哭！"苏二婶见苏安安哭，恼怒地骂了出来。

"顾先生，是苏安安先动手打了我家雅雅。我们家雅雅是一个乖女孩，你瞧她的脸，被苏安安打成什么样子了。"苏二婶说话间，拉着苏雅到了顾墨成面前。

顾墨成沉着脸看去，苏雅的脸上果真有五个手指印子，她咬着下唇，楚楚可怜地含着眼泪盯着他看。

"顾先生。"她开口说话的时候，眼泪掉了出来，要有多委屈就有多委屈。

顾墨成冷着脸，他抬起手的时候，苏二婶以为他要打苏安安为自己的雅雅出气。没想到正当她欣喜的时候，一声清脆的巴掌声结结实实地落在她身边的苏雅脸上。

"安安既然打她，说明她该打。作为她的丈夫，我怎么都得替她再教训教训这该打的人。"顾墨成冷冷地说道，他身上的寒意吓得苏二婶一下子怔在原地。

顾墨成搂着苏安安下楼去了。

苏二婶看着顾墨成和苏安安走了，反应过来，大声哭闹道："该死的杀千刀的，竟然下手这么狠！"

苏二婶越哭越响，她才不管苏华的脸色有多难看。要不是苏雅在旁边劝着她，她一定会在地上打滚，让苏华替她做主。

蒋媚看着一团糟的房间，再看看苏华的脸色，心里害怕起来。

“滚！”苏华冷声说道，“滚出苏家！”

苏二婶一愣，跟着哭了出来：“苏华，你女儿打了苏雅，你不教训她，反而让我滚？”

“你弟弟没用，这么多年依靠着你才在苏氏混一个经理当当，我们一家都是靠着你。你让我们滚，我们只能滚。我的雅雅真是可怜，受了欺负还得忍气吞声！”

苏雅被苏二婶哭得烦心，她妈妈虽然维护她，但是没有蒋媚上得了台面。事情被搞成这样，苏二婶有很大的责任。

“妈，我们回家吧。”苏雅劝说道。

“不走，我不走！”苏二婶索性坐在地上，说道，“他女儿打了你，你必须得打回去。顾墨成有权有势了不起啊，仗着有钱就欺负我们这群老实人！”

苏雅见苏二婶不识趣，反而说起了顾墨成，她连忙拉了苏二婶起来。

“我再说一遍，滚出苏家！”苏华隐忍着怒火，他的眼神变得冰冷，看得苏二婶心里打战。苏二婶哭着从地上爬起来，她拿着身上的披肩擦着自己的眼泪和鼻涕。

“以后再让我听到‘野种’两个字，你们知道有什么后果。”苏华沉着声威胁着苏二婶。

苏二婶没敢再骂回去，她看苏华阴狠的眼神，知道自己说错了话。

她们走下楼的时候，看到顾墨成正搂着苏安安说话。顾墨成看着他们的眼神冰寒，苏雅捂着被打得火辣辣发痛的脸，有苦说不出口，委屈地快步离开了苏家。

看苏雅走了，苏二婶急忙跟上去：“雅雅，等等我。”

苏紫菡的房间里只剩下苏华和蒋媚两个人，蒋媚露出笑容走上前：“老公，对不起，我不知道弟妹她这么不懂规矩。”

“不懂规矩的是你！”苏华冷着声音说道，他抬手朝蒋媚的脸上挥了过去，“你知道我的底线在哪里！”

苏二婶成功挑起他心里隐藏着的愤怒，让他想起那些不愿想起的事。

“老公，我……”蒋媚哭了出来，她柔声唤道。

“收起你的眼泪，你假惺惺的样子让我恶心！”苏华怒声说道。

他对蒋媚没有半点感情，蒋媚心里清楚。她曾经以为自己做了苏夫人，成功地把那个女人从苏华的身边挤走，就可以让他爱她，可是很多年以后她才知道，一个男人不爱你，你扮柔弱、装委屈根本没有用。

“苏华，我做错了什么，你要这么对我？”蒋媚含着眼泪问道。

苏华一把拽住她的手，冷声说：“‘野种’这两个字谁教她说的？少在我妈耳边嚼舌根。”

“可是苏安安她就是一个野种。”蒋媚冷嘲，“姐姐她背叛了你。”

苏华伸手扼住她的脖子：“你再说一遍我听听。”他的声音冰冷又缓慢，听得她害怕起来，只要苏华再用力，她就死了。

苏华一点点用力，蒋媚惊恐地胡乱打着他，他突然松手，将蒋媚推倒在地上。

倒在地上的蒋媚难受地咳嗽起来，她看着苏华整理着自己的衣服，不由自主地对他害怕起来。

这样的苏华，她不是第一次见到。

苏华理好衣服，转身，脸上露出了笑容。

蒋媚哪里再敢喊住他，今天最大的失策就是让苏二婶骂了苏安安“野种”。

野种！苏安安可不就是一个野种，不然苏华这么多年怎么会那样对苏安安。可是苏华又不想承认，听不得别人说前妻对他的背叛。

苏华走下楼，笑着走到了顾墨成和苏安安身边：“顾先生，真是抱歉，刚才让你看笑话了。”

苏华一句话带过之前的事，他一脸笑意地同顾墨成说话，哪里有刚才对待蒋媚时的阴冷。

他说话的时候，看了一眼红着双眼的苏安安，眸子里多了冷意。

“安安没事就好。”顾墨成冷淡地回道。

刚才苏二婶的话，顾墨成也听见了。

苏安安下楼后没有同他多说什么，只是伤心地抱着他不放。“野种”那种字眼伤了安安的心。或许，苏安安真的不是苏华的女儿！

“谁敢欺负安安一分，我会百倍、千倍地奉还。”顾墨成正色道，“安安是我的妻子。”他不管她是谁的女儿，他只知道现在她是他的妻子。

顾墨成话里的意思苏华听明白了，他笑了笑：“安安有顾先生护着，真是她的福气。”这话他由衷地说出口，没有半分虚假。

“苏总，我们谈笔交易如何？”顾墨成说话间，苏安安抬起头盯着他，他低头瞧了她一眼，将她的手握进手心。

“苏氏的那个项目我追加三千万。”

顾墨成说完，苏华高兴地说道：“顾先生，这怎么好意思！”嘴上说着不好意思，他心里却巴不得顾墨成快点把钱投进来。

天下没有白吃的午餐，苏华接着问道：“顾先生要什么？安安的事我以后不会插手。”

顾墨成嘲讽地看着苏华，有他护着，还轮不到苏华插手苏安安的事。他握紧苏安安的手，看似无意地提起：“安安和她的姐姐感情很好，我想把她接到顾家去照顾。”

这个姐姐，苏华自然清楚是苏若初，苏华没有想到苏安安和顾墨成好到把苏若初的事都说了出来。他的脸色顿时不好了，想指责苏安安，又转念想到顾墨成投的钱。

“这件事得问过慕家。”苏华故意说道。

顾墨成不急，冷冷地回道：“苏总知道我说的是谁。”

“当然得问慕家，紫菡刚嫁给瑾瑜，慕家不同意，我也不好让紫菡去顾家住一段时间。”苏华打太极，把苏若初说成苏紫菡。

苏安安没有顾墨成和苏华的耐心，她出声说道：“在我的心里，我只有一个姐姐，那就是苏若初。”

苏华脸上的笑容挂不住，他冷着脸不悦地看着苏安安。有顾墨成在，苏华就算被苏安安气得大怒，也不敢动手打她。

“苏总，安安的意思你听明白了？”顾墨成的声音更冷了，“以三千万换苏若初。”

苏华一愣，笑出了声：“三千万？顾先生以为我做的是卖女儿的生意吗？”

“不是吗？”顾墨成冷嘲道，“我一直以为苏先生做的是卖女儿的生意。”

苏华用苏安安代替苏紫菡嫁到顾家，再逼着苏安安劝服他投资苏氏的项目。苏华对苏安安做的不是卖女儿吗？

“这不一样。”苏华回道，“安安怎么和若初一样。”

苏华的话让苏安安想起苏二婶口中“野种”的字眼，她的心不免发痛。不过，痛意很快被顾墨成掌心的温暖代替，她朝他一笑，告诉他自己好着呢。

苏华不把她当作女儿看待，她也不会当他是自己的父亲。所以他说再多难听的话，和她有什么关系？她有顾墨成就够了。

“苏总这么说，是不愿意把苏若初交给我了？”顾墨成问道。

苏华不想把苏若初交出来，他对苏若初是真真实实的父女感情。这些年苏若初疯了，他一方面是顾着自己的颜面，另一方面也是不想苏若初住进精神病院，怕她受到别人的欺负。他宁愿将她锁在顶楼，这样起码能保证她衣食无忧。

他把苏若初交给顾墨成，也意味着他失去了对苏安安的掌控。凭这一点，他更不想这么做。

“顾先生，哪有做父亲的把自己生病的女儿交给别人照顾的？”苏华笑着说道。

顾墨成不屑，将疯了的苏若初一直关在顶楼就能看出这人有多自私。

“这么说来，苏总不同意我说的交易。”

一大笔的钱放在面前，苏华哪有不想要的道理。对他来说，现在金钱最重要。

“三千万！”苏华轻笑着说了一声，他嫌少！

“顾先生让我考虑考虑。”苏华说话的时候，注意到二楼楼梯上走下来的何妈，他说道，“顾先生，一起去餐厅先吃饭吧。”

苏安安和顾墨成来的时候心里都有准备，知道苏华不会因为三千万轻易地把苏若初交出来。不过，苏氏正面临危机，需要顾墨成的资助。

“苏总，今天是三千万，明天怕是一半都没了。”顾墨成冷冷地说，这话里的威胁意味苏华听得出来。

“顾先生先用餐吧。”苏华笑笑。

顾墨成把该说的说了，不催苏华。苏华确实需要时间考虑。

晚餐，苏华为了顾墨成准备了不少佳肴。

用餐的时候，苏华让仆人把蒋媚叫下楼。蒋媚补了妆，露出优雅的笑容，在餐厅里看到苏华的时候，想到他刚才阴狠的眼神，她的手不由自主地发抖。

“吃饭吧。”苏华笑着说道，他似乎忘记了之前差点把蒋媚掐死的情景。

蒋媚一笑，看着顾墨成和苏安安，眼底多了冷意。为了紫菡，她必须拆散这两个人。

Chapter 4

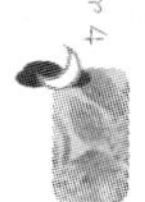

第四章 安安，你不能骗我

这顿晚饭有顾墨成陪着，苏安安吃得舒畅。苏华对顾墨成很客气，但是没有了他们刚进来时的刻意讨好，倒像真把顾墨成当自己的女婿了。

吃了晚饭后，苏安安提出想上顶楼看看，苏华以苏若初睡着了为理由，笑着拒绝了她的要求。

苏安安原想带着顾墨成见见姐姐，让姐姐看看她喜欢的男人。苏华不同意，她想反正姐姐就快和自己在一起了，也不急于一时，就没有再要求。

顾墨成和苏安安离开苏家后，苏华冷下脸回到客厅。

蒋媚跟在他的身后，见过他阴狠无情的一面，她对他害怕起来。

“老爷。”何妈一看苏安安和顾墨成走了，连忙出来走到苏华身边。

“怎么了？”苏华在用餐前看到何妈小心翼翼地从二楼下来，他就察觉到不对劲。

何妈一脸焦急，低声说道：“大小姐不见了。”

苏华抽烟的动作停住了，诧异地看着何妈：“什么叫不见了？”

何妈又急又害怕，她往后退了一步：“下午，我去楼上看大小姐，房间里没人。”

苏华一听，脸色绷紧，严厉地问道：“没人？你是想告诉我，她不在楼顶？”苏华最后的字眼几乎是咬着牙说出口的。他捏紧手中的烟头，愤恨地对何妈吼道：“为什么到现在才说？”

苏华站起身快步往楼上走去。

蒋媚看到苏华的神色，再看看慌乱害怕的何妈，她觉得大事不好，也跟着苏华上去了。

顶楼和以往一样安静，苏华和蒋媚三人进了苏若初的房间，里面空荡荡的。苏华急着在房间里找起来，床底、柜子里，都没有苏若初。

“人呢？”苏华愤怒地问何妈。

何妈害怕地哭了起来：“我也不知道。中午吃完饭以后，韩医生像往常一样来给大小姐看病。一个小时后，他拎着一个大箱子走了，我再上楼就没有看到大小姐了。”

“中午吃完饭后？”苏华冷眼盯着何妈，“你竟然到现在才和我说。”苏华转身朝何妈的脸打去。

何妈上次被苏华打了一巴掌，脸上的伤还没有好，这次又被苏华打得脸颊青紫，嘴角出血。

“老爷，我真的不是故意的，是因为大小姐她……”何妈哭出了声，她跪在苏华的面前说着自己的委屈，“上次您打了我一巴掌，我有点怕。这次人没了，我以为和之前一样等一等就会出现，没敢同您说。”

苏华冷笑：“你这是怪我打你了？”

“不是，我不是这个意思。”何妈哭着求道，“老爷，我知道错了，是我办事不力，你饶了我吧。”

苏华看着没有苏若初人影的房间，再低头看看哭求着自己的何妈，他心里更是烦躁，踹了何妈一脚：“一个人都看不住，我要你有什么用！”

苏华气愤地走下楼。

苏华走后，何妈从地上爬起来，跪到蒋媚的脚边：“夫人，你替我和老爷说说好话吧。”

蒋媚想到晚上自己的遭遇，再看到何妈的脸颊，冷笑起来：“办事不力，活该被打。”

“夫人，我一直很听你的话。上次大小姐发烧是我帮你的，还帮你拖延了时间。夫人，看在我为你做事的分上，你帮我求求情吧。”何妈跪在蒋媚的面前，哭着说道。

蒋媚听着厌烦：“滚开。”为她办事又怎样？苏华因为苏若初愤怒生气，她可不敢去惹他。

蒋媚说完，转身踩着高跟鞋离开了顶楼。

何妈委屈地跪在地上，哭得凄惨。

蒋媚跟着苏华下了楼，她小心翼翼地问道：“若初失踪会不会和安安有关，不如打一个电话试探试探苏安安？”蒋媚建议道。

苏华想了想，拒绝道：“不能！”

如果苏若初的失踪和安安没有关系，那么他打了这个电话就相当于让大把的钱流走。到时候苏安安知道他手中没有苏若初，怎么会让顾墨成投资到他的项目里。

苏若初已经不见了，那么他得稳住苏安安，让顾墨成继续往他的项目里投入资金。

“找人跟着安安。”苏华想道。

整个宁城，苏若初唯一能找的就是苏安安。盯着苏安安，就能找到苏若初，他不能让苏若初一个人在外待着。

韩龙逸开着车到了安全的地方，他下了车，打开后备厢。

上次打开大箱子是一堆的衣服，这一次是苏若初当着他的面钻进了大箱子里。

韩龙逸这才明白为什么之前那次苏若初没有走，因为上次的局，苏若初这回的失踪没有引起何妈的注意。

“苏小姐。”韩龙逸打开箱子，看到蜷缩成一团的苏若初，他伸手去扶她，碰到她的手腕时，他心里发痛。

她太瘦了，手腕在他的手心里，感觉自己轻轻一折，就能把它折断。

“谢谢。”苏若初冷冷地说道。

她闻着外面的空气，新鲜干净，果然和顶楼房间里的不一样。她出了箱子，理了理自己身上的衣服。

不知道外面的天这么冷，她身上的裙子根本挡不住冷风的侵袭。

韩龙逸看着她被风吹得嘴唇发紫，将自己的外套脱给她。

苏若初没有拒绝，她朝韩龙逸笑笑：“谢谢。”

韩龙逸被她突然的微笑迷得怔住了。第一眼见到她的时候，他就被她的容貌惊艳了，她清醒后和他的接触，让他觉得她像一颗罂粟。他明明知道她有毒，却克制不住地想接近她。

“苏小姐，你有地方可以去吗？”

苏若初一愣，她想着出来就好，没想那么多。去找安安？不！苏华知道她失踪了，肯定找人盯着安安，她去找安安，只能是自投罗网。

“你要收留我。”苏若初不是在反问韩龙逸，而是她肯定韩龙逸想收留她。她微微地勾起嘴角笑着，看得韩龙逸耳根发红。

三十多岁的他竟然变成了一个情窦初开的小伙子，站在喜欢的人面前就会脸红、心跳加快。

“我在街上开了一家诊所，你不介意的话，帮我做做饭，顺带帮忙照顾病人。”

“好啊！”苏若初一口应下。

她没有地方可以去，韩龙逸那里不失为一个好去处。等她有了钱，她就去找阿笙，问问他当初为什么没有赴约，把她一个人丢下来。

想到自己的初恋，苏若初嘴角的笑容淡了下来，她低下头，心里烦躁。

韩龙逸看她的样子，知道她的情绪又开始波动起来。他带着她上车，打开了车里舒缓的音乐。

一个人疯了七年，突然间醒过来，一旦再受到刺激，会再次陷入不正常的状态。

“不要想太多。”韩龙逸说着握住了苏若初的手。

苏若初没有抽开手，他是医生，她是他的病人。她听了他的话，闭上眼，在舒缓的音乐中休息。

顾墨成开着车带苏安安回顾家老宅，到的时候，他发现苏安安睡着了。看着小丫头睡熟的样子，他不忍心叫醒她，他先下了车，然后打开副驾驶座的门，把她从车里抱了出来。

苏安安迷迷糊糊地睁开双眼，看到顾墨成的脸，她轻唤了一声：“老公。”

“继续睡吧。”顾墨成说完，苏安安安心地合上眼睛睡过去。

只要顾墨成在她身边，她就觉得舒心，连睡觉都觉得踏实。

当听到苏二婶骂她“野种”时，她心里只有愤怒。在看到顾墨成后，她的眼泪就跑了出来。在他的面前，她不需要把自己扮演得坚强，他是她的后盾，受到委屈的时候，她可以放纵自己在他的怀里哭泣。

苏安安喜欢这种感觉。

顾墨成看见她合上了眼，嘴角溢出一抹笑意。

两个人一进顾家，就听到一道嘲讽声：“这是腿断了，还是瘸了？”

顾子铭噙着笑意说道，被顾墨成双眼一瞪，收了笑意。

苏安安被吵醒，一见顾子铭在，她不好意思地红了脸，但是没有下来。被自己老公抱着，没有什么不对的！

“二叔，你们俩秀恩爱也得顾忌下我的感觉吧？会把我带坏的。”

顾子铭回来，是专门等着苏安安的。

上次和苏安安说的飙车大赛的事，他想知道苏安安考虑得怎样，可是看见自家二叔抱着苏安安，他哪里有机会问。

“你已经很坏了。”顾墨成淡淡地说道。

苏安安抬起头看着顾墨成说道：“老公，我们上去睡觉吧。”

“嗯。”顾墨成点头。

睡觉？这是一个有颜色的词，特别是现在夜深人静的，顾子铭笑笑：“二叔、二婶，你们这是在教坏小孩子。”小孩子指的是他！

顾墨成瞥了他一眼，抱着苏安安直接上了楼。

上楼的时候，顾子铭朝着苏安安做了打方向盘的手势，他张着嘴无声地问她：考虑得怎样？

苏安安没理他，她不去！

不过顾子铭的话让她想到了傅芯，她和傅芯约了时间出去玩。见面了之后才发现，最近傅芯的状态很不对，和她说话时，她总是走神。

“小芯，你怎么了？”苏安安关心道。

她想起在萧家门口遇到傅芯的事，问道：“小芯，我上次在萧家看到你，你是被阿姨拖着去的吗？”

傅芯一愣，没想到苏安安看见了那一幕。

“嗯，她想我嫁人。”傅芯的嘴角抿出一抹苦涩的笑。

苏安安有个无情无义的爸爸，她傅芯又何尝不是在被妈妈利用。傅婉生怕她做错什么，得罪了陆家。

“嫁人？”苏安安诧异道，“嫁给谁？”

傅芯说道，“安安，妈妈想我嫁人离开陆家。”

苏安安一愣，傅芯和她同岁，如果不是她被苏华威逼利用，她不会那么早跟顾墨成在一起的。

“你知道的，我跟着妈妈寄人篱下，这些年全是仰仗叔叔的照顾。没有陆叔叔，我连书都读不成。现在陆叔叔希望我嫁人或者找男朋友，妈妈肯定很赞成。”

“小芯，你自己是怎么想的？”

傅芯表面上看着什么都不在意，一副没心没肺的样子，心里却比苏安安更害怕被抛弃。

她看着苏安安，笑了笑：“要是能跟一个顾墨成那样的男人，也不错。”说着，她伸手拉住苏安安的手，笑着求道，“安安，你让顾墨成把我收了吧。”

苏安安看着傅芯一脸的笑意，心里莫名难受。

傅芯总是这样，不轻易把心里的伤口给别人看，她喜欢藏着掩着。

“好啊。”苏安安一口应下，“那你得做小，给我端茶送水，我不开心的时候，你得被我打。”

傅芯骂了一句：“这不是给你做牛做马吗？你太狠心了，安安！”

苏安安笑着说道："看你还敢不敢抢我老公！"

傅芯哪里敢，就苏安安这么凶残的，估计她还没摸到顾墨成的手，她的手就被苏安安剁了。

她们正说着，身后传来顾子铭的声音："何安、傅小芯。"

苏安安没啥反应，傅芯转身一看是顾子铭，拉着苏安安的手，着急地说道："安安，快跑。"

苏安安站着不动："小芯，没事的。"

傅芯看看镇定的苏安安，转念想到了顾子铭是顾墨成侄子的事。顾子铭都是她们的晚辈了，还跑什么跑。

苏安安对顾子铭说道："你来找我什么事？你二叔等下就来接我，一起回老宅吗？"

听到"二叔"，顾子铭脸色一白："你能不能别用我二叔威胁人？"

"那我和你奶奶说，你对长辈不敬。"苏安安说道。

顾子铭恼道："你少用奶奶来威胁我！"

"不威胁你也行。"苏安安笑笑，"叫声二婶来听听！"

"安安，他叫你二婶，是不是也得叫我一声阿姨？"傅芯顺着苏安安的话对顾子铭笑笑。

顾子铭被她们说得气恼，本来叫苏安安"二婶"他就觉得丢脸，现在还让他叫傅芯"阿姨"。

"你们两个别嚣张！"顾子铭威胁道。

苏安安笑笑："有你二叔宠着，我不嚣张也难。"

她说了一句实话，这话连顾子铭都得承认。

"我找你们有事。"

"不去！"顾子铭话没有说完，苏安安一口拒绝了。

"真不去？"傅芯对安安说，"安安，这次的奖金很高。"

那么高的奖金，苏安安不心动才怪。而且来参加比赛的都是高手，这是难得的提高车技的机会。

苏安安沉默着，傅芯知道她心动了。

"苏安安，你赢了我，我就把机车送给你。"顾子铭趁机诱惑道。

苏安安顿了顿："你给我三天时间考虑，我考虑好再给你答复。"

顾子铭一笑，应道："好。"苏安安，你千万得答应，不然二叔看不到好戏了。

顾子铭说完，朝苏安安和傅芯吹了个口哨就走了，看上去像在调戏她们。

“安安，如果你怕顾墨成知道你飙车的事，就不要去。”傅芯说道。

苏安安对这次的比赛很心动，又怕顾墨成知道自己飙车不要她。

“如果我去飙车，他不要我了，是不是代表他对我的爱不够深？”苏安安露出笑容，苦涩地说道。

她突然很想知道答案。她想利用这次机会，试一试自己在顾墨成心里的地位。

苏雅弱弱的声音穿插进来：“苏安安！”

苏安安的头皮开始发麻，这是在学校，苏雅和她们同一个学校，又和苏安安同幢宿舍楼，苏雅想偶遇她们不是一件困难的事。

傅芯跟着苏安安转身，看着苏雅脸上的印子，一脸奇怪地说道：“她这是被谁打了，怎么打成这个样子？”

苏安安回道：“她妈和我老公。”

苏二婶吵架打架都厉害，力道很大，她打苏安安那一巴掌是铆足了力道的，没想到打在了自己女儿的脸上。

顾墨成作为一个男人，听到苏安安被人骂“野种”非常恼火，打苏雅的时候也用了力。这两个巴掌下去，苏雅的脸不肿才怪。

“这是走了一个苏紫菡，来了个苏雅。”傅芯恍然大悟，“她是不是对你老公真的很感兴趣？”

“嗯。”苏安安应道。

傅芯“啧啧”两声，说道：“你老公真是祸水。”出来晃荡了一圈，就把苏雅这个纯洁的小姑娘的魂勾走了。

“安安，对不起。”苏雅眼里充满歉意，轻声说道，“我妈妈以为我喜欢顾先生，为了让我开心就把我拖到苏家去。”

“嗯？”苏安安听着苏雅的话，怎么觉得自己失忆了，明明是苏雅说，她喜欢顾墨成，而且自己没有和顾墨成领证结婚，她不算小三。

“睁着眼说瞎话，她比苏紫菡的手段高明多了。”傅芯都看出来苏雅在说谎。

“安安，真的对不起。”见苏安安不信她说的，她哭得十分伤心，偏偏她面对的是苏安安和傅芯。要是有个男生在跟前，看着她这张梨花带雨的小脸一定心疼极了。

“你放心，我会离顾先生远远的，你原谅我好不好？”苏雅含着眼泪走到苏安安的身边，伸手想握住苏安安的手。

苏安安及时抽回手：“好啊。”她倒想看看苏雅要做什么！

“安安，你真好，和顾先生真的很配。”苏雅笑着说道。

怎么这才过了三天，苏雅就改了态度？难道是被顾墨成打了一巴掌想通了，觉得顾墨成不会喜欢她就死心了？

当苏安安心里这么想着的时候，又听到苏雅说道：“安安，我想请顾先生吃顿饭，上次的事惹他生气了，我和妈妈都知道错了，我们想亲自和他道个歉。”

“哦。”苏安安应了一声，原来是以退为进。

傅芯也听出苏雅话里的意思，她是借着道歉的名义再次接近顾墨成。

傅芯不得不为苏雅点赞，这招数甩了苏紫菡好几条街。她哪里像苏紫菡那么耿直，一不如意就上前打人、骂人。

“安安，你同意了？”苏雅以为苏安安同意自己请顾墨成吃饭，欢喜地说道。

上次被顾墨成甩了一个巴掌，苏雅委屈极了，但是她是真的很喜欢这个男人。

“我同意什么了？”苏安安拉下脸，“同意你继续勾引我老公吗？”

对于想勾搭自己老公的女人，苏安安不会手下留情。请吃饭？除非她脑子坏了，不然怎么会给苏雅创造机会接近顾墨成。

“安安！”苏雅诧异地叫了一声，她红了眼，“我没有，我真的没有想勾引顾先生。我只是对你很内疚，我想补偿你。”她柔弱哭泣的场面在路人看来就像苏安安和傅芯联合起来欺负了她。

“是吗？”苏安安勾起嘴角，嘲讽道，“既然你对顾墨成没有兴趣，这顿饭我替他心领了。”

“安安，你怎么可以这样！”苏雅不服气地说道。

“我怎样？”苏安安恼了，“我把老公送给你，你才觉得我好，是吧？”

苏雅看着苏安安生气的脸，说道：“我只是想请你们吃顿饭，并没有其他的意思。安安，顾先生身边女人不少，你要是不大度点，会惹他生气的。”

“你是想说，我这么霸道善妒，不配做他的女人吧？”苏安安嘲讽道。

苏雅一愣，没有说话，因为苏安安将她心里的话说了出来。

“你放心，我绝对会霸道到底，不会给任何一个女人接近他的机会。”苏安安笑着说道。

“安安！”苏雅不服地叫道，“你太过分了。”

苏安安看着身边的傅芯：“小芯，我好像确实过分了。我老公这么优秀，喜欢他的女人一定不少，要是不再找一个女人帮我收住他的心，他以后一定会跑的。得找一个我身边的姐妹帮我这个忙，你说呢？”

苏安安说话间，苏雅的眼睛亮了：“安安，我会听你的话。”

苏安安故意说道：“小芯，就你吧。”

“真的吗？”傅芯笑着应道，“安安，你对我真好，我会帮你看好顾墨成，狐狸精来一个揍一个，绝对不会让人有机会接近他。”说话时，傅芯握紧了拳头，在苏雅面前晃了晃。

苏雅被苏安安和傅芯气得哭了出来：“你们……”

苏安安和傅芯不屑地看了眼哭泣的她，转身走人。

苏雅看着她们的背影，收起眼泪，恨恨地盯着苏安安。苏安安除了长得漂亮，根本不是什么乖乖的女孩子，她配不上顾墨成。

飙车？苏雅想到自己来的时候，听到苏安安和傅芯谈话的内容，她掏出了手机打给了苏紫菡。

“紫菡姐姐。”苏雅唤了一声。

苏紫菡在苏雅面前向来喜欢装得高人一等：“干什么！你在学校里又看到慕瑾瑜了？”苏紫菡以为苏雅打电话过来是因为看见了慕瑾瑜和苏安安在一起，她的声音立即拔高。

“不是。”苏雅说道，“他和你结婚后，我就没有看到他来过了。紫菡姐姐你放心，他重视的人是你。”

听到这话，苏紫菡勾起嘴角自嘲地笑了笑。慕瑾瑜要是在意的是她，她怎么会整天见不到他的人？

“紫菡姐姐你放心，慕少我会帮你看着的。”

苏雅这话很让苏紫菡满意，她一向看不起苏雅，所以根本不怕苏雅把慕瑾瑜抢走。

“嗯。”苏紫菡笑着说道，“你要是做得好，我让妈妈给你介绍好的公子哥。”

苏雅心里喜欢顾墨成，其他的男人她不想要。不过她没有拒绝苏紫菡，而是说道：“谢谢紫菡姐姐。”

要是面对面地聊天，苏紫菡就能看到苏雅脸上的不悦。

“紫菡姐姐，有件事我想问你。安安她是不是喜欢飙车？”

“飙车？”苏紫菡一愣，那是地痞流氓玩的东西，她不了解。

“我刚才听到安安说，她想参加什么赛车比赛，不过怕顾墨成不高兴。”

苏紫菡听到苏雅这话，双眼顿时亮起来，好像抓到了苏安安的把柄，激动地问道："你说的是不是真的？"

苏雅应道："嗯。"

"紫菡姐姐，这件事要是被顾墨成知道，他是不是会很生安安的气？他们两个要是分开了，你……"

后面的话，苏雅没有说全，但是苏紫菡知道。

要是顾墨成把苏安安甩了，她就可以加倍地报复苏安安，看到时候有谁护着苏安安。她越想越高兴，没有多说，挂断了电话。

苏雅听到电话里嘟嘟的声音，勾起嘴角露出笑容。

苏紫菡得意极了，觉得自己抓住了苏安安的把柄。她开心地妆扮起来，这时候，房门被人推开。

苏紫菡扭头一看，是慕瑾瑜进来了，脸色很疲惫。

慕瑾瑜诧异苏紫菡居然在家，这个点她不该在学校吗？

自从结婚后，苏紫菡很少回校，她懒得去上无聊的课，还不如出去购物，在家睡觉玩手机。

慕家人不搭理她，把她当作一个闲人养着。

"瑾瑜哥。"苏紫菡走上前，笑着想扑到慕瑾瑜的怀里。

慕瑾瑜皱紧眉头，从她身边经过。

看着慕瑾瑜对自己冷着一张脸，苏紫菡将手中的眉笔砸在地上："瑾瑜哥，你为什么不理我？"

慕瑾瑜淡淡地看了她一眼，脱去外套上床睡觉。

他手上的伤没有好，公司的事也乱糟糟的，每天不得不待在公司里处理紧急的事。

"你是不是又出去喝酒鬼混了？"苏紫菡大小姐脾气涌上来，气恼地去掀慕瑾瑜的被子。

慕瑾瑜冷嘲："就我这样的怎么鬼混？要不是你，我的手会这样？"

苏紫菡被他说得委屈："瑾瑜哥，对不起。"她顺势倒在慕瑾瑜的怀里，"瑾瑜哥，我错了。"她抬头看着冷脸的慕瑾瑜，"瑾瑜哥，我想你了。"

慕瑾瑜扭开头，觉得厌恶。

苏紫菡不死心，笑着说道："瑾瑜哥。"她声音柔和，笑意盈盈地看着慕瑾瑜。

慕瑾瑜沉着声音恼道："滚开！"

"我不要！"苏紫菡说道，"我就不走。"

"你是不是脑子有病啊！"慕瑾瑜恼怒地说道。

他的话骂得苏紫菡脸色变得难看了："瑾瑜哥，你怎么骂我？你以前不会这么对我的。"

慕瑾瑜看着她，没有一点怜惜，反而觉得心烦。

"以前我不知道你这么恶毒。"恶毒得打掉他的孩子，这种女人他会要才怪！

"瑾瑜哥。"苏紫菡的声音变得严厉。

慕瑾瑜从床上爬起来。原本想回来睡一觉，现在被苏紫菡烦得没心情了，还不如去外面酒店开间房好好休息。

"慕瑾瑜！"苏紫菡恼火道，"你太过分了，我在家等着你回来，你就这么对我？"她拿起枕头朝慕瑾瑜打去。

慕瑾瑜的手没有好全，不敢乱动，不然又得绑石膏。

"你自己慢慢闹，我没兴趣陪你。"慕瑾瑜走出了房门。

苏紫菡看着慕瑾瑜丢下自己跑掉，她边骂边冲了出去："慕瑾瑜，你给我站住。你敢找外面的女人试试看！你对得起我吗？我才嫁给你多久，你就在外面找女人！"

她越骂慕瑾瑜走得越快。

慕夫人听到苏紫菡尖细愤怒的声音，走出来就看到慕瑾瑜往外面走。

"瑾瑜，才回来怎么就走了？"

"你问她！"慕瑾瑜冷冷地丢下一句话，出了慕家的大门。

慕夫人扭头看向楼上露着肩头的苏紫菡，明白他们之间发生了什么事。

"紫菡，瑾瑜的手还没有好，你怎么能……"

苏紫菡口口声声地骂苏安安不要脸，慕夫人觉得不要脸的是她。

"妈，你把瑾瑜叫回来，我要问清楚，他是不是在外面看上其他女人了！是不是苏安安？"苏紫菡越说越气，自己主动勾引慕瑾瑜，慕瑾瑜竟然不要她。

"够了！"慕夫人听不下去了，"你这样对慕瑾瑜，他迟早会在外面养其他的女人的。"

"妈，你这话是什么意思？当我们蒋家好欺负吗？想让瑾瑜哥养其他的女人，你们休想！"

慕夫人怔住了，她并不是要慕瑾瑜养什么女人，而是希望苏紫菡聪明点，不要把慕瑾瑜逼得越来越远。她没法和苏紫菡沟通，转身回到自己的房间。

苏紫菡一看慕夫人也不理自己，气得“啊”地尖叫起来。

慕家人看不起她，她一定要告诉外婆，让他们得到报应。

顾墨成习惯了每天一回来就看到小丫头的影子。他人还没走进大厅，苏安安已经笑着迎过来。

“老公，辛苦了。”没等顾墨成反应过来，她就上前亲了亲他的脸颊。

顾墨成很受用，习惯她的笑容，习惯她的吻。

习惯真的是一件可怕的事，他的心已经被她霸占了。

顾臻和顾老夫人坐在客厅里，看着恩爱的小两口，两个人都觉得欣慰。顾墨成能和苏安安幸福地在一起，这是他们最开心的事。人老了，最希望的莫过于子女过得好。

顾墨成好，他们就满意了。只是，顾老夫人比较着急的是怎么还没有整出一个孙子给她抱抱。

“安安，你们得努力。”顾墨成和苏安安一过来，顾老夫人就说道。

“啊？”苏安安不解，顾墨成已经听懂顾老夫人的意思。

他看了一眼苏安安，说道：“安安现在还小。”

“你不小了。”顾老夫人反驳道，“墨成，你已经三十一岁了。你爸在你这个年纪，你哥哥已经四五岁了。”

顾臻和顾老夫人怎么能不急？

“安安还在读书，不急。”顾墨成固执地说道。

房间里，苏安安洗了澡出来，看到隔壁书房里顾墨成在处理公事，她走过去，倚靠在门边，看着顾墨成不由自主地出神。

刚才顾老夫人的话，苏安安听进去了。她还小，但是顾墨成年纪大了。她对怀上顾墨成的孩子这件事并不排斥，甚至有些期待。

“你在看什么？”顾墨成问。

“看你啊。”苏安安收回心思。

因为她的话，顾墨成抬起了头，看着她走到自己的面前。

她穿的是睡裙，裙子不是暴露的那种，但是顾墨成的视线不由自主地落在她白皙的小腿上。

“老公。”苏安安放柔声音，走到他面前，弯腰吻了一下他的脸颊。

“安安，你在做什么？”顾墨成问道。

苏安安一笑，坐到顾墨成的怀里，嘴移到他的耳边："我勾引你啊，好不好？"

她的笑容落入顾墨成的眼里，手移到了她的腰间："安安，等你毕业之后，我们再要孩子。"

苏安安一愣，没想到顾墨成这么轻易地看穿她的心思。

"为什么？妈妈说得对，你年纪不小了。"

这话顾墨成不爱听："年纪不小了？"他咬着牙。

苏安安连忙说道："我说的是你年纪小，你听错了。"

顾墨成笑笑，不和小丫头计较。毕竟和她相比，他的年纪确实大了些。

"安安，你如果现在怀孕，会耽误你的学业。我不想你辍学，做自己不开心的事。"

顾墨成的话，让苏安安很感动，她抱紧他，往他的怀里靠过去："为你生孩子，我不会不开心。"

"我知道。"顾墨成应道，"再等两年，我希望你把学业完成。女孩子需要有养活自己的本事。"

苏安安以为顾墨成应该认为女人就该在家里当家庭主妇，不需要在外面抛头露面，没有想到他的想法和其他人的不一样。

"嗯。"苏安安点点头，他这句话说到她的心里去了。她想学自己喜欢的东西，用自己的能力赚钱。她站直了身子，打算让他专心做事。

顾墨成此刻怎么会把她放走，他站起身，将她抱在怀里。

"老公，你不工作了吗？"

"公事等下再说。"顾墨成说着，低头吻住怀里的女孩子。

和苏安安待久了，他笑容多了，连话也多了起来。吻苏安安的时候，他听到自己的心快速地跳着，他想，自己对小丫头动心了吧。

他曾经以为自己不会再爱了，可是在宠爱苏安安的过程中，他把自己的心也给了出去。

这种感觉他不讨厌，他想一直宠着她。

昨晚的事情一直到现在顾墨成还在回味，而且他在开会的时候还因为想小丫头走了神。

会议结束后，助理跟在顾墨成的身后，笑着说道："顾先生最近精神不错。"

"嗯。"顾墨成应了一声，"今天我要早点回去，晚上的饭局让副总或者公关部的人去。"

顾墨成这段时间都是早上来得晚，下午走得早，开会也好，批文件也好，时不时会露出笑容。这明显就是恋爱了。

“顾先生和夫人的感情真好。”助理连忙拍马屁。

顾墨成心情好，他当助理的也顺心。以前顾墨成黑着一张脸，他工作的时候小心翼翼的，生怕做错事了被顾先生骂。

他们说话时，助理的手机响了起来。助理接了电话一听，连忙挂断电话对顾墨成说道：“大堂的接待员说夫人来了。”

安安来了？

顾墨成一脸疑惑，她没有和自己说要来顾氏。

顾墨成在办公室等苏安安的时候，听到一声“顾先生”，他皱紧了眉头。

来的人不是安安！

助理一看进来的人不是苏安安，也愣住了。

前台打来电话说一位叫苏小姐的找顾先生，他自然而然地把苏小姐当成了苏安安，没有想到来的是苏紫菡。

“带出去。”顾墨成冷冷地开口。

苏紫菡原本脸上都是笑意，听到顾墨成的话后僵住了。

她今天是专门来找顾墨成的，到顾氏后她惊呆了。光看装潢，这顾氏就很有钱。顾氏原本是她的，都是苏安安害的，让她做不成顾夫人。

“顾先生，我有件事要和你说。”苏紫菡着急地向前走了一步。

顾墨成不想听苏紫菡说任何话，他冷冷地对助理说：“叫保安上来。”

“顾先生！”苏紫菡惊慌道，“你怎么可以把我赶走，要不是苏安安，我才是你的妻子。”

这种话，顾墨成听都不想听。如果是苏紫菡，他当时就把人退给苏家了。

顾墨成的不搭理，让苏紫菡郁闷极了。

为什么顾墨成能把苏安安捧在手心里疼着？要不是她，苏安安有这么好的福气吗？

“顾先生，我过来是和你说苏安安的事的。”苏紫菡知道顾墨成不欢迎她，她着急地说道，“苏安安没有你看到的那么乖巧听话。苏安安虚伪极了，就是在你的面前扮乖。”

苏紫菡说的这些，顾墨成知道。

不乖、不听话又怎样？那是他的妻子。以前他以为找一个听话的妻子养在家里就好，现在他是把苏安安捧在手心疼着，不需要她那么听话。

苏紫菡急了："顾先生，苏安安背着你和人飙车！"

顾墨成年轻的时候也喜欢飙车，他觉得刺激，可是之后他改观了。飙车在追求刺激和速度的同时，也是对自己生命的不重视。

顾子铭飙车，顾墨成是十分反对的，如果是苏安安……

"拖出去！"苏紫菡的话音刚落，顾墨成的脸色当即沉了下来，严厉地说道。

他的声音冰冷、锋利，听得一旁的助理心抖了一下。顾先生好久没有生气了。

保安已经走上来，拖着苏紫菡往外走。

"顾先生，苏安安真的在外面和人飙车，不信你可以去查！"苏紫菡大声嚷着，生怕顾墨成没有听见她的话。

"扔出去！"顾墨成加重了语气，眼睛凌厉地盯着还在乱叫的苏紫菡。

苏紫菡是被顾氏保安扔出大门的，她从小到大没有受过这种委屈，被扔到街上，还狼狈地摔在地上。因为穿的是裙子，她被扔出去的时候，裙子直接滑到腰间，露出了不少春光，进出顾氏的男人都盯着她看。

苏紫菡恼羞成怒，从地上爬起来，指着顾氏骂道："顾墨成，你这么对我你会后悔的，蒋家不会饶过你的！"

蒋家……说完这句话后，苏紫菡反应过来，在顾墨成的眼里，蒋家和蒋老太婆算不了什么。

"那不是苏华的二女儿吗？"出入顾氏的人都是商场的人，有老总认出苏紫菡，低声问了身边的人。

"苏华和蒋媚的女儿。"旁边的人确定地说道。

"不是说蒋媚的女儿温柔大方，怎么是这副样子？"一个人说起来，好事的人自然会凑过来一起谈论苏紫菡。

苏紫菡听到他们议论自己，恼怒地说道："看什么看，对，我是苏紫菡，是蒋媚的女儿，你们再敢多说试试。"

对苏紫菡的威胁他们很是不屑，苏氏差点破产，要不是顾墨成突然投入大笔资金，苏氏早没了。不过，就算顾墨成投了钱进去，苏氏的漏洞还是有很多，更何况还被人针对。

"听说她打掉自己的孩子，然后嫁祸给妹妹。"有人小声说道。

"闭嘴，你们给我闭嘴！"苏紫菡受不了别人的指指点点。她是苏家小姐，也是蒋家的小姐，他们该对她毕恭毕敬，怎么可以嘲讽她！

可是任由苏紫菡愤怒大叫，也没有人理会她。

苏紫菡去顾氏的事，很快传到蒋媚的耳朵里。

接到蒋媚电话的时候，苏紫菡已经在车里了。她一听到蒋媚的声音，立即哭了出来："妈妈！"

"谁让你跑到顾氏去的？"蒋媚生气地质问。

苏紫菡在顾氏受了委屈，刚想跟蒋媚告状，还没有说出口就被蒋媚骂了。

"妈妈！"苏紫菡哭得更惨了。

她一哭，蒋媚就心软了："好了，你跑到顾墨成那里做什么？"

"苏安安背着顾墨成在外面飙车。"苏紫菡抽泣着解释道。

飙车？听到苏安安飙车，蒋媚十分惊讶，她接着说道："你要去同顾墨成说，也不该自己去呀。"顾墨成不喜欢苏安安飙车，但是他会把气撒在这个告状的人身上。

"妈妈，我不知道。"苏紫菡委屈地哭道，"我一听到这个消息，就觉得对付她的机会来了，哪里知道顾墨成会对我发火！"

"是谁让你去找顾墨成的？"蒋媚听出苏紫菡话里的意思，知道有人怂恿了苏紫菡。

"是苏雅。"苏紫菡说道，她猛然间反应过来，"她是不是在利用我？"

苏雅，这个小浑蛋竟然敢利用她！

"她倒是一个聪明的人。"蒋媚冷嘲，"紫菡，你该和苏雅学习学习。"

如果苏紫菡有苏雅一半厉害，就不会在慕家过不下去。

"妈妈！"听到蒋媚的话，苏紫菡不悦地唤道，"我饶不了她！"

蒋媚说："你赶紧回家，别再冲动去找苏雅，在他们母女手上你只会吃亏。"

"哦。"苏紫菡只能不情愿地回去了。

顾墨成的脸色很难看，助理不敢吭声，他真的不知道来找顾墨成的苏小姐不是夫人。

"先生。"助理唤了一声。

"出去！"顾墨成沉着声音回道，现在他只想抽一根烟静一静。

看顾墨成冷着脸，助理没说话，他转身出去，顺便把门关上了。

办公室里弥漫着浓浓的烟味，顾墨成抽得狠，一口接着一口。

苏安安飙车！听到这件事，他顿时愤怒起来，但是他不知道自己在生什么气。

顾子铭时常在外面飙车，他自己年轻的时候也玩过，可是他没有这么生气过。

顾墨成恼怒、烦躁，然而这时候，放在桌上的手机响了起来。

他看了一眼，接了起来。

“你在干什么？”萧彦的声音听上去很开心。

“有事就说。”顾墨成沉声说道。

萧彦一听，就知道顾墨成现在的心情很糟糕。真是奇怪了，顾墨成恋爱之后，心情是一天一天变好，很久没有看到他生气了。

“谁惹你了？”萧彦笑着问道，“是不是你的小妻子？”

顾墨成没有回答他，直觉告诉他，他猜对了。

“不会是吵架了吧？”萧彦打趣道。

“说！”顾墨成隐忍怒火，冷声说了一个字。

听着这声音，萧彦识趣地不和他说笑：“我怕说了你会更生气。要不明天再和你说？”

萧彦觉得自己说完这件事，他得找一个地方躲几天，不然顾墨成的怒火会波及他。

“说还是不说？”顾墨成没有耐心，他抽了一口烟说道。

“说说说。”萧彦应道。

他最近有些无聊，顾墨成忙着陪老婆，韩龙逸天天混在小诊所里给大爷大妈看病，他唯恐天下不乱，想找点事烦烦他们。

“上次我们回宁城的路上，遇到的那个飙车的女人，就是撞了你的车，还朝你倒竖手指的人，我查到她的身份了。”

对于这件事，顾墨成已经忘得差不多了。

萧彦是一直记着的，他很想知道是哪个不怕死的敢朝顾墨成竖手指。

“你想知道她的名字吗？”萧彦开心地问道，“想不想？”

“不想。”顾墨成心里想的只有苏安安飙车的事，他对其他的女人没什么兴趣。

“真的不想？”萧彦继续问，“你要是知道了她的名字，肯定很震惊。我肯定你会生气！”他就是无聊到想看顾墨成生气揍人。

生气？顾墨成现在就很愤怒，他顿了顿，想到了什么，说了三个字：“苏安安？”

萧彦一怔，他还没有说出那女的是谁，顾墨成先他一步说出了名字。

“你怎么知道？你老婆已经主动向你交代了？”如果是这样，多没意思！

“顾墨成你厉害，娶了一个这么酷的小姑娘回来。之前我在萧家遇到你老婆，就觉得她眼熟，我一下子没想起在哪里见过她。后来我找人去查了你老婆，把她的照片拿回来一研究，就发现她和撞你车的女孩子长得一模一样。”

萧彦越说越开心，当知道苏安安就是撞顾墨成车子的女孩子时，他激动得不行。

“她是不是没有认出撞的是自己的老公，所以才敢朝你倒竖手指？”萧彦笑着问道，他现在很想到顾墨成面前看看对方的反应。

“顾墨成，你在听吗？”

顾墨成没有回他，他还想问顾墨成知道自己的老婆飙车这么厉害是什么感觉，顾墨成已经把电话挂了。

“顾墨成！”听到电话里传来嘟嘟嘟的声音，萧彦郁闷了。

顾墨成现在很愤怒吗？他知道自己老婆把他的车子撞了的事，应该已经发火了。萧彦给韩龙逸打了电话过去，想派韩龙逸去试探试探他的心情。

“你好。”女人温柔的声音从电话那头传来，很好听。

只凭声音，萧彦就能肯定对方一定很漂亮。

他瞧了瞧手机上显示的号码，是韩龙逸的没错，可是怎么是一个女人接的？

“你找韩医生吗？他在给人看病，你等一会儿，韩医生，你的电话！”

韩龙逸听到苏若初的声音，他回过头，看到她已经拿着手机走到自己身边。

“谢谢。”他笑着说道，去拿手机的时候，他的手指触到苏若初白皙的指尖，他的脸红了起来，心跳跟着加快，三十多岁的男人碰了一个女人的手指就脸红，说出去都没有人相信。

“韩医生，我先去做晚饭。”苏若初说道。

她在这里做些家务，偶尔帮忙照顾病人。韩龙逸让她多和人说话，不知道为什么，可能是她被关太久了，遇到陌生人她会紧张，不知道该说什么。

“嗯。”韩龙逸回过神。

苏若初的厨艺不错，想到晚上的美食和与她的独处，韩龙逸不禁想天色快点黑下来。韩龙逸拿着手机，看着她朝厨房走去，耳边是萧彦的声音：“喂喂，韩龙逸，你从哪里找来的美女？”

“路上捡的。”韩龙逸冷冷地说道。

“哪里捡的？”萧彦问道。他以为韩龙逸在骗他，事实上，苏若初真的是韩龙逸从路边带回来的。

韩龙逸不喜欢萧彦打听苏若初的事，他转移了话题："你有事吗？"

"韩龙逸，你的小诊所开在哪里？我等下过来找你吃饭。"他只知道韩龙逸开了一个小诊所，但是不知道具体开在哪儿。

"不用，我有得吃。"韩龙逸拒绝道。

萧彦这个花花公子，让他看到苏若初，还不得被他盯上？

"韩龙逸，你放心，朋友妻不能欺。"箫彦笑着说，美女多得是，兄弟就这么两个。

可韩龙逸还是不想让萧彦看到苏若初。他突然有种把这么美好的苏若初藏起来的冲动，就在诊所里让自己看就够了。

"来，出来吃饭，哥哥我请客。"

"不去。"韩龙逸坚定地回绝。

"有人给你做了晚饭？刚才的美女做的？"萧彦激动地问道，他想去蹭饭。

萧彦的心思韩龙逸很清楚。

"还有事吗？没事我挂了。"他嘴上问着萧彦，但是已经把电话挂了。

他生怕萧彦找上门，打乱他平静的生活。现在，就算让他放弃韩家继承人的位置，在这个小诊所里过一辈子，他也愿意。

韩龙逸透过厨房的门看到苏若初的身影，嘴角露出笑容。

助理进来的时候，被办公室的烟味呛得连连咳嗽，就一个小时，顾墨成就已经弄得整个房间里都是烟雾，很熏人。

"顾先生！"助理捂着嘴鼻，走到顾墨成的身边。

顾墨成还在抽烟，桌上的烟灰缸堆满了烟头。

助理知道顾墨成的烟瘾很重，但是没有见过他这么不要命地抽烟。顾氏的项目有时候发生问题，涉及几个亿的金额，助理也没有见过他这么不停地抽烟。

"顾先生，烟抽多了对身体不好。"助理说了一声。

顾墨成冷着脸看了他一眼，继续抽着手中的烟。

"顾先生，车子已经给你安排好了，你现在就回老宅吗？"助理问道，这几天顾墨成都是这个时间点离开公司的。

顾墨成没有说话，他继续抽着烟，不过没有之前抽得狠抽得快了。

助理看顾墨成不回应自己，他大着胆再问了一句："顾先生，你现在回老宅吗？"

顾墨成瞥了他一眼，淡淡地说道：“你很着急下班吗？”

助理一愣，反应过来顾先生现在的心情很糟糕。

“不着急，不着急。”助理笑着说道。

“哦。”

助理只得站在办公室里，走也不是，不走又被烟熏得直呛。要是再给他一次机会，他一定先下楼看看苏小姐是不是苏夫人。

顾墨成回来得晚，苏安安等着等着，在房间的沙发上睡着了，她是被浓浓的烟草味熏醒的。

苏安安睁开眼睛，顾墨成冷峻的脸映入她的眼底，她欢喜地跳起来：“老公，你今天好晚啊。”她柔声说道，语气里带着撒娇的味道，“我等了你好久，都睡着了。”

这几天习惯了顾墨成早归，他突然晚归，让她不适应。晚饭的时候他不在，桌上的美食也让她没有饮食，随便扒了几口了事。

苏安安伸手去摸顾墨成的脸颊，窗口的风吹进来，她又闻到他身上的烟草味。

“老公，你是不是抽了很多烟？烟抽太多，对身体不好。”苏安安关心道，她的指腹随着说出口的话，慢慢地摸着顾墨成的脸颊，“你快点去洗澡，臭死了。”

她脸上的笑容僵住，因为发现顾墨成不对劲。

他绷着脸，在她说了那么多话后他一个字也没有回应，一双眸子沉沉地看着她，让她的心跳得好快。

“怎么了，老公？”苏安安放轻声音，感觉到顾墨成的不开心，“遇到了烦心的事吗？”苏安安又问道，她从沙发上站起来，手移到了顾墨成的眉头上，慢慢地揉着。

苏安安不喜欢顾墨成沉着脸。

顾墨成任由她的小手在自己脸上摸着，深深地看着她。

他不说话，苏安安也没有说，她一脸笑意地看着他，继续手中的动作。

“安安。”过了许久，顾墨成冷冷地开口。

苏安安“嗯”了一声，咧嘴笑得更甜：“老公，你今天是不是很累？”

苏安安说着松开了顾墨成，转身走向浴室：“我替你放水洗澡。”她向前走了一步，就被顾墨成拉了回来。

苏安安倒入顾墨成的怀里，她伸手搂住顾墨成的后腰。被他抱着，永远是那么温暖，而且不会厌烦。

“一身烟味，好熏人。”她抬起头，故作嫌弃地说道。

顾墨成看着她满是笑意的眼睛，冷冷地问道：“你不喜欢我抽烟？”

“嗯。”苏安安点点头，“我不喜欢抽烟的人，不过我喜欢你。”

她说话间，顾墨成在她的眼底看到自己的脸，低下头吻住她的嘴。

知道她去和人飙车，他很愤怒，可是回来后看到她在沙发上睡着，又听着她一口一个“老公”，他想朝她发火，也没了火焰。

为什么他有种拿小丫头没有办法的感觉？

接吻后，苏安安像一只小猫一样窝在顾墨成的怀里。她轻轻地说道：“老公，你以后少抽点烟，对身体不好，我想和你一起变老。”

动听的情话让顾墨成抱紧她，他看着她，说道：“安安，你不能骗我！”

顾墨成的话很突然，苏安安没有往深处想，她点头应道：“我最听你的话了。”

她的话轻易地让顾墨成不想对她发火了，他也没有质问她关于飙车的事。

她应该不会去了，顾墨成想。

“乖！”顾墨成放柔了声音说道，“安安，我不希望你出事，懂吗？”

苏安安似懂非懂地点点头，不管懂还是不懂，她点头总是对的。

顾墨成皱紧的眉头舒展开，他舍不得放开小丫头，抱着她又吻了过去。

苏安安纳闷今天的顾墨成怎么了？怎么说两三句话就吻她，害得她满嘴的烟味，难受死了。不过，接吻的时候她睁开了双眼，看着顾墨成的脸，心里甜蜜蜜的。

“老公，你没有洗澡。”

顾墨成突然拦腰把她抱起，她急了。接下来要做什么，她很清楚，只是他没有洗澡。

“你嫌弃我？”顾墨成不悦地问道，“你惹了我，我不打你屁股，但是你得补偿我。”顾墨成将她放在床上，压了过去。

苏安安一脸疑惑：自己怎么惹他了？难道他今天抽那么多烟和她有关？

“下次不听话，我会狠狠地打你。”顾墨成加了一句，他看着身下的苏安安，突然觉得他的小妻子根本不是什么绵羊，而是一只没有被人驯服过的野猫子。她看似乖巧听话，其实常常伸出锋利的爪子到处惹祸。在这之前，他是眼瞎了才会认为她乖顺。

“什么？”傅芯听到苏安安的决定，感到吃惊。她不是说不去参加那个飙车大赛吗，怎么突然间又决定要去了？

苏安安看着傅芯的表情，问：“不是你怂恿我去的吗？”

傅芯摆摆手：“安安，我没有。”要是被顾墨成知道自己怂恿苏安安去参加飙车大赛，他肯定会杀了她。

看傅芯紧张起来，苏安安笑着拍拍她的肩头：“你说得对，我不可能在顾墨成面前演一辈子的乖乖女。”

傅芯一愣：“你不怕顾墨成知道后把你甩了？”

“甩得掉吗？”苏安安笑着反问，“他不要我，我就一哭二闹三上吊，或者把他迷晕，然后和他生一个孩子。”她说是这么说，可是心里很没底，“他要是不要我了，小芯，我和你过一辈子吧。”说话间，她的手搭上了傅芯的肩头，吓得傅芯连忙把她的手拿开。

“不要，安安，我喜欢的是男人。”

苏安安见自己把傅芯吓到了，她笑了笑：“他要是接受不了这样的我，说明他不够爱我。那我就努力努力，让他真的爱上我。要是他爱不上，那我就放弃。”

苏安安说着，嘴角的笑意淡了：“人的一辈子很短的，要是遇到喜欢的东西不去争取，后半辈子肯定会后悔的。努力了就不会有遗憾，哪怕自己受伤也值了。”苏安安说这句话的时候是看着傅芯的。

她在说自己的事，也是提醒傅芯。傅芯太怕受伤了，所以不敢正视自己的感情。

傅芯心里清楚：“安安，我一到了陆家妈妈就告诉过我，别去觊觎不属于自己的东西。”

傅婉只顾自己的利益，一味讨好陆家人，对傅芯却不闻不问，有什么资格做傅芯的妈妈？如果换作苏安安自己，她早跑了，才不会听傅婉的安排。

“小芯，你千万不要听你妈妈的安排随便嫁人。”苏安安关心道，“就你上次去的萧家，那家的萧彦就是一个花花公子，你要是跟了他就惨了。”

虽然顾墨成和萧彦的感情很好，但苏安安觉得萧彦不是一个好男人。

“嗯嗯。”傅芯点头赞同。

“我会好好考虑你的话。”傅芯又道，“安安，你现在既然决定参加比赛了，那我们先去报个名，然后去踩点。”

顾子铭还在想着怎么让苏安安报名参加比赛，没想到苏安安主动来找他了，说愿意和他比赛。

顾子铭觉得很奇怪，苏安安不怕二叔知道她飙车的事吗？他虽然想让二叔发现她的秘密，可是她主动找上门，他又觉得这里面是不是有什么阴谋。

“苏安安，你不怕我二叔揍你吗？”

“他揍我说明关心我。你是打算把我飙车的事告诉他吗？”苏安安反问道。

他确实是这么想的，不过苏安安问了，他又不想了。

“二叔知道你飙车的事，一定会生气。”顾子铭说道。

“你要和他说吗？”苏安安再次问道，“你不说他怎么知道？”

顾子铭笑笑，他不说不代表二叔不知道，可能二叔现在已经知道了。

“好吧，我帮你保密。”顾子铭应道，“要不这样，我们联手赢这个比赛，奖金一人一半。”

“我要你的机车。”苏安安说道。

顾子铭一愣，就知道苏安安瞧上他的宝贝机车了。

“行！”

他们两个人联手，一定能赢。

这段时间自己口袋里的零花钱不够用，赢了奖金正好有钱了。不过他打量着面前的苏安安：“安安，要是二叔知道你飙车的事，你千万不要把我卖了。”

“不是你让我报名比赛的吗？”苏安安问道。

“怎么是我？”顾子铭恼道，要是被发现，二叔舍不得打自己老婆，肯定把气出在自己身上。

顾子铭后悔了，找苏安安报什么仇，这仇报不了不说，他反而会招来一顿打。

“放心，我不说。”苏安安说着，摸着自己的双手，“你有车吗？我们现在去踩点。”想到摸方向盘、踩油门的感觉，苏安安兴奋起来。

顾墨成很久没有来销金窟了，所以当下面的人说顾先生来了，萧彦以为自己听错了。这家伙有了老婆后，就很少和他混在一起，连来坐坐的时间都没了。

“今天吹的是什么风，把顾先生吹到我这里来了？”萧彦推门进来，笑着嘲讽。

顾墨成瞥了他一眼，没有回他的话。

“韩龙逸更行，在自己的小诊所里藏了一个美女，都不肯让我看一眼。”萧彦笑着说道，用韩龙逸的事来缓和气氛，“你知道他的诊所开在哪里吗？我们一块去看看。”萧彦继续说道。

要查韩龙逸的踪迹，他还是能找到的。可是韩龙逸那小子倔起来不听劝，他要是没有经过韩龙逸的同意跑到小诊所里，恐怕韩龙逸会非常生气。他已经得罪了顾墨成，可不能再得罪一个。

可他又实在好奇韩龙逸藏着的美女长什么样子，让韩龙逸这么宝贝。要是把顾墨成带去，向来听顾墨成话的韩龙逸再生气也不会怎样。

“不去。”顾墨成回道，他没有兴趣管别人的闲事，“龙逸找到了喜欢的女孩子，你不要去打扰他的生活。”

韩龙逸不让萧彦见自己的女朋友，一定是怕萧彦花言巧语骗女孩子。

“我是这种人吗？”萧彦不开心地说道。

顾墨成不让他见苏安安，怕苏安安被他带坏。现在是打脸了，苏安安根本不需要他带，已经挺坏的。

“顾墨成，你今天不陪老婆，跑到我这里来？”萧彦换了话题，“不会是你和老婆吵了一架，她不让你回家，你没有地方去就跑到我这里来了吧？”

萧彦话一说完，顾墨成冷冷地瞥了他一眼：“这种事只会发生在你身上。”

萧彦一脸不屑：“这种事绝对不会发生在我的身上，因为我不结婚。”

结婚，那是什么东西！他不感兴趣。

“我叫几个美女过来陪你。”他说完，顾墨成冷冷地回道：“不用。”

萧彦当然知道顾墨成不需要，问题是他想要美女抱在怀里的感觉。

“你也不用。”顾墨成一句话断了萧彦左拥右抱的念头。

萧彦骂了一句，坐在顾墨成的对面。

顾墨成没理他。

萧彦面对着这一尊大佛，心里郁闷。男人来销金窟不找女人，问题是还不让他找。

“其实飙个车不算什么事，你年轻的时候不也玩吗？还觉得飙车很拉风。我肯定你老婆也是这么想的，年纪小总是喜欢出风头的。”

顾墨成冷冷地瞥了他一眼：“你这是在说我年纪大？”

这哪跟哪啊！他怎么觉得今天的顾墨成不对劲？

“顾墨成，你不是被你老婆气出病来了吧？”萧彦勾起嘴角笑了笑，“要不要我再和你说一件事，打击你一下？”

顾墨成看着萧彦。

萧彦立即收住笑容，他不应该多嘴的。他干吗要管苏安安的闲事，要让顾墨成生气。顾墨成生气了，他也没好日子过！

“说！”顾墨成猜到萧彦说的事和苏安安有关，他的声音跟着变得凌厉起来，“她在玩飙车！”他肯定地说道。

昨晚刚和她说过要乖，她没有把他的话听进去！

“飙个车什么的又不会出什么事。再说你老婆车技好，说不定给你赢个几百万回来。”萧彦笑着说道，可是笑到后面，自己的嘴僵了，那是被顾墨成的眼神冻僵的。

“她没有玩。”萧彦放轻声音，站起身子往门口的方向走。

“是这样的。”萧彦笑笑，虽然他很怕顾墨成生气，但是也很期待见到他暴怒的场面，“最近地下赛车场有一个比赛，奖金很高，你老婆用何安的名字报了名。”

萧彦说完，看着顾墨成冰冷的脸，笑道：“顾墨成，你放轻松、放轻松。千万不要生气，回家后和老婆好好说，别动手打人。”

顾墨成抬起头看着萧彦：“很久没有打拳了，我们去玩一场。”说话的时候，顾墨成拿起沙发上的外套先走了出去。

跟在他身后的萧彦觉得自己真是活该，日子无聊得挑拨人家夫妻俩吵架。现在好了，顾墨成要先把他揍一顿。

“顾墨成，你放心，我让你老婆参加不了比赛。”萧彦跟在顾墨成身后讨好道。

顾墨成冷冷地说道：“不用，让她玩！”

让她玩？萧彦以为自己听错了，顾墨成最讨厌别人飙车，特别是在知道苏安安会飙车之后，他明显很愤怒。

一场大汗淋漓的拳击结束，萧彦的脸上被顾墨成打得一块青一块紫的。他都和顾墨成说了别打脸，影响他在小姑娘心里的印象。可是顾墨成好像没听见一样，专朝他的脸打。

“你帮我报名参加比赛。”顾墨成突然来了一句。

萧彦怔住，盯着他：比赛？什么比赛？顾墨成不是想参加飙车比赛吧？

“你要和你老婆比赛？”萧彦问道。

这可是一场大戏，萧彦很期待：“好，我马上帮你报名！”

因为是一年一次的大型飙车大赛，所以来的人很多。

苏安安穿了一套干净利落的牛仔套装，很期待今天晚上的大赛。不仅是诱人的奖金，还有飙车那种刺激的感觉。

“安安，这是今天大赛的参赛名单，你看看。”傅芯拿着一本册子到苏安安面前。

苏安安随意地看了一遍，听说这次来了不少的高手。她不怕，相反还很期待和他们较量一场。

“周奇！”傅芯念着名册上的一个名字。

苏安安以为傅芯认识这个人，问道：“你认识他？很厉害吗？”

“不是。”傅芯说道，“安安，你不觉得这名字很有趣吗？”

苏安安一脸疑惑，不解地看着傅芯。她没看出哪里有趣，周奇周奇，这名字不是很正常吗？

“周奇，揍妻。”傅芯说着笑了出来。

“他怎么取了这个名字，这么想把自己的老婆揍一顿。”傅芯解释道，越念这名字越觉得有趣。

苏安安没什么感觉，名字，一个称呼罢了。傅芯的谐音还是“负心”呢，傅婉也不知道怎么给小芯取了这个名字。

“顾子铭呢？”傅芯又问道。她从苏安安那里知道，顾子铭今晚会和苏安安联手争夺这次大赛的冠军。

“刚才他打电话说过来了。”苏安安解释道，“他今天回去拿东西，被妈妈盯上了。”

被顾老夫人盯着，顾子铭想找借口开溜很难，最后撒谎说上洗手间，才从洗手间窗户爬出来的。

苏安安说完顾子铭的事，傅芯很好奇她是怎么混出来的。

“安安，你怎么同顾墨成解释的？”

苏安安扭头看着傅芯，笑着说道：“他今天晚上有应酬。”

说来真是凑巧，她正纠结怎么和顾墨成说不回老宅的事，顾墨成先和她说他晚上有应酬。他这关过了，她再和顾臻、顾老夫人随意编了一个理由，说晚上学校有活动晚些回来。混出来，就这么简单。

“我们速战速决，以最快的速度到达终点。这样我回去的时候，我老公应该还没有回去。”苏安安说道。

傅芯“嗯嗯”两声表示赞同：“希望今天晚上一切顺利。”

她们正打算上车准备开始比赛，苏安安口袋里的手机响了起来。

悦耳的手机铃声顿时让苏安安紧张起来，她看了一眼傅芯，傅芯也跟着紧张起来。

“安安，不会是顾墨成吧？”傅芯放轻声音问道。

她们参加比赛不少于十次，但是没有一次像今天一样紧张。

苏安安拿出手机，看了上面的号码一眼，身体更加紧绷。她朝傅芯点点头，表示就是顾墨成的电话。

“老公。”接通了电话，苏安安柔声说道，她脸上露出笑容。说话间，她朝傅芯做了一个“嘘”的动作，可是这里这么吵，傅芯不说话，别人的说话声还是能传到顾墨成的耳朵里。

“你应酬完了吗？”苏安安慢慢地问道。

“没有。”

听到顾墨成的话，苏安安松了一口气，问：“你什么时候能回家？我想你了。”

隔着车窗玻璃，顾墨成穿过人群，一眼看到苏安安和他打电话时的表情。

Chapter 5

第五章 可是你不爱我

想他？他听到这话时，心里没有半分高兴，反而是愤怒。

在他旁边的萧彦被他身上冰冷的气息吓得往旁边挪了一下，自己是不是不应该无聊地陪他过来？

“还没有回去，今天应该会很晚。”顾墨成冷冷地说道。

他明明很生气，但是说出来的话却很平淡。

“哦。”苏安安应了一声，她关心道，“老公，你少喝点酒，照顾好自己。”

温柔的话听在顾墨成心里的效果只能是火上浇油，他看着她的小脸，恨不得现在下车把她抓来打一顿。让她不听他的话，跑来飙车！

“安安，你那里怎么这么吵？”顾墨成明知故问。

哪怕苏安安把手机的话筒遮住了，也没法挡住四周的尖叫声。再说了，顾墨成本来就是在赛车场上，这里发生的一切他都清楚。

“学校组织活动呢，大家都玩嗨了。”苏安安看了一眼傅芯，撒了谎。

“是吗？”顾墨成勾了嘴角，冷嘲一声。

小丫头撒起谎来很淡定。

“嗯，所以我等下就住在公寓里。”苏安安继续说道，“老公，对不起，今天晚上不能陪你了。”

“没关系！”顾墨成冷声回道，他尽量控制自己的怒火，生怕一个冲动现在就下车把小丫头拎起来揍一顿。嘴上对他说着对不起，瞧她脸上全是开心的笑容。

苏安安继续说道：“老公，你忙吧，我先去玩了。”

“好好玩。”他一说完，苏安安就结束了通话。

“小芯，吓死我了，差点穿帮了。”苏安安拿着手机，拍着胸口紧张地对傅芯说道。

傅芯倒觉得苏安安表现得相当完美，撒起谎来脸不红心不跳的。

“安安，你的演技越来越好了。”傅芯拍了拍苏安安的肩头，“你放心，顾墨成绝对被你骗到了。”

听到“骗”字，苏安安低下头，放轻声音：“我也不想骗他。可是他不喜欢我飙车，我又很想参加。”

“嗯嗯。”傅芯点头表示理解，“我们上车去起点吧。”

苏安安应着，她脸上的笑容淡去，开始进入状态。飙车很危险，一不小心就会赔上自己的性命。

坐在车里的顾墨成将苏安安打电话的表情全收在眼里，看到她和傅芯走了，他降下车窗，掏出香烟抽起来。

“你老婆潜力不错。”身边的萧彦说了一句，他是厚着脸皮跟过来看戏的。

看着顾墨成的参赛名字，他就觉得今晚的比赛很有趣。周奇，揍妻，顾墨成心里一定想把自己的老婆狠狠地揍一顿。

顾墨成扭头看着萧彦，不解他的意思。

“演戏啊。”萧彦笑了笑，“她在你面前是只小绵羊，一转身就是一只野猫子。”

“是吗？”顾墨成沉着声音反问。

萧彦一见顾墨成冰冷的双眸，想说的话一个字都不敢说出口。这个时候还是安静看戏比较好，顾墨成的怒火已经飙到高点，他再加一把火肯定得殃及池鱼。

“墨成，你侄子！”萧彦指着车窗外正在找人的顾子铭说道。

顾墨成继续抽着烟，想到上次他的车被苏安安的车撞了，那次也遇到了顾子铭。这两个人之前应该就认识。

“叫他过来。”顾墨成声音冷厉地说道。萧彦讨好地一笑，连忙去叫顾子铭。顾墨成现在这种情况，得找一个人转移他的注意力，不然遭殃的是自己。

今天来参加比赛的人不少，顾子铭打电话给苏安安，问了她的具体位置。打完电话，他就这么一个不经意地扭头，看到在一辆车里抽烟的顾墨成，顿时傻住了。

二叔！怎么可能？

顾子铭使劲地眨眨双眼，觉得自己一定是看错了。

苏安安说二叔今天应酬，要很晚才会回去，可是他怎么会出现在赛车场？

顾子铭连忙打开手机，打算向苏安安通风报信。

不管二叔是为什么来的，他得在二叔看到苏安安之前，让苏安安快点撤。

“子铭。”顾子铭的电话还没有打出去，就发现顾墨成已经看到了自己。当他转身准备跑掉的时候，顾墨成身边的萧彦笑着向他招手。

他这是逃还是不逃？

最后，顾子铭只得走向顾墨成，主动坦白应该能少挨打。

“二叔，真是巧啊。”顾子铭笑着打招呼，他说道，“我是来看朋友赛车的，你也是吗？”

萧彦笑着对顾墨成说道：“你侄子这人太实诚，一撒谎就紧张，手抖！”

“手抖？我没有。”顾子铭心虚地说道，立即握紧自己的双手，“我哪里抖了？”他低头一看，果真见到自己的手在抖。

萧彦笑得更得意了。

“不是。”顾墨成没有像平时那样穿着西装，而是穿着休闲装，手指间夹着一根香烟，吞云吐雾地对顾子铭说道。

顾子铭一愣，二叔的意思是他不是来看赛车的？

“你二叔是来参加比赛的。”萧彦替顾墨成回答道。

“不会吧！”顾子铭吃惊，“二叔你不是最讨厌人飙车吗，怎么也来玩？”

顾墨成沉着脸看着顾子铭，他的眼神看得顾子铭很害怕。

“二叔，你是不是来找小婶子的？”

顾子铭决定把苏安安卖了，在可怕的二叔面前，他还是先保住自己再说：“她就在这里！”

“是吗？”顾墨成语气凉凉地问，“你怎么知道？”

“这还用说，你侄子和你老婆一起瞒着你过来飙车，说不定他们早就串通好赢个大奖回去。”萧彦笑着说道。

顾子铭脸上的笑意顿时僵住，他想了想，说道：“二叔，我真的是来看朋友比赛的。我最近很乖的，而且觉得这种比赛这么危险，我得听你的话。对了，小婶子是飙车高手，她一听到有比赛就很高兴。我跟她说二叔你不喜欢，她一点都没有听进去。”他把责任全推到苏安安的身上。反正以二叔的性子，再生气也不会对苏安安怎样。

“这么说来，你比她听我的话？”顾墨成冷嘲道。

顾子铭一笑，讨好地看着顾墨成：“二叔，苏安安太坏了，在你面前一套，背着你的时候又是一套。她明知道你不喜欢飙车比赛，还瞒着你来参赛。哪像我，就只是来看看。”

顾墨成冷冷地盯着顾子铭，看得顾子铭的心怦怦直跳。

“二叔，你相信我，我真的是来看朋友比赛的。”

“看苏安安比赛？”萧彦笑着问了一句。

顾子铭连忙说道：“是的，萧叔叔你怎么知道的？”

“我本来不想来的，苏安……”顾子铭说话间，看了一眼顾墨成的神情，立即改了口，“小婶子非要拉着我过来，说让我给她打气。”

“墨成，你们家什么时候改做娱乐公司了？就凭你老婆和他的演技，你投资拍一部电视剧，收视率应该不成问题。”萧彦开玩笑道。

顾子铭急着为自己辩解：“二叔，我真的是来看朋友比赛的，你别听萧叔叔的话。”

“安安的比赛不需要你看。”顾墨成冷冷地说道，“子铭，早点回家。”

“好的，二叔。”顾子铭露出笑容说道，他要不要和苏安安打个电话，告诉她二叔来抓她了？

“子铭，把手机给我。”顾墨成看穿顾子铭的心事，他向顾子铭要了手机。

顾子铭的脸上顿时没了笑容：“二叔，我怎么会给小婶子打电话通风报信呢？”

“你二叔有说你给苏安安打电话吗？真是不打自招。”顾子铭这智商，萧彦都看不下去了。

顾家一个个都很聪明，怎么顾子铭就这么笨？难不成他继承的是顾老夫人的智商？

“二叔！”顾子铭想喊冤枉，在顾墨成冷飕飕的眼神下，他乖乖地把手机递过去。

“半个小时以后，我会打电话到顾家老宅，希望你在家。”

顾墨成说完，顾子铭说了一声“二叔再见”，转身就跑了。

半小时？从这里到顾家老宅最少四十分钟，他不赶紧走人，再拖延时间半小时就到不了顾家。

“顾墨成，现在是去找你家小妻子吗？”萧彦笑着说道。

他真的很期待，不知道苏安安看到顾墨成来抓人时的表情是怎么样的，更期待顾墨成把人抓到后怎么处罚。

顾墨成扭头冷冷地瞧了他一眼，没有回他的话，发动车子往起点赶去。

今天不知道怎么回事，苏安安眼皮一跳一跳的，心里也很不安，总觉得有不好的事要发生。

“小芯，难道我今天会死在这里？”难道今天飙车会发生事故？

“呸呸！”傅芯立即呸了几口，“苏安安，你就不能想点好的？比如我们今天赢了，比如我们拿着奖金出去旅游！我还在你的车里，你可得开慢点，不然我也没了。”

“嗯嗯。”苏安安深吸了一口气，稳住了心神。她努力吸气、呼气，可是为什么还是没办法安心？

比赛开始了，苏安安立即拉回心思，她把注意力放在方向盘和油门上，今天的路线都是最难开的路段。比如中途要经过一条盘山公路，要是不留神车子滚了下去，真的会没命的。

奖金高，危险系数自然也高。苏安安心里有数，在那个路段她不能和人比拼，奖金要拿，性命也要保，她还要和顾墨成白头偕老。

想到顾墨成，苏安安的嘴角不由自主地抿出笑容，耳边突然传来傅芯的话：“安安，有辆车超了你！”

苏安安一出发就冲了出去，然后一路加速，直接把其他的车甩在后面，没想到这么快有车超过自己。

苏安安立即换挡加速，可不能让奖金白白溜走。不过，苏安安清楚自己遇到的是一个高手，她紧追在这辆车子后面，可是怎么都超不过去。

她往左，那辆车也往左边挡着她，她往右，那辆车也开到右边，就是不让她的车子开过去。

苏安安很少遇到这样的情况，一般都是她开在别人前面，阻拦别人的去路。

前面车子的车窗突然摇了下来，在夜色下，苏安安和傅芯瞧到副驾驶座伸出一只手，手握成了一个拳头，然后手指朝下。

这个动作她们很眼熟，不过苏安安看到后心里更多的是生气。这人做的动作摆明是看不起她。

苏安安气恼地咬咬牙，将油门往下踩到底，她打算用最快的速度从那辆车子的右侧冲过去。她没有直接往右侧去，而是移到了左侧，当接近车子的尾部时，突然转了方向盘到了车子的右侧。

苏安安加速冲了过去，傅芯已经将她边上的车窗摇了下来，都想看看把苏安安车子超了的人长什么样子。

说来奇怪，顾子铭说和她们一起联手，可是比赛开始这么久都没有看到他的影子。按他的技术，不该在车队后面。

苏安安超过去的时候，和傅芯扭头看过去。那辆车子的窗户在往下移，因为车速太快，苏安安瞥见了开车男人的侧脸。虽然只是一眼，一个影子，但是苏安安的心在猛地颤抖。

她看错了，肯定是看错了。

“安安，是萧彦！”车子过去的时候，傅芯惊讶地说道。

苏安安专注地看对方车子的司机，傅芯却看见了那辆车里的萧彦正对她们嬉皮笑脸地招手。

“萧彦……”苏安安重复着他的名字，萧彦是顾墨成的兄弟，那就意味着刚才她没有看错，真的是顾墨成。不会吧！她觉得自己今晚的下场很惨。

这时顾墨成的车子又超了过来。车子飞速地往前，没有停下来，苏安安心里觉得奇怪，是不是她和傅芯都看错了？那车里的人不是顾墨成和萧彦，只是像他们的人？

不过世上再多相似的人，也不会这么凑巧，刚好有两个像顾墨成和萧彦的人，刚好他们在同一辆车子里。

“安安，小心！”

苏安安被突然出现的很像顾墨成的男人吓得心烦意乱，傅芯见到前面那辆车子突然慢了下来。当她们的车子接近的时候，它突然横在中间，挡住了苏安安她们的去向。

苏安安看着停在她们前面的车子，因为车速太快，她踩了刹车也要撞上去。

驾驶座里的男人走了出来，一张冷峻的脸映入她的眼里，她来不及多想，直接把车子撞向旁边的护栏。

还好，她刹车及时，车子没有被撞得很严重，她和傅芯也没有受伤。

苏安安从撞击中回过神来，顾墨成已经走到了她的车子边。

“下车！”顾墨成沉着脸，对车内的苏安安说道。

苏安安嚣张的气焰在见到顾墨成后全熄灭了，她抬起眼睛盯着顾墨成，唤道：“老公。”她故意放轻声音唤道，想用温柔去降低顾墨成的怒火。

可是貌似没用，顾墨成的脸色很难看，她从来没有看到过这样的顾墨成。

她下了车，再说道：“老公，对不起！”

“苏安安。”顾墨成咬着牙叫着她的名字，他盯着她，刚才那一撞把他吓得这会儿心跳还不稳定，“你答应过我什么？”他的声音冰冷。

苏安安低下头，不敢吭声。

“走。”顾墨成冷冷出声，苏安安哪里再敢多说什么，她看着被撞残的车子，奖金没有到手，还得赔车，这车是她花钱租来的。

苏安安又是害怕又是伤心地跟着顾墨成上了他的车。

上车前，萧彦对苏安安笑着说：“小嫂子好，我叫萧彦。你的车技太厉害了。”他夸着的时候，见到顾墨成黑着一张脸，笑了笑，走到了苏安安面前，“小嫂子，销金窟是我开的，你什么时候想来玩就来玩，红酒免费供应。”

萧彦想，既然苏安安喜欢飙车，肯定也喜欢去酒吧玩。

“滚！”顾墨成冷冷地说了一个字。

萧彦连忙向后退了一步，这种节骨眼上还是远离顾墨成才好。

他远离的时候，顾墨成和苏安安已经上了车，他正想着顾墨成会怎么对付苏安安，突然发现自己的车被顾墨成开走了，他这是在荒郊野外，怎么回去？

萧彦懊悔自己怎么下了车，他听到身后车子启动的声音，想了起来，苏安安是和她朋友一起来的。

“喂，我也要回宁城。”萧彦转过身去敲打车窗，示意里面的傅芯把车门打开。可是傅芯好像没有看见，也没有听见，她直接踩下油门走人。

萧彦这种烂人，要是让他坐上来，她被他带到隐蔽地方欺负了怎么办？这种人渣，她得远离。所以她选择自己开车走人。

车子从萧彦面前就这么开走了，萧彦连忙追上去，可是人的两条腿哪里有车的四个轮子快。

他只能看着车越开越远。

“臭丫头！”萧彦恼怒地骂了一句。这个丫头，他记住了！敢把他丢在路边。

萧彦站在路边，想掏出手机打电话让人来接，一摸口袋，糟糕，他的手机也在顾墨成的车上。这荒山野岭的，离宁城城区不知道多远，而且他还是一个路痴，就是要走也不知道该往哪里走。本来是出来看戏的，为什么他现在只能看星星？

坐在车里，苏安安不敢出声，她低着头偷偷地瞄了眼身边的顾墨成，可是瞧到顾墨成的那张脸，她什么话都不敢说。

她不敢说话，也不知道说什么！

车里的气氛很压抑，压抑得苏安安很难受。

这段时间，她习惯了被顾墨成捧在手心宠着的感觉，他一下子变了脸色，她不习惯，甚至是害怕他生气。

过了大约五十分钟，到了顾家老宅，两人下了车。

苏安安跟在顾墨成的身后，他没有和她说半句话。她走上前去拽他的衣服："老公，对不起，我错了。"

苏安安说话的时候，眼泪从眼眶里跑了出来。看到他生气，她的心里也不好过。

顾墨成扭头瞧到她的眼泪，告诉自己不能心软，这个丫头不给点教训不会知道好歹。

他冷着脸将她的手扯开。然后，他直接走了进去，没再等她。

苏安安看着他丢下自己走了，难受极了，想哭又不敢哭，伸手抹去眼泪。

顾臻和顾老夫人正在教训顾子铭，他们气顾子铭大晚上的不听话翻墙出去。顾臻因为身体不好没动手打顾子铭，老夫人骂着顾子铭，可是下不了狠心赶他出去，就让顾子铭在大厅里站着。

顾子铭站得很困，还得看着顾老夫人打瞌睡，他稍微一移动脚步，老夫人就好像知道他要跑似了，睁开双眼盯着他，害得他只能站着。

当听到仆人说二少和少夫人回来的时候，顾子铭顿时来了精神，有人陪他受罚了。

顾臻在他们回来之前已经躺在沙发上睡着了，顾老夫人正打着盹，听到顾墨成和苏安安回来了，顿时清醒过来。

顾墨成走在前面，苏安安像一个乖巧的小媳妇跟在顾墨成的身后。

水晶灯下，顾老夫人一眼看到苏安安双眼红了，她的睡意没了，站起身担忧地问道："安安，谁欺负你了？"告诉她，让她替苏安安出头。

顾子铭心里清楚为什么顾家二叔冷着脸，看苏安安含着眼泪，他笑了笑，告诉顾老夫人："奶奶，二叔把小婶子欺负了，你快点打二叔吧。"

顾老夫人瞪了眼顾子铭，喝道："你给我站好！"说完，她看向顾墨成，想从顾墨成那里知道是谁欺负了苏安安，可是顾墨成沉着一张脸，看得她都害怕起来。

这是有多久没看到过儿子生气了？谁惹他了？

"安安，来，告诉妈妈，谁欺负你了？妈妈为你做主。"

不会是有人把苏安安欺负惨了，惹了墨成发怒吧？可是也不像啊，如果是苏安安被别人欺负了，顾墨成会立即替她出气，不会那么生气。

“奶奶，我都说了，是二叔把小婶子欺负了。”顾子铭说道，她怎么就不信他的话。

“站好。”顾老夫人严厉地喝道，“你就知道在外面鬼混，向你小婶子学习学习。”

顾子铭不以为然，笑着说道：“奶奶，小嫂子也刚鬼混回来。”

顾老夫人才不信顾子铭的话，她伸手要苏安安过来，却听到顾墨成冷声说道：“站过去。”

嗯？在场的人都一愣，包括刚醒来的顾臻。

顾墨成这句话好像是对苏安安说的，他正掏出香烟，要苏安安和顾子铭站在一块。

苏安安看了顾墨成一眼，老实地走到顾子铭身边站好。

顾子铭这下心理平衡了，他笑着对苏安安说道：“你赢了没有？”

这不是明知故问吗？都被顾墨成当场逮住了，她哪里还管得了比赛。

苏安安看顾子铭幸灾乐祸的表情，觉得是顾子铭向顾墨成告的状。她愤怒地瞪了他一眼。

顾子铭很无辜：“是二叔自己找来的，我什么都没有说。”

顾老夫人和顾臻看不懂了，苏安安怎么会被顾墨成罚站？

“墨成，干吗让安安站着？”顾老夫人心疼地说道。

顾墨成抽着烟，没有回答顾老夫人的话，他一直压抑着心里的怒火，想靠抽烟让怒火降下去。

“奶奶，她瞒着二叔和人飙车。”顾子铭帮顾墨成回答了。

顾老夫人还以为什么事，不就是飙车吗？她抿嘴笑笑：“我当安安犯了什么错，飙个车而已，没什么大事。”

说完，顾墨成抽烟的动作停了下来，他看向顾老夫人，冷声问道：“你们知道她飙车？”

“爷爷奶奶早知道了，他们还让我不要和你说。”为了让自己少受罚，顾子铭着急地说道。现在这种情况，亲人在他眼里就是拿来出卖的。

顾墨成扭头看向顾老夫人和顾臻，在顾老夫人要开口为自己和苏安安辩解前，顾臻咳了一声，说道：“安安飙车的事我们最近才知道。上次我们看到新闻，以为你坐的飞机出了事，是安安开车带我们过去的。”

顾臻说完，顾墨成的脸色十分难看：“这么说，就我一个人不知道自己的妻子喜欢飙车？”

“墨成，也不是什么大事，你年轻的时候不也常和人玩吗？”顾老夫人替苏安安说情，“安安也知道错了，她不会去玩了。”

“奶奶，你还没有搞清状况。她今天去比赛，然后被二叔当场抓住。”顾子铭开心地说道，“她不是玩，是去比赛。”顾子铭强调道。

顾老夫人气恼地骂顾子铭：“你这个臭小子，不说话没有人把你当哑巴。”

顾子铭被顾老夫人骂得好委屈，明明是苏安安犯错，为什么还要骂他？

“安安，你不是说不去了吗？”顾老夫人对苏安安说道。

苏安安没有说话，她盯着顾墨成看。

顾墨成抽着烟，没有回看她一眼。

“墨成，安安她知道错了，你就不要生她的气了。小姑娘家的，不要打骂她，得慢慢教。”看着自家儿媳妇一声不响地站在那里，顾老夫人很心疼。

顾子铭听不下去了，他罚站是活该，是自找的，苏安安被罚就不行吗？

“二叔，别听奶奶的，小婶子这次瞒着你飙车，下次不定瞒着你再去做什么危险的事。”顾子铭叫道，怎么都不能让二叔轻易原谅苏安安。

“闭嘴！”顾老夫人恼了，拿起茶几上的书本朝着顾子铭砸去，“你这个臭小子给我站好！”

顾老夫人没有打到顾子铭，他低下头，暂时保持安静。

顾墨成没有说话，他抽完手中的烟，转身走向二楼。

顾老夫人看出来了，儿子这次是真的生气，而且火气还不小。

苏安安看着顾墨成把自己丢下，她张口想叫他，又没有出声。

“安安，快跟上去。”

顾老夫人催促着苏安安：“和墨成道个歉，没事的。”

苏安安感激地看了一眼顾老夫人，自己跑出去飙车，顾臻和顾老夫人还是站在她这边，为她说话。她这次是不是做得太过分了？

苏安安跟着顾墨成上楼，走到房间后，她小心翼翼地唤道：“老公，对不起，我真的知道错了。”

顾墨成没有理她，他走到浴室洗澡。

苏安安一个人站在房间里，心闷闷的，说不出的难受。她想过顾墨成知道后会生气，可是他真的生起气来不理她，她又很难受。

傅芯的短信发来了，苏安安看了一眼，傅芯问她搞定顾墨成没有。她没有心思回短信，她貌似把顾墨成惹到了，她搞不定他。

顾墨成很快洗完澡出来，看到苏安安坐在床上，没有说话。

苏安安站起身，上前抱住顾墨成：“老公，你和我说句话好不好？”她柔着声音说道，“不要不理我。”

小丫头的讨好，对正生着气的顾墨成无疑是火上浇油。

“安安，你让我很生气。”顾墨成沉声说道。

他真的很生气，恨不得把她打一顿。刚才看到她的车子撞到护栏上，他的心直接跳了出来，生怕她出一点意外。想到这里，他的手举起来。

因为顾墨成的一句话，苏安安掉了眼泪，她看着顾墨成举高的手，配合地闭上眼睛。她害怕顾墨成不理她、不爱她。

巴掌没有落在她的脸上，顾墨成举高的手又放了下来。

他生气地想将她揍一顿，她知不知道今天的这场比赛很难，在那些盘山公路上飙车，一不小心就会摔下山闹出人命。可是他偏偏狠不下心来！

他恼怒地盯着苏安安，看着她一脸的泪珠，更加气恼：“不许哭！”

被他一吼，苏安安抽泣着，两只满含水雾的眼睛盯着顾墨成：“老公。”

顾墨成扭开头，没有看苏安安。

苏安安的小手去抓住顾墨成的，她轻柔的声音一直在他耳边响着：“老公，你别生气了好不好？”

能不生气吗？他转过头，冷冷地盯着她，说：“你还有什么事是我不知道的？”

苏安安抽泣着，眼泪大颗地掉下来：“我两年前就喜欢上飙车了，也常跑去参加比赛。上个月我在和顾子铭赛车，你突然冲了出来，我看到你超过我，我一生气就……就故意把你挤到一旁，还朝你倒竖了手指。”

苏安安把事说了出来，现在想瞒也瞒不住，说不定顾墨成已经知道了。

“苏安安，你真有种！”顾墨成恨恨地说道。

“老公，我不敢了。”苏安安哭泣着，她的眼里含着眼泪，可怜兮兮地看着他，“我以后一定听你的话，不闯祸！”

“闯祸？”顾墨成冷嘲，他的气没有消，将她从自己的怀里扯开，“安安，你自己好好反省反省。”说着，他丢下苏安安向门外走去。

苏安安看着他的背影，轻声唤了一句：“老公。”

她的声音夹着哭腔，听得顾墨成心底难受，他加快步伐，去了书房。

苏安安看着顾墨成头也不回地离开，知道他这次是真的生气了。她一个人站在房间里，看着书房的门被关上，有一种心被人蹂躏的感觉。

原来爱情不仅仅是甜蜜的，它痛起来的时候也能万箭穿心。她尝到了爱情的甜，也知道了它的痛。

苏安安不喜欢这种剧痛，就连抽泣都觉得身体很痛。

她是不是不该去挑战顾墨成的底线，不该在他面前做回自己？

苏安安迷茫了！

这个夜晚，岂止是苏安安一个人失眠，顾墨成故意在书房里待了很久，他的脑海里回想的都是小丫头哭泣的脸蛋。

他舍不得打她、骂她，她自己倒先哭了起来。

想到这里，顾墨成不由自主地笑出声。

他确实很生苏安安的气，但是看到她的眼泪，在他耳边一声声地说着“老公，我错了”，就这么一句话，让他想发火也发不出来。

什么时候开始，他拿小丫头一点办法都没有。哪怕她杀人放火了，他也会护着她吧？

到了凌晨一点多，顾墨成想她睡着了，起身回房间睡觉。

卧室里的夜灯开着，苏安安穿着衣服躺在床上，没有盖被子，脸上还挂着眼泪。

顾墨成走过去，轻轻地给她盖上了被子，然后在她的身边躺下。

苏安安没有睡着，在顾墨成把床头的夜灯关掉后，她睁开了眼睛，看着身边背对自己的顾墨成，她想靠过去抱住他，可是她没有：“老公，你不要生我的气了。”

她不喜欢和自己生气的顾墨成，这会让她觉得顾墨成不要自己了。

顾墨成听到她的话，没有回答。在黑暗的夜里，他轻轻地叹了一口气。谁来告诉他，该拿这个小丫头怎么办？

因为一个晚上没睡，苏安安第二天睡到很晚，醒来的时候，身边根本没有顾墨成的人影。

苏安安急了，连忙跑出房去找他。

楼下的顾老夫人正和顾臻说着话，看到苏安安，朝她招招手。

“安安，在找什么？”顾老夫人问道。

顾臻看了一眼苏安安，说道：“墨成去公司了。”

“安安，你放心，墨成其实耳根子很软的。”顾老夫人笑着对苏安安说道。

顾臻拆了顾老夫人的台，说道：“是吗？”

自己的儿子，他们很了解。顾墨成一旦生气，很难哄好。

这次苏安安瞒着顾墨成去飙车，明显踩到了顾墨成的底线。顾老夫人早上劝了顾墨成很久，顾墨成都没有理她。就顾墨成这态度，没十天半个月，是不会消气的，还得看苏安安的表现。

“安安，这段时间你乖点，多打电话给墨成。”顾老夫人说道，“墨成心里很在意你的。”

苏安安点点头，她在想怎么让顾墨成消气。

这几天，苏安安的表现相当乖。她每天一下课就赶回顾家老宅，等着顾墨成下班。不管顾墨成几点回来，也不管顾墨成冷着脸不同她说话，她是将话痨和笑脸进行到底。反正跟在顾墨成身后，她一口一个“老公”甜甜地叫着，直到把顾墨成叫得一点脾气都没有。

顾老夫人认为苏安安这招特别有用，倒是顾子铭来了一句：“谁知道苏安安什么时候又不听话了。”

这话是在餐桌上说的，顾墨成也在场，一句话说得顾墨成不想这么快原谅苏安安了。

顾子铭在顾家的地位下降，他当然不想让苏安安好过。

因为顾子铭的话，顾墨成继续冷着苏安安。他一方面怕苏安安又跑出去飙车，一方面喜欢她的讨好。

如果换成别人惹了他，哪里会因为一声声“老公”让他想气又气不出来。也只有苏安安，让他产生深深的挫败感。

为了讨顾墨成开心，苏安安在顾老夫人的提议下，还和老宅的仆人学做顾墨成喜欢的饭菜。

顾老夫人说，要想留住一个男人，必须得先把男人的胃养刁。苏安安认为这句话错了，顾老夫人就是最好的例子。老夫人厨艺差，可是顾臻不也一直深爱着她。

苏安安的厨艺和顾老夫人的不相上下，甚至可以说苏安安的更差。顾老夫人起码不会将厨房弄得像发生世界大战那样，而苏安安用过的厨房是一片狼藉，做出来的东西那叫一个难吃。

顾老夫人摇摇头，原来想让苏安安学做几道菜讨好墨成，现在看来还是算了。

苏安安自己也很郁闷，她真的是很用心地在学厨艺的，可是什么食材到她手中都只有被糟蹋的份。姐姐做得一手好菜，而她怎么都学不会。

想到苏若初，苏安安开始想念她做的饭菜了。

顾墨成回来的时候，闻到屋里飘出来的焦味，他以为是顾老夫人又突发兴趣，试烧新菜，把厨房烧了。

“来，墨成尝尝安安做的菜。”顾老夫人招手让顾墨成过去。

顾墨成看着桌上一道有些难看的菜，再看看苏安安。

“老公，我不会做饭，以前骗了你。”苏安安没有等顾墨成开口，先承认了以前欺骗顾墨成会做饭的事。

顾墨成瞧她慌张的神情，嘴角动了动。

“来，尝尝看，西红柿炒鸡蛋。”顾老夫人对顾墨成说道。

“西红柿炒鸡蛋？”顾墨成淡嘲道，顾老夫人看顾墨成没有动筷子，为苏安安说道，“看着不怎样，不过味道不错。”

连顾臻都为苏安安说起话来：“比你妈做得好。”

这话听得顾老夫人不乐意了，她扭头瞪了顾臻一眼，让顾臻闭嘴吃自己的饭菜。

他们两个老人家就想后辈过得开开心心，看顾墨成生苏安安的气，他们跟着不安。这么好的儿媳妇，要是被他们儿子气跑了怎么办？再让她儿子等十年，那可真的是一个老男人了。

在苏安安和顾老夫人期待的眼神下，顾墨成动了筷子，他慢慢品尝，看得苏安安和顾老夫人很着急。

“还行。”顾墨成说道。说着还行，但是顾墨成显然对这道菜不怎么满意。

吃完饭后，顾墨成起身上了楼，苏安安还以为他会和前几天一样不搭理自己。可当她走上台阶的时候，却听到他说道：“安安，过来。”

苏安安正帮着仆人收拾碗筷，顾老夫人比她还着急，对她说道：“安安，快上楼去。你们好好谈，千万别打架。”顾老夫人不放心地对顾墨成说道。

苏安安飙车的第二天，顾老夫人看着苏安安红肿的双眼心痛极了，她差点以为自己儿子对苏安安家暴了。

苏安安跟着顾墨成进了书房，她不知道顾墨成找自己什么事，心里忐忑不安。

顾墨成打量着低着头不说话的苏安安，看她这两天乖巧的表现，他的气消了一半。

“我准备撤掉对苏氏的投资。”

苏安安抬起头，十分诧异，顾墨成居然是和自己说这事。

“哦。”苏安安应道。他做什么，她都没有意见，毕竟起初他投资苏氏这个无底洞，她就不同意。

苏氏的好坏与她无关，妈妈死后，苏华娶了蒋媚，苏家就不再是她的家，她凭什么要为别人家的事牺牲自己？当初要不是因为姐姐，她也不会为了他们嫁给顾墨成。

想到姐姐，苏安安看着顾墨成，如果顾墨成撤资，苏华一生起气来，会不会对付姐姐？

苏安安握紧拳头，她本来计划着拿到比赛的奖金，把姐姐接出来后，就用这笔奖金给姐姐买一套房子。

“如果苏华找你，你告诉他，想我重新注入资金，用苏若初来换。”

“嗯？”顾墨成的话让苏安安一愣，顾墨成撤掉对苏氏的投资，是想帮她带出姐姐。

苏安安心里顿时满满的感动，她走近顾墨成，抬起头问道：“老公，你为什么对我这么好？我都让你这么生气了。”

顾墨成觉得苏安安问了一个傻问题，她是他的妻子，他不对她好对谁好？这辈子，也就对她好。至于生她的气，和对她好没有冲突。

苏安安厚着脸皮露出了笑容，顺便伸手拉住顾墨成的大手：“老公，我以后会乖乖听你的话的，真的！”她还将手举到头顶保证。

顾墨成并不想这么快就原谅苏安安，一想起苏安安背着自己和人飙车，他就怒火中烧。他低头看着小丫头一脸的笑意，又凶不出来。

看顾墨成没有理自己，苏安安顺杆子往上爬，扑到顾墨成的怀里：“老公，我错了，你别和我生气，要不你打我几下？”她说话间，偷偷地抬头看顾墨成阴沉着的脸，“但是不要打太重！”

顾墨成听了她的话，真朝她的屁股上打了两下。

“真打啊！”苏安安没想到顾墨成真下手了，还打她的屁股。

都这么大了，还被自己老公打屁股，苏安安觉得好丢脸。

“苏安安，下次再惹我，我把你的屁股打烂。”顾墨成恼怒地说道，别以为打了她几下，他的气就消了。

苏安安懂得看脸色，顾墨成现在虽然绷着脸，但是他的眼里没了之前的怒火。

“老公，你放心，我不会再惹你生气了。”苏安安给了顾墨成一个灿烂的笑容，她踮起脚吻顾墨成的嘴。

顾墨成现在心情好，她还不趁机让他把飙车的事忘了，快点原谅自己。讨好、卖乖、诱惑，该用的手段她都得用上。

“苏安安。”

被苏安安吻了一下，顾墨成还真有点没法生她的气。

“老公，不许生我的气了，你再生我的气，我就一直吻你，吻到你不生气为止。”苏安安笑着说道。

顾墨成一笑：“谁教你这招的？”吻到他不生气？

他听着她一声声的“老公”，想生气都没有办法。

“你。”苏安安又踮起脚，送给顾墨成一个吻。她轻轻吻着，想到这两天和顾墨成的冷战，眼泪跑了出来，黏在顾墨成的脸上。

“老公，我犯再大的错，你也不要不理我，我害怕你丢下我不管了。”苏安安看着顾墨成的双眼。

她最怕的不是顾墨成打她，是他不要她。

顾墨成伸手抹去她的眼泪：“好好的又哭什么？我怎么会不要你？”说着，他抱紧了怀里的她。

“我不是你要的乖女孩，我会打架、逃学，会和人飙车。”苏安安眼里含着泪，说道，“你喜欢的肯定是那种温柔听话的人，她们不会像我这样顽皮不听话。我以前在你面前都是装的，都是骗你的。现在被你发现了，你肯定很生气！”

顾墨成听到苏安安的心声，很诧异，他抱着她，听着她的话。

“安安，顾家的男人不会轻易离婚，除非……”

“除非什么？”苏安安急了。

“除非他死了。”

顾墨成说话间，眼里满是柔情地看着苏安安。

“可是你不爱我。”苏安安苦涩地一笑，回道，“和一个不爱的人在一起多痛苦。”

顾墨成一怔，他不喜欢苏安安伤心的表情。他皱了眉头没有解释，而是俯下身吻住她。

苏安安惊讶顾墨成突然吻住自己，一个吻结束后，顾墨成摸着她的嘴：“安安，不许惹我生气了。”

苏安安想了想，不惹顾墨成生气她应该能做到吧。

“老公，你放心，下次再惹你生气，我就面壁思过一个月。”苏安安发誓。

她说这话的时候，是真的不想惹顾墨成生气，可是没过多久她又做错了事，让和好的两个人的关系降到了冰点。

因为顾墨成突然撤资，苏华投进项目的钱瞬间被套住，这一次的情况不同于上回，情况坏得他也不知道该怎么办。

因为有了顾墨成的注资，苏华把能挪的钱都投进了项目，恨不得让自己的钱翻倍再翻倍。可他怎么会想到顾墨成不惜自己亏损，突然把资金撤走了。

顾墨成仗着顾氏资金雄厚，根本不把他投在苏氏的钱放在心上。苏华原以为自己有苏若初在手，苏安安会听他的安排，怎么会想到苏安安把苏若初的事和顾墨成说了，更没有想到苏若初突然失踪，他派出去在暗里寻找她的人到现在都没有回应。

苏若初到底是怎么不见的？苏华仍然没有想明白。

对苏氏来说，糟糕的事不是资金短缺，而是突然有人来查苏氏的账。苏华忙得焦头烂额，他看着电视里播放着苏氏偷税漏税的新闻，扭头看向在旁边打电话给蒋老太太的蒋媚。

能求的除了顾墨成，就是蒋老太太，可是蒋家人太重利益，苏氏的烂摊子蒋老太婆怎么会接手？不，他不能让苏氏完蛋，不管付出什么代价，他都得保住苏氏。

韩龙逸从外面回到诊所，听到电视里在播放着苏氏公司亏损严重、做假账偷税的事。他还打算看下去，苏若初已经换了台。

“韩医生，你回来了。”苏若初转身对韩龙逸说道。

现在是下午，来看病的人不多。韩龙逸的小诊所不忙，平时来的大爷大妈很多是来找韩龙逸聊天的。现在韩龙逸这里多了苏若初，他们识趣地不常来，给两个人留独处的时间。

“若初，我在街上给你买了一份礼物。”韩龙逸说道，将手中的盒子递给苏若初。

苏若初打开一看，笑了笑：“这项链很漂亮。”

怎么可能不漂亮，这是韩氏明年才会推出的项链，比“蓝色之泪”还要贵。

韩氏和萧氏都在宁城做珠宝生意，不过侧重点不同。萧氏和不少珠宝商合作，宁城商场里珠宝柜台萧家都有股份。韩家经营的重点不在珠宝上，因为韩夫人喜欢珠宝，所以每年会让设计师专门设计一系列珠宝项链，其中有一款是独品。

韩龙逸现在手中拿着的就是韩氏明年推出的系列珠宝中的独品。他一眼就喜欢上了，觉得这款月牙挂坠很配苏若初。

苏若初摸着项链挂坠上的月牙，笑着说道：“这项链看着很贵重。”

韩龙逸的身份，他没有和苏若初说过。苏若初只是把他当作普通的诊所医生。

“仿品。”韩龙逸说道，他只想过些简单的生活，“刚才在街上从一个女孩子手中买的，她说这项链是自己设计的。”韩龙逸解释道。

苏若初抿嘴一笑：“谢谢。”

苏若初收了项链，但是没有戴上。韩龙逸看到她把盒子合上，有些失落。

她是一个聪慧的女子，就算被关了七年，也是一颗被蒙上灰尘的明珠。

“苏家出了事，你想回去看看吗？”韩龙逸想起刚才的新闻，问苏若初。

苏若初摇摇头：“不。我如果回去了，你觉得我的下场是什么？”

很奇怪，苏若初和其他人说一句话都会停顿很久，只有和韩龙逸交流的时候，她的思绪很清晰，说出来的话也很顺畅。

可能面前的男人是治好她的医生的缘故吧。

韩龙逸一愣，顿时明白了苏若初的意思。

苏华狠心地将苏若初关起来，说明在苏华的心里，苏氏的利益、苏家的颜面比自己的女儿更重要。苏若初回去，说不定会像苏安安那样被卖了。

“嗯。”韩龙逸点头，他不觉得苏氏有难，苏若初不回去有什么错。

“不过，苏氏现在的情形明显是有人在针对苏家。”苏若初分析道。

“这个人恨极了苏家，一步步把苏氏往绝路上逼。”韩龙逸诧异，苏若初是怎么看出来的？她这段时间没有出去过，也没有去过苏氏。

“新闻、电脑。”苏若初回道。

关了七年的她，出来后对这个世界很陌生。

七年，别说街头的建筑，就是手机的更新换代，都让她一下子适应不了。好在有韩龙逸的帮助，她学得也快。

“今年的财经新闻上多次提到苏氏经营不善，”苏若初冷冷地说道，她的语气沉重起来，“苏华太重视利益的获取，六月份开始，苏氏明显受到有心人的打击，苏华却一意孤行，想用一个项目把被打击的几单生意上亏损的钱补回来。顾氏注入资金并不能改变什么，苏华进行的项目本身就不得民心，没了大众的支持，关系都没有打通，他怎么继续得了？顾墨成有心帮他，应该是把关系疏通再投入资金。顾墨成不过是想引他将全部的资金投入那个项目里，突然撤资也是常理中的事。照现在的情形，苏氏破产是迟早的事。”

苏若初的话听得韩龙逸愣怔。他查过苏若初的资料，知道苏若初在七年前就帮苏华经营苏氏。但是听到她说着苏氏的状况，心里不得不诧异。

这样的女孩子竟然被苏华关在顶楼七年，让她七年来疯疯癫癫，不见光明。

这一刻，韩龙逸说不出的心疼。

“至于谁在对付苏华，那得问苏华这些年得罪了什么人。现在那个人咬住了苏氏，他的下一步不一定是让苏氏破产，有可能是掌控苏氏，或者抛出诱人的条件让苏华屈从。”

“你怎么知道这个人不想苏氏完蛋？”韩龙逸不禁问道。

苏若初一笑：“感觉。”

她感觉到有人在对付苏氏，但是这个人一口口地将苏氏吃得差不多的时候，又松了口。这不就是给苏华喘息的机会，让苏华找人求助吗？

先是顾墨成，这会儿很可能是这个人在等苏华去求他。

“你想怎么帮助苏氏？”韩龙逸问道，如果她需要，他会出手帮忙。

苏若初笑着摇头：“妈妈在的时候才有苏氏。妈妈走了，苏氏也没了。”

现在的苏氏已经不是当年的苏氏，而且苏若初没法原谅苏华将她关了七年的事，更恨苏华这些年没有照顾好安安，竟然用自己威逼安安嫁给了顾墨成。

还好，安安嫁的顾墨成是一个不错的男人。不然，苏若初在苏氏遭遇危难的时候，说不定还会再捅一刀，让苏氏没翻身的机会。

苏安安和顾墨成和好，顾老夫人最开心，她就知道苏安安能搞定自己的儿子。看着顾墨成和苏安安手牵着手又黏在一起，顾老夫人笑得合不拢嘴。

顾子铭郁闷了，苏安安犯了错，这么快就得到二叔的原谅，他很不甘，觉得太不公平了。

“二叔，你这么快原谅小婶子了？”顾子铭酸酸地说了一句，心里很不爽。

他的话说完，得了顾老夫人的一个栗暴：“你这个臭小子，见不得你二叔和小婶子好。”

顾子铭摸摸被打的头，暂时先闭上嘴。

苏安安送顾墨成出了老宅后，顾子铭等在她回老宅的小道上。

“苏安安，看不出来你很有本事。”才几天，就把二叔搞定了。

“谢谢。”苏安安应道。

苏安安以为自己飙车的事被顾墨成发现是顾子铭告的状，所以不可能给他好脸色看。

“上次的大赛我没去，你被二叔抓回来了，我们就算扯平。不过，苏安安，我们得再比一场。”顾子铭不相信苏安安变乖这种事，他想让苏安安再和自己比赛，这次一定要同二叔说，破坏他们的关系，不然他在顾家的地位会越来越低。

“不比。”苏安安拒绝。她才和顾墨成和好，怎么可能再去飙车比赛？

“你要是赢了，我的机车马上送给你。”顾子铭诱惑道。

提到机车，苏安安还是很想要，不过，她回绝道："不要。"

看苏安安回得坚决，顾子铭吃惊地看着苏安安：这么快转性了？

江山易改，本性难改，他不信！

顾子铭又听到苏安安说道："不用，你二叔，我老公会给我买。"她没那么傻，为了一辆破机车和顾子铭比赛，再惹顾墨成生气。

顾子铭气恼地说道："苏安安，你有我二叔撑腰了不起！"

"有老公疼就这么了不起。"苏安安得意地炫耀着。

她说话的时候想起了顾墨成，想到昨天晚上，哪怕到现在还能感觉到他的温柔。

看苏安安的笑容，顾子铭恼了："苏安安，你别给我嚣张！"说话间，顾子铭的手机响起来，是他的那群狐朋狗友。

他们打来电话约顾子铭一起去玩，顾子铭看了看面前的苏安安，说道："在哪里？我马上来。"

他挂断电话后，看着苏安安说道："和奶奶说一下，我去学校。"

是不是去学校顾子铭自己清楚，他走的时候回头看了一眼苏安安，警告道："苏安安，你别和他们乱说话。"

别人的事，苏安安才不想管，她摆摆手，说道："快点去吧。"

没有接到苏华的"召见"，苏安安自己送上门去，她打算和苏华好好谈谈。因为顾墨成突然撤资，苏华着急得要命，她突然回来，苏华觉得奇怪的同时更多的是愤怒。

顾墨成突然撤资，苏华认定了是苏安安唆使的。

"苏安安，你还有脸回来！"一进门，苏华就对苏安安严厉地骂道。

苏安安没把苏华的怒火放在心上，她径直走到客厅，当着苏华的面坐在沙发上。

"爸，这是我的家，我怎么没有脸回来了？"

苏安安的顶撞气得苏华沉了脸色。她跑回来就是给他气受的？这个孽女！

"苏安安！"苏华怒声喝道，他紧紧地盯着苏安安，恨不得一巴掌甩过去。就这样的女儿，他当初为什么要把她留下来？

"爸，"苏安安故作无辜地唤道，"我说错了吗？这屋子不是你和妈妈一起打拼赚钱买的吗？"苏安安嘲讽道，她提到妈妈，苏华的脸色变得更冷。

"苏安安！"苏华怒了，他抓起烟灰缸，想都没有想朝着对面的苏安安砸过去。

苏安安聪明，当他拿烟灰缸的时候就站起身，等他砸过来的时候，人已经躲开了。

见自己没有砸中，苏华气得直咬牙：“苏安安，你敢躲！”

不躲让他打吗？苏安安心里不屑地想道。

苏安安一笑：“爸，别生气，我今天过来是有正事和你说的。墨成知道苏氏出了事，他打算拿出五千万的资金帮助苏氏渡过这个难关。”苏安安按照顾墨成说的话对苏华说道。

“你放心，五千万只是第一笔资金，后续还会投入。”

“哼。”听完苏安安的话，苏华不仅没有半点喜悦，反而是不屑和愤怒。

如果不是顾墨成出尔反尔，仗着顾家有钱，撤了对苏氏的资金，苏氏怎么会出现现在这个状况？顾墨成根本不想帮苏氏！

“爸，墨成是真的想帮苏氏。”苏安安说道，有老公在背后撑着真好，她不用担心惹怒苏华，被苏华威胁着做不愿意的事。来之前顾墨成就说了，要是苏华凶她打她，就用顾墨成的名义吓唬他。就算用苏若初来威胁她，也不用怕。

“真心？”苏华听到这个词冷嘲道，“苏安安，你别以为我不知道是你让顾墨成撤资的。”反正在苏华眼里，苏安安跟他有仇，苏安安根本见不得苏家好。

既然她这么不被苏华待见，苏安安索性承认了。

“对，是我让墨成撤资的。”苏安安说道，“爸爸，我想要说什么，你心里清楚。”

“休想！”苏华怒声喝道，他绝不会被这个孽女威胁的。

“爸爸，我们给你钱救了苏氏，要的只是姐姐而已，你又没有亏损。”苏安安回道。

“苏安安！”苏华被苏安安气得胸口发痛，瞪着苏安安。

“我要姐姐。”苏安安不怕苏华，她沉声说，“你把姐姐给我，我马上让顾墨成注资苏氏，而且不会随意撤资。”

苏华听着苏安安的话，冷嘲一声。

这次苏氏出事，苏华没有第一时间打电话给苏安安，很大原因是苏若初突然失踪，他手上没了苏若初这颗棋子来威胁苏安安。

现在苏安安找上门开口向他要苏若初，他倒想问苏安安把苏若初藏到哪里去了？不过他没有问，苏安安既然上门找他谈判，说明苏若初失踪苏安安并不知晓。

“苏安安，这里是你的家，我是你的父亲，你竟然大逆不道地用钱威胁自己的爸爸！”苏华冷声骂道，“苏氏是我和你妈妈的心血，你就忍心看着它完蛋吗？”

“是吗？”苏安安冷冷地反问。看着一脸愤意的苏华，嘲讽道，“妈妈走了，苏氏还是原来的苏氏吗？这个家是我的家吗？”

不，不是。这里是姐姐的囚牢，是她的地狱。

苏氏早在妈妈死后就和她没有关系了，是苏华和蒋媚的。

“苏华，你不把姐姐交出来，我们就用其他方法带走她。”苏安安回想着顾墨成交代的话，“比如法律程序。”

听到最后半句话，苏华身子一怔，更愤怒了：“苏安安！”他严厉地喝道，“你敢！”

走法律程序意味着把苏若初疯了七年的事曝光在人前，让宁城所有人知道苏家有一个疯了的女人。

“你竟然这么自私！”苏华指责道，“你想让你姐姐这辈子都嫁不了好人家吗？”

听着苏华反过来指责自己，苏安安冷嘲：“我让姐姐嫁不了好人家？苏华，是你太自私，为了苏家的颜面，为了苏氏的前途，不让姐姐和她心爱的男人在一起。是你把她关在顶楼，让她疯了。苏华，自私的人是你！”苏安安冷冷地说，“你要是不把她交出来，我只能向法院申请照顾她的权利，到时候整个宁城的人都会知道你是怎么对待自己有病的女儿的！”

苏安安的话一说完，苏华受不了，他大步地走向苏安安，想把苏安安直接打死。

苏安安才不会傻傻地站着让苏华打，她看到苏华过来就往门口跑。该说的话都说完了，接下来该让苏华好好思考了。

“把她给我抓起来。”见苏安安要逃，苏华气愤地大声说道。他的话引来了在楼上的蒋媚，蒋媚立即示意身边的何妈去叫人过来。

苏安安不怕，反而笑了：“爸，这个节骨眼上，你还是不要闹出事来比较好，不然苏家完得更快。”

苏华被苏安安威胁着，气得全身发抖：“你在威胁我？”

她今天来不就是威胁苏华的，苏华现在才听出来吗？

“来的时候，墨成同我说了，你要是敢碰我一根汗毛，他明天就让苏氏破产。”

苏安安搬出了顾墨成，气得苏华的脸色发青。

“苏安安，你这个孽女！”

这话苏华早就骂过了，除了第一次听时苏安安有些难过，后面听多了，她觉得自己就是一个孽女，苏华没有骂错。孽女也是苏华逼的，乖巧的她不要，非要逼她造反。

“爸，你消消气，我先走了。”苏安安站在门口，因为她的威胁，苏华虽然很气愤地捂着胸口，但是没有再让人去抓苏安安，苏安安见机走人。

“爸，我刚才说的话，你好好考虑，我也不想把事闹得整个宁城都知道。”苏安安说道。

苏安安比谁都不想让人知道姐姐疯了，那样等姐姐醒来了，她得有多难堪。

看着苏安安离开苏家，苏华气愤地将茶几上的东西全推到地上。

“苏安安！”

“老公，你消消气，别被她气坏了身体。”蒋媚下楼，说起苏安安的坏话，“苏安安太过分了，这里是她的家，她怎么可以因为嫁给了顾墨成就不管苏氏的死活，还反过来威胁你？”

蒋媚说起苏安安，自然要提起苏紫菡：“紫菡一听到苏氏有事，一大早就打电话给我，她想让慕家帮帮我们。可是你也知道紫菡在慕家不受待见。唉，要不是安安，紫菡在慕家也不是现在这个样子。不然苏家有事，慕家也会出手帮忙的。老公，其实你不该对安安留情的。她都那么对你了，你不如答应了我妈的要求。”蒋媚提起了蒋老太太电话里说的条件。

蒋老太太愿意帮苏氏一把，但是她给出了一个条件——要苏安安。

苏安安去了蒋家意味着什么，他们心里都清楚。

“老公。”蒋媚看苏华在沉思，知道苏华心里在犹豫，她继续劝说道，“你想着苏安安，苏安安可不会为你和苏氏考虑，她是恨不得苏家完蛋。我妈虽然恨她，也不能把她怎么样。现在盛旭不能人道，她去了蒋家最多受点皮肉之苦，对她做不了什么。”

“好了。”苏华说道，他没有答应，也没有拒绝，“我有点事要出去。”说完，他上楼去换衣服准备出门。

蒋媚看着苏华的背影，她的眼神慢慢变得阴狠。

她一定要借这个机会说服苏华把苏安安送到蒋盛旭那里，到时候……

想到苏安安去了蒋家会发生什么，蒋媚的嘴角就勾起了冷冷的笑容。

苏安安很开心地出了苏家，这是她第二次从苏家挺直背出门。以前被苏华用姐姐威胁着，她心里憋屈得很。

苏安安掏出手机给顾墨成打了电话，她突然想见他。

“老公。”对电话里那头的男人，苏安安的这声老公是唤得越来越甜。这么好的老公，她必须好好地巴结着。

“嗯。”顾墨成正在忙，他一边接着苏安安的电话，一边和下属讨论事。

“老公，我想见你。”苏安安在电话里说道。

“来顾氏吗？”顾墨成听到苏安安的声音，不由自主地放低声音。

顾墨成温柔的声音让正在向他汇报工作的下属都听愣了，他们从来没有听到顾墨成这般温柔地和人打电话，嘴边还露出微笑。

“好。”苏安安一口应下，“我现在就打的过来，你等我哦。”

“嗯。”顾墨成应道，笑着把电话挂了。

下属看顾墨成心情好，大着胆子问道：“总裁，是女朋友吗？”

“我妻子。”顾墨成笑着同下属说道，“她想我了，说要过来看我。”

他的一句话惊呆了下属，顾氏除了他身边的助理和秘书知道苏安安的事，其他人并不知晓。

顾墨成一直觉得自己欠苏安安一个婚礼，一本结婚证，这两样东西他会一一补上。

总裁结婚了！下属愣了几秒，他说道：“总裁真是幸福。”

顾墨成笑着点头：“确实。”顾墨成觉得自己这些年来做得正确的事，就是接受了苏安安。

下属看着顾墨成脸上幸福的笑容，再次怔住了。

他从没看顾墨成笑过，还笑得这么幸福。这种笑容是发自内心的、真实的。

不到半个小时，顾氏的人都知道总裁结婚了，而且夫人就要过来了。

苏安安的到来，让整个顾氏沸腾起来，大家都想看看把顾墨成收服的女人长什么样！

苏安安坐车离开苏家的时候，没有看到停在附近的一辆黑色轿车，更没有看到轿车后座的男人正噙着笑意盯着她看。

霍笙看着苏安安一脸笑意地和顾墨成打电话，看着她笑得灿烂和幸福，他的脑海里想起记忆深处的女孩子。

苏若初比苏安安还要漂亮，但是她们笑起来很像。看到苏安安的笑，霍笙就想到了苏若初。

因为记忆里的人，他的嘴角上扬，眼神也变得温柔，然而没过多久，他的笑容暗淡下去，眼神里多了冷意和恨意。

前座的助理接了一个电话，他挂断电话后，对霍笙说道："霍先生，苏华上钩了。"

"哦。"霍笙应了一声。

布局那么久就是等苏华送上门来，也不知道苏华还记不记得被他找人打断腿的自己。霍笙低下头摸了摸自己断了后一直没有好的腿，眼底尽是阴狠。

"那就过去等他来找我们吧。"霍笙冷笑道。

苏华可有想过自己有一天会来求他霍笙？当初他和苏若初相爱，苏华一听他的家世，立即拖着苏若初走人，嫌弃他的清贫，就是不同意他和苏若初在一起。后来他和苏若初约定私奔，没有等到苏若初，等来的是苏华找的人。这些人下了狠手，把他的腿打断，还告诫他，让他离开宁城，不要痴心妄想。

痴心妄想？霍笙想到这四个字，又勾起嘴角笑了笑。七年过去，他倒要看看苏华还会不会对他说出这四个字。

Chapter 6

第六章 那我们就别在一起了

苏安安来到顾氏，她还想着等一下怎么向人证明自己是顾墨成的妻子，他们会不会不相信顾墨成已经结婚了。

她走到前台说自己来找顾墨成，前台的接待员愣了几秒，立即打了电话："顾夫人来了。"

她们怎么知道自己是顾墨成的妻子？

苏安安吃惊的时候，她们已经迎着她去坐顾墨成的专属电梯了。等电梯的时候，旁边电梯里的人一走出来，就对她恭敬地唤了一声："顾夫人。"

什么情况？她才来，他们都知道她是顾墨成的妻子了？原想着会遇到刁难，说她做梦。

苏安安从电梯里出来，一个穿着西装的男人已经在顶楼等着苏安安了，助理先生是认识苏安安的。

苏安安看到他也觉得眼熟，她回想了几秒，知道自己在哪里见过他。不就是她被蒋盛旭下药那天，帮顾墨成开车的司机吗？

苏安安脸红了，捂着脸，很不好意思地朝他笑笑。

"夫人，先生早就在等着你了。"助理笑着说道。他看着苏安安脸红起来，知道苏安安不好意思的原因。夫人生猛，先生喜欢就好。

"夫人，这边请。"助理带着苏安安进了一个办公室。

办公室里很宽敞，大得超乎苏安安的想象，顾墨成这是把整层楼都当作他的办公室吗？

"先生平时都在这里用餐、健身。"助理介绍道。

苏安安点点头，怪不得她看到了跑步机和一些健身器材。她跟着助理往前走，看到还有一扇门，这才是顾墨成办公的地方。

顾墨成在苏安安来之前就忙完了手头的工作，他是故意腾出时间想好好陪她。看到她过来，他站起身朝她走去。

助理识趣地离开："先生、夫人，你们慢慢聊。"

看到苏安安，顾墨成的心情很好，他知道她要过来，很是期待。

"安安，过来。"顾墨成走到一半，朝着她招手。

顾墨成喜欢苏安安主动拥到自己怀里的感觉。苏安安快步过去，开心地扑到了顾墨成的怀里。

"老公，我想你了。"苏安安温柔地说道，然后抱紧了顾墨成。

早上她才送他出门，就半天自己就想他了。对他的感情，她知道已经深入骨髓，反正她很爱很爱他。

"傻丫头。"顾墨成放轻声音唤道，"苏华有为难你吗？"

"嗯嗯。"苏安安点点头，"他气得想打我。"

听到这句话，顾墨成沉下了脸。

苏安安一笑："还好我机灵，跑得快。"

看到小丫头满脸的笑意，顾墨成的心里却很难受。那个要打他的人，不是别人，是她的爸爸啊。

苏安安不喜欢看冷着脸的顾墨成，她拉着他的手，笑着说道："再说有你撑腰，我怕什么。"

"嗯。"顾墨成应了一声，伸手摸向苏安安的脸。

他舍不得苏安安受一点伤害，他希望苏华的事尽快解决，帮苏安安和苏若初团聚，让小丫头了却心事。

苏安安也是这么想的，她现在最担心的就是苏若初。自己惹苏华生气了，苏华会把气撒在姐姐身上吗？

"安安。"顾墨成唤了一声，看到小丫头脸上担心的神色，"别多想了，如果苏华还不肯把你姐姐交出来，我再陪你去一趟苏家。"

苏安安问道："他要是还不同意呢？"

"不同意？"顾墨成勾起嘴角，"不同意就抢。"

这就是他顾墨成的作风！

苏华刚走出酒店的电梯，就发现有人在等着他。

"苏总，这边请。"

苏华的脸上顿时露出笑容，跟在这人的身后说道："让你们先生久等了。"

他们走到一间套房门前，套房里的窗帘拉着，只有书桌上的台灯开着，闪着微亮的灯光。屋子里的光线太暗，男人又背对着苏华，苏华看不到男人的模样。

苏华莫名地对这个男人产生了恐惧感，但是现在他需要这个男人的帮助。

“这位先生。”苏华笑着唤道，不知道该怎么称呼他。

苏氏出事，突然有人找上门愿意救苏氏，这么大好的机会，苏华怎么会放过。至于用什么条件交换，苏华为了苏氏，能拿出来的一定会拿。

“姓霍。”背对苏华的男人淡淡地说道。

他说话间，点燃手里的香烟，烟头的火光在微亮的房间里闪着。

“霍？”苏华一怔，脸色突然变了。因为这个姓氏，他想到了七年前的穷小子。

他知道姓霍的小子和若初在一起，他对姓霍的威逼利诱，可姓霍的硬要和若初在一起，他们甚至约定私奔。

苏若初是他的掌上明珠，是他最器重的女儿，他已经帮若初找好婆家，怎么会让苏若初跟一个穷小子走。而且，穷小子当时对苏若初好，以后有了钱说不定就会变心。

苏华绝不同意他们在一起，就把苏若初绑了回来，而且为了惩治姓霍的拐走若初，他派人打断了姓霍的的腿。

苏华的眼神投向男人的下半身，可是书桌挡住了男人的双腿。

只是凑巧而已。那个被他打断腿的穷小子过着的应该是狼狈贫穷的日子，绝不会是眼前的男人。

“霍先生。”苏华笑着唤道，“谢谢你出手相助。”

霍笙抽着烟，听着苏华讨好的话。

七年前，苏华对他所做的事一幕幕在脑海闪过，他的腿被苏华的人打折了。苏氏完蛋不过是他计划的第一步，他绝不会让苏华好过。

“苏先生，我的钱不是白给的。”霍笙冷嘲地说道。

“是，是，是！”苏华连忙笑着说道，“霍先生想要什么？只要苏家有的，我都会给。”

“是吗？”霍笙嘲讽，他当初用一颗真心想要苏若初，苏华不同意。现在他用钱换，苏华可是什么都愿意给。

“苏总，听说你有三个漂亮的女儿。”霍笙抽着烟，又想起苏若初。

这么多年过去，他的心被苏若初装满，是因为他恨她的背弃。说好一起走的，她没有出现，反而让她的父亲派人过来打断他的腿。

“这？”苏华一愣，没想到霍先生想要他的女儿。

“霍先生，我的女儿都嫁人了。”苏华说道。

“嫁人了？”霍笙抽了一口烟，烟雾弥漫在整个屋子里。对，他怎么忘了，苏若初已经嫁人了，她嫁到国外去了。不知道他把苏家毁了，把她最疼的妹妹抢过来，她会不会回来？

“这么说来，苏总不愿意让你的女儿陪我一晚？”霍笙冷笑着，他在试探苏华，苏华的回答让他恶心，真没有想到苏华自私到这个份上。

“霍先生想要我的哪个女儿？”

霍笙冷笑，说道：“苏安安！”

又是安安？苏华心里想的就是苏安安，也只有苏安安，他觉得可以给出去。这不能怪他对苏安安狠心，苏安安见不得苏氏好，让顾墨成撤资，现在苏氏出现破产的危机，都是苏安安害的。既然是苏安安的错，那就让苏安安来弥补。再说了，蒋家那边也要苏安安过去，念在她喊了自己多年“爸爸”的分上，就不让蒋盛旭糟蹋她了。

面前的霍先生应该比蒋盛旭好，不过是陪一个晚上，比起到蒋家好太多。苏华没有多加考虑，说道：“霍先生，安安是可以。就是现在她跟的是顾墨成，我怕顾墨成那边知道会对你不利。”

霍笙抽烟的动作停了下来，这话他听着都心冷。

苏若初对苏安安好，在他的面前总是宠溺地提起自己的妹妹，如果被若初知道自己最疼的妹妹被苏华这么对待，她的心会有多痛。

霍笙将手中的烟头摁灭在烟灰缸里。

“人送来，其他的我想苏先生自己会处理好。”

他对苏华这个人厌恶极了，再聊下去，他怕等不及苏氏破产，就会把苏华狠狠打一顿。

“苏总，不送。”

霍笙冷淡淡的声音让苏华听出他话里的不悦。

有了资金，苏华就开心了：“多谢霍先生，那么钱什么时候……”

“人到了，钱自然会打给苏总。”

霍笙说完，一旁的助理对苏华说道：“苏总请吧。”

苏华看了一眼背对着自己的霍先生，他突然想跑上去看看这男人的长相，但是他没有这么做，为了钱也不能把霍先生得罪了。现在最重要的是怎么把苏安安骗出来，再将苏安安送到霍先生这里。

苏华不觉得自己有什么错，错的是苏安安不知好歹，自私自利地不管苏氏的死活。

苏华走后，霍笙转身，他冷着脸，眼里尽是冷意。

“这苏华真是恶心。”送苏华出去又回来的助理对霍笙说道，“霍先生，我们布了这么久的局让苏氏完蛋，难道又要注入资金救他？”

“救他？”霍笙冷笑道，“我的钱可没有顾墨成的多。”

“所以霍先生你是在骗他？”助理问道。

霍笙没有回答助理的话，他想做什么？他想报复苏华，报复苏若初，但是内心深处只是想苏若初回来。

因为有了资金来源，苏华又看到了光明。他心里很清楚苏氏这些年经营不善，也知道苏氏将要完蛋。可是不管付出什么代价，他一定要保住苏氏，能拖一段时间就拖一段时间。

他不能让苏氏倒了。

苏华没有回苏家，而是去墓地。在去墓地的途中，他买了一束红玫瑰。

因为不是清明节，来墓地的人不多。苏华走到熟悉的墓碑前，墓碑上的女人温柔地笑着，和苏安安、苏若初的脸很相似。

苏华看到墓前放着的一束百合花，愣了愣。

这花是她生前最喜欢的。她不是宁城人，在宁城的朋友不多，是谁来看过她？

若初还是苏安安？

不会是她们，她们不知道她喜欢百合花。

那又是谁？

苏华收回了心思，不管是谁，这束花被他移开位置，他将手里的玫瑰花放在她的墓前。

他们结婚后生活穷苦，钱都省下来做生意，养了苏若初，就没有剩余的钱给她买花。之后因为忙着发展苏氏，他更没了时间给她买花。等她死了，他才想起自己竟然没有给她买过一束玫瑰花。这些年，他每一次来看她，就给她送上一束玫瑰花。

“我来看你了。”苏华淡淡地说着，嘴角却勾起笑容。

他坐在墓碑面前抽起了烟。

这种感觉就像她活着的时候，她在身边陪着他。

苏华遇到她的时候没有钱，因为父亲早逝，下面又有一个弟弟，苏家可以说很穷。认识她的时候，他二十来岁，是一个打工的穷小子，而她是千金小姐，出身高贵。

一直以来，苏华都觉得自己配不上她。当她愿意放弃一切跟他走的时候，他心里想，他这辈子一定要赚很多很多的钱养她，让她过上富太太的生活。

但是穷小子就是穷小子，他拼命地学习、工作，很多方面还是欠缺的。是她在他的背后支持他，帮助他成长。等他们一起做出了成绩，有了钱后，他却出轨了。

苏华想到自己做了对不起她的事，抽烟的动作加快了。

他没有履行当初的诺言，把她当作女王一样养着。让她跟着自己受了苦不说，还做了对不起她的事。

“我说过，你如果不在，我不会对你的女儿好的。”苏华笑起来，他扭头朝着照片上笑靥如花的女人说道，“我把她送到了顾家，现在我又想把她送给另外的男人，你说我是不是禽兽不如？”苏华说着，自嘲地笑笑。

“确实，我是一个浑蛋。”苏华笑起来，“你对我这么好，我竟然和蒋媚鬼混在一起，还让她怀上我的孩子。”苏华脸上出现了悲伤的神情，“若不是我这么浑蛋，你不会背叛我，你也不会死。”

他的情绪激动起来，再看墓碑上女人的照片，眼睛里多了冰冷。

“你放心，我会不惜一切代价守住苏氏。”苏华沉着声音说道，“你也不要恨我，安安是你的女儿，她应该为你做点事。”

说着这些，苏华自己都觉得埋在这里的女人肯定会因为他把苏安安送人而恨他。恨吧，她死的时候已经那么恨他，就让她再恨他一点，起码她在下面也会一直记挂着他。

“还有一件事，若初她不见了，我会找到她的。这孩子随你，太痴情了。”说话的时候，苏华抽完了手中的香烟，他怔怔地看着照片上的女人，眼眶红了起来。过了一会儿，他竟然难受地哭了。

他这辈子做得最错的事，就是没有好好珍惜她。等她背叛了自己，他才后悔莫及。

“老婆，我想你了。”

苏华说了这句话后，看着她的照片嘴角抿出了笑意，之后又掏出了香烟，静静地抽了起来，没有再说话。

苏华在墓碑前做的一切落入站在不远处的一个人的眼里。

“老爷，该走了。”身后的人对他说道，他再看了一眼苏华和墓碑上的照片，转身离开。

有些人有今天的结局，都是自找的，怪不得任何人。

苏安安在顾氏陪顾墨成吃了午饭，两个人腻在一起，时间过得特别快。

接到苏华的电话，苏安安拿着手机看着顾墨成，顾墨成示意她接听。

“安安，我同意你的要求。”

苏华从墓地出来的第一件事就是给苏安安打电话。

苏安安一愣，心里好奇苏华怎么突然想通了。刚才在苏家，她把苏华气得勃然大怒，苏华就算想通了，也不该这么快。

“我会把你姐姐带出来，我们约个时间见面吧。”苏华说道。

苏安安没有回应，因为她觉不对劲。

据她的了解，苏华不是一个轻易妥协的人，特别是对她。苏华在姐姐的事上特别固执，七年前姐姐都疯了，他也不同意让姐姐和那个男人在一起。难道苏华真的走投无路，所以一口应下这场交易？

“怎么，你不想要你姐姐了？你也怕别人知道你有一个疯子姐姐？”苏华嘲讽道。

“好。”苏安安想了想，应道，“不过，我来苏家接姐姐。”

“苏家不欢迎你。”苏华冷声说道。

顾墨成听见他们的对话，对苏安安点点头。有顾墨成在，苏华就算想对付她，她也没有什么好怕的。

“好。”苏安安应下，“你定好时间和地点。”

结束通话，苏安安感觉奇怪，对顾墨成说：“苏华这么快改变主意，我总感觉哪里不对劲。”

苏安安没办法再把苏华当作自己的父亲，连“爸爸”这个称呼也直接去掉。

“他如果打电话和你说时间地点，你告诉我一声。”顾墨成不放心地说。

“你要陪我去？”苏安安笑着问道。

“嗯。”顾墨成看着苏安安的脸，放轻声音，“我不放心你。”

苏安安笑得更甜了，她有一种被人捧在手心宠着的感觉，那么幸福。

顾墨成想俯身去吻苏安安，办公室的门突然被推开，助理看到顾墨成和苏安安的动作，尴尬极了。

“顾先生不好意思，你们继续。”

跟在顾墨成身边多年，助理真没有看到过顾先生对哪个女孩子这么温柔，更没有见过顾先生急不可耐的模样。他不好意思打扰他们，但是他抬起手腕看了时间，徐氏那边的人已经从机场过来了，该提醒顾先生准备准备去见徐家人了。

“顾先生，时间差不多了。”

被人打断了好事，苏安安不好意思地红了脸，她知道助理突然敲门进来肯定是有事找顾墨成。

苏安安对顾墨成说："老公，我晚上约了小芯吃饭，我先走了。"

顾墨成伸手揽过苏安安，轻轻吻了她的唇："安安，乖！"

这个"乖"字语气严肃，听得苏安安心里七上八下的。飙车的事，顾墨成说原谅她了，可是它像一道鸿沟一样横在他们面前，时不时让他们两个想起来。

苏安安笑笑，说道："我会的。"

对于飙车的事，苏安安很大一部分原因是想做一会儿自己，顺便试探试探顾墨成。结果试探出来了，顾墨成不喜欢那样的她。那她是做自己还是做他心里喜欢的乖女孩？

苏安安看着顾墨成，嘴角的笑意淡了下来。她很想告诉顾墨成，自己就是喜欢飙车，就是喜欢玩。她看着顾墨成，有些话终于吞了回去。她不想再惹顾墨成生气，她害怕失去他。

苏华挂断电话后走进苏家。

苏家不止蒋媚一个人在。因为苏氏出事，急坏了苏二婶一家，他们一家带着苏老太婆赶过来打听情况。他们是靠着苏华才过上富裕生活的，要是苏氏倒了，他们以后该怎么办？

"大哥，你可算回来了。"苏二婶看到苏华后露出了笑脸，"苏氏到底怎么样？你可不能让苏氏倒了，该出钱就出钱，该打通关系就得去做。"

苏二婶的话让苏华听着不悦："怎么，你们想出钱帮我？"

苏二婶一怔，连忙说："我们家哪儿来的钱？苏安安不是跟了顾墨成吗？让她拿钱出来。"一说到她，苏二婶的双眼亮了，"你要是不好意思和她说，我去顾氏找她。"

找苏安安需要到顾氏去吗？苏华心里明白苏二婶打的是什么主意，就苏雅这样的，顾墨成瞧不上。

蒋媚抢在苏华前面说了话："弟妹，就是安安让顾墨成撤资的。"

"这个野种！"坐在沙发上的苏老太婆恼怒地骂道，她骂完后看了一眼苏华。苏华没出声，坐在沙发上抽烟。

"什么？"苏二婶惊叫出声，"苏家养了她那么多年，她怎么一点良心都没有？还是我们家雅雅好，她愿意为苏氏做任何的事，绝对不会像苏安安那样狼心狗肺。"

苏二婶还是想让苏雅跟顾墨成，哪怕顾墨成打了苏雅，她也觉得那是苏安安唆使的。他们家雅雅那么好，怎么会有男人不喜欢！

“阿华，”苏老太婆开口，“我以前一直不赞成你养着那丫头，现在好了，养了一个白眼狼。你弟妹说得也有道理，苏安安不听你的话，我们就找一个听话的帮帮你。你看什么时候安排顾先生和雅雅吃顿饭，让他们培养培养感情？”

她们说这些话的时候，苏华抽完了手中的烟，他站起身：“这件事我会考虑，你们回去吧。”他正烦着，不想听他们说这些。

苏二叔是识趣的人，他听苏老太婆的话，听苏二婶的话，更听苏华的话。也是因为这个，苏华一直帮着苏二叔一家。

“我们走吧。”苏二叔先起身，苏老太婆和苏二婶相互看了一眼。见苏华赶他们走，苏二婶不开心地说：“大伯，我们都是为了苏家好。苏安安又不是苏家人，她怎么会为苏家好。”

一句话听得苏华的脸色沉了下来，他冷冷地盯着苏二婶。苏二婶连忙闭嘴，带着苏二叔和苏老太婆走人。

他们走后，苏华起身要上楼，蒋媚问：“我妈刚才又打来电话问你考虑得怎样？”

“什么？”苏华回过头看向蒋媚，冷冷地问道。

“安安去蒋家的事。”蒋媚说话间双手握紧，她闻到苏华身上的香火味了，知道他去了哪里。

苏华肯定是去看那个女人了，所有人都说苏华忘恩负义，背叛了自己的前妻，只有她知道，当初苏华是怎么和她好上的。

对他的前妻，他身体背叛了，但是心一直没有。不然，他怎么会明明知道苏安安不是他的女儿，还舍不得把她丢到孤儿院去，养了她那么多年。

“有些话你生气我也要说。”蒋媚看着苏华，正色道，“你养了安安那么多年，对她虽然不够好，但是你没有饿着她，更没有让她流落街头，你对她已经仁至义尽了。”

苏华没出声，蒋媚知道苏华心里也是这么想的。

当年，苏华得知苏安安不是他的女儿，他像疯了一样把家里的东西全砸光了。他很爱那个女人，所以接受不了她的背叛。也是因为爱那个女人，哪怕他知道了苏安安不是亲生女儿也一直养着，不肯把苏安安扔掉。

“现在苏氏出事全是苏安安害的，她不管苏家的死活，你何必管她！”

“所以我要把她送到蒋家去，让她被蒋盛旭糟蹋？”苏华冷嘲。所以，他不管苏安安的将来，一口应下那个霍先生的条件，把苏安安送给霍先生。

想到这件事，苏华自嘲地笑笑。

“怎么是糟蹋呢？”蒋媚嘴上不承认，“老公你不要忘了，盛旭被伤成那样，是苏安安害的。”反正什么事都是苏安安的错。

“蒋媚，你真当我是傻子吗？”苏华冷嘲，“你那侄子是什么货色，宁城没几个人不知道吧？一旦他看中一个女人，你们蒋家是想尽办法把人送到他面前。我更相信是他想强迫安安不成，反被安安的狗咬了。”

苏华的话让蒋媚脸色惨白，苏华想护着苏安安。

“苏氏都快倒闭了，你还要护着苏安安，就因为苏安安是她的女儿？”蒋媚握紧了拳头，鼓起勇气说出心里话，“你不要忘了，苏安安不是你的女儿！苏华，苏安安是她背叛你和其他男人在一起的证据，你不心痛不难受吗？”

这话说出口，蒋媚看到苏华脸上的愤怒，后悔了。她刺激了苏华，苏华这辈子最不想听的就是他深爱着的女人背叛了他。

“闭嘴！”苏华严厉地喝道。

蒋媚不敢再说，她被苏华呵斥了一声后流下了眼泪。自己为了他差点和蒋老太太闹翻，不惜背着不好的名声一直等着他前妻去世，为他受着蒋家那边的委屈。可是他呢？心里就只有一个死人！

苏华盯着蒋媚，他的脸色冰冷，过了一会儿，他声音冷冷地说：“苏氏我已经找到人来救了。”

“什么人？”蒋媚问道。

“他的条件是要安安过去陪他一晚。”苏华冷冷地说完后，转身慢慢走向二楼。

听到苏华的话，蒋媚的脸上露出笑容，她没有听错吗？苏华真的要把苏安安再送人了。她就知道苏华心里对苏安安恨得很，怎么会为了苏安安放弃他最重视的苏氏呢？

蒋媚冷笑着，恨不得马上让苏华把苏安安送人。她恨不得苏安安被糟蹋，以解她心头之恨。

对付不了那个死去的女人，就报复在她的女儿身上。苏若初自己是动不了，所以只有动苏安安了。

苏安安和傅芯约好晚上一起吃烧烤，她赶到大排档时，傅芯已经等着了。

这家烧烤摊苏安安和傅芯常来，两个人以前有事没事就在这里点一堆吃的，然后喝点啤酒。

吃烧烤顾墨成应该允许吧？她现在做什么事都担心顾墨成会不会生自己

的气。

“安安，我给你点了啤酒。”傅芯说道。

听到“酒”，苏安安摆摆手，“我不喝。”顾墨成不喜欢她喝酒。

傅芯看着苏安安，问：“真不喝？”

“嗯。”苏安安贪红酒，对啤酒没那么贪，她能忍得住！

傅芯一笑，知道苏安安是怕顾墨成生气。飙车被抓，顾墨成冷落了苏安安好几天，这件事傅芯清楚。苏安安好不容易搞定了顾墨成，傅芯不该叫她喝酒，不过……

“安安，我要离开宁城了。”傅芯说着给自己倒了酒。

“什么？”苏安安震惊地看着傅芯，“离开宁城？为什么？好好的你为什么要走？是你妈妈不想你待在宁城吗？”苏安安激动地说。

她和傅芯在一起这么久，突然间听到傅芯要走，怎么会不伤心？

“不是。”傅芯的嘴角露出了笑意。

她看着苏安安，笑着说：“安安，你上次对我说的话，我听进去了。”

“嗯？”苏安安一愣。

“我决定开始新生活。”傅芯坚定地说道。

苏安安看着傅芯，开心地说：“真的吗？所以你们是打算摆脱陆家？”

“嗯。”傅芯点点头。

“去哪里？”苏安安问道。

“去我外婆家。”傅芯说，“而且陆哥哥也支持我。”傅芯的嘴角露出了笑容。

这个好消息让苏安安也高兴起来，她对店家招手：“老板，来瓶啤酒。”

“安安，你不是不喝啤酒吗？”

苏安安接过老板递过来的啤酒，她给自己倒上：“不喝怎么行？我的小芯有人要了，这事值得庆祝。”她开心地说着，端着酒杯碰了傅芯的杯子一下。

“小芯，你一定要幸福。”

自己得到了幸福，苏安安很希望小芯也能得到。

“嗯。”傅芯应着，她喝了一口啤酒，“安安，等我安定下来，你来找我玩。”

傅芯很期待未来的生活。

“小芯，我真的很开心。”苏安安伸手搭着傅芯的肩膀说道。

傅芯点头，她知道。所以以后不管遇到什么困难，她都要学会自己接受。她扭头看一眼身边的苏安安，只见苏安安把啤酒喝了大半。

不是说不喝酒吗，怎么一会儿的工夫一瓶就下去了？

“老板，我们的烧烤快点上来。”苏安安扭头对烧烤店老板说，“再点十瓶啤酒。”

“安安。”傅芯唤道。

“我开心。”苏安安笑着说，“你找到人生的方向我很开心，就是不能经常看到你了。”

开心的同时，苏安安有些难过。这么多年，两个人习惯黏在一起，小芯走了，她真的不适应。

傅芯伸手抱住了苏安安：“安安，我们又不是生离死别，我会经常回来的。”

烧烤摊在繁华的夜市里，街头不少行人和车辆来来往往。

苏安安和傅芯都喝了酒，但傅芯是开车过来的，车子只能停在街上等明天再来取。

她们两个人从车里拿了衣服，正打算到对面打出租车回去。听到尖锐的汽笛声传来，还有机车加速驶过来的声响。

街上因为突然出现嘈杂声音变得纷乱起来，苏安安顺着声音看去，看到一辆机车被几辆车子前后围住。

苏安安认出那辆机车是顾子铭的，顾子铭好好的怎么被一群混混围住了？

顾子铭发动机车，可车子没法向前行驶，该死的，没油了！他看着围住自己的这群人，早知道今天不该和他们飙车，一群输不起的家伙。

当他想法子脱身的时候，看到街边的苏安安和傅芯，再看着傅芯手中的车钥匙，没有多想直接跑过去。

“苏安安，快开车走人。”顾子铭大声喊道。

顾子铭为了提高自己的车技，常和一群人在街头飙车，之前没有出过什么事，哪里知道今天遇上一群无赖。他赢了他们，他们不认，还追着要打他，真是倒霉！

苏安安看着那群追赶顾子铭的人指着她的方向，他们开车跟着顾子铭往她这边来了。

因为顾子铭的一句话，他们把她和傅芯当作顾子铭的同党了。

“苏安安，小芯，快上车！”顾子铭大声叫道，他看着身后紧紧追过来的人，着急地叫人。这群人是这里的地头蛇，他们打杀惯了，追上他的话一定会把他揍一顿。他拼命地跑，车子离他慢慢地近了。

“安安。”傅芯伸手抓住苏安安的手，大声提醒。

苏安安没多想，拿过傅芯手里的车钥匙上了车。傅芯跟着上去，顺便把另一侧的车门打开。

苏安安启动车子时，顾子铭飞速地跳上车，将车门关上。在关上车门的瞬间，一辆车子重重地撞过来。

苏安安不敢迟疑，她猛踩油门往前开。她的车速很快，甩开了再次加速撞过来的车。

“顾子铭，你惹了什么人？”傅芯恼怒地指责。

顾子铭摇头：“我也不知道，我就赢了他们一个比赛，他们就一直追着我！”

他们一边说话，一边紧张地看着后面追来的车子。

“苏安安，快点加速。”顾子铭说道。

这要是被追上了，肯定死定了。顾子铭后悔了，不该听朋友的话，去和混混飙车的。

苏安安看着后视镜里紧追着自己的车，又听着顾子铭的催促，恼怒地吼道：“闭嘴！”她完全是看在顾墨成的分上才帮顾子铭的。

这个危难的时候，顾子铭不敢再开口说话，他相信苏安安的车技。他们经过的地方是夜市区，车子驶过，街上顿时人仰马翻，苏安安虽然喜欢飙车，但是很少在闹市区玩。这短短的一段路，开得她手心都是汗，真怕出事。不过，她还是把他们甩开了。

顾子铭开心地说道：“苏安安，你真是厉害。”

苏安安可不开心，原本答应了顾墨成不再飙车，却为了顾子铭又和人飙起车来。

苏安安和傅芯看到没有人追来都松了一口气，然而这口气没有松到一分钟，她们看到前方的警察。

傅芯想起来：“安安，你喝了酒。”

顾子铭看着苏安安，说道：“你喝酒还敢开车！”

“还不是你害的。”傅芯说道，这下该怎么办？

前面是警察，如果查到苏安安酒驾，会被拘留的。

“安安！”顾子铭也紧张起来，虽然警局他经常进去，可是被二叔和爷爷奶奶知道，一定又是一顿打。

“逃吧。”顾子铭建议道。

苏安安不想按照顾子铭说的掉头开车跑掉，可是听到顾子铭后面的一句话，她开始倒车。

“二叔知道就死定了。”

不仅是顾子铭死定了，她苏安安也完了。

苏安安认为自己的车技好，能甩了警察，可是从遇到顾子铭、帮他躲避那群人开始，她就倒了霉。

掉头的时候，警察发现了他们，连忙追过来。

夜色太黑，苏安安不知道宁城这段时间在修路，开到了一条正在施工的道路上，然后她被抓了。

“酒驾，和警察飙车，真有你们的！”

警局里，警官给苏安安和傅芯做笔录。

苏安安倒不怕被拘留，她怕的是顾墨成知道。

傅芯凑到苏安安耳边说道：“安安，我刚才已经给哥哥打了电话。他等下就来接我们走，放心，没事的。”傅芯说，“顾墨成不会知道的。”傅芯知道苏安安怕什么，她安慰着苏安安。

苏安安点点头，最好像傅芯说的那样，她被抓进警局的事，顾墨成不会知道。不然，她不知道怎么和顾墨成解释今天晚上的事，就算是帮顾子铭，可是她真的喝酒开车，为了逃避警察的检查，还企图逃脱。

顾子铭为了表示今晚对苏安安的感谢，他一进警局什么都不说，就坐在那里等着天亮，然后被关上几天。

以往被抓了，顾子铭第一件事就是给顾臻和顾老夫人打电话，让他们来接自己。这次，他得为了苏安安在这里待上几天，不让顾家人知道自己在警局的事。不然顾墨成来接他，也会看到苏安安的。

“安安，你们先走吧。”顾子铭说，“你回家后就当什么事都没发生，也别说我在警局。就关个十来天，不算什么。”顾子铭很讲义气。

今晚是他欠苏安安和傅芯的。

陆恒很快就赶来了，他习惯为傅芯收拾残局。看到傅芯，他没有责怪，只是问她有没有受伤。

“陆哥哥。”苏安安叫了一声，“真是麻烦你了。”

“不客气。”陆恒温和地说，他低头看傅芯，问道，“饿了吗？”

“没。”傅芯笑着伸手搂住陆恒，“刚才和安安吃饱了，我们先送安安回去吧。”

陆恒扭头看了一眼低下头的苏安安，苏安安出事进了警局，按理说她应该打电话让顾墨成来接。可傅芯打来电话，让他来警局把她们两个一起接出来。这么说来，她在警局的事顾墨成并不知晓。是怕顾墨成生气吧？

陆恒多嘴问了一句：“安安，不等顾先生？”

他说完，看到苏安安眼里的紧张和慌乱，再低头看见傅芯不悦地盯着他，心里更明白是怎么回事了。

"安安，你应该打一个电话给顾先生。"

顾墨成或许会因为苏安安进了警局生气，但是不说，一旦知道苏安安骗他，连收拾烂摊子这种事都要交给其他男人，只怕会更生气。

苏安安犹豫了一下，她握紧拳头想了想，她不敢和顾墨成说！今晚的事瞒下来，顾墨成不一定会知道。

"不用了，陆大哥。"

陆恒看苏安安坚持，没继续劝下去。感情是两个人的事，怎么处理当局者最清楚。

"走吧。"陆恒牵起傅芯的手走在前面。

一出警局，外面的风有点大，吹得苏安安有点冷。在警局待了才一个多小时，苏安安觉得好像过了很久。

陆恒送苏安安回家。有陆恒在，苏安安今晚进警局的事不会传到顾家去。顾墨成问起来，她多了陆恒这个证人，顾墨成更不会怀疑。

所有的一切他们都帮苏安安想好了，可是苏安安仍然心神不宁。

苏安安最怕的是顾墨成知道这件事，可是她不知道，她一出警局，就被顾墨成看见了。

顾墨成是来接顾子铭的。

顾子铭经常闯祸，每次出了事，他就打电话向顾老夫人求助。顾老夫人嘴上骂着他，心里却是最疼他的。顾臻年纪大了，顾老夫人不想顾臻为孙子担心，所以他有什么事她都是通知顾墨成，让顾墨成去警局接人。一来二去的，警局的人都知道顾墨成有个不成器的侄子。所以一旦他进了警局，警局的人就马上联系了他。

顾墨成车子刚停好，就看到对面警局里出来的苏安安。

他很好奇，正要掏手机给苏安安打电话，看到走在她前面的陆恒和傅芯，他的脸色顿时冷了下来。

因为陆恒的出现，顾墨成猜到苏安安为什么会出现在警局，他握紧手中的手机，盯着上了车离开的苏安安。

他们走后，顾墨成下了车。他是警局的熟客了，看到他，交警迎了上来。

"顾先生。"他笑着唤道，"小少爷就在里面待着，你现在就可以把人带走。"

今晚真是热闹，一下子引来两位大人物，先是陆恒，再是顾墨成。

"他犯了什么事？"顾墨成冷冷地问。

"哦。"警局领导笑着应道，"其实不关小少爷的事。是和小少爷一起进来的女孩子酒驾，为了逃避我们的检查，开车逃跑。我们追了她好几条街才把人抓住。"

"她？"顾墨成听着这些话，心里沉了下来。

这个"她"指的就是苏安安吧。

"对。"领导点头，"顾先生，你得看着些小少爷，不能让他再和乱七八糟的人待在一起，这次虽然没有造成什么影响，万一以后学坏了打架杀人，那就麻烦了。"

顾墨成听着他的话，心里就只有烦躁。顾墨成的声音变得严厉："那女孩子叫什么？"

"苏安安。"

听到这个名字，顾墨成转身就走。

"顾先生，你不接小少爷了？"

"让他在里面待着。"顾墨成冷声说道，径直上了车，对司机说，"回公司。"

"好的，顾先生。"

车里的气氛压抑起来，顾墨成想掏烟，发现口袋里没烟，他的心情更是烦躁。

苏安安！他心里念着苏安安的名字，又对司机说："掉头，回老宅。"

车厢里因为顾墨成绷着的脸气氛又冷了几分。

司机觉得很奇怪，怎么来了一趟警局，先生的脸色变得这么差？他不敢多问，开车回老宅去了。

陆恒送苏安安到老宅。

苏安安下车前对陆恒说："陆哥哥，谢谢你。"

"不客气。"

陆恒说了一声，看着苏安安下车走向大门的时候，他喊住她，"安安。"

苏安安回过头，疑惑地看着陆恒。

"哪怕是再大的事，都要试着和顾墨成说，他是你的丈夫。"陆恒郑重地提醒道，本来别人的事自己不该插手，不过苏安安是小芯的朋友，他不想看到小芯为了苏安安的事苦恼。

苏安安一愣，点了点头。

苏安安回到老宅已经很晚了，顾老夫人和顾臻已经睡下，是仆人阿姨开的门。

她上了楼，一颗心七上八下的，特别是听到窗外传来的汽车的鸣笛声。

顾墨成回来了！

苏安安没有以往的欢喜，相反她很不安。她握紧双手，在地毯上走来走去，扭头看到床的时候，想着自己是不是应该躲在床上装睡？然而她想起了陆恒的话：再大的事，都不应该瞒着顾墨成。

可是，她该怎么说出口？

上次她飙车被顾墨成当场抓住，到现在她还记得顾墨成的愤怒，也很怕顾墨成生气不理自己。

爱上一个人，会患得患失。她还小，不懂得经营爱情。

顾墨成走进来，看到站在地上的苏安安，脸色变得阴沉。

苏安安努力地抿嘴微笑，像以往一样上前唤道："老公！"她跑到顾墨成身边，抬头看着他，柔声道，"老公，你回来了。"

苏安安没敢和顾墨成对视，她直接扑进顾墨成的怀里。

顾墨成没有像以往一样把她抱住。

"你去哪里玩了？"他淡淡地问。

"和小芯去烧烤摊吃了点东西。"苏安安加了一句，"还有陆哥哥。"

顾墨成合上了眼，深吸了一口气："是吗？"他淡淡地问，"安安，你看着我！"

苏安安慢慢抬起头，映入眼帘的是顾墨成阴沉的脸。她从顾墨成冰冷的眼神里看到了怒意，她的心咯噔一下沉了下去。

他知道今天晚上的事了！

"对不起，老公。"苏安安怕了，她伸手抱住顾墨成，眼泪流出来。

顾墨成沉着脸看着怀里哭泣的苏安安，他已经很多年没有这么生气了，而短短几天里，他生了两次气，而且是因为同一个人。是他太在意，所以才会被她一次次地气着。

"对不起？"顾墨成的声音变得更加冰冷，"你确实该说对不起。"

他的声音很冷，听得苏安安把他抱得更紧。

"我不是故意给你惹祸的。"苏安安的语气里带着抽泣，解释道。

顾墨成深吸一口气，让自己平静下来："安安，你知道自己错在什么地方吗？"

苏安安点点头："我不该酒驾。"

听到这个答案，顾墨成扯嘴冷笑："还有吗？"

“不该看到警察检查就逃跑。”她说完低下头，应该没有了。

顾墨成握了拳头，到现在，这个丫头都不知道他为什么生气！

“老公，我真的知道错了。”苏安安看着顾墨成铁青的脸色，慌乱地说。这一次，她感觉顾墨成的气不会消得那么快，更不会因为她的眼泪和几句讨好的话就原谅她。

顾墨成盯着她，看着她一脸的泪珠，非但没有消气，心里面的怒火反而更多了。

第一次，他因为小丫头的眼泪心软，舍不得打她。可是他原谅了她一次，她又惹他生气。

如果这次不给她教训，她永远不会知道自己错在哪里。

顾墨将苏安安一把抱住，坐在床上，将苏安安翻身压在自己的膝盖上。他抬手朝她的屁股狠狠地打下去。

苏安安还没有反应过来，就感觉到屁股上的疼痛。被人打过巴掌，被苏华用皮鞭抽过，但是苏安安没有被人打过屁股，还是被自己的老公打。

“痛，好痛啊！”苏安安叫着，顾墨成下手没留情。

“苏安安，你知道自己错了吗？”他冷声问道。

苏安安被他一打，眼泪掉得更厉害了。他真的打她了，还打得那么痛！她挣扎着要爬起来，却被他狠狠按住。

苏安安恼了，其实飙车的事，她内心深处一直认为自己没有错。

“没错，我没有错！”她怒声说道。

顾墨成一怔，没想到小丫头敢反抗自己。

他松开手，苏安安快速地爬起来，站在他的面前。

“我做错了什么？”苏安安含着眼泪，愤怒地反问，“我飙车怎么了？又没有杀人放火。”

顾墨成怔住了，冷冷地看着苏安安：“飙车怎么了？”他淡淡地重复苏安安的话。

他倒想听听苏安安心里的想法。

他一问，苏安安顿时没了刚才的气焰，她抽泣着，越想越委屈。

“我没有错。”苏安安索性豁出去，她不要再同顾墨成道歉，他要生气那就生气吧。

“我就是喜欢飙车，喜欢和人比赛，这是我喜欢的事，你没有资格反对。”

“我没有资格？”这句话顾墨成不喜欢听，她是他的女人，她竟然说他没有资格管。

“对。”苏安安严肃地说道，“顾墨成，我以前都是装的，我不是一个乖乖女。飙车、打架我都会。我就是这么一个人，你不喜欢我也没有办法！”苏安安把心里的话全说了出来，她不想憋着自己，按照顾墨成的要求做一个他喜欢的人。

为什么不是他来喜欢这样的她？

“你要是没法接受，那我们就别在一起了。”

最后一句话听得顾墨成的脸色瞬间变得阴冷，他冷声道：“苏安安！你把刚才的话再说一遍！”

苏安安看着顾墨成吃人的眼神，她哪里还敢再说一遍。

“警察局我不是没有进去过，去了好多次。”苏安安放低声音，转移话题说今晚的事，“反正我没有错，什么错都没有。”

顾墨成冷冷地盯着苏安安：“苏安安，你说得好！你还不知道自己错在哪里，说得这么振振有词！”顾墨成被她气得心口发痛。

这种感觉从来没有过。

“我问你，今天晚上为什么是陆恒去警局接的你？你出了事为什么不给我打电话？”顾墨成冷冷地继续，“我说过不止一遍，苏安安，我不是别人，我是你的丈夫！”

顾墨成今晚生气，不是因为苏安安闯了祸，哪怕她杀人放火，他也会护着她的。可是当她出事的时候，她第一个想到的人不是自己，是别人。

这是什么感觉？他像被苏安安踢到局外，不让他接近她的生活。

“我也想给你打电话，让你来接我。”苏安安说道，“可是你要是知道我又没有听你的话，酒驾还进了警局，你一定会生我的气，你会不要……”

那个“我”字在看到顾墨成冰冷的眼神后，苏安安吞了回去。

顾墨成听明白了，她是害怕犯了错，他不要她。

“安安，告诉我，你把我当什么，情人还是包养你的男人？”问这话的时候，顾墨成的嘴角勾起了一抹嘲讽的笑。

苏安安一怔，眼泪从眼眶里全跑了出来。

她和他睡在一起，但是他们之间没有婚礼、没有证件，算什么呢？她嘴上唤着他“老公”，但是心里却在害怕。

“老公。”苏安安唤了一声，她想解释，却听到了顾墨成冷冷的声音。

“老公？”顾墨成嘲讽，“你心里也是这么叫我的吗？”他说完站起了身子，对哭泣的苏安安说，“我给你时间冷静，好好想想你对我的感情。”

他走到门口，拧开门锁的时候，又对苏安安说道：“安安，我不让你飙车不是阻止你做喜欢的事，而是我害怕。”他怕她不小心受伤！

不知道从什么时候开始，他想她一生无忧，不要受到一丁点伤害。

看着顾墨成这次不是去书房，是打开房间的门出去，苏安安站在那里任由眼泪跑出来。房间里好安静，静得她好难受。心好痛，这种痛深入骨髓，让她全身发抖。

顾墨成和苏安安的吵闹声刚好被下楼喝水的顾老夫人听见。她站在上楼的楼梯口，看到顾墨成从房间里出来，冷下脸色，问道：“去哪儿？”

顾墨成没想到会遇到顾老夫人，说道：“安安做错事，让她一个人静一静。”

顾老夫人很少用冰冷的眼神看着顾墨成，只有当顾墨成犯错的时候，她才会冷着脸，用冷厉的声音和他说话。

“回去。”顾老夫人冷冷地说道。

顾墨成看着顾老夫人，没有移动脚步。

“到底是安安做错事，还是你做错了？不管是谁做错事，你都不能离开房间。”顾老夫人沉声说道，“吵架是两个人的错，你现在离开房间，把安安一个人丢下，你让她怎么想？”

夜里的顾家很安静，顾老夫人说完，顾墨成听到房间里传来苏安安哭泣的声音，心里一阵阵地发痛。

他想走，是因为听到苏安安的哭声心会痛。

“安安有错，也是你的错。”顾老夫人说，“你是她的丈夫不是吗？墨成，回去陪着她，她一个人会害怕的。”

顾老夫人这句话让顾墨成的心完全松动了。

他把她丢下，她会胡思乱想，她会害怕。哪怕她犯了再大的错，他们之间吵得再厉害，他也不能把她丢下。夫妻间，错了一个人，就等于错了两个人。

顾墨成对顾老夫人说：“妈，你先回去睡觉吧。”

“好。”顾老夫人嘴上应着，可是撞见了顾墨成和苏安安吵架，这个晚上她也睡不好觉。

顾墨成回到房前，隔着门听到了苏安安的哭声。

这丫头，什么时候这么喜欢哭了？

顾墨成开门进去，里面的苏安安没有想到顾墨成会突然回来，坐在床上哭的她一怔，看了一眼顾墨成，继续哭。

这下哭得更是伤心了！他不是丢下自己走了吗，为什么还要回来？

顾墨成走到床边，在她的面前坐下。

“安安，别哭了，去洗把脸。”顾墨成说道。

他虽然还在生苏安安的气，可是看着她这个哭相，他心里难受。

苏安安看了顾墨成一眼，不理他，继续哭，他都把她丢下了，又跑回来干吗？看她哭吗？他要是再凶她，她就哭得更厉害！

顾墨成看着苏安安哭得起劲，不知道该说什么。刚才的话，他说得过分了吗？

不，没有！这丫头需要给点教训，不然下次她出了事，还是不会联系他！

苏安安一边哭，一边偷偷瞥着顾墨成，看见顾墨成转身又要走，她以为他厌烦了自己的哭声又要出去。没等他走几步，她一把将床上的枕头和被子抱在怀里，赶在他前面头也不回地出了房间。

正打算去洗手间的顾墨成看着苏安安一声不吭地抱着被子出门，他一怔：这是要和他分房睡？

他舍不得她伤心，回来陪她，她倒还生他的气先走人了。

顾墨成心里顿时恼起来，脑海里回想起苏安安的话。

伶牙俐齿的小丫头！

顾墨成跟着嘴角勾起一丝笑容。他被她气得厉害，但是吵完架后，他并没有像之前那样生气。他是真的拿她没有法子！

顾墨成在洗手间里听到开门的动静，以为苏安安回来睡了，他走出房门，看见她从床头拿了手机。

苏安安在洗手间门口看到他，她冷着脸说："不用你出去，我自己去外面冷静冷静。"说着，她又开门出去。

房间里顿时安静下来，静得顾墨成心烦意乱。

他扭头看向空着的床，心里空荡荡的。习惯了两个人睡，一个人睡肯定睡不安稳的。

苏安安走出房间后，心顿时平静下来，困意也袭来，她抱着被子和枕头到了隔壁客房，没一会儿就睡着了，而且是一觉到天亮。

可能是和顾墨成走了又折回去有关，如果他真的丢下她走了，她肯定会可怜兮兮地抱着被子哭一晚。自己抱着被子走人，留他一个人在房间，也让他尝尝被冷落的感觉。

第二天醒来，苏安安做了一个决定，她去衣帽间拿了换洗的衣服，决定搬到学校附近的房子里住几天。

当初顾墨成买这套房子送她，就是给她一个独立的空间，让她伤心的时候待上几天。房子送了没一个月，她真去住了。

她走的时候，顾老夫人和顾臻正牵着手在花园里散步。

两个人真是恩爱，除了顾臻刚出院那几天身体不好没有出门，他们一直是早起牵着手散步。

这种老来伴的感觉给苏安安的冲击很大，她很少看到像顾臻和顾老夫人这么恩爱的夫妻。苏华也好，苏若初也好，他们的爱情都是残缺的。

苏安安羡慕地看着他们，顾老夫人看到苏安安拎着一个行李箱，她和顾臻走过去。

苏安安没开口前，顾老夫人先说道："一个人住几天也好，让墨成急一急。有些事，得自己琢磨透。"

不是顾老夫人不帮着自己的儿子，而是她觉得男人该有担当，而且顾墨成比苏安安大十来岁。不管什么事，顾墨成都得让着苏安安。

苏安安听完顾老夫人的话，很是感动。她以为顾老夫人会觉得自己这个儿媳妇不合格。

"妈，谢谢你。"苏安安笑着说道。

站在一旁的顾臻冷着脸说："你们是该搬出去住。"

年轻人住在这里，偶尔吵架，最急的是老太婆，半夜醒来都想着他们的事，担心顾墨成和苏安安的感情。

"说什么呢？"顾老夫人指责道。

"夫妻间哪有不吵架的，他们在，你会一直担心。"顾臻不悦道。

顾老夫人的睡眠质量本来就不好，因为顾墨成和苏安安，她最近频频失眠。

"爸，我知道了。"苏安安点头。

"你这老头子。"顾老夫人不悦地斥责顾臻，顾臻这次没有听她的话，"又不是不让他们过来玩。他们年轻人有自己的生活，我们不该掺和太多。"顾臻说着放柔声音，"你呀，太操心了。"

顾臻是为了顾老夫人的身体着想，顾老夫人心里清楚。

苏安安拎着行李箱被司机送走后半个小时，顾墨成醒了。

因为昨天晚上一个人睡，他失眠了，到凌晨三四点才睡着。所以苏安安什么时候走的，他并不知道。

顾墨成下楼时，屋里很静，顾墨成知道苏安安走了，但是不知道她拎着行李箱离开了顾家。

顾臻嘴上说着不管顾墨成的事，可是此刻他正站在院子里等着顾墨成。

顾墨成经过园子，看到顾臻一个人摆弄着棋盘。顾臻开口叫住他："墨成，赶时间吗？陪我来一局。"

老爷子既然叫了他，那他也不差这点时间。

顾墨成年轻的时候不懂事，老是惹顾臻生气。这几年，在外面经历多了，他会尽量抽出时间陪陪两位老人，特别是上次顾臻突然发病，他更觉得自己身为人子没有照顾好他们。

“爸。”顾墨成唤了一声，坐在顾臻面前，两个人在亭子的石桌上摆弄起棋子来。

老爷子很少在早上下棋，又是一个人，顾墨成猜到他有事和自己说。

“安安已经走了。”

“我知道。”顾墨成回道。

“她收拾行李走的。”顾臻说完，看到顾墨成眼里的慌乱。

顾墨成遗传了他和韩嫣的优点，做事尤其稳重。他哪里看到过顾墨成如此慌乱。

“放心，安安跑不了。”顾臻接着说。

确实跑不了，苏安安的家在宁城，又在宁城大学读书，她能逃到哪里去？

“墨成，我和你妈的感情没有你看得那么顺。”顾臻说起他和顾老夫人的事，“可以说，是你妈自己送上门的。”顾臻回忆起过往的事。

“她是韩家小姐，有个家世相当的未婚夫。可是在他们结婚当天，她被未婚夫当场退婚。”

那场婚礼轰动了整个宁城，不仅仅是韩家大小姐被退婚，还因为韩嫣当众打了抢走她未婚夫的女人，打得那个女人满场乱跑。

“我那时候觉得这女孩子很漂亮，也很凶悍。”顾臻边下着棋，边说，“你妈妈被退婚后，家里容不下她。她为了保住自己的地位，到顾家找我。”顾臻的嘴角抿出笑容，“谁会喜欢主动送上门的女人！”

到现在，顾臻都还记得韩嫣穿着大红色的风衣笑意盈盈地站在他的面前。

她说：“顾先生，我们谈笔交易怎么样？”

“我喜欢单纯的女孩子，不喜欢你妈妈那样精于算计的。但是两个人相处久了，我是什么时候爱上她的，自己都不知道了！”顾臻说到这里，没有继续，他盯着棋局，说，“将军！”

顾臻说起往事，不是因为无聊，而是有话要对顾墨成说。

顾墨成清楚老爷子到底想说的是什么，感情这东西，来的时候根本“杀”得人措手不及，等到发现它的时候，想逃都逃不走。就像顾臻对韩嫣，他起初厌恶她，到最后愿意倾尽所有给她创造一个安枕无忧的顾家，让她不被人打扰。

“墨成，你懂我的话吗？”顾臻说，“你今年三十一岁，安安才二十岁。你既然要了一个比自己小那么多的女孩子，就该知道你们之间的距离不仅仅是年龄，还有思想。”

俗话说，三岁一个代沟，顾墨成和苏安安之间隔的代沟可不止一个。

“二十岁是爱玩的年纪。你年轻的时候不也常背着我们在外面飙车玩乐？”

“我是担心安安出事！”顾墨成解释道。

“如果你现在和安安同岁，或许就不会阻止她去飙车了。”年龄摆在那里，两个人想的根本不一样，“墨成，你们相差那么多岁，她不可能按照你的想法去生活。”

“我并不是要她按照我的想法去生活，是想让她明白我和她的关系。”

顾墨成说完，顾臻冷嘲：“什么关系？”

顾墨成本来想说他是苏安安的丈夫，苏安安不该对他隐瞒。

“墨成，你想明白没有？”顾臻沉声问道。

顾墨成一怔，看着面前的棋局，一下子不知道该把棋子落在什么位置。

“墨成，安安瞒着你是她的错，但是重点是她为什么要瞒着你。你给了她什么，还是你对她不过是玩玩？”

顾臻的话直接扎进顾墨成的心里，顾墨成看着顾臻，说：“爸，我想元旦那天举办婚礼。”

顾墨成想起他对安安说的那句“你把我当作情人还是包养你的男人”，不管是哪种身份，都不是他想要的。他看出了苏安安心里的恐慌，才说了这种伤人的话。

“婚礼？”顾臻一笑，手上下棋的动作慢了下来，他看着顾墨成，“这么快就想通了？我多给你一点时间考虑清楚。”

“不用了。”顾墨成说道。

他本来就打算过年前结婚，现在更加确定了。安安的患得患失，是害怕有天自己不要她了。他得给她一份承诺，无关责任，关乎爱情。

“爸，我爱她。”

这句话平静地从顾墨成嘴里说出来，听得顾臻一愣，他抬头怔怔地看着自己的儿子。

他不相信这句话是顾墨成说的！

“你爱谁？”顾臻抿着嘴问道。

顾墨成认真地看着顾臻：“安安，苏安安！”

听到顾墨成这么肯定的答案，顾臻嘴角的笑意更浓：“你可得考虑清楚，结了婚就没有退路了。”他紧紧盯着顾墨成，“哪怕那个人回来了，你也不能对不起安安。”

顾墨成没有因为顾臻提起那个人而失神，相反地，顾墨成很平静。

“爸，为什么你们都认为我心里还有那个人，就因为我十年来没有女人？”顾墨成笑了。

确实是这样，因为十年来顾墨成身边没有女人，他们自然而然地认为他放不下过去。

“爸，你输了。”

顾墨成在顾臻失神的时候，扳回棋局，然后他站起了身：“爸，婚礼我会自己操办，到时候你和妈妈一起过来替我们做个见证就可以了。”

顾臻看着顾墨成站起身要走，再看看棋局，恼恨地说：“你这小子，灭我之前也不提示一下。”年纪大了，他已经不是顾墨成的对手了。他都说了一堆话故意分顾墨成的心，还是让顾墨成赢了。

“对了，你也搬出顾家。”顾臻在顾墨成离开前说，“你妈为了你们睡都睡不好。”

“好。”顾墨成应道，他和苏安安确实需要一个属于自己的空间，解决彼此的问题，不然下次遇到问题，他们还是会为了一点小事争吵。

顾臻和顾老夫人的话说对了，他比苏安安大，所以不管发生什么事，苏安安错了，就是他错了。

顾老夫人一醒来，顾臻就跟她说顾墨成打算元旦办婚礼的事。顾老夫人开心极了，觉得自己马上就有事可做了。她考虑着请哪些宾客、去哪家酒店办婚礼这些琐碎的事情。

顾臻看着忙起来的顾老夫人，心疼地说：“儿子的事由他自己去办，你就等着喝媳妇的茶就可以了。”

“那怎么行！”顾老夫人反驳，“我儿子就结一次婚，做妈的怎么能不帮忙。不行，我得先给自己做一身婚礼上穿的旗袍。”

顾臻早知道会这样，就不和顾老夫人说顾墨成结婚的事了，原本想让她高兴高兴，她是高兴了，但是也忙了起来。

“对了，你教顾墨成怎么求婚了没有？”

求婚？顾臻一愣，他还需要求婚吗？

一看顾臻的眼神，顾老夫人就知道顾臻没说。这些男人，一点都不了解女孩子，苏安安肯定想要一场浪漫的求婚。结婚是女人一辈子的事，可不能亏待了人家小姑娘。

顾老夫人觉得自己该打一个电话给顾墨成提个醒，必须得求婚，还得求到让安安同意。

Chapter 7

第七章 把她送给别人

顾墨成离开顾家后，一上车就给苏安安打了电话。

第一个电话打通了，可是没有人接。他再打了一个，电话那头传来冰冷的机械女声。

他被苏安安拉进了黑名单。

小丫头昨晚让他一个人睡，今天还不接他的电话，这胆子是越来越大了。

顾墨成也不再继续打电话，他决定等结束了和徐家的会议，直接到宁城大学把苏安安接回来。

陆家。

睡得不安的岂止顾家人！昨晚，傅芯跟着陆恒回了陆家，还没进门，她就感觉到了压抑的气氛。因为她决定脱离陆家，傅婉和陆洲极为不悦，不，是愤怒！

陆家很安静，他们以为家里人都睡着了，进门的时候，却看到傅婉和陆洲一个站着，一个坐着，在等他们。

两人看到傅芯，顿时拉下脸来。

陆洲在商场上运筹帷幄惯了，看着继女胆敢违抗他，而且令自己骄傲的长子竟然还帮她叛逃，心里涌出一波又一波的怒火。他压抑着，冷着脸冷冷地说："你给我上来。"说话间，他起身往楼上走去。

陆恒对将要面临的事心里有数，走到这一步，他没有什么好怕的，他最担心的就是傅芯扛不住压力，放弃追求自我。

“等我。”陆恒对傅芯说了两个字，跟着陆洲上了楼。

客厅里剩下傅婉和傅芯母女，傅婉失望地看着傅芯，脸上染着一层寒霜，看得傅芯心慌地低下头。

“小芯，你过来。”傅婉想到陆洲对她说的话，心里满是凄凉。女儿的幸福和她的幸福，只能选一个！

“妈。”傅芯上前唤了一声，没有等傅婉开口，就抢先说，“我想要自由。”

傅婉一怔，没想到傅芯先说了，她勾起嘴角，冷嘲道：“你这是在逼我去死吗？”

傅芯不敢，慌乱地说：“妈妈，我怎么会逼你去死呢！”这是她的妈妈，是她相依为命的亲人。

“我看你就是想我死。”傅婉咬牙恨恨地说，“我说过多少次？让你乖乖听话，陆家会给你找个好人家，你现在是什么意思？”

傅芯最怕傅婉生气，傅婉身体并不是很好，这些年在陆家全靠着陆洲请来的医生调理。没了陆洲，傅婉哪里能活得舒坦。傅婉说话的时候，都在连连咳嗽。

“妈，我不想过这样的生活，你成全我好不好？”傅芯大着胆对傅婉说道。

傅婉看着傅芯，冷笑：“小芯，你是不管妈妈的死活了？”

陆洲当初娶了傅婉，又把傅芯接进来，这份情傅婉一直记在心里。这些年，她感恩陆家的好，尽心尽责地照顾陆洲，照顾他的子女，可谁能想到自己的女儿竟然要叛离陆家，这不就是忘恩负义吗！

“妈妈，对不起。”

傅婉笑了，女儿大了，不听她的话了：“你这是不要妈妈了？”

傅芯很小的时候就没了爸爸，是傅婉一个人把她带大的。傅婉带着她，又要工作，又要照顾外婆，这份辛苦她看在眼里，记在心里。

傅婉心痛地说：“妈妈，我不是那个意思。我选你，可是我也不能就这样不明不白地过一生。”

傅婉深吸了一口气，让自己平静下来，她从茶几上拿出一张机票。

“这是我给你买的机票，给你三天的时间考虑，如果你还要我这个妈妈，就去我给你安排的学校，不愿意结婚，那就学好经济学，以后帮你陆哥哥打理生意。”

傅婉手中的机票傅芯没有伸手接，她怔怔地看着傅婉：“我想要自由，有错吗？”

“你想要自由没有错，但也不能辜负陆家。”傅婉淡淡地说完，楼上传来东西摔在地上的声响。

“陆恒！”书房传出陆洲暴怒的声音，傅婉和傅芯看向楼梯，陆恒冷着脸走下楼。他看着流着眼泪的傅芯，径直走到她的面前。

“我们走吧。”陆恒走过去，对傅芯说道。

“傅芯。”傅婉急了，严厉地喝道。

傅芯停住脚步，看了看身后的傅婉。

“小芯，你不要妈妈了，是吗？”傅婉流出了眼泪，“你不管妈妈了？”

傅芯的心里煎熬着，她看着傅婉摇头：“妈，我不会不管你的。”

“但是，对不起。”傅芯坚定地说道。

傅芯的话清晰地传到二楼从房间出来的陆洲耳朵里，他冷着脸看着自己的儿子。

“阿恒，你要是敢帮傅芯，就不再是我的儿子。”他是不会同意陆恒和傅芯叛离陆家的，“我给你两条路，第一，和程家小姐订婚，接管陆氏。”陆恒要想得到陆氏，就得按照他的话和程家千金订婚。

“第二，离开陆家，不要再回来。”

陆洲说完，陆恒勾起嘴角笑了起来。

“爸，为什么一定要我照着你的意思做？我可以为了陆家放弃自己的梦想，凭什么要求我放弃自我？”

“陆恒！”陆洲被陆恒气得脸色通红，很多人都夸他的儿子待人谦和、温雅懂礼。但是事实上，陆恒的温和是表面的，不然陆恒怎么能在宁城立足，还让宁城的权贵忌惮呢？

表面越是无害的男人，背后的手段越是厉害。

陆恒说完，对傅芯说道：“我们走吧。”他的嘴角露出温柔的笑容。

傅芯点了点头，陆恒为了支持她放弃陆家的一切，她有什么理由不陪着他一起离开？

“小芯！”看傅芯丢下自己走了，傅婉着急地唤道，“你给我回来！”她眼睁睁地看着傅芯被陆恒带走，“你真的丢下妈妈不管了吗？”

傅芯没有回头，傅婉站在那里不由自主地握紧了拳头。她抬起头看向楼上的陆洲，他脸色难看地盯着她看。

“我们该怎么办？”傅婉问。

陆洲没有说话，冷着脸转身回了房间。

和景城徐家的合作对顾氏来说很重要，顾墨成这两个月一直在忙的就是这件事。上次去徐家谈得差不多了，这次徐家又专门过来和顾氏洽谈，想把最终的方案确定下来。

两家合作，要在宁城建一座最大的商业广场。

顾墨成一到顾氏，助理就走上来。

“怎么了？”顾墨成问道。

“徐家这次来的不仅有徐小姐，还有徐老爷子。”

徐家三代经商，到了徐老爷子手中，可以说在景城的龙头地位牢不可破。徐老爷子只有一个女儿，所以徐氏的生意大部分由徐小姐负责。

顾墨成之前去景城，谈项目都是和徐家小姐谈的。这次听到徐家老爷子也来了，感觉很奇怪。

景城到宁城的路程不近，而且这次的项目都谈得差不多了，根本不需要徐老爷子亲自跑一趟。

他带着助理直接到了顶楼会议室，顺便把手机递给助理。这个项目格外重要，加上徐老爷子亲自过来，会议途中是不允许被电话打断的。

顾墨成进去时，徐老爷子正和徐小姐聊着天。

“徐叔叔好。”顾墨成进去后唤了一声。

徐老爷子和顾臻的年纪相差不大，以前也同顾臻在商场上交过手，顾墨成按着辈分叫他一声“叔叔”。

“好。”徐老爷子的精神很好，他拄着拐杖笑着对顾墨成点头。

他身旁的徐小姐看到顾墨成，脸上顿时浮现出红晕。

一旁的助理看到这情形，心想顾先生真是魅力不凡。听闻这徐小姐很挑剔，特别是挑男人的眼光，快要三十岁都没有找到合适的对象。现在她一看到顾先生就脸红起来，要是顾先生没有结婚，和这么精明能干又漂亮的她肯定能凑一对。

会议进展顺利，他们也聊得开心。徐老爷子是一个健谈风趣的人，他是越看顾墨成越觉得喜欢。谈了合作项目外，他们还聊了其他的事。

徐小姐对商界的事很了解，她从小就被徐老爷子以徐氏接班人的身份培养，所以对徐老爷子和顾墨成的谈话内容能插上几句嘴，更不会觉得枯燥。原本两个小时的会议，一直开到了午饭时间。

“墨成，听闻你们宁城有几家出名的餐厅，能带我们去看看吗？”

顾墨成看了手表，今天专门腾出时间招待徐氏的人，所以下午并没有其他事，他应道：“好的。”

他起身带着徐老爷子和徐小姐离开会议室时，助理跟过来，将他的手机递过去。

“先生，夫人刚才打来了电话，你需要回一个过去吗？”

助理的话，一旁的徐老爷子听到了，他看看身边的徐小姐，又看了一眼顾墨成，随意地问：“墨成，什么时候结的婚？”

“上个月。”顾墨成说道。

他和苏安安没有领证，也没有摆酒席，但是他自然而然地把苏安安进顾家的时间当作她嫁给自己的日子。

“哦。”徐老爷子应了一声，他看顾墨成打电话过去，没有说话。

徐小姐倒开口说：“我一直很好奇，什么样的人能入顾先生的眼。顾先生不如把顾夫人叫来，我们一起吃顿饭。”

顾墨成朝他们笑了笑，拿着手机到一边去打电话了。苏安安的电话没人接，是还在生气？如果是生气，就不会给他打电话来了。

电话没有人接，顾墨成想再打一个，徐小姐走了过来。

“顾先生，怎么了？”

“没事。”顾墨成说道。

“是不是顾夫人的电话没有打通？她可能有事吧。”徐小姐笑着说，“爸爸他有点饿了。”

顾墨成看向徐老爷子。现在都已经十二点多了，别说是年迈的徐老爷子，顾墨成也觉得饿了。

“我们先去吃饭吧。”顾墨成说道。

到了酒店，他再给苏安安打个电话，要不下午他直接去学校看她。小丫头的脾气被他养大了，得好好给她一些教训。

苏安安拎着行李箱到了学校附近的套房里，因为早上没有课，她将行李箱里的衣服拿出来，顺带整理了一下房间。

看着被自己打扫干净的屋子，苏安安心满意足地躺在沙发上，看见沙发上的手机时，想起顾墨成早上给她打过电话。她是不是该回一个过去？

过了一个晚上，苏安安平静了很多。回想起昨晚的事，自己的确有不对的地方。她酒驾进警局是一回事，没有打电话告诉顾墨成又是另外一回事。

“苏安安，你把我当情人还是包养你的男人？”

顾墨成的质问还在耳边回响，现在想来，每次顾墨成和她说他是她老公这件事，她都是当时听进去了，可转身遇到事就把这话忘了。

她出了事就应该打电话给顾墨成，让顾墨成帮她处理。因为他不是别人，是她的老公。

“唉。”苏安安叹了一口气，她的脾气本来就是来得快去得快，想通后，觉得更该和顾墨成说明白。她该冷静地和顾墨成谈谈，告诉他，她希望他喜欢真实的自己，而不是他心里的乖乖女。但是有时候人在生气的状态下，很难控制自己的脾气。

苏安安正准备给顾墨成打电话，却先一步接到了苏华的电话。

“现在出来吧。”电话里，苏华直接说。

苏安安一愣：“现在？”

“怎么，你不想要你姐姐了？怕她成了你的累赘？”苏华嘲讽道。

苏安安看了手机上的时间，现在去接了姐姐，可以带着她一起去吃午饭。

“好。”苏安安应道，“我现在就来苏家。”

“不用。”苏华拒绝道，然后他顿了顿，说，“苏安安，你没有资格进苏家的门。”

苏华不欢迎她，她也不想去苏家。

苏华说了酒店和客房号，苏安安挂断电话后，正好可以借苏华这事给顾墨成打电话。电话打过去，接的人不是顾墨成，是他的助理。

“夫人，先生正在开会，我等会儿和他说。”

“好的。”苏安安说，“那你和他说一下。”

苏华原来还琢磨着怎样把苏安安骗出来，没等他想到办法，先接到了霍笙的电话。

苏华有些奇怪，霍先生让他打电话给苏安安，让苏安安过去。现在又不是晚上，大白天的霍先生不怕顾墨成跟过去吗？

苏华不知道的是，霍笙早就查过顾墨成今早的行踪了，知道顾墨成在和徐家谈合作的事，抽不开身。

苏安安到了苏华说的酒店，一到酒店就给顾墨成发了短信：苏华说，愿意把姐姐交出来。

就算是这样，苏安安对苏华也不是很放心。她知道顾墨成不玩微信，就顺便在微信里给傅芯发了定位。如果自己出了事，顾墨成可以找傅芯。

推开包厢的门，苏安安看到的只有苏华。

“进来吧。”苏华淡淡地盯着苏安安，看到苏安安眼里的厌恶时，心里猛地一痛。

苏安安不管是不是他的女儿，他都养了二十年。

“我姐姐呢？”苏安安问。她环顾包厢，没有看到苏若初的影子。

“我让人把她接过来。”苏华说，“坐下来吃顿饭吧。”

“早饭还是中饭？”苏安安冷嘲，苏华请的东西，她不敢碰。

看到苏安安对自己的提防，苏华一笑，他没想过在饭菜里下药再把人送过去。

“我就想同你吃一顿饭。”说话间，他示意苏安安坐下。

桌上摆着菜肴，苏安安一看，竟然全是她爱吃的。她一脸诧异，苏华怎么会清楚她喜欢吃的是什么，她也很好奇他为什么请她吃这一顿饭。

“怕什么？”苏华说着，夹了面前的菜吃了起来，顺带倒了旁边的酒喝着。

他这是告诉苏安安，他没有在饭菜里下药。

苏安安看苏华吃了没事，也随意地夹些菜吃着。

苏安安的戒备让苏华心里不悦，可是又能怎样，一切是他自找的。

包厢门被推开，进来的服务员手里捧着蛋糕，放在苏安安面前。

苏安安看着蛋糕，不知道苏华在搞什么名堂。

谁的生日？姐姐的生日在春天，她的已经过了，苏华的？

“上次你生日，我忘记给你买蛋糕了。”苏华说着，将蛋糕上面的蜡烛点燃，然后转到苏安安面前。

苏安安一笑，这么多年，苏华从没有帮她过过生日。

“你这是要弥补对我的愧疚？”因为她跟了顾墨成能给他帮助，所以他在讨好自己？

“你的生日在紫菡结婚的第二天。”苏华冷冷地说道。

苏安安哪天生的，他记得很清楚。苏若初出生时，他正在外面出差，没有陪在何晴身边。生苏安安那天，他守在外面，孩子生出来后，他是第一个抱她的人。

本来一直在哭的苏安安一到了他的怀里，顿时安静下来，连一旁的护士都说，这个女儿很喜欢自己的爸爸。

苏华抱着襁褓里的苏安安想，他一定要赚很多的钱，然后把苏安安当小公主一样疼爱，让她过上幸福无忧的生活。那个想法很美好，直到他看到自己和她的DNA比对结果。

梦想越美好，现实越残酷。他不愿意接受妻子背叛自己的事实，他问何晴，何晴冷笑着看着他，一句解释都没有。

苏华的心冷了，他恨起了苏安安。

在苏老太太的唆使下，他甚至把苏安安扔到了孤儿院。

那么久的事一件件地出现在脑海里，苏华的胸口一阵阵发痛，他再看着面前的苏安安……眨眼已是二十年了，襁褓里安静地看着自己的苏安安长成了一个恨他、厌恶他的苏安安。

“把蜡烛吹灭吧。”苏华说，“这么多年没有给你过过一个生日，这是第一次，也是最后一次。”

苏华很清楚自己是一个残忍无情的人，特别是对待苏安安。他之前为了苏紫菡，把苏安安送到顾家，现在为了苏家，他又能狠心地用苏安安交换苏氏的未来。

苏安安没有吹灭蜡烛，对苏华突然送来的礼物她没有一点感动。

“苏华，你是不是反悔了，不想把姐姐给我了？”

苏华没有立即回答苏安安，他将圆桌上的蛋糕转到自己面前，拿刀切了起来。

“安安，你姐姐在苏家挺好的。”

苏安安冷笑：“什么叫挺好的？她已经被你关了七年！苏华，她有多少个七年被你糟蹋？”

苏华的心一怔，切蛋糕的手抖了起来。

是啊，若初被他关了七年。可是他能有什么办法？她疯了，被那个姓霍的小子弄疯了，出去了也会被人欺负，不如在苏家顶楼住着。

“我要姐姐！”苏安安正色道，“你把姐姐还给我！苏华，她是你的女儿，你难道要看着她一辈子都疯疯癫癫吗？”

苏华看着苏安安，答案当然是不想。苏若初漂亮、聪慧，是他的骄傲。

“要不是你当初阻止姐姐和她喜欢的人在一起，她不会疯的。是你苏华逼得姐姐发疯的！”

苏安安恼怒地说完，苏华的脸色沉了下来，他拿紧手中的刀：“不是我！”

他的脸色变得冰冷，深深地看着苏安安：“我是为了她好！姓霍的小子家里太穷了，他有了钱以后不会对你姐姐好的。她跟着他……”

“她跟着他，和妈妈跟着你一样都没个好结果，对吗？”苏华的话没有说完，苏安安冷笑着怼回去。

对，苏华怕的就是这样。

他害怕苏若初和何晴一样为了爱情放弃富裕的生活，和家里人断绝了关系，最后落得一个病死的结局。

“你以为所有男人都跟你一样，有了钱就会做出抛弃妻子的事吗？”苏安安嘲讽道。

“不是所有男人都这样，而是我不允许若初的婚姻有机会变成那样。”苏华已经让何晴死了，不能让苏若初也为了爱情不得善终。

“我宁愿她做一个疯子，起码她还活着。”苏华的声音变得严厉。

苏安安恼怒地回道：“闭嘴！”

“苏华，你怎么不说你自己自私自利？你害死了妈妈，又把姐姐逼疯了，你自己无情无义，背叛了妈妈，为什么觉得所有男人都和你一样？要不是你，姐姐不会疯，她或许已经和喜欢的人在一起，生了孩子，安安稳稳地生活。就是因为你的自以为是，姐姐疯了，到现在她都过着人不人、鬼不鬼的生活！”

苏安安越说越气愤，她恨透了苏华，不管苏华把姐姐关起来的用意是好是坏，在她看来就是苏华自私。

苏华被苏安安的话气得脸通红。他在苏家是权威，别人都得听他安排。这些年里，他不喜欢苏安安，有一部分原因是苏安安骨子里叛逆，根本不听他的话。

“苏安安，你就是这么对自己的父亲说话的？”苏华怒声嘲讽道。

苏安安笑了笑：“你是吗？”

苏华，你配吗？

苏华一怔，他想问苏安安是怎么知道自己不是她父亲这件事的，话卡在喉间，他没有问出来。

“姐姐在哪里？快点把她送过来，我没有时间和你在这里耗。”苏安安冷冷地说。她瞧了眼面前苏华切好的蛋糕，没有碰一口。

二十年来都没有替她过一个生日，现在在这里假惺惺做什么。

“安安，你不要以为跟了顾墨成，就可以不听我的话。我说过，我可以让你进顾家的门，也能让你被顾家人赶出来。”苏华威胁道，每次和苏安安说话，他都被气得半死。

“我信。”苏安安应道，“你苏华狼心狗肺、无情无义，做出什么丧尽天良的事我都信！”

苏安安的话堵得苏华满脸通红，他愤怒地拍了桌子，站起身子恼怒地骂道：“苏安安！”

“我说错了吗？”苏安安抬起头，噙着冷笑盯着苏华。

“你是不是没有想好把姐姐还给我？既然没有做好准备，我先走了。”苏安安站起身说道。

坐了那么久，苏安安从苏华的言语里听出来了，他根本不想把姐姐还给她。既然这样，恐怕苏华对她打的是另外的主意，她还不快点撤。

“安安。”苏华压下怒火对要走的苏安安说，“我给你一个机会，让顾墨成重新投资苏氏。”苏华说着掏出了烟点燃。

看在苏安安是她女儿的分上，他不想把事做得太绝。如果苏安安劝服顾墨成帮苏氏，他就不将苏安安送到姓霍的那里去。

“苏华，你又在打什么主意？”苏安安恼怒地问，“你不怕顾墨成吗？”

“怕。”苏华说道，“可是为了苏氏，我连自己的命都不会在意。”他只要苏氏发展得好。

“安安，我给了你机会，是你自己不知道珍惜的，与我没有关系。”说话的时候，苏华狠狠地抽了一口烟。他不断地在心里告诉自己，苏安安是咎由自取，是她不管苏氏的死活，让顾墨成撤资在先。如果不是苏安安，苏氏怎么会出事！所以，把苏安安送给霍先生，是苏安安自找的。

“安安，有位先生要见你，我现在找人送你过去。”

苏华的话说完，苏安安愣住了。

她听错了吧！苏华竟然说要把她送给别的男人。他不知道自己已经跟了顾墨成吗？他把她当作什么！苏安安的心里顿时愤怒万分，两只眼睛厌恶至极地瞪着他：“你真让人恶心！”

苏华淡淡回应：“是你自找的。要是你说服顾墨成投资苏氏，我就不会去求人，应下别人这个条件。而你，也能安安稳稳地跟着顾墨成过日子。”

苏安安见过苏华的自私和无情无义，现在更是见识了苏华的厚颜无耻。

“我终于知道为什么妈妈宁愿死也不要和你继续生活下去了。就你这样的人，她多看你一眼都觉得恶心！”

恶心，真的让她恶心！

听到苏安安提起何晴，苏华冷了脸。他最恨别人提起前妻，他是对不起她，所以现在为了她，他必须保住苏氏。

苏安安沉着脸看着苏华，她看到桌上放着的茶杯，没多想，直接端着杯子泼向苏华。

“苏华，你做梦吧。”

温热的水泼在脸上，苏华顿时脸色铁青，怒声喝道：“苏安安！我是你爸爸！”苏安安这么对自己的父亲，不怕天打雷劈吗？

“爸爸？”苏安安的喉咙突然变得酸涩难受，“苏华你不配，你没有资格做我的爸爸！”

她说完，包厢的门再次被推开，进来的人不是服务员，而是两个苏安安不认识的男人。她的手被他们一把拽住，她没有他们力气大。

苏华竟然明目张胆地把她绑起来送人？

“苏华，你这个畜生！”苏安安挣扎着骂道。

苏华由着苏安安骂，都对她这样了，还怕她骂几句吗？

“安安，为了你妈妈，我们不能让苏氏倒了。”苏华站起身走到苏安安面前，认真地说道。

苏安安只觉得眼前的苏华丧心病狂！妈妈当初真是瞎了眼，为这个男人付出一切。

“苏华，你到底是不是我的爸爸？”苏安安嘲讽质问道。

苏华没有说话，他看着苏安安，过了许久，他才开了口：“不是。”他说完后走出了包厢。

外面的空气很好，苏华突然觉得全身无力，心被戳痛了。

他这是在做什么？苏安安就算不是他的女儿，可是他也养了二十年。

苏华不敢多想，更不想自己心软。苏氏不能倒，苏氏倒了，他怎么对得起她？

苏华的人直接把苏安安绑了，送到霍笙那里。

苏华从餐馆出来后一直心神不宁，他闭上眼，脑子里都是病床上何晴的模样。

“苏华，你得照顾好她们姐妹，你必须得答应我，不然我下了地狱都会恨你的。”

“苏华，照顾好她们！”

他没有照顾好她们任何一个，苏若初疯了，苏安安又……

苏华很烦躁，心里很难受，他拼命地告诉自己，一切都是苏安安自找的。可事实上，是因为苏安安有了他这样的父亲，才会招来这种罪。

苏华坐不住了，他拿了车钥匙直接去上次见霍先生的那家酒店。

顾墨成和徐家父女俩吃完饭，送他们回了酒店。得了空，他想起来苏安安的电话还没有打过来。他靠在汽车后座，拿了手机给苏安安打电话过去，还是没有人接。

她还在生自己的气？

顾墨成按了按太阳穴，以后不能骂小丫头了，骂了之后不理他，不接他的电话，这更让他难受。

他想了想，想给苏安安发短信，点开看到苏安安的短信跳出来：苏华说，愿意把姐姐交出来。

短信上写了这句话，还有酒店的名字。

顾墨成再一看之前苏安安打过来的电话，是早上十点多。就是说十点的时候，苏华就约了苏安安见面。那时候他正忙着和徐老爷子谈合作的事，这个电话是助理接的。

他大约中午十二点打了电话过去，苏安安的电话就已经没人接了。

这是不是说明，这两个小时里，苏安安出了事？

这一想，顾墨成急了，直接让司机开车去苏安安说的酒店。到了酒店，顾墨成动用关系，查到苏华和苏安安吃饭的包厢，员工说苏华十一点多就已经走了。

包厢里没有监控，但是包厢外的走廊上有。

通过监控视频，顾墨成看到苏安安被人打晕，然后被两个男人带走。然而，酒店正大门，根本没有苏安安和这两个男人的画面。

这说明，他们走的不是有监控的正门，那么顾墨成就找不到载走苏安安车子的车牌号。

苏华，得先找到苏华。

顾墨成阴沉着脸去了苏氏。

在找苏安安的，不止顾墨成，还有苏华。

因为不放心苏安安，苏华开车去了霍先生所在的酒店，他人还在路上，就接到霍笙打来的电话。

“苏先生，是要反悔吗？”

苏华一愣，疑惑霍笙的话。

“霍先生，安安已经到了？”

他交代了自己的人，让他们把苏安安带到霍笙说的房间里。可是现在霍笙打来电话，说没有看到苏安安。那么苏安安去了哪里？

“我还以为苏先生不想卖女儿了。”霍笙嘲讽道。对苏华他只有恨，为苏若初和苏安安有这样的父亲觉得恶心，“可是过了那么久，我还没有看到苏安安。”

苏华也觉得奇怪：“我问问看。”说着，苏华挂了电话，听到霍笙说苏安安没有到他那里，苏华松了一口气，转念又想到苏安安不见了，不明白这到底是怎么回事。

是顾墨成找上门，带走了苏安安？

霍笙一直在房间里等着苏安安，他的桌上放着一张照片。

照片很旧，也被他折出些印子，照片也不完整，本来是一对情人的合照，被他剪去了女孩子，剩下他自己。

他是太恨她了，所以七年来把她从自己的世界里剔除，为了忘记她，甚至接受别人的爱意。可是时间越久，他越是难以忘记她。在这一年里，她的脸反而在他的脑海里更加清楚。

在外面，他本来可以过上平静安宁富裕的生活，偏是放不下她，终于是回来了。他布下局对付苏氏，是想把她从国外逼回来。现在苏氏对付得差不多了，他还是没有看到她的影子。

“若初，你说，如果我把你的妹妹抓来，你会不会着急？”

苏若初最疼爱的人就是苏安安，只有抓了苏安安，她才会出现。可是再看到她，他会怎样？

再爱她一遍？不，她毁了他，把他变成现在的模样，这个地狱他也要拽着她一起沦陷。是她欠他的，所以谁都不能好过！

从接到苏华的电话，通知把人送来了，到现在已经过了一个多小时，可是苏安安还没有出现。

霍笙的人推门进来，看到在看照片的霍笙。

“霍先生。”

“人来了吗？”霍笙抬头问。

“没有。”他摇头，看看霍笙又看看面前的照片，迟疑地说，“霍先生，顾墨成在宁城的势力很大，我们抓了他的人，他很快就能查到我们身上。这里是宁城，我们不一定斗得过顾墨成。”

他的提醒，霍笙心里有数。但是抓苏安安，是见到苏若初最快的法子。仇恨已经纠缠了他七年，让他夜夜做噩梦，他已经等不了了。他必须要见到苏若初！

“我知道，”霍笙顿了顿，“我不会伤害她的。”

他爱恨分明，自己和苏若初的事与苏安安没有半点关系，而且苏若初很在意这个妹妹。

“可是……”助手看着霍笙顿了顿，又说道，“其实霍先生不该来宁城。”

“何小姐对你一片痴情。”

霍笙抬起头看了他一眼，没有回答他的话：“去，看看人来了吗？”

助理见霍笙没有听进去自己的话，转过身出门去接苏安安。

再等了半个小时，酒店后门仍然没有苏安安的影子。

苏华的人打来电话告诉苏华，他们开车去苏华说的酒店，一到酒店后门，不知道哪里跑出一群人，上来就把他们打了一顿，然后把苏安安掳走了。

是谁的人？苏华第一个想到的就是顾墨成。

人还没有送到霍先生的房间就被顾墨成找来了，这一下子他得罪了两个人。

苏华顿时担心起苏氏来，霍先生肯定不会注资苏氏，顾墨成更不会放过他。他的心情变得沉重，没敢打电话给霍先生，直接掉头回了苏家。

苏家大门外停着不少车子，一辆辆都是黑色的豪车。

何妈一看到苏华，慌乱地跑到他跟前："老爷，不好了。"

"谁来了？"苏华问道。

"顾先生。"何妈指着苏家的人说，"他带着人过来，说要你把三小姐交出来。他现在正在砸东西！"

何妈的话刚落下，屋里传出东西砸在地上的声音，苏华脸色一黑，快步走进去。

苏家的地上一片狼藉，不管是餐厅还是客厅，能砸的能摔的都乱七八糟地躺在地上。

"老公。"站在楼梯口的蒋媚看到苏华回来，连忙跑过去。

顾墨成突然带了人来，什么话都没说，进来就把苏家砸了，然后要他们把苏安安交出来。

蒋媚正打算给苏华打电话，苏华就回来了。

苏华没和蒋媚说话，他看向坐在沙发上的顾墨成。顾墨成的四周零零碎碎的都是苏家的东西，就他脚底最干净。

"顾先生。"苏华露出笑意，走到顾墨成的面前。

他被顾墨成砸了家，还得赔着笑脸，心里真是窝火。

"苏安安呢？"顾墨成抬起头，冷眼看着走到自己跟前的苏华。

"安安？"苏华故作不解，"她不是在顾家吗？上次和你回来后就没再来了。不信的话，你问家里的仆人。"

苏安安没有来过苏家，顾墨成问了仆人也没有什么用。

"我要苏安安。"顾墨成的声音冷了下来，再次问道。他看着苏华一脸笑容，倒是佩服苏华的厚脸皮，被他砸了家，还能笑着同他说话。

顾墨成从怀里拿出自己的手机，然后点开苏安安发来的短信。

"她说和你在一起。"

顾墨成说话的时候，苏华已经看到了短信上的内容。

苏安安真的提防着他，连和他见面的时间地点都发给了顾墨成。

"怎么，你还想说她不在你这里？"顾墨成淡淡地说着，他手中的香烟被点燃，屋子里顿时飘散着烟草的味道。

"顾先生，我确实和苏安安吃过饭。安安今年的生日我没有陪她过，所以专门买了一个蛋糕给她补办。这孩子没有和你说这事吗？"苏华笑着解释。

“过生日？”顾墨成冷笑嘲讽道，“你原来还记着苏安安的生日？我还以为你这个做父亲的，早忘了自己女儿的生日。”

“怎么会！”苏华笑了笑，“墨成，安安真的不在我这里。我帮她过完生日，她就一个人走了。”苏华看着顾墨成阴鸷的脸，心里慌起来。

“真的是这样。安安怎么说都是我的女儿，这么多年我对她不好，心里一直觉得愧疚。”

“是吗？”顾墨成冷笑着，“既然你说安安是自己走的，那么这视频里又怎么解释？”

顾墨成身后的西装男人将手机放在苏华面前。

那是餐厅的走廊上，苏华在交代他的人把苏安安带到后门去，视频里，还有苏安安被打晕的画面。

因为临时接到霍笙的电话，苏华来不及布局，根本没有把计划想周全。

苏华看着视频，突然发觉这个霍先生好像在害他，这钱没有拿到，还让他得罪了顾墨成。

“先生，顶楼有一个房间的门锁着。”顾墨成的人从楼上下来，跑到顾墨成面前报告。

听到顶楼两个字，苏华的脸色顿时变了。

“顾先生，这是私人住宅，你没有权利乱闯。”

顾墨成从苏安安那里知道顶楼有个房间，一直关着苏若初，那么被锁着的那间应该就是苏若初住的了。

“砸了。”顾墨成说话的时候站起了身子，向顶楼走去。

“顾先生！”苏华出声阻止，“我知道顾先生势力大，可是这里是苏家。”

“然后呢？”顾墨成冷笑，他看着苏华掏出了手机报了警。

顾墨成没有阻拦，等苏华打完电话后，他掏出手机也打了一个：“你好，我是顾墨成。我现在苏家处理些私事，希望你的人不要来打扰我。”

顾墨成对电话那头的人简单地说了两句，意思很明确，谁也无权过问他在苏家处理事情。

苏华听闻顾墨成的手段厉害，也知道他在宁城的势力，他的脸色顿时变得苍白。

“顾先生，安安真的不在我这里。”

苏华后悔把苏安安绑了，他应该一门心思用苏若初威胁苏安安，让苏安安劝服顾墨成。那样的话，顾墨成不至于带人来砸苏家。

顾墨成压根没把苏华的话听到心里，苏安安就算不在苏华手中，她的失踪也和苏华有关。

他越过苏华走向二楼楼梯。

蒋媚见顾墨成过来，挡在顾墨成的面前，笑着说：“顾先生，请给蒋家一些面子。”

“这里我都已经砸烂了。”顾墨成冷声说道。

苏家都已经被他砸了，他给蒋家面子干吗？

“顾先生，我妈和顾老爷子是朋友，你要是对苏家太过，我妈不会放过你的。”蒋媚威胁到后面，连自己都觉得底气不足。

顾家什么时候需要怕蒋家？

“让开。”顾墨成冷冷道。

“你不能去顶楼！”蒋媚坚定地说。

顾墨成示意身旁的人将蒋媚拉开，两个男人上前架着蒋媚到一旁去了。

蒋媚被他们架着，气恼地喝道：“你们是什么东西？放开你们的脏手！我是蒋家小姐，你们竟然敢这么对我！”

蒋媚骂道，可是她的话根本没人听进去，甚至当她骂得起劲时，两个人直接把她往地上摔去。

蒋媚狼狈地摔在地上，冰冷的地面摔得她身上发痛。

顾墨成带着人走向顶楼，顶楼阴森森的，走廊尽头的风吹进来的时候，很冷。

这么一个地方，苏若初竟然一直在这里生活。苏华真是无情，安安在苏家这些年一定遭了不少罪。

顾墨成走到关着苏若初的房门口，房门上的锁已经被砸了。顾墨成推门进去，屋里很安静，当看到床上整齐的被子时，他一怔。

屋里没有苏若初。

苏安安说她一直被关在这里，人怎么没了？难道被苏华转移了？

顾墨成心里想着，转身下楼。

楼下的苏华和蒋媚以及苏家的仆人都被顾墨成的人看着，苏华看到顾墨成沉着脸下来，知道苏若初失踪的事是瞒不了了。

“苏华，苏若初呢？”顾墨成问。

苏华不想回答，而且他是真的不知道苏若初去了哪里。

“你把她转移了。”顾墨成肯定地说道。

苏华急着解释道：“我也不知道她去了哪里。”

好好的一个人突然消失在顶楼，苏华到现在还不清楚到底是谁带走她的。

“告诉我，安安和苏若初在哪里？”顾墨成正色道。

“顾先生，我真的不知道她们在哪里。”苏华说道。

已经被顾墨成发现苏若初不在自己手上，他没了筹码。可是她们两个去了哪里，他确实不清楚。

“是吗？”不过顾墨成不相信。

“这个家砸得不够狠吧。”顾墨成冷冷地说，他环视着苏宅，“这套房子，苏总当时花了多久建成的，一年还是两年？不如我用半天帮你把这儿拆了？”

顾墨成的话听得苏华心颤。

“顾先生，你不能这样做，这里也是安安的家。”

顾墨成没有回苏华的话，他继续说道：“要是我拆了这里，你还不肯说出苏安安在哪里，那我只能对人下手了。”

这是赤裸裸的威胁。

苏华知道顾墨成真的会说到做到，上次他带着人来苏家打苏紫菡，他就看出顾墨成够心狠手辣。

“顾先生，是我绑走苏安安的。”苏华只能承认，这么下去，苏家难保。

苏华决定先保住苏家和自己，日后有了实力再同顾墨成算账。再说，苏安安突然不见了，他也想知道到底是谁把她带走了。

顾墨成冷眼看着突然转变的苏华，抽了一根烟，听着苏华说话，脸色更加难看了。

“我早上约了安安，说把她姐姐给她。不过，苏若初早就不见了，我根本交不出人。她又让你不要投资苏氏，苏氏是她妈妈的心血，她怎么可以不管！我不能让苏氏完蛋，有个有钱人找上我，说要她。”

苏华说到这里，顾墨成的眼神阴鸷起来。

苏华为了拿到钱投进苏氏，竟然绑了苏安安送人。他是苏安安的父亲吗？简直是畜生！

顾墨成厌恶地盯着苏华，他原来还想给苏氏一线生机，想着那是苏安安的家，不想把苏氏和苏家逼入绝境。既然苏华无情，他何必替苏安安手下留情。

“很好。”顾墨成淡淡地说。

“顾先生，安安怎么说都是苏家的人，她对苏氏见死不救，阿华没有办法才把她送人的。”一旁的蒋媚开了口。

顾墨成冷眼瞥向蒋媚，冷嘲：“原来是安安的错啊。”

第一次遇到这样的父亲和继母。苏氏完蛋和安安有什么关系？

“是谁要安安？”顾墨成追问，现在最要紧的是找到安安，他怕迟了，安安会出事。

苏华回想着见霍先生的具体情景，他突然觉得哪里不对劲。这个霍先生的声音有些耳熟。

“他姓霍。”

“霍？”蒋媚惊讶地说着这个名字，她看向苏华，嘴巴动了动。

苏若初以前的那个人就姓霍。

“啪”的一声，客厅里突然响起东西掉在地上的声音，蒋媚和苏华回头看到何妈手中的手机掉在地上。

顾墨成也看过去，何妈慌了，害怕地说：“我没想报警。”

“查下宁城姓霍的人。”顾墨成对身旁的人说道。

苏华接着说：“不过刚才霍先生打来电话说安安没到。还有，我叫去绑走安安的两个人到了酒店门口，被人打晕了。安安现在下落不明，不知道是不是姓霍的故弄玄虚，还是有其他人把安安带走了。”

苏华把事说得清楚，他也有些担心苏安安。

他的感情是矛盾的，恨着苏安安的同时，又忍不住关心她的安危。

顾墨成没有空和他们多说，现在要紧的是找到苏安安。

他离去的时候，看着苏家满地的狼藉，心里那口气并没有消。走到门口，他停住脚步，微微偏头，余光落在苏华的身上：“我希望安安没事！不然，我会用整个苏氏陪葬！”

其实，不管安安有没有事，顾墨成心里下了决定，苏氏必须毁了。

“顾先生！”一听苏氏要没了，苏华着急地快步上前，对顾墨成离去的背影吼道，“你不能动苏氏，苏氏是安安妈妈建立的，你看在安安的分上也不能毁了它。”

顾墨成越走越远，出了苏家大门，直接上车走人。

苏华看着车子一辆辆地从眼前离开，他的心坠入冰窟。他浑身冰凉，喘不过气来。

原想用苏安安和姓霍的换取金钱，再帮着苏氏度过危机。现在钱没有到手，他还将顾墨成得罪了。他该怎么办？

苏华无助地站在原地，怔怔地看着眼前的景物。

蒋媚跑过来，看到苏华这样子，不由自主地心疼。虽然苏华不爱她，可是她是心甘情愿为苏华付出的。

“你没事吧？”蒋媚上前扶着苏华回屋。

苏家很乱，何妈已经叫人一起收拾东西了。

苏家值钱的花瓶和物件都被顾墨成的人砸了，苏华看在眼里，心里又是一痛，他人一晃，要不是蒋媚扶着，已经晕在地上。

“我这是作了什么孽！”苏氏苏氏没有救活，还得罪了顾墨成。

“是顾墨成欺人太甚！”蒋媚气愤地说道，顾墨成竟然不将蒋家放在眼里。

“要不是苏安安故意和你作对，不想苏家好过，我们现在也不会搞成这副样子。”蒋媚顺便把责任推到苏安安身上，绝不能让苏华对苏安安心软。

“苏安安让顾墨成随便拿些钱帮着苏氏，苏氏现在一定发展得很好，你哪里需要绑了她送人。”反正千错万错都是苏安安的错。

苏华没有说话，他现在最关心的是苏氏。

“阿华你放心，我妈妈会帮你的。”蒋媚想了想，告诉苏华。

苏华一愣，疑惑地看着蒋媚：蒋老夫人是那么好心的人吗？

“你妈要什么？”苏华嘲讽道。

蒋老太婆是一个精明的女人，她会接管苏氏这个烂摊子？现在苏安安失踪了，他还有什么能给蒋家？

蒋媚柔声说：“苏氏没了，最苦的是我和紫菡，她不想我们受苦。”

蒋媚的话让苏华不由自主地怀疑，蒋老太婆重男轻女，对蒋媚和苏紫菡根本不在意。

“是真的。”蒋媚加重了语气，她抿出笑意，接着说，“苏氏没了，对她没有好处。不过她说，等苏家的事解决后，让苏安安上门给她和盛旭赔个罪。”

听着蒋媚的话，苏华越发觉得不对劲。蒋老太婆突然好心起来，竟然只要苏安安赔礼道歉？

苏华心里疑惑着，收拾东西的何妈走到苏华和蒋媚面前，轻声问：“老爷，刚才你说姓霍的男人是不是以前大小姐的……”

何妈提起这事，蒋媚也看着苏华，等着苏华的回答。

“应该不是。”苏华说道。

这个姓霍的说帮苏家的忙。可是现在苏安安失踪，顾墨成大怒，直接上苏家砸东西，又说要让苏氏完蛋。这人更像是想把苏家拉入绝境。

这样一想，苏华又不确定这个男人是不是当年被他打断腿的霍笙了。

“我还以为是他回来找苏家报仇了。”何妈说了一句，“大小姐好端端的不见了，也是奇怪。”

经何妈一提醒，苏华很自然地将霍先生的出现和苏若初的失踪联系在一起。

难道说，霍先生就是霍笙？

苏华回忆起那天见霍先生的情景，霍先生背对着他，屋里的光线太暗，他看不清楚霍先生的长相。

拐杖！对，他好像瞥见房间的角落里放着拐杖。

“霍笙！”苏华震惊地出声，他是霍笙！

苏安安失踪，苏家大乱，整个宁城因为顾墨成寻找苏安安，弄得人心惶惶。在顾墨成从苏家回顾家的途中，手下的人已经查到了姓霍的事。

“顾先生，宁城姓霍的名单我已经传到你的邮箱里。”

顾墨成用笔记本电脑打开邮箱，他看到一张名单。

宁城霍姓的男子都在里面。

“他们没有能力掳走夫人，也不可能有财力帮助苏家。”

从苏华口中知道，姓霍的是一个有钱的男人，不然苏华不会愿意把苏安安拿出来交换。可是这张名单上霍姓的男人，没有一个出自豪门。

“不过，我们又查了近十年里姓霍的男子。”电话里，手下又对顾墨成说，紧接着顾墨成的邮箱里收到一封邮件。

“我发现有个姓霍的男人和苏家有关系。”

顾墨成听着电话，点开新邮件。

“霍笙！”顾墨成念着男人的名字，看到里面的照片时，他怔住了。

不是因为照片上的男人长得有多好看，而是他身边的女孩子。女孩子的眉眼像极了苏安安，但是比苏安安更漂亮。她的美，绝对让看到她的所有人都惊艳。

顾墨成知道这个女孩子就是苏若初。

他很早的时候就听闻过苏家大小姐漂亮，要不是苏安安告诉他，苏若初被苏华逼疯了，关在苏家顶楼七年，他会一直认为苏若初早就嫁到国外去了。

“这个男的叫霍笙，和苏家大小姐曾经是情侣，不过当时苏华不同意。之后就没人见过霍笙了，苏家大小姐也出了国。还有一件事，最近苏氏受挫，是有人设局在对付苏华。我往下查了，是一个神秘的人做的，是凭空冒出来的。”

“这么说来，神秘人是霍笙。”

顾墨成听完电话后，心里有数了。

苏华说，姓霍的要苏安安。为什么姓霍的要苏安安，而不是苏紫菡？仅仅是因为苏安安漂亮？还是说他知道苏安安跟的是顾墨成，想对付顾家？但是，顾墨成觉得这两种可能都不是。

姓霍的很有可能就是霍笙，他回来了，是想用苏安安逼苏若初现身。

顾墨成对电话那头的人说："查查霍笙现在哪里，我要见他！"

苏安安很有可能在霍笙的手中，霍笙一边要苏华把苏安安带来过，一边自己又安排了人半路掳走苏安安。不然，苏华的人带着苏安安去酒店这么秘密的事，怎么会有人半路杀出来，劫走了苏安安！

顾墨成没有回老宅，苏安安失踪的事他不想让顾臻和顾老夫人知道，省得他们二老担心。

他回到顾家，下车的时候看到了一旁停着一辆破旧的桑塔纳。

陈叔出来看着顾墨成阴沉的脸，着急地问："夫人找到了吗？"

顾墨成大肆地在宁城寻找苏安安的下落，不仅陈叔知道，萧彦和韩龙逸都在帮着找。

"在找。"顾墨成淡淡地说道，声音里满是疲惫。

找到了霍笙，就找到了苏安安。

他走进顾家，陈叔跟在他后面，说："韩先生来了很久了。"

韩龙逸看到了顾墨成，连忙迎上去，着急地问道："安安怎么样了？有没有消息？"

顾墨成没有回答，他一脸奇怪地看着韩龙逸。就算安安是自己的妻子，作为外人的韩龙逸也不该这么着急，专门在顾家等着他回来。

被顾墨成盯得慌乱起来，韩龙逸连忙别过头。二哥的眼神犀利，他心里的事不可能瞒住二哥。

都怪他自己，当接到二哥的电话时，他一着急喊了苏安安的名字，被苏若初听见了。在苏若初的追问下，他只能说出苏安安失踪的事。

苏若初问韩龙逸，是不是最近顾墨成得罪了什么人？韩龙逸一直躲在小诊所里陪苏若初，没怎么和顾墨成、萧彦聚，他不太清楚。他怕苏若初担心，就说自己去找顾墨成问问。

对韩龙逸和顾墨成认识这件事，苏若初并不觉得奇怪，她只交代，不要向顾墨成透露她的行踪，然后向顾墨成打听清楚，最近这段时间他们两个有没有得罪什么人。没有无缘无故的失踪，他们肯定是被人报复了。

"二哥，我想帮忙找找小嫂子，萧彦也是。"韩龙逸顺带把萧彦拉出来。

顾墨成在沙发上坐下，冷冷地说："还在找。"

"二哥，你最近是不是得罪了人？"韩龙逸稳住了心神问道。

顾墨成抽起烟，他得罪的人不少，但是没有人敢绑他的人报复他。

“是不是安安得罪了谁？”韩龙逸小心翼翼地问。

顾墨成也没有回答，只是抽着烟。

韩龙逸看从顾墨成这里问不出什么，可能问多了顾墨成还会起疑，他还不如去问萧彦。萧彦这个无所事事、唯恐天下不乱的家伙肯定知道些什么。

“二哥，你自己注意休息，小嫂子一定会没事的。”韩龙逸说道，然后他转身离开了顾家。

顾墨成看着韩龙逸的背影，若有所思地抽着烟。

萧彦的踪迹很好找，他最喜欢待的地方就是销金窟。韩龙逸熟门熟路地到了销金窟专门为萧彦准备的包厢里。

“萧彦，你怎么还在这里喝酒？”韩龙逸进去看到萧彦拿着酒杯，指责道。

萧彦晃动着杯子里的红酒，淡淡地说道：“胃痛！”

他胃痛不想动，也不想说话。

韩龙逸看着萧彦端着酒杯喝下一口红酒，真是服了这个萧大爷，一边说着胃痛，一边又在喝酒。

“你胃痛还喝酒，不要命了。”韩龙逸说着，坐在他对面，端起桌上的白开水，大口地喝下去。

因为着急给苏若初答案，韩龙逸一路飞奔过来，到销金窟也是一口气都没有喘过，直接上了楼。

“小嫂子不见了，你知道吗？”韩龙逸问道。

萧彦靠在沙发上，点点头：“知道。”他说话的时候，胃痛得他皱起眉头，他跟着喝了一口红酒。真是不要命了！

“是谁抓了小嫂子？”韩龙逸继续问道。

“不知道。”萧彦回道。

“你不知道？”韩龙逸一脸奇怪地问，“你怎么会不知道？小嫂子被抓了你也不帮忙查！”

萧彦看着激动的韩龙逸，问：“小嫂子不见了，关你什么事？”

“韩龙逸，顾墨成的女人你也敢肖想！”说话的时候，萧彦勾起嘴角笑得阴冷。

这笑容看得韩龙逸毛骨悚然，萧彦肯定是想在顾墨成耳边嚼舌根。最近宁城太平静，所以这个家伙很无聊，他现在是希望宁城要多乱就有多乱。

“萧彦，你别乱说。”韩龙逸恼怒地说道。

萧彦笑了笑，他心里自然清楚，韩龙逸不敢肖想顾墨成的女人，况且苏安安不是韩龙逸喜欢的类型。

“小嫂子最近是不是得罪了什么人？”韩龙逸又问道。

萧彦看着韩龙逸，觉得奇怪。韩龙逸怎么会这么关心苏安安失踪的事，顾墨成已经派人在找了，苏安安应该很快就有下落，他这么担心做什么？

“她是我们的小嫂子。”韩龙逸被萧彦盯得心虚。

“我胃痛！”萧彦说。

“去医院。”

“对了，韩龙逸你是医生，我去你那小诊所看看吧。”萧彦说道。

一听萧彦要去自己的小诊所，韩龙逸有点慌。这家伙今天心情不好，他不能指望从萧彦这里得到苏安安的消息，还是先回去再说。

“胃痛就不要喝酒。”韩龙逸站起身，以医生的身份警告萧彦，“再喝下去痛死你。”说完，韩龙逸离开了包厢。

看韩龙逸走了，萧彦扭头看向身后的人：“找人跟着他！”

他倒要看看韩龙逸在替谁问苏安安的下落，看看他到底在搞什么名堂！

萧彦的胃又是一阵抽搐，痛得他脸色发白，看来真得去一趟医院了。

这里到底是宁城，是顾墨成的地盘。他要查一个人的下落，只要萧彦、陆恒几人不插手，半小时之内绝对能把人挖出来。

顾墨成得了霍笙的消息，直接让人开车过去。

陈叔看他刚回来没多久就出门，担心道：“先生，你吃了晚饭再去吧。”

苏安安不见了，他哪里还吃得下饭！

“等我把安安带回来一起吃。”顾墨成回道。

是他的疏忽，没有接到小丫头的电话，也没有看到她的短信，让她被苏华的人打晕，又害她被人抓了去。他满心记挂着她的安危，如果她出了事，他这辈子都不会原谅自己。

霍笙住的地方不在宁城里，霍笙要对付苏华，所以住在郊区。顾墨成来的时候，他正好拿着手机站在窗口和人打电话。

“很快就回来。嗯，就这几天，你不用回来。”

简短的几句话后，他挂了电话，看着顾墨成的车子开到别墅大门外。

顾墨成找到这里比他预料的要快，而且快得出乎他的设想。不过，他更清楚了顾墨成的实力。

七年前，顾墨成在宁城就是金字塔尖的人物。七年来，顾氏做得更大，顾墨成的势力应该不止在宁城。可惜的是苏安安不在他这里，他也在找苏安安的下落。

"霍先生，我们该怎么办？"手下吴天问道。

他之前提醒过霍笙，这里是宁城，是顾墨成的地盘，他们把苏安安绑了，顾墨成很快就能查到他们头上的。

"那就会会他。"霍笙冷冷地说。

他回宁城，并不想找顾墨成的碴儿，只是凑巧要用苏安安引出苏若初。

他说话的时候，理了理自己的西装，站起身从吴天手中接过拐杖。

霍笙很不喜欢这根拐杖，可是有时候不得不依靠它。走得久了或者站久了，他的腿就吃不消。

他七年来所受的苦都是拜苏若初所赐。

当霍笙下楼要去会顾墨成的时候，他听到大门外的车子重新启动。他走到楼梯拐弯处，透过这里的窗户看见顾墨成的车子掉头开走了。

霍笙一脸奇怪地看着离开的车辆，顾墨成连门都没有进，突然离开，难道是他知道了苏安安的下落？

苏安安能找到就好，霍笙心里松了一口气。苏安安如果出事，他脱不开责任。

顾墨成到达霍笙别墅时，先接到助理的电话，说有位姓傅的小姐打电话到顾氏去找他，说与顾夫人失踪有关，她必须马上联系他。

苏安安失踪，助理是知道的。他听了下面的人汇报，知道这件事很急，也很重要，立即打了电话给顾墨成。

顾墨成让助理转接了傅芯的电话。

"是顾先生吗？我是傅芯。"

"你有安安的消息？"顾墨成一听是傅芯，脸上露出一丝笑意，着急地说道。

"不好意思，我刚知道安安出事了。"傅芯也很着急，都怪她没有及时看微信，所以不知道安安出事了。

"安安出事之前给我共享了她的位置。"

"共享了位置？哪里？"顾墨成问道，他好奇苏安安为什么没有把位置发给他。

"微信。"傅芯说道。

这个软件，顾墨成没有。

"我刚才让陆恒查了，安安的手机最后显示的位置是在蒋家附近。"

蒋家？

傅芯告诉顾墨成苏安安现在的位置，他竟然忘记了蒋家和苏安安之间的过节。

蒋家老太婆上次就要派人抓苏安安，被顾老夫人撞到才没有成功。这一次，又是蒋家。

蒋家人真是活腻了。

顾墨成收起手机，阴沉着脸："掉头，去蒋家。"

Chapter 8

第八章 顾墨成来了，她不能死

苏安安是被冻醒的，她睁开眼睛，映入眼帘的是一片黑暗。她第一个反应是摸自己的口袋，口袋里空空的，手机已经不见了。

她的手机被苏华拿走了？苏华要把她送给谁？

一个个未知的问题从脑海里跳出来，苏安安想不出答案，对这陌生的地方她很害怕。

突然，门锁打开的声音传来，光线从外面射进来，让苏安安眼前一亮。她抬起头看向门口的方向，一个人缓缓地走进来。

因为屋里的光线很暗，门刚打开时，灯光刺得苏安安睁不开眼，她眯着双眼看到进来的人时，怔住了。

来人阴沉着一张脸，双眸犀利阴冷地盯着苏安安，那眼神里的光让苏安安想到一条吐着信子的毒蛇。

每次见到蒋老太太，都让苏安安害怕，是从内心深处蔓延出来的恐惧。

苏华竟然把她送到了蒋家！苏华不知道因为蒋盛旭的事，蒋家恨她入骨？来了蒋家就等于把她推进地狱。而且她从蒋老太婆阴狠的眼神看得出来，他们绝对不只要把她往死里整。

“老夫人，这个女人怎么处理？”身后跟着蒋老太太进来的人问道。

蒋老太太冷眼盯着苏安安，苏安安害得她的宝贝孙子断了命根子，所以，她绝对不会轻饶了苏安安。

“把苏安安送到少爷的房间去。”

“少爷”指的是蒋盛旭。

苏安安听到这话，站起了身，她紧贴着冰冷的墙壁，害怕将会发生的事。

蒋盛旭一定会残忍地对待她的。她不能去！可是她已经在蒋老太婆的手中，由不得她不去。

“蒋老夫人。”苏安安唤了一声。

蒋老太太冷笑了一声：“你想同我说什么？拿顾家来威胁我？你被我家盛旭玩了之后，顾家人还要你吗？”

蒋老夫人的话让苏安安心头一颤，她勾起了嘴角，对蒋老太婆嘲讽道：“我用顾家威胁你有用吗？我只是想说，你真的是又老又丑，和顾老夫人简直没法比。”

蒋老太婆穿着一身灰暗的衣服，她阴沉的脸上满是皱纹，配上一双阴冷的眼睛，看着像动漫里丑陋的巫婆。

“不，就你这副模样，给她擦鞋都不配！”

苏安安对长辈很尊敬，可是面对这样一个歹毒的老太婆，她尊敬不起来。

听到苏安安拿自己和韩嫣比，蒋老太婆的脸色难看起来，她快步上前，抬起手要朝苏安安的脸上打去。

苏安安已经落到了蒋老太婆手上，横竖都是一个死字，还不如在自己伤残之前，先将蒋老太婆打个过瘾。所以当蒋老太太伸手打过来的时候，苏安安一把拽住了她的手。

苏安安最会的就是过肩摔，能摔得了慕瑾瑜，摔个老太婆更是简单。就算把老太婆摔残了，也是她自找的。就像蒋盛旭，都是活该！

蒋家人简直一个比一个让人恶心！

蒋老太婆没有想到苏安安敢反抗。她高高在上惯了，向来是她操控别人的命运，突然被一个小丫头拽住，她一下子怔住了，没有反应过来。

紧跟着她突然腾空，就在那一瞬间，她感到自己正在往地上摔去。

“老夫人！”门口跟着蒋老太婆的男人连忙大叫，他慌乱地跑上前，在苏安安将人摔在地上之前，接住了蒋老太太。

这个男人是保护蒋老太太的。

苏安安接着被这个男人一把推倒在地，她的后背撞上冷硬的墙面，钻心的疼痛。

蒋老太太虽然没有被苏安安摔到地上，可是她的手被苏安安拽得生痛，更重要的是她从来没有被人打过，更别说是被一个丫头。

蒋老太太边骂着她边走过去，伸手要打她，想到自己刚才差点折在她手里，又收回了手。

“把她给我绑了。”蒋老太太说着，勾起了嘴角，“你给我好好伺候盛旭，说不定我会留你一条命让你回顾家。”

苏安安冷眼看着蒋老太太，刚才她的速度应该再快点，在那个男人反应过来前绝对能把老太婆摔死！

现在她必须得冷静，在顾墨成找过来之前保住自己的性命，找准时机对付蒋盛旭。就是把蒋盛旭杀了，她也绝不能被他糟蹋。

苏安安被送到蒋盛旭的房间里时，一个女人正在亲吻他，但他还是没有反应。

“滚！”蒋盛旭恼了，一脚踹倒跪在他面前的女人。

“蒋少爷。”地上没有铺地毯，冰冷的瓷砖冷得女人发颤，摔痛的她看着蒋盛旭从床上下来，而且手中拿着一根鞭子。

“蒋少爷，求你饶了我吧！”女人害怕地哭起来，连连求饶。

“浑蛋！”蒋盛旭根本不管女人的哀求，他拿着鞭子朝着女人打去，“没用的东西！”

女人没想到蒋盛旭说动手就动手，而且蒋盛旭下手很狠，一鞭子下来痛得她大声尖叫出来。

“少爷。”带苏安安上来的男人看着蒋盛旭发狂地打女人，并无怜惜之意。

蒋盛旭冷着脸看向门口，当看到苏安安的时候，他双眼亮了起来。

“苏安安！”他笑着唤道，“奶奶真是厉害，真的把你抓来了。”

苏安安身后的男人识趣地把房间里被打得哭哭啼啼的女人带走，屋里就剩下苏安安和蒋盛旭两个人。

“苏安安。”蒋盛旭兴奋地又唤了一声，“你先过来服侍我！”

苏安安看着蒋盛旭，捏紧了拳头：“蒋少爷，我这手被绑着，怎么服侍你？”苏安安笑了。

蒋盛旭狞笑着靠近苏安安。

苏安安害怕得后退，她想着用什么法子能把他打倒。

蒋盛旭过来给她解开绳子，眼里都是恨意。他冷冷地盯着她，视线落在她的脖子上，他吞了吞口水。

他迫不及待地去吻苏安安的脸颊，那突然凑近的脸让苏安安恶心，还好他把她手中的绳子解了。她狠狠一脚踹向他，他没有防备地直接摔在地上。

他痛得大叫出声，苏安安知道就算从门口逃走，外面都是蒋家人，她还是会被抓回来。

窗户，对，从窗子这里逃走。

苏安安连忙跑到窗边，在她打开窗子的时候，蒋盛旭已经爬起来。

他抓住苏安安的肩头："你敢打我！"他伸手过去，苏安安来不及逃开，被他扇了一巴掌。

她顾不得脸上的痛，看到放在桌上的碗，拿起来砸向蒋盛旭，那些碗砸碎在地上，发出清脆的声音。

房间里的动静引起房门口守着的人的注意，他们推门进来，蒋盛旭回过头对门口的人说："快，抓住她。"

他的话刚说完，苏安安已经拽住他，迅速给了他一个过肩摔。

蒋盛旭压根没有反应过来，地面上又硬又冰，疼得蒋盛旭大叫："浑蛋，把这个浑蛋给我绑起来！"

蒋老太婆听到楼上的动静，上来一看自己的孙子被苏安安弄成这样，上前就给了苏安安一个巴掌。

苏安安被打得发痛，她冷冷地盯着蒋老太婆："你最好把我打死，不然我会把你孙子打死。"

"你敢！"蒋老太婆厉声喝道，"把她给我捆紧了！"

"奶奶，把她的衣服脱了。"蒋盛旭摸着被苏安安摔痛的后背，冷笑着说，"我要她生不如死！"

蒋盛旭阴冷的话听得苏安安一阵发寒，她宁愿死，也不会任他们宰割的。她朝身后的人又打又踢，拼尽全力挣脱开。当他们以为她挣脱后要打蒋盛旭和蒋老太婆时，她已经捡起了地上的碎片抵住自己的脖子。

"你割！你死了也省得我动手。"蒋老太婆威胁道。

苏安安冷笑着。她今天是逃不出去了，自杀也比被蒋盛旭玩死好。想着这些，她手上用力，艳红的血从脖子上溢出来。

蒋老太婆一脸震惊，她没有料到苏安安真的说割就割。

她确实不在乎苏安安的命，可是苏安安死了，顾家那边追查起来不好糊弄。如果苏安安是被蒋盛旭玩了再送回去，顾家不会再要苏安安这个人，也丢不起这个脸，对蒋家也不敢明目张胆地报复。

"奶奶，让她死太便宜了。"蒋盛旭不甘心地说。

这时，门口传来惶恐的声音："老夫人，不好了！"

见着仆人脸上慌乱的神情，苏安安没有动手，她知道现在蒋家人这么慌乱，肯定是因为顾墨成来了。

顾墨成来了，她不能死。

苏安安捏紧手中的碎片，冷眼看着靠近自己的蒋盛旭。她的意思很明确，蒋盛旭再敢靠过来，她把他杀了都有可能。

蒋老夫人听着仆人的话，变了脸色，她冷笑道：“盛旭，你在这里看着苏安安。”

顾墨成来了又怎样？她说苏安安不在这里，顾墨成还敢把蒋家翻过来不成？

蒋老太太走后，蒋盛旭看着拿着碎片的苏安安笑了笑。

苏安安的手已经被碎片扎破了，脖子上流着血，可是她顾不了这些，她要熬到顾墨成来救自己才能倒下。

“苏安安，有我奶奶在，你就断了被顾墨成救走的心吧。”

“蒋盛旭，你这个废物，除了靠你奶奶庇护，你还有什么用！”苏安安骂道。

蒋家人一个个都是神经病，从老到小，没有一个正常的。

“你敢骂我！”蒋盛旭上前要打苏安安，可是之前吃了亏，他有些后怕，“苏安安，你落在我的手里就别想活着出蒋家！”

“那就试试看。”苏安安冷笑着，顾墨成来了，她相信他能救出自己。

蒋盛旭知道苏安安在等什么，他笑道：“你真认为顾墨成会为了你和蒋家作对吗？告诉你吧，顾墨成喜欢的人就是我们蒋家人。”

苏安安听不懂蒋盛旭的意思，她只知道自己得撑着。

顾墨成进入蒋家后，蒋老夫人已经坐在沙发上等着他了。

“真是稀客。”蒋老太太冷眼看着顾墨成。

顾墨成带着人径直走到蒋老太太身边，冷眼看着她：“安安呢？”

蒋老太太故意没听顾墨成的话，她笑了笑：“我记得十年前你也到蒋家来过，那次是为小柔出气，还把蒋家的仆人打了一顿。”

十年前的事，蒋老太太噙着笑提起来。

顾墨成没空和她谈什么往事，更没有心情和她周旋，他是来找苏安安的。

“我的妻子，苏安安在哪里？”顾墨成冷下声音问道，说话间看向楼上。

蒋老太太在顾墨成来的时候，已经调动人手来大厅，蒋家的仆人和蒋老太太的保镖全拥入了进来，和顾墨成带的四五个人对峙着。

“谁是苏安安？我只记得小柔。”蒋老太太抿着嘴笑，一遍遍地在顾墨成耳边提起过去的人。

顾墨成只要苏安安！

“蒋老太太是不打算把安安交出来了？”顾墨成声音严厉，盯着蒋老太太，“老太太，看在蒋家和顾家交好的分上，我给你一次机会。我的妻子苏安安在哪里？”顾墨成的声音冰冷刺骨，听得在商场上纵横了四十多年的蒋老太太后背发凉，冷意从她的头顶一直贯穿到脚底。

顾墨成这个小辈竟然让她心慌害怕，比当年的顾臻更难对付。

蒋老太太稳住心神，握紧手中的茶杯，说：“如果你当年有现在的魄力和地位，我也不会破坏你和小柔。”

蒋老太太的废话，顾墨成一句都听不进去。他冷眼瞪着她，看得她没办法把话说下去。

楼上突然传来女人的惨叫声，听得顾墨成的心一阵发痛。

是安安的声音！他转身直接朝楼梯走去。

“顾墨成，这里是蒋家，你想干吗？”蒋老太太脸色立即变了，在她的示意下，蒋家的仆人和保镖拦住了顾墨成的去路。

顾墨成带的人不多，在这里打起来，只会吃亏。

蒋老太太冷冷地看着顾墨成停住了脚步，抿嘴笑了笑：“墨成，你的妻子怎么会在蒋家？她年纪小，可能贪玩，说不定你回去后，明天她就出现了。”

顾墨成冷着脸没有说话，他掏出香烟，点燃。烟味在蒋家大厅飘起来，蒋老太太看顾墨成这会儿抽起了烟，好奇他还有这等心情。他是怕了蒋家，还是他心里并不是那么担心苏安安？

“明天？”顾墨成捏着烟，扭头看向蒋老太太。

等到明天安安还有命活着回顾家吗？就是回去了，她得被蒋家折腾成什么样子？想着苏安安将会被蒋家弄得半残不死的模样，顾墨成的心就更痛了。

“蒋老太太，给还是不给？”顾墨成问。

蒋老太太当然不会给，她不信顾墨成就带了这么几个人抢得走苏安安。就在这时，楼上又传来窗户破裂的声音。

蒋老太太不担心，以为是苏安安要逃跑，砸了玻璃打算跳楼。她冷笑着，等着苏安安被自己的孙子抽打。然而，紧接着传来的叫声让蒋老太太立即站了起来。

“奶奶，救我！救命呀！”

这人声音凄惨尖细，叫得蒋老太太根本没有稳住心神。顾墨成抽着手上的烟，嘴角噙着冷笑，看着慌乱起来的蒋老太太，说道：“蒋老太太，我已经给你机会了。”

蒋老太太往楼上去的时候，看了一眼身边的顾墨成：“是你！”

顾墨成故意带着人到大厅来同她周旋，他知道她一定会把蒋家的人全调来大厅。所以，他另外派人爬上二楼砸了窗户，直接救苏安安。

顾墨成没有回答蒋老太太，他跟在老太太身后，着急地往楼上跑。

这个时候，蒋老太太只记挂着楼上受伤的蒋盛旭，哪里还想着阻拦顾墨成。

知道顾墨成来了，苏安安绷紧的身子稍微放松，她就知道顾墨成很快会来救她。

也正是她的松懈，让蒋盛旭有机可乘。

蒋盛旭看到地上的皮鞭，拿起来就朝着苏安安打过去，苏安安被打中，一吃痛，手中的碎片掉落在地上。

蒋盛旭看打痛了苏安安，高兴得不得了。终于找到法子治苏安安了，所以他拿着鞭子狠狠地打向苏安安。苏安安逃不开，被蒋盛旭抽了好几鞭子。

“不是说顾墨成会上来救你吗？他就在楼下，你就等着他被我奶奶请出蒋家吧。”

蒋盛旭阴冷地笑着：“苏安安，要不是你，我会弄成现在这个样子？”他说到后面，眼睛阴狠地盯着苏安安，“今天我就要当着顾墨成的面欺负你，倒要看看顾墨成进不进得来！”

说着，他朝着苏安安走去。

折腾了快一天，苏安安早就疲惫不堪了，她强撑着，脑海里就一个念头——顾墨成就快上来了，她得撑着。

蒋盛旭走上前，手刚碰她的时候，房间的窗户突然被人从外面敲碎，一群人快速地从窗外钻进来，他们抓着蒋盛旭，二话没说朝着他狠狠地打起来。来之前，顾先生已经说了，抓着他就狠狠地打。

苏安安看到自己得救，虽然出现在面前的不是顾墨成，但是她清楚这些人是顾墨成安排的。紧接着，房门被打开，进来的蒋家仆人也被顾墨成的人收拾了。

房间里一片混乱，苏安安站在一旁，冷眼看着蒋盛旭被揍得直叫。

这种畜生，打死他也不值得同情！

蒋老太太和顾墨成上来，老太婆一听到蒋盛旭求饶的声音，连忙加快脚步。她推门进去，看到蒋盛旭被十几个人围着打。

“住手，你们给我住手！你们这是在做什么？这是蒋家！”

蒋家的人要上前救出蒋盛旭，但是蒋盛旭的头被一个男人踩在脚底，谁敢上前，他就踩死蒋盛旭。

他们看到跟着蒋老太太进来的顾墨成，齐齐地唤了一声“顾先生”。

顾墨成进屋后第一眼看到的是苏安安。她贴着墙，脖子上渗着血，两颊都是巴掌印，她手上身上都是一道道鞭痕。

她身上的伤痕让顾墨成皱紧眉头，他丢下手中的烟头，着急地朝着她走去。

苏安安看到顾墨成走来，她笑起来：“老公，你来了。”

她嘴角的笑意，轻淡的语气，不管是看在眼里还是听在耳里，都像一把锤子重重地砸着顾墨成。他一心想捧在手中疼爱的妻子，竟然被蒋家人折磨成这副模样！

顾墨成搂她入怀，温柔地在她耳边说：“我来了。”

苏安安感觉到顾墨成怀里的温暖，安心地闭上双眼：“老公，我有点累，你扶着我点。”

她说的每一个字都让顾墨成心痛难当，这种痛楚是从来没有过的，就算当初闯入蒋家救那个人，他看到那个人被蒋家人鞭打，也只是觉得蒋家人可恶。而她身上的伤痕看得他锥心刺骨般疼痛。他痛恨自己，如果他保护好她，她就不会遭受这些罪。

“睡吧，有我在。”顾墨成轻声说。

蒋老太太看自己的孙子还在顾墨成的手中，恼怒道：“顾墨成，你现在是什么意思？”

“我的妻子被你们打成这样，你们又是什么意思？”顾墨成说话时，手伸到了口袋里。

蒋老太太无话可说，她以为自己把顾墨成堵在大厅，他就不能在蒋家找到苏安安。哪里想到他是故意来了大厅，而让其他的人从窗户进来。

“不管怎样，这是蒋家，不是你顾家！”蒋老太太气愤地说道。

蒋盛旭的头被人踩着，哭求着：“奶奶，快让他放开我，好痛啊！”

蒋盛旭的哭声听得蒋老太太心疼极了，她就这么一个孙子。

“那又如何！”那边的顾墨成突然一只手捂住苏安安的眼睛，另一只手拿出一个亮银色的东西，指着蒋盛旭的方向。

那是一把刀！

顾墨成将刀一丢，刀尖稳稳地插在蒋盛旭身后的柱子上，刀尖入木的声音让蒋家人一阵发抖，特别是地上的蒋盛旭，他直接被吓得尿了裤子，房间里顿时飘出一股尿骚味。

谁都没有想到顾墨成有刀，更没想到他会对蒋盛旭扔飞刀，虽然没有丢中，但是吓得蒋老夫人心脏发痛、脸色苍白。

“顾墨成，你敢！”

在宁城，还真没有顾墨成不敢的，只有他想不想的！

“蒋家的种就是这副熊样。”顾墨成看着地上被吓得尿裤子的蒋盛旭，嘲讽道，“不如我替蒋老太太解决了这货色。”

顾墨成说话的时候，眼里凝聚了发狠的冷意。

“顾先生，你饶过我吧，我知道错了，我不敢了。你想要什么我都给你，不要杀我！”

这里是蒋家，而蒋家未来的掌权者在对顾墨成求饶认错。那情景看得蒋老太太绷紧了身子，脸色变得惨白，她的眼睛虽然冷冷地盯着顾墨成，但是眼底深处的慌乱已经泄露她这时候的情绪——震惊、害怕、惶恐，还有不敢相信。

她不相信顾墨成会不念及蒋家和顾家多年的交情，不相信顾墨成会为了苏安安朝蒋盛旭动手。

不相信又怎样？顾墨成已经抬起手朝着蒋盛旭的腿扎了一刀，血腥味飘在屋子里。

刀尖穿进骨头，痛得蒋盛旭大叫起来，他再低头一看地上自己流出来的血，大声哭了出来：“奶奶，血，好多血！我要死了，你快点救我！”说着，他看向了顾墨成，“顾先生，你要什么，我都给你！”

顾墨成冷眼看着地上的蒋盛旭。

蒋盛旭的头被人踩着，因为刀伤他拼命地蠕动：“蒋家好不好？我把蒋家给你，你饶了我的命吧。我不敢了，再也不敢碰你的女人。”

蒋老太太的脸色很难看，她掌管蒋家多年，什么时候受过这种气。顾墨成竟然敢这么对蒋家！

“报警！”蒋老太太冷声说道，“顾墨成你持刀伤人，我倒要看看警局谁敢保你。”

顾墨成敢这样做，关系自然疏通好了。蒋老太太心里很清楚，可是她除了说这些话，还能怎样！顾墨成欺人太甚！

“是吗？”顾墨成冷冷地说道，然后他再一次朝着蒋盛旭的另一条腿丢去。

蒋盛旭看到刀对着自己的时候，直接晕了过去，被扔中后又痛醒过来。

他要蒋盛旭生不如死！

“蒋老太太，你孙子那里废了，索性我让它废到底怎样？”

冷冷的话听得蒋老太太身子不稳地向后退去，她又听到顾墨成说道：“这刀是我找萧彦借的，你可以让警察去抓他。”

“好，好！”蒋老太太全身无力地说了两个“好”字，“顾墨成，你把人带走吧。”

不管有没有蒋老太太这句话，顾墨成是铁定能把人带走的。

顾墨成没回她的话，他收起手中的枪，抱起苏安安：“安安，我们回家。”

顾墨成伤了蒋盛旭，苏安安是听得到的，她没有睡得很沉。她并不觉得顾墨成可怕，相反地，她觉得自己很幸运。她出了事，顾墨成马上来救她，为她出气。

得到一个这么好的老公，她有什么不知足的。

她睁开眼睛，看着抱着自己的顾墨成，笑了笑，应道：“嗯。”然后，她再合上双眼，这次是真的睡过去了。

顾墨成抱着苏安安，带着人离开了蒋家。

蒋盛旭的房间里充斥着各种味道，最重的是蒋盛旭身上的尿骚味和血腥味。蒋盛旭没用，被顾墨成吓得尿了不止一次。

“奶奶，不要放过顾墨成……”蒋盛旭昏迷前恨恨地说。

人走了，他才敢横。

蒋老太太站在原地，看着屋子里的惨状，深吸了一口气。

蒋家今天遭受的惨状是她掌权以来第一次发生。当初就算顾墨成救走那个人，也没有闹成这样。

顾墨成、苏安安，今天的仇不报，她日后死了也合不上眼。现在，她能做的就是忍。

“找医生过来替少爷看看。”

身后的仆人连忙过去扶蒋盛旭到床上，可是他们一动，蒋盛旭就痛得醒来：“你们这些死人，敢弄痛我！”

痛楚让他更加清楚，他会把对苏安安和顾墨成的恨发泄在仆人身上。

蒋老太太没有心思管蒋盛旭，被顾墨成一折腾，她整个人变得疲惫，感觉自己一下子老了十岁。

跟着蒋老太太一起出来的是她的贴身仆人，这个男人就是刚才从苏安安手中救下蒋老太太的人。

“不惜一切找到她！”蒋老太太慢慢地走着，冷声对身后的人说道。

当初她把人送走，现在她要把人找回来。

“是。”男人知道蒋老太太指的是谁。

“我要顾墨成和苏安安的生活不得安宁。”蒋老太太阴狠地说。

顾墨成抱着苏安安立即去医院，他途中给韩龙逸打了电话。

“我现在从蒋家出来，带安安去你的医院，你马上过来一趟。”顾墨成说道。

韩龙逸听到顾墨成的话，扭头看了一眼身边的苏若初，立即应道：“好。”

挂断电话后，韩龙逸对苏若初说：“人找到了，是在蒋家找到的。”

“蒋家？”苏若初重复着，她知道蒋家是蒋媚的娘家。蒋媚已经害死她妈妈，这些年不仅虐待安安，现在蒋媚竟然还让蒋家把安安抓了！

“之前苏家宴会，蒋盛旭给苏安安下药，差点强暴了苏安安，苏安安反抗的时候伤了蒋盛旭。”韩龙逸解释道，他找了车子的钥匙，打算赶到医院去。

原来是这样，苏若初明白了。蒋家人这么对安安，这笔账她日后会替安安讨回来的，还有蒋媚，还有那些伤害过她的人。

“我跟你一起去。”苏若初跟着走向外面的韩龙逸说道。

现在已经是晚上，外面的风很大，吹得没穿外套的苏若初很冷。不过苏若初管不了自己冷不冷了，她十分担心苏安安。

“你不怕安安发现你吗？”韩龙逸问。苏安安发现她，要是苏华查到就糟糕了。

“没事的。”苏若初只想看一眼安安。

蒋家人心狠手辣，不知道把安安伤成什么样子。想到这里，苏若初红了双眼。

韩龙逸看到苏若初眼眶的泪珠，心里一怔，他见得最多的是苏若初浅浅的笑意，没见过她掉眼泪。现在一听苏安安出事，她就心疼地哭了，她们两个姐妹的感情真的很好。

“好。”韩龙逸应道。

这一天对所有人来说都是乱糟糟的，在医院里的不仅有受伤的苏安安、胃痛的萧彦，还有傅芯。

傅芯和顾墨成结束通话后，很担心苏安安的情况。之前陆恒让她把苏安安的位置告诉顾墨成就可以了，其他事顾墨成会办好，让她不要担心。可就是这样，她仍然不放心。

她拿着手机，不安地回到病房里。

她没有看到苏安安的电话，是因为傅婉病了，她急着带傅婉去医院，又帮傅婉办理住院的事，所以没有时间看手机。

看到苏安安发的定位，她开始的时候也没有注意，是后面陆恒打电话问她妈妈的情况，顺便提起了顾墨成在满城搜寻苏安安的下落的事。她顿时意识到自己手机里苏安安发来的定位有多重要，她把苏安安最后出现的地点截图给陆恒，让陆恒帮忙查苏安安现在哪儿。

傅芯转身回到病房，站在门口看到穿着病号服的傅婉在翻她的包。

傅婉从她的包里拿出一张车票，她连忙上前。

“妈，你怎么翻我的包？”傅芯说着，盯着傅婉手中的车票。

“小芯，这是什么？”傅婉看着车票，不敢相信地问。

车票上写着是宁城到虞城，不需要细想，傅婉也知道这张车票意味着什么。

她没有等傅芯的回答，直接拿着车票，将它撕碎。

“妈！”傅芯连忙叫出来，她上前要去抢自己的车票，已经迟了。

傅婉冷冷地盯着傅芯，嘲笑道：“你真是我的好女儿！”

傅芯不喜欢傅婉这种眼神，她握紧了手中的手机。

傅婉目光往下，看到傅芯的手机，严厉地问道：“你刚才在给谁打电话？是不是陆恒？”

“你为什么不听我的话？”傅婉质问道，“我都病成这样子，你为什么还要想着跑？你把我气死了才甘心吗？”

傅芯摇摇头：“我没有想过把你气死，刚才的电话也不是打给陆恒。”傅芯解释道，“安安出事了，我的电话是打给她的老公顾墨成的。”

这个回答让傅婉脸色好了很多，她伸手握住傅芯的手：“小芯，妈求你了，你不要离开妈妈。”

傅芯看着傅婉：“妈，我想为自己活一次。”

她回得坚决，听得傅婉的心发冷。

当傅婉发愣时，傅芯抽出自己的手，从地上捡起被傅婉撕碎的车票，淡淡地说：“你撕了它，我会再去买的。”

“小芯，我不许你离开妈妈，离开陆家，如果你一定要走，就让我去死吧。”傅婉气愤地说着，说话间猛烈地咳起来，看得傅芯又是着急又是难受。

傅芯忙端着水给傅婉：“妈，你先喝口水。”

傅婉接了过来，喝了之后伸手抓住傅芯：“小芯，你一直都很听妈妈的话，再听一次好不好？你不比陆恒，你什么都没有，只有靠陆家，你才能过好日子。”

听着傅婉的话，傅芯的心被刀割着。

傅芯没有回答，傅婉以为傅芯心软了，她笑着握着傅芯的手：“小芯，妈妈替你办出国手续，你出去读书，等回来的时候，很多事也就能想通看淡了。”

傅婉继续说道：“小芯，听妈妈的话没有错，妈妈是真的为了你好。”

“妈。”傅芯唤了一声。

傅婉进了陆家后，心里只有陆家人，对她这个女儿的关心少之又少。

“妈妈，请你成全女儿。”傅芯坚定地说完后，抽出自己的手，拿了一旁的包转身离开了病房。

傅婉看着傅芯走掉，恼怒地喊道：“傅芯，你给我回来！”

她这个女儿一直很乖，这一次竟然忤逆她。

自由，这算什么东西！小芯以后肯定会后悔的。

傅芯快步出了病房，往电梯口走去。她心里难受，哭红了眼。手里拿着的手机响起来，她看了一眼，是陆恒。

她吸了一口气，把眼泪逼回眼眶里，抿嘴努力地露出笑容，心情平复下来她才接起电话。

“哥哥。”傅芯唤了一声。

“嗯。”那头的陆恒声音很温柔，傅芯也没想到，这个和她没有血缘关系的哥哥，却是现在最支持她的人。

“顾墨成去了蒋家。”陆恒说道。

傅芯一愣，自己的电话才打给顾墨成，陆恒就知道顾墨成去了蒋家。

对陆恒，傅芯和所有人的想法一样，觉得他是温柔的，给人一张温和的笑脸。也知道他是陆洲的独子，日后陆氏一定是他接管的。至于其他，傅芯不知道，但是总觉得他能够轻易知道顾墨成的行踪，不仅仅是因为他是陆家未来的掌权者。

“你放心。”陆恒的声音传来，傅芯听得心里很暖，可是她眼里的泪莫名其妙地流了出来。

“谢谢你。”傅芯说道。

陆恒知道她担心苏安安的安危，如果苏安安出了事，傅芯一定会内疚难受，所以陆恒才会盯着顾墨成的行踪，让傅芯放宽心。

“顾墨成去了蒋家，苏安安会没事的。”陆恒又说道。

傅芯“嗯嗯”地应着，她隔着手机感觉到陆恒的温暖。

听傅婉说，她一出生爸爸就死了。然后傅婉为了养她，四处打工，把她丢在外婆家。到了六岁，她跟着傅婉进了陆家。

陆家有钱，但是规矩很多。她是傅婉带进陆家的拖油瓶，不受陆家人喜欢很正常。所以她在陆家很乖，不敢惹恼任何一个人。他们看不起她，冷言冷语她听多了，只有陆恒一个人像阳光，照进她的心里。

“小芯，不要担心。”那头又传来陆恒关心的话。

傅芯含着泪点点头，她想到包里那张被傅婉撕碎的车票，说道：“对不起。”

“对不起什么？”陆恒的声音突然凉了几分，“小芯，你没有对不起我。”

“我的车票被妈妈撕了。”

这让陆恒笑出声：“傻瓜，一张车票而已。”在陆恒的心里，他最怕的是傅芯反悔。

他其实很佩服傅芯，傅芯做了他一直想做而不敢做的事，所以他才这样帮助傅芯，他这辈子是注定无法摆脱家族控制了，但他希望傅芯幸福。

“你没有丢就好。”陆恒带着笑意、温柔的话听得傅芯更是难受。

“那你帮我再买一张车票。”傅芯笑着说道，“车票我放在你那里保管。”

“好。”陆恒应道。

“小芯，早点回去，我今天晚上有点事，会晚点回家。”陆恒说道。

傅芯和陆恒结束通话后，心情顿时变好，她对未来的生活充满憧憬。哪怕傅婉再逼她，她也不能放弃。

傅芯先去医院的洗手间洗了把脸，再回家。她走到洗手间的门口，听到了里面传来男人的声音。

傅芯抬起头看洗手间上的标志，没有错，这里是女厕所。她感到奇怪，推门看进去，眼前的一幕让她觉得自己是不该好奇的。

里面的洗漱台边，一男一女纠缠着。

傅芯怔住了，一眼认出这个不要脸的男人就是萧彦。傅芯看得又是愤怒又是脸红，萧彦到处拈花惹草，也不看场合。

萧彦对傅芯的误解表示很冤枉，他确实是来医院看病的，半路想上洗手间，护士跟着他过来了。到了洗手间门口，护士拽着他往厕所里去。没有办法，送上嘴的食物哪有不吃的道理。

所以萧彦忍着胃痛，享受着这一切。

他扭过头，看到洗手间门口的傅芯，一下子认出了她。

上次傅芯开车把他扔在路上，害得他走了很久才被手下的人找到，这个仇他记着。

“傅芯！”他冷下脸色，咬牙恨恨地叫着她的名字。被丢在荒郊野岭，报复性很强的萧彦自然去调查了她的背景。

傅芯连忙关上门。

她从萧彦的眼里看到了怒意，所以在关上门后，见到旁边有把拖把，立刻将拖把扣在了门锁上，这样一来，萧彦开门想追她也追不上。

“给我开门。”里面传来萧彦的声音。

“萧少，你好好地在厕所里享受吧，祝你玩得愉快。”说完，傅芯转身跑掉。

萧彦打不开门，因为情绪激动，他的胃加倍地痛起来。

“萧少。”护士小姐贴过来，说道，“没事的，等会儿就有人帮我们开门了。”说话间，她又吻了过去。

能攀上萧彦，会给自己带来无数的利益，而且萧彦长得好看，一双眼睛特别能勾走女人的魂。

“滚。”萧彦没好气地说道，一向对女人温柔的他发起火来，“我胃痛。”他的胃又开始痛了，可是该死的是他手机没带，这门又打不开。

傅芯，他记着了。下次逮到她，他非整死她不可，管她是谁的女人！

苏安安睡了一个很长的觉，也做了一个可怕的噩梦。梦里，蒋盛旭拿着长鞭打她，将她的手上、身上抽出血红的鞭痕。身边还围着蒋老太太、蒋媚、苏紫菡，她们冷笑着盯着她，说要打死她。她害怕，不停地喊：“老公，救我！老公，你快点来！”

害怕的求救声让病房里的顾墨成心一阵阵发痛，他伸手握紧苏安安的手：“安安，我在，不怕了。”

他一下忘记苏安安手背上的鞭痕，疼得梦里的苏安安皱紧了眉头。他连忙松开，看着这些伤痕，他觉得自己刚才对蒋盛旭还是太仁慈了。

刚刚赶到医院的顾臻和顾老夫人看到床上昏迷的苏安安心疼极了。

顾老夫人气恼地说：“蒋家人没一个是好东西！”她坐在苏安安的面前。

好好的一个人被抓去蒋家半天，就被折腾成这样子。

顾墨成本来不想告诉顾臻和顾老夫人苏安安受伤的事，但是瞒不住的。苏安安进医院的第二天，顾墨成打电话给了顾老夫人。

顾老夫人一听就着急了，在电话里把顾墨成骂了一顿。

这会儿，顾老夫人看着苏安安，扭头朝顾墨成质问道：“墨成，到底是怎么回事？”之前在电话里，顾墨成也没把苏安安受伤的事说清楚。

“蒋盛旭对安安下过药，不过没有成功，将军刚好在安安身边，它把蒋盛旭咬了。”

顾臻和顾老夫人相互看了一眼。蒋盛旭那里坏了，这件事他们听说了，但是不知道和安安有关。

“这种畜生，活该！”顾老夫人恼怒地说，“还好安安没有被他糟蹋了。”顾老夫人看向苏安安，柔声说道。

“这次蒋老夫人把她抓住，就是为了给蒋盛旭出气。”顾墨成的声音很淡，他在压制着心里的怒火。

“这个狠毒的老太婆。”顾老夫人骂道，“自己孙子糟蹋了人，还敢抓走安安！”说话间，顾老夫人看向顾墨成，“你打算怎么做？把安安带回来就算完事了？”

以前那个女人就是蒋家人，她不希望这次顾墨成还看在那个女人的分上对蒋家留情。如果是这样，她先扇顾墨成一巴掌，再自己出手打蒋老太婆一顿。

“我已经在对付蒋氏了。”顾墨成说道。他没有想过轻饶蒋氏，一丝都没有想过。说完，他看向顾臻，“爸，我想出手对付蒋家。”

顾老夫人盯着顾臻，顾臻说道：“蒋家在宁城根基很深。”

顾墨成冷笑：“那就连根拔起。”

他的话里带着狠意，蒋家他看不惯，但是从没有像现在这样迫切地想将它除掉。

“这件事你想做就做吧，但是得计划好。”顾臻有些惊诧于顾墨成的话，不过顾氏已经交到了顾墨成手里，他和过世的蒋老爷子就算是好友，这件事他也不会插手。

“好。”顾墨成应道。

顾老夫人很满意顾墨成的话，她再看到苏安安脖子上的伤，心疼地说：“这里要是再深一点，安安可就没命了。”

顾墨成冷着脸说：“妈，安安好着呢。”他心里烦躁，转身走出房门，想抽一根烟缓解下心情。

顾墨成离开后，顾老夫人的眼泪掉了出来，她抹着眼眶说道：“这蒋家怎么这么狠！”

老夫人一哭，顾臻跟着难受。

“好了，没事了，墨成会替安安讨回公道的。”顾臻说道。

“讨回公道有什么用！”顾老夫人气恼地说，“他们把安安伤成这样，都得给我进监狱！”

顾老夫人向来是别人得罪她一分，她得加倍地奉还，不然别人以为她好欺负。

“你儿子都不念旧情要对付蒋家了，你也不许插手。蒋老太婆跪在你面前求你，你也不能心软。”顾老夫人给顾臻打了预防针。

顾臻哪里敢管，而且这躺在床上的是他顾家的人，是他的儿媳妇。

“好。”

得了顾臻的保证，顾老夫人的脸色缓和下来，再一看苏安安手背上的鞭痕，又心疼起来。

不行，墨成要报复是墨成的事，她也得为安安出一口气。

苏安安醒来的时候，睁开眼睛看到的第一个人就是顾墨成。

顾墨成背对自己和韩龙逸说着话。

韩龙逸正和顾墨成说苏安安的病情没什么事，转眼看见苏安安醒了过来，他对顾墨成说：“二哥，小嫂子醒了。”

顾墨成转过身，看到醒来的苏安安后露出了笑容。这次是真的把他吓到了，除了前几年知道顾臻的身体状况外，这是他第二次被吓成这样。

“安安。”顾墨成坐在苏安安面前轻声唤道。

“老公。”苏安安张口，她的声音很轻，听得顾墨成心里难受。

韩龙逸看苏安安醒来，把病房腾出来给他们俩，他得去办公室和苏若初说一声。

苏安安昏迷了两天，顾墨成在病房里陪了两天，苏若初也在他的办公室等了两天。

苏若初等苏安安的消息，在办公室里一眼未合，更是没有吃多少东西。

韩龙逸推门进办公室，苏若初听到动静，立即转身：“安安醒了？”

“是的。”韩龙逸笑着说，“她没事了。”

他已经跟顾墨成和苏若初说了很多遍苏安安没事了，但是他们两个一定要等苏安安醒来才能放心。

“那就好。”苏若初放松了心情，坐了下来。

她大病初愈，不管是身体还是精神都没有完全恢复，这两天绷紧着神经，这下听到苏安安没事，整个人顿觉疲惫。

韩龙逸看出苏若初在强撑着，连忙说：“你回去休息，这里我帮你看着。”

苏若初摇摇头：“我在这里等着。等顾墨成走了，我想去看看安安。”

“这……”韩龙逸看着脸色不对的苏若初，说，“顾墨成不知道什么时候会走。”

苏若初一笑：“你可以引开他。”

韩龙逸懂她的意思：“那我去替你买点吃的，你吃完后，我再去找顾墨成。”

这是韩龙逸的条件。

苏若初点点头：“好。”

苏安安看着顾墨成，一下子没有控制好情绪，哭了出来。

在蒋家，她抱着必死的决心，当时满脑子全是顾墨成，想着他所有的好。

“老公，对不起。”苏安安含着眼泪说了一句。

顾墨成看着掉眼泪的她，早就心里大乱，该说对不起的人是他，怎么会是她？

“傻丫头。”顾墨成伸手摸着苏安安的脸。

他眼底的温柔看得苏安安暖暖的，她抿嘴笑了起来：“老公，你不生我的气了？”

顾墨成一愣，想起苏安安出事前两人吵架的事。知道她受伤，再看到躺在床上的她，顾墨成哪里还生气，他只想疼她、宠她。

“不气了。”顾墨成笑得温柔，“你伤成这样，我哪里还有气？”

“那以后我多受点伤。”苏安安笑着接道。

这话一出口，顾墨成嘴角的笑意消失：“胡说什么？你不许再受伤。”说完，他俯下身轻轻地吻住了苏安安。

苏安安一怔，心里却欢喜极了，她似乎等到了顾墨成的爱。

一个人对另一个人的紧张，肯定是因为他心里有她。

“安安，我不想你受一点伤。”顾墨成在苏安安的耳边说，“你受伤，我心疼。”

苏安安睁大眼睛，满是笑意地看着顾墨成，当顾墨成起身的时候，她伸手拽住他。

“顾墨成，你是不是爱上我了？”她眼里满是笑容，盯着顾墨成。

顾墨成看小丫头一脸期待地看着自己。

爱，他早就爱上她了。如果不爱，怎么会在知道她飙车的时候动怒？如果不爱，她进警局没打电话给自己，他为什么会生气？

因为深爱着，所以知道她失踪了，他焦急万分地到处寻找。在看到她被蒋家人欺负成那样后，他大动肝火。

他从来都是一个冷静、克制力极强的男人，这些年什么时候为了一个女人冲动成那样子。也就是苏安安，走到了他心里，让他做出一些自己都控制不住的事。

顾墨成沉默着，但是苏安安问他爱不爱她的时候，他心跳加速，脸竟然发烫起来。作为一个三十多岁的男人会不好意思，真是少见。

“爱不爱？”没有听到顾墨成的答案，苏安安抓着他的手不肯放。

顾墨成笑起来，看着小丫头穷追不舍，他说：“女孩子家，哪有你这么主动的？”

“那你是爱我还是不爱我？”苏安安执意要问，她对感情就是喜欢用直白的方式，“你要是不爱我，我就追在你身后，让你爱上我。”

顾墨成笑着应道：“我身边那么多女人，你追着我，我可能会被其他人抢走的。”

顾墨成的话让苏安安不开心，她伸出手对顾墨成说：“你过来。”

顾墨成俯身靠过去，苏安安抬头就吻到了他的唇。

“你要是不爱我，我就吻到你爱我。有我在，别的女人碰不到你。”

小丫头的霸道让顾墨成心情好起来，他看着她，俯身吻了过去。他在她的耳边低着声音轻柔地说：“爱！”

这一个字轻柔得像羽毛一般吹入苏安安的心里，她瞪大眼睛盯着顾墨成，看着看着，她忽然泪如雨下。

“好好的你哭什么？”

以前他可没觉得小丫头这么爱哭。

“你爱我！”苏安安抽泣着说道，她哭是因为顾墨成爱她。

顾墨成对苏安安的回答哭笑不得，他只得用实际行动证明自己说的话，他温柔地亲了亲苏安安。

两人世界被敲门的韩龙逸打断。韩龙逸进来后看到他们在接吻，顿时觉得自己来得不是时候。

顾墨成不悦，起身看到韩龙逸赔着笑脸进来。

“二哥，不好意思啊。你们得注意下形象，这里可是医院。”韩龙逸笑着说道。

“有事？”顾墨成的语气凉凉的，韩龙逸一听就知道他生气了。

“二哥，小嫂子还没吃过东西，你这两天也没怎么吃，我陪你一起去外面吃点吧，顺便给小嫂子买点。”韩龙逸建议道。

苏安安一听顾墨成没吃东西，立即着急了：“老公，你快点去吃，我也饿了。”

“好。”顾墨成看着苏安安应道，“我去给你买吃的，你再睡一会儿。”

苏安安点点头：“嗯嗯。”

韩龙逸跟顾墨成走后，苏安安听顾墨成的话睡觉。可是她之前睡得太多了，闭上眼睛后根本睡不着，只得闭目养神。

这次苏安安虽然受了伤，但是她觉得值得，起码让她知道了顾墨成的心意。想到顾墨成在她耳边说的那个“爱”字，她的嘴角不断地溢出笑意。

他爱她，真好！

她喜欢这个字，以后她一定要听顾墨成的话，更爱他。

苏安安闭着眼睛的时候，病房的门被打开。

嗯？顾墨成这么快回来了？可是顾墨成回来为什么这么轻手轻脚，怕吵醒她？

苏安安觉得奇怪，她怕顾墨成说她不听话没有睡觉，所以她闭着眼睛假装睡觉。

来人走到她面前，没有说话，就这么盯着她看。

苏若初看着睡着的苏安安，露出温柔的笑意。因为妈妈早逝，苏华对安安不好，苏若初把这个妹妹一直看得比任何人都重要。

如果她不疼安安，安安还有谁来疼？

不过现在好了，多了一个顾墨成宠着安安。这个小丫头向来是见杆就爬的，以后一定会被顾墨成宠坏的。

苏若初这么想着，眼眶逐渐湿润。

这些年自己疯了，虽然没有意识，但是也知道都是安安在照顾自己。也是为了自己，安安才被苏华逼着做了很多不愿意的事。真是难为了她。

苏若初伸手去摸苏安安的脸，她纤细的手指摸在苏安安脸上，苏安安立即感觉到不对劲。

这手不是顾墨成的。是谁来看她？手指很瘦，是女人？是小芯吗？小芯来了怎么不说话？怕吵醒她？

苏安安打算睁眼和小芯说话时，听到女人在她耳边轻轻地唤了一声：“安安！”

那声音温柔熟悉，一下子钻到了苏安安记忆最深处。姐姐的声音和她的人一样美，柔柔的，像水一样。

苏安安的眼泪从眼角滚了下来，她睁眼时，看到一个女人正转身拉开病房的门往外走。

她是姐姐，苏安安无比肯定。她顾不得穿鞋，掀开被子就往外追去。

姐姐，刚才来看她的女人就是姐姐。姐姐不是在苏家吗？她什么时候出来的？她的病好了吗？

一个个问题从苏安安的脑海里蹦出来，苏安安最不明白的是姐姐为什么要躲着她？

苏安安追出病房后，在人少的走廊上没有看见苏若初的影子。

刚才病房里的人，病房里的声音，难道是她的幻觉和幻听吗？

不，那个女人一定是姐姐。

姐姐知道她受伤了，从苏家出来后来看她了。

苏安安在长廊上四处寻找，可是没有见到苏若初的身影。苏安安从最初的欢喜，慢慢地变得难受和沮丧起来。她没有回房，一直在走廊上找着。

“安安。”顾墨成和韩龙逸回来，看到赤脚站在走廊上的苏安安，顾墨成立即皱了眉。

苏安安扭头看到顾墨成着急地朝自己走来，他冷着脸不悦地说：“你下床做什么？”他说话的时候，已经将苏安安抱了起来。

苏安安抬头看着不高兴的顾墨成，她低声说：“我看到姐姐了。”

姐姐？

顾墨成一愣，他上次到苏家顶楼，根本没看见苏若初。苏若初早已离开了苏家，那么安安的姐姐应该就是苏若初。

“可是姐姐不是在苏家吗？她什么时候出来的？她的病好了吗？”苏安安一个问题接一个问题，让顾墨成不知如何作答。他将苏安安放在床上，替她盖好了被子，“你姐姐应该没事了。”

苏安安和顾墨成的对话一字不落地被跟在后面的韩龙逸听见了。他故意用买午饭的理由带走顾墨成，本来想给苏若初制造更长的时间，可是顾墨成担心苏安安，一定要打包上来和她一起吃。他没办法，只能顺着顾墨成，然后跟着上来。他怕的就是顾墨成看见苏若初，没想到苏安安自己看到了她。

从顾墨成的话里听得出来，他似乎知道了苏若初不在苏家。韩龙逸不由自主地更认真听顾墨成与苏安安的对话。

“你突然失踪，我到苏家去找苏华要人，到了顶楼发现你姐姐已经不在了。”

苏安安欢喜地抓着顾墨成的手：“真的吗？”

顾墨成点头：“我当时以为是苏华把她藏起来了，现在听你说她出现在医院，觉得更像是她自己出来的。”

苏安安猛然间想起之前姐姐失踪过一次，当时苏华以为是她带走了姐姐。她赶到苏家后，又在顶楼看见了姐姐。这件事回想起来很是怪异。何妈肯定是在顶楼没有看见姐姐，才会跟苏华说姐姐失踪了。

苏安安看向了顾墨成身后的韩龙逸，顾墨成也扭头看向韩龙逸。

韩龙逸被他们看得心慌，连忙摆手：“她从苏家出来和我没有关系。”

顾墨成皱了眉头，韩龙逸这句话看着是在辩解，但是往深处听着更像是在不打自招。

“韩龙逸，你最近有去过苏家吗？”苏安安想问的是韩龙逸有没有去苏家给苏若初看病。

韩龙逸一听，松了一口气，又被顾墨成盯得紧张起来。苏安安好应付，难对付的是顾墨成。

“没。”韩龙逸回道，“最近诊所里忙，我没有空过去。小嫂子对不起。”韩龙逸一脸歉意。

他随即对顾墨成解释道：“二哥，之前小嫂子托我给若初看病。”

顾墨成没说话，他却记住了韩龙逸的那句“若初”。如果是普通的病患关系，韩龙逸该说苏若初或者苏小姐，怎么都不会说“若初”。而且连韩龙逸都没有发现，在提苏若初的时候，自己眼里渗出的温柔。

“那个我还有事，先走了。”韩龙逸觉得自己再待下去一定会穿帮，苏若初不愿意见苏安安一定有她的道理，韩龙逸听她的。

韩龙逸走后，顾墨成若有所思地看着他的背影。

“老公。”苏安安出声，握住顾墨成的手，解释道，“我看到的真的是姐姐，所以才忘记穿鞋就跑出去了。”她很怕顾墨成生气。

顾墨成回过神，扭头看着害怕他不高兴的苏安安。

“安安，我会生气是因为担心你。”

对于一些事，顾墨成很少去解释，因为觉得没有必要。可是这次苏安安出事后，他觉得夫妻间应该坦诚。苏安安和他之间差的不仅是年龄，还有思想。如果他不解释，认为苏安安能明白，那是不可能的。只有多说一两句话把事说开，他和苏安安之间的矛盾才会减少。

“安安，对于你飙车的事，我生气的不是自己娶的老婆是一个爱玩的女孩子。以前我也喜欢飙车。”顾墨成坐在苏安安面前，耐心地说，“因为我喜欢，所以我也知道飙车很危险，有时候是以命相搏。安安，我不想你出事。”

苏安安点点头：“我以后真的不去玩了。”

“你如果想去，和我说一声，然后必须向我保证，不能为了赢去赌命。”顾墨成说着，轻轻握紧苏安安的手。

“我不想你受伤，更不想你出事。”

以前顾墨成说不许她飙车，她心里其实是逆反的，他越不喜欢，她越想去。现在听着他的解释，她知道自己错了。她要比以前更珍惜自己的性命，因为有个男人很在意她。她如果出事，他会伤心的。

“不去了，我真的不去了。”苏安安说，“以前去，是自己喜欢，也是想赚钱给姐姐看病。”苏安安看着顾墨成，笑了起来，“现在不需要了。老公你会给我钱花的，对不对？”

姐姐的病没有好，她可以向顾墨成要。

“嗯。”顾墨成点头，他赚钱本来就是给家里人挥霍的，“还有……”

苏安安噘着嘴：“还有啊？”

“对，还有件事也得说清楚。”

两个人不把话说清楚，下次还要为了同一件事吵架，虽然当时道过歉没事了，但是心里的那根刺还在。只有拔了刺，感情才会越来越好。

“不管你发生任何事，第一个告诉的人必须是我。”顾墨成严肃道。到现在他都还介意苏安安去警局那次第一个找的是陆恒。

“你上次进警局，为什么给陆恒打电话？”顾墨成问。

苏安安低下头：“小芯打的，顺带把我一起接出来。”

“你该再打个电话给我。”顾墨成说，“我是你的老公，不管你遇到任何事，都是你依靠的男人。陆恒也好，其他男人也好，他们都是外人。”

“老公，要是我犯法了呢？”苏安安问。她害怕自己冲动起来和人打架，万一把人打死了怎么办？

“那更得找我，你觉得整个宁城还有谁有能力帮你解决麻烦？”

顾墨成说完，苏安安一笑，往他的怀里扑去：“老公，你真好。”她说这话时，眼眶红了，她觉得之前的自己太过任性了。

“安安，你是我的妻子，这个事实没有人能改变。”顾墨成正色道，他说着抱紧了怀里的苏安安。这次的事让顾墨成看清了自己的内心，他不能失去苏安安。

苏安安在顾墨成的怀里，闻着他身上的烟草味，心里是从未有过的踏实和温暖。

他们没有领证、没有办婚礼，但是苏安安清楚这个男人说话算数，他就是她的丈夫，没有任何人能改变。

韩龙逸出了病房，赶到办公室，看到苏若初红着眼睛站在窗口。

“安安看到你了？”韩龙逸说道。

苏若初抹去眼角的泪，转身，点点头。

看到哭过的苏若初，韩龙逸一怔。他觉得这世上没有比她更漂亮的女人了，连哭泣都有种说不出的美。这样的女人，让他不由自主地想靠近。他走到她面前，伸手去摸她的脸颊：“你放心，安安不会知道你在我这里的。”

苏若初没有动，她已经停止了哭泣。

“你喜欢我。”她直接说。

韩龙逸的心思苏若初早就知道了。

被苏若初直接说出心事，韩龙逸尴尬地收回手。

“喜欢我这张脸？”苏若初又问。

漂亮的女人总是让男人遐想，一副好皮囊能够让人痴迷。

韩龙逸没有说话，他最开始时被吸引，确实是因为苏若初漂亮，但在诊所这段时间，他觉得苏若初就像一个谜让他猜不透，又让他想要挖掘。

“我利用了你。”苏若初坦白地说，她不喜欢拐弯抹角。

她不算一个好女人，离开苏家后，她没有地方可以去，所以她应下了韩龙逸的提议留在诊所，在明知道韩龙逸对她的心思的情况下。

“我有喜欢的人。”苏若初又道。

韩龙逸知道苏若初说的那个人是谁。

“七年了，你还在等他？七年里有很多变化，他可能已经喜欢上了别的女人。”

苏若初一笑：“我知道。我就想问问他为什么没有赴约一起离开宁城。”苏若初的声音轻了下去，“他为什么要负我？”说这句话时，她的眼里满是悲伤和恨意。

“韩龙逸，谢谢你这段时间对我的照顾。”

韩龙逸心里一紧：“你是什么意思？”

“我在诊所里帮你做了半个月的事，结点工资给我。”苏若初答非所问，笑着向他讨要工资。她身上一分钱都没有。

“我觉得再留下去对你不太公平。”苏若初不喜欢玩暧昧，喜欢就是喜欢，没有感觉就是没有感觉。她得离开韩龙逸的诊所，去过自己的生活。

“不公平就不公平，是我遇见你晚了。”韩龙逸不介意的，从遇到苏若初的那刻开始，韩龙逸就清楚自己沉沦了。

苏若初一笑：“就算我喜欢上你，也没有精力和你一起面对你家里的阻拦。”

为了一个男人疯了七年，她不太可能再为了另外一个男人疯七年。

韩龙逸一愣，不明白苏若初的意思。

“你不仅是一个诊所医生。”苏若初说，“宁城里，五大家族里就有姓韩的。我不知道你在韩家是什么地位，但是能和顾墨成交好，你的身份绝对不低。还有，你送我的这条项链。”苏若初掏出韩龙逸送的项链，笑着说，“这上面镶的是钻石，怎么会是地摊货呢？你送我项链的时候，我就猜到了你是韩家的人。”

一条项链轻易地暴露了韩龙逸的身份，他想得太简单了，苏若初能清楚地分析苏氏的状况，又怎么会猜不出他的身份。

“韩龙逸，你的家族不会允许你娶一个疯了七年的女人做妻子的。而且，我不喜欢做别人的情人。”

苏若初说得很对，他们这种家世，要娶的女人一定会和他们门当户对。一个疯子，怎么可能入得了韩家人的眼。

“我可以放弃……”

“可我不喜欢你。”韩龙逸话音未落，苏若初将项链放到了他手心里。

相处的这段时间里，苏若初知道韩龙逸是一个好人，而她不是！

或许七年前的苏若初是善良的，但是七年后的她一定不是。疯了七年，醒来后她回想起七年前的种种，想到的第一件事就是复仇。她不想再柔弱，也不想再善良下去。她的善良，换来的是他们的逼迫，然后让她疯了七年。

“我不是好人。”苏若初笑起来，“能把半个月的工资结给我吗？你也不想我饿死街头吧。”

韩龙逸看着笑着的苏若初，她明明笑得很美，可他的心里万分难受。他不想掏钱，但还是给了。

“顾墨成能帮你找到霍笙。”韩龙逸说道。

苏若初摇摇头：“还是不要和安安说。”

“我的病谁知道哪天会复发呢？”她说着，嘴角的笑容变得苦涩。然后她拿过韩龙逸手中的钱，没有数，走出了办公室。

韩龙逸怔怔地站在那里，他不敢回头看她一眼，怕自己会克制不住抓住她的手，不肯放走她。

她是害怕有一天又疯了，她会拖累苏安安。就像她说的，他们这些豪门接受不了一个疯子。她看得明白，害怕自己的疯病让苏安安在顾家受委屈。她说自己不是好人，其实她对在乎的人很好。这样的她，韩龙逸找不到不喜欢的理由。

过了许久，他转身，看着没有人影的门口，心脏的位置一阵阵地抽痛。

Chapter 9

第九章 我不能让你再受伤了

苏安安醒来的消息传得很快，来看她的人一拨又一拨。她长这么大，没有被这么多人关心过。

小时候生病，陪在她身边的只有姐姐。哪怕她发着高烧，苏华也没有来看过自己一眼。至于蒋媚，她病着的时候别来害她就已经很好了。

顾老夫人买了一堆营养品过来，一看见苏安安的脸，就说她瘦了，得补补。

“真是担心死我了。”顾老夫人又失眠了好几天，生怕苏安安有意外。

“蒋家人太过分了！”顾老夫人气愤地说，“你放心，妈会帮你的。”说话时，顾老夫人心里已经有了主意。

“安安，这段时间你安心地待在医院养身体。学校那儿你爸会替你请假的，你想吃什么和妈说。”

听着顾老夫人的话，苏安安很感动。

何晴早逝，苏华对她又是那个样子，她没有感受过父母的关爱。顾老夫人的关心，让她感受到了亲情的温暖。

“对了。”顾老夫人拿过放在床柜上的保温盒，说，“这汤是给你补身体的。”

汤？

苏安安第一个反应就是这汤是顾老夫人熬的，是很难喝的汤，她连忙摆手，摇摇头：“不用了，妈妈。”说话间，她看着一旁的顾墨成，向顾墨成求助。

顾墨成抿嘴笑：“是家里阿姨熬的。”

顾老夫人听出了苏安安嫌弃自己的手艺，脸色沉了下来："我熬的汤有那么难喝吗？"

顾墨成笑笑，接过顾老夫人手中的盒子："我来喂安安喝。"

顾老夫人一愣，然后她碰了碰另一边坐着的顾臻："看你儿子，在笑！"

顾墨成是一个不善言辞、喜怒不形于色的男人，大家很少看到他笑，也很少看到他发火。可苏安安这次的事，他怒了，也笑了。

这样的顾墨成让顾臻夫妇陌生，然而又觉得这样的顾墨成很真实。这一切都是苏安安的功劳，因为苏安安，顾墨成开始变了。

顾臻点点头，看到顾墨成温柔仔细地喂苏安安，心想：我就算现在要死，也能够安详地去了。儿子孝顺，又找到了喜欢的人，他对顾墨成没什么好担心的。要说担忧的，可能是怕身边的老太太伤心之下陪着自己一起走。

想到这层，顾臻伸手握住韩嫣的手，他想她多活几年。

"安安，蒋家的事墨成会替你处理。"顾臻的语气跟着冷下去，"我们顾家人不是那么好欺负的。"

顾家人不喜欢主动招惹别人，但也不是软柿子，由着别人拿捏。蒋家带走苏安安这事，惹得顾墨成大怒，也触及了顾臻的底线。

"谢谢爸爸。"苏安安笑着回道。

顾臻虽然很少和她说话，但是从这一句话里，她知道顾臻把她当家人看待了。

他们聊着的时候，顾墨成的手机响起，顾老夫人的脸色顿时拉了下来。

顾墨成放下手中的碗，拿起手机到一旁接电话。

"安安，墨成今天哪儿都不去，就在这里陪你。"顾老夫人对安安说。

苏安安心里明白，顾墨成是顾氏的掌权者，有很多事等着他处理。如果他有事那去就好了，反正她已经没事了。

顾墨成接完电话过来，继续端起碗喂苏安安喝汤。苏安安想着他那通电话，喝汤没有之前专心。

"老公，是不是很重要的事？"苏安安问。

顾墨成没有回答，只是继续喂她。

"再大的事都没有照顾安安重要。"顾老夫人不悦道，"老婆都没有照顾好，赚什么钱！"

顾臻看了一眼顾老夫人，轻声说："跟着墨成吃饭的不是只有几百个人。"

是的，顾氏集团涉及各个行业，就宁城总部的员工都有近千人。

“老公，我没事了。”苏安安懂事地说道。

“安安。”顾墨成唤道。

“你得赚钱养我。”苏安安执意道。

顾墨成端着汤碗，对苏安安说：“你喝完了汤我再过去。”他说着继续喂苏安安，同时对一旁的顾臻说道，“景城的徐老爷子在，顾氏和徐氏在谈一项合作。”

景城徐家，顾臻知道。徐家老爷子过来，那么和顾氏的合作项目的资金一定高达几亿。

“嗯。”顾臻应了一声，“照顾好安安再去。”

他说完，一脸奇怪地看着和苏安安说话的顾墨成。

顾墨成做事一直不喜欢和别人解释，被误会就误会了。如今他变了，变得让顾臻觉得他更加成熟了。

顾臻身体不好，在医院坐不住，顾老夫人虽然舍不得苏安安，但是得照顾顾臻。

两个老人家离开，苏安安看着他们手牵着手，想象着有天自己老了，和顾墨成是不是也这样？

不，一定不一样。因为她比顾墨成小十一岁，如果顾墨成七十岁，她才五十九岁，年轻着呢。

苏安安想到老去的自己和顾墨成，不由自主地笑起来。她认真地对顾墨成说：“老公，你一定要对我很好，不然以后你会后悔的。”

顾墨成不解苏安安说的话，苏安安一笑，没有说话。

苏安安喝完汤以后，顾墨成去了顾氏。

她睡不着，又接到傅芯的电话，说过来看她。

傅芯到了病房，看到苏安安脖子上的纱布和手背上的鞭痕，难受极了。都怪她，要不是自己没有早点看到苏安安的微信，苏安安也不会遭到蒋家人的迫害。

“安安，对不起。”

苏安安怎么会怪傅芯呢？伤害她的人是苏华，还有蒋家人。苏安安认定自己被蒋家人抓走是苏华害的。

苏华为了自己的利益，狠心地把她送给蒋盛旭，这种人根本不配当父亲。反正现在姐姐也不在苏家，她不会回那个苏家去了，就当自己没有爸爸。

“小芯，我没事，都好了。”苏安安安慰傅芯，看着傅芯两眼通红，说，“你别哭了，看着你哭我也怪难受的。和你一点关系都没有，是苏华。”

接着，苏安安把自己和苏华见面，她被苏华的人打晕，以及她出现在蒋家的事一一告诉傅芯。傅芯听得气愤极了：“安安，这种爸爸不要也罢！”

苏安安也是这么想的。

把女儿当什么了，货物吗？明知道蒋家恨她，还把她送去蒋家。

傅芯说完后，想到了自己。

苏安安的爸爸对安安这么狠，她的妈妈何尝不是为了自己的利益千方百计地拆散她和陆恒。

苏安安看着傅芯，突然想到了一件事：“你是不是快离开宁城了？”

“车票被我妈撕了。”傅芯说道。

“你妈妈还是不同意？”

她的事傅芯清楚，傅芯的事她也知道一些。

傅婉嫁给陆洲，是高攀。一个带着孩子的女人嫁入豪门，被人妒忌，也会被轻视。陆家没人看得起傅婉，更别说被带进陆家的傅芯。

其实从傅芯被妈妈带进陆家门那一刻起，傅芯就注定了只能是陆家的一颗棋子。

傅婉一直小心翼翼地讨好陆家上下，为的是坐稳傅家夫人的位置，她怎么可能允许自己的女儿叛离，破坏她在陆家人心里的地位。

傅芯顿了顿，没有马上回答苏安安的问题，不过，苏安安从她的眼里看到了坚定。

“嗯。”过了一会儿，傅芯回答道。

苏安安和傅芯开心地聊着，阳光很好，照在两个女孩子身上很温暖。

病房的门被推开，苏安安抬头看去，以为来人是顾墨成。

当一个化着精致妆容的女人映入眼帘时，苏安安和傅芯相互看了一眼。女人很漂亮，穿着一身职业装，脸上挂着优雅的笑容。

“你好！”她笑着说，“你是顾夫人吧。”

苏安安对突然出现的女人很好奇，她点头。

女人朝她一笑，没有进来，而是转身看向身后：“爸，在这边。”说完，女人带着一个年迈的老人走进来。

老人家和顾臻年纪相仿，但是精神不错。他拄着拐杖进来，目光落在苏安安的脸上。

“顾夫人，我姓徐。”徐清清笑着对苏安安介绍自己。

“徐？”苏安安想起刚才顾墨成和顾臻说“景城徐家”。她说，“墨成刚去顾氏，他应该是去找你们的。”

徐清清笑着说："我和爸爸知道你受了伤，特意过来看看你。"说话间，徐清清将手中的花篮放在床头柜上，"顾夫人，你身体好些了吗？"

"谢谢。"苏安安客气道。

然后病房里陷入了沉默，突然跑来一个徐家老爷子和徐家千金，顾墨成又不在，苏安安不知道说些什么好。而且徐清清和徐老打量着她，让她全身不舒服。

"上次如果不是我们和顾先生的会议，也不至于耽误他。"徐清清说。

"不关你们的事。"是她太轻信苏华，以为苏华再狠也不会对她做出这种事。

徐清清笑笑："顾夫人长得真漂亮，难怪顾先生把你捧在手心宠着。"

苏安安不好意思起来，面前的徐小姐才是漂亮。当然，比起姐姐，她还是逊色了一些。

"徐小姐比我漂亮。"苏安安实话实说，徐清清不止漂亮，她身上的名媛气质是苏安安没有的。

"谢谢。"徐清清说着抬起手腕看时间，"顾先生应该在顾氏等我了。"她说着低下头，对坐着的徐老说，"爸爸，我们走吧。"

徐老走进来后一句话也没说，看了苏安安几眼，索性合上眼睛休息。

"嗯。"他淡淡地点头，站起身径直先出去。

徐清清跟在徐老身后，她走到门口，笑着将病房的门拉上，说："顾夫人，再会。"

门关上的时候，徐清清脸上的笑意淡去，她跟着徐老出了医院。到了车里后，她说："苏安安是不是很漂亮？"

"清清，"徐老正色道，他看着自己的女儿，"这件事我不同意。"

徐清清诧异徐老的话，来的时候徐老可是支持她的。她正要问徐老为什么，徐老严肃地说："事谈完后，我们离开景城。之后两家洽谈项目的事，你交给其他人去负责。"

徐清清一愣，看到徐老脸上的不悦，抿了笑意："好的，爸爸。"

徐清清和徐老走后，苏安安觉得他们突然来探病很怪异，还选择顾墨成不在的时候过来。

"傻了？"傅芯瞧出来了，"我敢保证，姓徐的小姐肯定是看上你老公了。"

"嗯？"苏安安诧异地看着傅芯，"不会吧？"

"安安，我真为你担心。老公长得好看又优秀，你压力太大了。"傅芯同情苏安安，"以后够你累的。"就刚才的徐小姐，长得又漂亮，又出身名门，这样的女人对男人的诱惑力很大。

苏安安不屑道："顾墨成才不容易被抢走。"

"也是。"傅芯笑笑，"有你这么一只母老虎在，谁敢碰你家老公。"苏安安可不是那些柔弱的女人，有的是本事护住自己的男人。

"傅小芯！"苏安安恼怒地朝着傅芯打过去，傅芯连忙躲开，一脸笑意地看着她。

"我没有说错！"傅芯肯定地说，"那些想勾引你老公的女人下场一定很惨。"

苏安安对傅芯说的话其实很赞同。

晚上顾墨成到病房，苏安安和他说了徐家千金和徐老过来看她的事。顾墨成轻轻握住她的手，笑着说："你别乱想，顾家和徐家只是合作关系。"

徐清清跟着徐老过来看苏安安这件事，顾墨成是后来才知道的。他不是愚蠢的男人，看得出徐清清对自己的心思。

"哦。"苏安安对顾墨成笑，顾墨成说什么，她就信什么。如果顾墨成喜欢那种名媛，他早找了，何必等到她出现。

这么美好的晚上，苏安安不想浪费在讨论别的女人身上。这是她的自信，也是对顾墨成的信任。

"老公，我想出院。"苏安安说，她受的是皮外伤，不用每天住在医院里，闻着消毒药水味，看着雪白的墙壁，一个人无聊得看电视、数时间。

"你再住几天。"顾墨成不放心地说，"明天做个全身检查。"

"我真的没事。"苏安安强调，她还准备对顾墨成撒娇，让他同意自己出院。可看到他的脸色时，她又点头同意了。她就是这么没用，很怕他。

顾墨成一笑："明天检查后，如果没事，我马上替你办出院手续。"

顾墨成的退让令苏安安很开心，她抬头看到顾墨成眼里的笑容，忍不住过去吻他。

"安安，别闹。"

"我不吻你。"苏安安笑笑，"那你吻我。"

一句话轻易地将顾墨成刚压下去的念头又点燃了。他俯过身去轻柔地吻苏安安，随后将她搂在怀里："安安，我不能让你再受伤了。"

苏安安听顾墨成的话，做了全身检查。检查的结果很好，所以按照他们之前说好的，她可以出院了。

顾墨成忙着顾氏的事，一下子脱不开身，说迟些来接她。

苏安安急着出院透透风，所以让傅芯让带自己出去。

苏安安病着住在医院里，傅婉的病没有好全也在医院里住着。傅芯来医院的次数多了起来，因为傅婉的身体，她推迟了离开宁城的时间。

苏安安和傅芯出了医院，傅芯去开车，苏安安在门口等她。

医院门口的车流量不少，苏安安看到两个人急匆匆地朝自己走来后，第一个念头是走人。可转过身的时候，她转念一想，自己为什么要走？她又没做错什么。

“苏安安，你给我站住。”

对方愤怒的脸、恶劣的态度，令苏安安美好的心情瞬间糟糕透顶。

她站在原地，看着一脸愤怒走来的苏二婶，心里觉得奇怪。苏二婶来找自己做什么，苏二婶又是怎么知道她今天出院的？

她被蒋盛旭弄伤住院的事，苏家那边是知道的。

苏华在苏安安昏迷期间来过医院，不过碰到了顾墨成。顾墨成对苏华的解释一个字都听不进去，直接让他滚。顾墨成怕他趁自己不在的时候到医院里打扰苏安安休息，告诉医务人员禁止苏家人进苏安安的病房。苏华也好，蒋媚也好，想来看苏安安也进不了医院的大门。更糟的是，就在苏安安昏迷期间，苏家发生了大事，扰得苏家大乱。

苏二婶带着苏雅在医院大门口等苏安安，就是为了苏家的事来找苏安安的。

苏安安冷脸看着苏二婶，根本不想同她说话。

苏二婶气愤于苏安安的态度，恼怒地说：“苏安安，你就是这么对自己长辈的？没娘教的孩子就是缺少教养！”苏二婶的话很难听，她还要骂，身后的苏雅扯了扯她的衣角。

“妈妈。”苏雅提醒她。

苏二婶忍了怒火，盯着不把她放在眼里的苏安安，说：“苏安安，马上去警局把你二叔放了。”

警局？二叔？苏安安听不懂苏二婶在说什么。

“你别装蒜了，就是你要顾墨成对付苏家，把你二叔抓走了。”

苏安安更是莫名其妙，苏二叔被抓走和她有什么关系？

她不说话，苏二婶气得咬牙。

苏二叔懦弱胆小，怕苏华，怕老婆，是一个没用的男人。但是他对苏安安不错，起码把苏安安当作亲人看待。

苏二婶大声吼道：“你二叔哪里得罪你了？你一定是觉得我们雅雅比你漂亮聪明，怕顾先生喜欢上雅雅，把你甩了。”苏二婶的话越说越偏，急得苏雅连连扯她的衣服。这里是医院门口，来来往往不少人。

“安安。”苏雅拿口无遮拦的苏二婶没有办法，她出声说，“我爸爸被警察带走了。苏氏偷税漏税，说爸爸是负责人。”

苏氏偷税漏税，警察把苏二叔抓了？抓到警局的人该是苏华，苏华才是苏氏的负责人。

警察到苏氏确实是去抓苏华的，但是蒋媚在苏氏出事前，就知道这偷税的事会被追查到，所以把责任推到了苏二叔身上。苏二叔无辜，成了苏华的替罪羊。

苏二婶和苏家老太一看苏二叔被抓走了，连忙去苏家求蒋媚。蒋媚说人是顾墨成害的，要找找苏安安去。所以苏二婶带着苏雅来了医院，等着苏安安出来。

“二婶，是有人叫你来找我的吧？”苏安安虽然不清楚到底二叔发生了什么事，但是猜到苏二婶来这里是蒋媚在背后唆使的，“我没那么大的本事，帮不了你。”她看向苏雅，“你不是说雅雅比我厉害，不如叫雅雅和顾墨成说。”

“真的？”听到这话，苏二婶两眼发亮，她一直认为自己的女儿是独一无二的，是最好的。要不是苏安安拦着苏雅和顾墨成单独相处，苏雅早就和顾墨成好上了。

“嗯。”苏安安点头，倒是苏雅有点自知之明，着急地扯苏二婶的衣服。

苏雅是喜欢顾墨成，但是上次被他打了后，她心里害怕起这个男人来。同时她又期待和他单独吃饭聊天，他会不会真的喜欢上她？

看着苏二婶和苏雅脸上喜悦的神情，苏安安冷笑着，她不想和她们说下去。往外面走时，她听到傅芯的尖叫声：“安安，快躲开。”

苏安安听到车子加速的声音，没等她反应过来，傅芯冲过来将她一把拉开，傅芯跟着摔倒在地。

撞苏安安的车子慢慢停了下来。苏安安看到车窗里探出一张她讨厌的脸。

苏紫菡懊恼死了，刚才竟然没有把苏安安撞死。她扭头看着愤怒的苏安安，心情变好，朝苏安安勾起嘴角。

苏紫菡是送苏二婶母女来的，苏二婶知道苏安安今天出院，也是蒋媚找了医院认识的人打听的。

苏安安看着嚣张可恶的苏紫菡，阴沉着脸。当扶起傅芯的时候，她说：“小芯，车钥匙给我。”

傅芯把车钥匙递过去，不解地看着苏安安。

“安安，你想做什么？”她问话间，苏安安已经转身打开了傅芯车子的门。

车子是陆恒的，性能自然不用说。苏安安上了车，直接启动点火。

不仅是傅芯不清楚苏安安要做什么，连停下来的苏紫菡也不知道。苏紫菡看着苏安安，心想，难不成苏安安想撞她?

她敢!

苏紫菡心里想着的时候，看着苏安安真的加速朝她开来。

苏紫菡的脸上顿时出现慌乱的神情，她连忙踩下油门，要往前冲。

苏安安这个小浑蛋，竟然敢不要命地撞她！她可是苏家小姐，是蒋家的千金!

苏紫菡骂着苏安安浑蛋，但是她从后视镜里看到越来越近的车子，吓得腿软。她加速，拼命转动方向盘，企图躲开后面的车子。

她的车技哪有苏安安好，路上的车子虽然不少，但是对苏安安来说，追她的车是小菜一碟。

苏紫菡肆无忌惮地开车想撞她，她总得给苏紫菡一点颜色看看，不然以为她是软柿子。

苏紫菡躲不开苏安安的车，还没来得及加速，她的车已经被苏安安的车抵住往前送了，吓得她的脸色变了。她咬咬牙，往下踩了油门，打算加速逃走。

苏安安不给她机会，直接加速超过她的车，开到了她面前。她来不及刹车，车头直接撞上苏安安的车。

苏安安开的是陆恒的好车，苏紫菡的车根本经不起这么一撞，她的车头直接凹陷下去。这辆车是慕家刚买给苏紫菡的。她嫌弃慕家给她的这辆宝马车，但是被苏安安撞了又是另外一回事。

最近苏氏出了问题，蒋家那边的生意也被顾墨成针对，慕夫人见蒋家不行了，对苏紫菡没以前那么容忍。

车子被撞，苏紫菡一定会被慕夫人骂的。她恼火极了，下车冲到苏安安的面前。

苏安安把车子靠边停下，当苏紫菡走到面前时，她已经下了车。

“苏安安。”苏紫菡举起手，习惯性地打过去，手还没落下去，便被苏安安一把拽住。

苏安安早就不想忍苏紫菡了，现在姐姐不在苏家，她更没有什么好怕的，她用力把苏紫菡往后一推。

苏紫菡穿着尖细的高跟鞋，被苏安安大力一推，直接跌倒在地。地面粗糙，她细皮嫩肉的手被磨出血，痛得她恼怒极了。她瞪着苏安安，从地上爬起来，骂道："苏安安，你敢打我！你好大的胆子，以为跟了顾墨成，就……"她的话还没有骂完，苏安安冷笑地看着一脸猪肝色的她。

"我就是因为跟了顾墨成才觉得自己了不起。"苏安安冷笑着，"你也可以找一个有钱人跟跟看。不过就你这样的，顾墨成这样的男人就别妄想了。你直接找一个五六十岁的老头子，对方或许瞧得上你。"

苏安安的话气得苏紫菡心里全是怒火，她站在原地，顾不得四周的人看过来，尖叫出声："苏安安，你这个浑蛋！"

苏安安嚣张的态度气得苏紫菡直咬牙，她恨不得上前拼命地扇苏安安巴掌。可是刚才被苏安安推了一把，她不敢再上去，只能骂苏安安解气。

"浑蛋？"苏安安冷嘲，"蒋家人就这么喜欢骂人浑蛋吗？"

想到了蒋家，苏安安自然想起了蒋老太婆和蒋盛旭，蒋家人都是一路货色。

"苏安安！"她严厉地喝道，又抡起手掌朝苏安安打去。

这次苏安安没有推她，而是当她靠过来的时候，先扇了她一巴掌。

苏紫菡蒙了。

苏安安的动作快得她没有反应过来，她的脸颊火辣辣发痛，她委屈地哭了起来。

苏安安的冷漠，苏安安的嚣张，都让苏紫菡陌生，以前的苏安安没有这么张狂过。她咬着牙恨恨地说："苏安安，要不是我，你跟得了顾墨成吗？"

又是这话，苏安安已经听得厌烦了。

"多谢你了。"

她的话堵得苏紫菡呼吸不畅，不知道该说什么。

"啊！"苏紫菡被气得发狂，大声地尖叫起来，她指着苏安安大声地说，"苏安安，你给我等着！"

"我等着。"苏安安不以为然。

她说完，看见傅芯和苏二婶三个人跑过来。

她刚才打苏紫菡的情景都被她们看在眼里，苏二婶和苏雅都看得愣住了。

苏安安无视走到面前的苏二婶和苏雅，朝着傅芯说道："小芯，你的手还痛吗？"

傅芯摇头："还好。"

如果她稍微迟一步，苏安安就被苏紫菡的车撞到了。

“小芯，让她向你道歉是不可能的。”苏安安说，“我打她一巴掌，算替你出气。如果今天你有什么意外，一定不止这一个巴掌就完事。”苏安安冷冷地说。

“苏安安！”苏紫菡听见苏安安和傅芯的对话，厉声喝道。

“闭嘴！”苏安安扭过头，冷眼瞪着苏紫菡，“你嫌我这一巴掌打得太轻了？”

苏紫菡被苏安安的眼神看得心里发颤，她摸着被苏安安打肿的脸颊，委屈地红了眼睛。

“苏紫菡，你再敢多说一句话，我立即报警。你刚才开车撞我，虽然没成功，但杀人未遂，信不信我让你坐牢？”

苏紫菡一怔，想说苏安安凭什么，转念又想到了顾墨成。她捏紧拳头，记着今天苏安安给的巴掌。

“安安。”一旁的苏雅突然出声，“紫菡姐姐有错，你也不能动手打人。”

苏安安一脸诧异，一向怕事的苏雅怎么开口主持公道了？

“你下手重了些，把紫菡姐姐的脸都打肿了。”

苏雅温声说道，苏安安觉奇怪。

傅芯瞥见身后的车，她拉了苏安安的手：“你老公来了。”

苏安安转过身，看到顾墨成从车里出来，他什么时候来的？她专注着对付苏紫菡，没有注意他来了。

顾墨成一出来，就引起路人的注意，比刚才苏安安打苏紫菡更吸引人的目光。路过的女孩子都盯着顾墨成看，包括苏雅。

“没事吧？”顾墨成走过来，看着苏安安说道。

苏安安一笑，摇摇头，不知道刚才的事顾墨成看到了多少，但是她清楚顾墨成是站在她这边的。

“小芯差点受伤。”苏安安说道。

顾墨成听着，目光扫过苏紫菡和苏雅。

“顾先生，安安把我的车撞了。”苏紫菡告状道。她上次去顾氏告诉顾墨成苏安安飙车的时候，还记得顾墨成马上变难看的脸色。顾墨成肯定不喜欢苏安安飙车，“苏安安开起车来真的不要命。”她添油加醋。

苏安安冷嘲：“你怎么不说是你先开车过来，想把我撞死，是小芯救了我，我才把你的车撞坏的？”

“她撞你？”顾墨成的声音立即沉了下来，他来的时候看到苏安安打苏紫菡，但是没有看到苏紫菡开车撞苏安安。

“不是的，我和安安开个玩笑。”苏紫菡知道顾墨成的手段，害怕地说道。

苏雅插嘴：“顾先生，安安没有受伤，她和紫菡姐姐闹了点别扭。紫菡姐姐就是和她玩玩，她倒是脾气有些大。”

苏雅笑着说，她琢磨着怎么把话说得圆融，既不能得罪了苏紫菡，也要给顾墨成一个好印象。

脾气大？苏安安觉得这话怪怪的，再看苏雅一脸笑意地看着顾墨成，这是在顾墨成面前说自己的不是。

“脾气大一点好，没人敢欺负她。”顾墨成冷声道。

见顾墨成护着苏安安，苏雅脸上的笑意没了：“顾先生说得对。”她跟着接过话，能和顾墨成多说一句话也是好的。

苏安安不喜欢苏雅看顾墨成的眼神，她两只眼睛都快黏在顾墨成的身上了。

男色祸人！

苏安安连忙伸手挽住顾墨成的手：“老公，我们走吧。”

“嗯。”顾墨成点头。

“安安，顾先生来了，我就不用送你了。”傅芯说。

傅芯为了救自己受了伤，苏安安怎么会丢下她走人：“我先陪你去医院检查一下。”

苏紫菡看着苏安安、傅芯和顾墨成三人离开，气得咬紧牙齿。她受了天大的委屈，看着被苏安安撞坏的车子，心里更气。她一定要告诉蒋媚今天自己受的委屈，让蒋媚对付苏安安。

这么一想，苏紫菡的心里稍微舒服了点。她打开车门准备回苏家，后座的车门跟着被打开，苏二婶和苏雅坐了进去。

苏紫菡不屑地看着苏二婶和苏雅，她没说话，苏二婶先说道：“紫菡，我们跟你一起回去。”

来的时候也是搭苏紫菡的车来的，回去难道让她们走路吗？

到了苏家，苏紫菡下了车，苏二婶和苏雅跟着下来。

“你们跟来干什么？”苏紫菡不悦地说道。苏紫菡看不起苏二婶一家，特别是苏雅。

苏二婶和苏雅原本是去找苏安安，想让苏安安把苏二叔放了的。这件事没办成，反而看到苏安安打了苏紫菡。顾墨成过来，一开口就是帮着苏安安。

她们再笨，也知道现在的苏安安不好惹。所以她们跟着苏紫菡回苏家，想求求苏华和蒋媚，让她们去警局看看苏二叔。

“怎么来不得？”苏二婶说，“你让我们去找苏安安，我们去了。你利用完我们，就不想管你二叔的事了吗？”苏二婶的心里明白着呢。

苏二叔是替苏华顶罪的，蒋媚和苏华心里未必想把苏二叔放出来。

“紫菡，我妈妈是想问问大伯和大伯母，能不能再想想法子把我爸爸放出来。”苏雅温柔着声音解释。

苏紫菡看着她温柔的脸，想到了嚣张的苏安安，眼里多出了狠意。苏紫菡举起手，一巴掌就朝着她打了过去。

“苏紫菡，你为什么打人？”苏二婶一见自己女儿被打了，连忙大声叫道。

苏紫菡冷笑道：“打的就是她。”

苏雅被她打痛了，眼泪顿时在眼眶里打转。

“紫菡姐姐，我说错了什么，你为什么要打我？”

苏紫菡在苏安安那里受了一肚子的气，拿柔弱的苏雅出气。

“装什么委屈！”苏紫菡冷嘲，“刚才你可是不要脸地盯着顾墨成看，那是苏安安的老公，你不知道吗？不要脸的东西，就你这种姿色，顾墨成瞧得上眼？”苏紫菡骂道。

苏二婶没有苏雅好欺负，一见自己女儿被打，想为苏雅出气。她抡起手，苏紫菡笑道：“二婶，二叔可还在警局关着，你们不是要求我爸爸吗？”

苏二婶不敢打，看着苏紫菡转身进了苏家，她扭头看看苏雅脸上的印子，心疼极了。

“雅雅，让你受委屈了。雅雅，等你攀上了顾墨成，就不用怕苏紫菡了。”就像苏安安跟了顾墨成后，不但不惧怕苏紫菡，反而是苏紫菡怕她。

苏雅想到了顾墨成，脸也不那么痛了，但转念想到了顾墨成对苏安安的好，她低下了头。自己这样的人，顾墨成是不是不喜欢？

苏紫菡一进苏家，看到大厅里愁眉苦脸的蒋媚，哭出了声：“妈妈，你快帮我做主，苏安安她打了我。”

“你好好的又去招惹她做什么？”

蒋媚的话听得苏紫菡一怔：“妈妈，连你都要护着她吗？”

不是护着，而是她对苏安安也束手无策。苏安安被顾墨成从蒋家带出去后，顾墨成一门心思对付蒋家，已经不惜成本地抢了蒋家好几单生意了。

顾墨成一出手，萧家和韩家那边也跟在他后面针对蒋家，蒋家根本经不起打击。现在，蒋媚哪里还敢帮苏紫菡教训苏安安。

“紫菡，你最近在慕家安分些。”蒋媚劝道，“不要老是和瑾瑜生气，你得抓紧时间怀上瑾瑜的孩子。”

蒋家垮了、苏家倒了，苏紫菡在慕家的日子是举步维艰。只有苏紫菡怀上孩子，生下慕家的孙子，她的日子才会好过，不然……蒋媚想想苏紫菡的未来就头痛!

门铃突然响起来，苏家的仆人去开了门，进来两个警察，蒋媚以为又是来找苏华的。

“苏小姐，请跟我们去警局一趟。”

蒋媚脸色大变，慌乱地问道：“我女儿犯了什么事，你们凭什么把她带走？”

“苏小姐故意开车撞人。”警察正色道。

“苏安安根本一点事都没有，为什么要抓走我？”苏紫菡叫嚷起来，她不要去警局。

“你开车撞苏安安？”蒋媚气恼地问苏紫菡。

“请苏小姐配合。”警察说着，跟一旁的苏二婶和苏雅说，“顾先生说过，你们是证人，请你们也跟我们走一趟。”

蒋媚阴沉着脸，瞪着苏二婶她们。

“雅雅，你爸爸的事，你大伯正要和你谈。”

她话音一落，刚说话的警察又说道：“只要你们作证，苏二叔会没事的。”

这意思就很明显了。

“好好。”苏二婶连忙说道，“我们这就去。”

“你们……”蒋媚白了脸色，怒声说道。

“妈妈，我不要去警局，你快点来救我，快点打电话给外婆！”苏紫菡急了，哭着大声叫道。

苏紫菡大哭着被带走，吵醒了在楼上睡觉的苏华。

“怎么回事？”

“还不是苏安安！”蒋媚含着眼泪说道，“她让顾墨成把紫菡抓到警局去了。”

苏华淡淡地看着蒋媚，他眼里的冷意看得蒋媚心慌慌的。

苏华开口道：“蒋媚。安安出事是不是和你有关？”

蒋媚脸上的笑意僵住了，她的手脚发冷：“老公，你在说什么？我听不懂！安安出事怎么会和我有关？”她抿着嘴笑道。

苏华阴沉着脸盯着一脸笑意的蒋媚：“你知道我是什么意思。”

他说完，从口袋里掏出了香烟：“我确实想把苏安安送给姓霍的，然后换取资金保住苏氏，但是没有想过送她到蒋家去。”送给姓霍的和送去蒋家，对苏华来说有着很大的区别。

“老公。”听着苏华的话，蒋媚急得哭了出来，她知道自己的事瞒不住了，“对不起，我是为了苏氏考虑才这么做的。”

苏华冷眼看着她，对她没有一点怜惜，只觉得厌恶。他可以动苏安安，她却没有这个资格。他冷眼看着她，骂道：“愚蠢！”说话间，用力地把扑过来的她推开。

“你们蒋家自认为了不起，顾墨成不过才出手，蒋家就吃不消了。还想着帮苏氏，蒋家还是先顾好自己再说吧。”

“现在该怎么办？”蒋媚着急地从地上爬起来。

苏华冷嘲着，抽了一口烟，沉声道：“去跟安安道歉。”

“什么！”蒋媚震惊，她怎么可能去给何晴的女儿道歉？

“不，不可能！”

“你们怎么让安安去蒋家下跪道歉的，你和紫菡就怎么去给苏安安道歉！”

“老公，就算我去给安安道歉，她也不会放过苏家的。”蒋媚想了想，说，“苏安安敢打紫菡，敢不听你的话，全是因为她背后的顾墨成。我们找一个比安安更漂亮的女孩子送给顾墨成……”蒋媚的话没有说完，苏华冷声道：“你在胡说什么！”

“我是为了苏家好，为了你好。”蒋媚说道，“她苏安安不是……”

当看到苏华瞪着她的眼神时，“你的女儿”这四个字她吞了回去，换了一句话说：“不把你当爸爸。”

“好了，这些事不要再说了。”

“嗯。”蒋媚识趣地没有再说，“我们去接紫菡吧，警局那个地方紫菡一定很害怕。”

苏华丢下一句“不去”就离开了苏家，蒋媚恨恨地握紧拳头，给蒋老太太打了电话。

“妈，”蒋媚唤了一声，“紫菡被抓进了警局，你帮忙疏通下关系，救救她。”

蒋老太太正烦心蒋氏的事，哪里有空理苏紫菡。

“没空。”蒋老太太冷声说了一句，直接把电话挂了。

蒋媚看苏华和蒋老太太都不管紫菡的事，又气又恼，可是她没有办法，只得自己去警局闹。

傅芯受了点轻伤，没有大碍，她在医生那里擦了药。回去的时候，陆恒过来接她。

顾墨成看着离去的陆恒，对苏安安说道："还好你和傅芯的感情不错。"

苏安安不解顾墨成的话，他是在忌惮陆恒吗？陆恒不过是陆洲的长子，还没有完全掌握陆氏的大权，而他已经是顾家的掌权者，两个人在身份上有着落差。就是陆洲，也没有让他一而再地提起过。他似乎对陆恒很欣赏，也十分提防。

"回去吧。"顾墨成没有多解释，搂着苏安安离开了医院。

车上顾墨成接了一个电话。

"嗯，我们不接受保释，关久点。"

苏安安认真地听着顾墨成的话，她等着顾墨成结束通话后问："你把苏紫菡送到警局去了？"

"嗯。"顾墨成点头，"她差点把你撞了。"

如果今天苏安安被苏紫菡撞出事，顾墨成必定要苏紫菡在监狱里待一辈子。

"老公，我要是被你宠坏了，怎么办？"苏安安突然笑着问。

顾墨成一边开着车，一边说道："宠坏了更好。"

"嗯？"苏安安不解。

顾墨成一笑，没有解释。

宠坏了，她只能是他的。

顾墨成带着苏安安去了老宅，顾老夫人早安排好了一桌子好菜等着苏安安回去。

苏安安受伤，她和顾臻担心极了。

进入老宅后，苏安安和顾墨成第一眼看到的是大厅里正在面壁思过的顾子铭。

苏安安一下子想起她酒驾进了警局的事。他当时为了帮她瞒住顾墨成，在警局待了好些天。短短几天里，她和顾墨成吵了架，被蒋老太婆抓走，之后又在医院里躺着，都忘记他在警局待着的事了。也不知道顾墨成有没有安排人去把他接出来。

苏安安扭头看向身后的顾墨成，顾墨成牵着她的手往客厅里走去。两人经过顾子铭的身边，顾子铭看到苏安安，张口对苏安安说："你没事吧？"

"给我站好！"苏安安还没回话，顾老夫人恼怒地说。

顾子铭只得乖乖地贴着墙壁站好，都面壁思过快一个时辰了，他的脚都麻了。他一脸委屈地看着顾老夫人："奶奶……"

顾老夫人"哼"了一声，偏过头看着坐在沙发上的顾臻没有反应，对顾子铭说："再站一会儿。"罚他的是顾臻，顾老夫人有心想帮他也不敢，她还是很怕顾臻生气的。

顾墨成牵着苏安安的手在沙发上坐下，苏安安有些奇怪，顾子铭受罚是因为警局的事吗？

"不用管他。"顾墨成看出苏安安的想法，冷冷地说。

吃饭的时候，顾子铭还在受罚。餐桌上摆放的菜肴，全是苏安安爱吃的。

"安安，瞧你都瘦了，多吃点肉。"顾老夫人心疼地说。

"谢谢妈妈。"苏安安看着自己被堆满菜的饭碗，觉得自己有点吃不下。

"多吃点。"顾墨成说道，苏安安住在医院里，吃得清淡，把她饿瘦了。

"吃太多肉会胖的。"苏安安放轻声音，凑到顾墨成的面前说。

顾墨成没回答，耳尖的顾老夫人听见她的话，说："肉多好，摸着手感舒服。"

苏安安红了脸，不好意思地低下头认真吃饭。

顾墨成看着苏安安红起的耳根和脸颊，抿嘴轻露了笑意。他的笑容看得顾老夫人很是开心，对苏安安更是越看越满意。

餐桌上的香气让罚站的顾子铭浑身难受，他实在是熬不住了，喊道："爷爷，奶奶，我好饿！"

顾臻喝着汤，顾老夫人给苏安安夹菜，两人自动忽略了顾子铭的话。这么不听话的孙子，饿死了也是活该！

"不行了，我不行了。"顾子铭见顾臻和顾老夫人没有反应，叫嚷道，"我的头好晕，我没有力气，要倒了。"

顾老夫人心软了，看顾子铭摇摇晃晃地要晕倒，她正要开口，听到顾墨成冷冷地说："晕倒了就多罚一个小时。"

顾子铭哪儿还敢晕，只能闻着桌上的香气赶紧站好。

顾老夫人疼惜顾子铭，说："饿得太过对身体不好。"

顾臻看了一眼顾墨成，他也不忍心顾子铭再站下去。其实让顾子铭面壁，也是做样子给顾墨成看的。

“爷爷奶奶，你们明明说让我在二叔面前站一会儿就好了，这都站了快一个小时了，真的好累。”顾子铭又叫嚷出声，把顾臻和顾老夫人出卖了。

两个老人家对顾子铭很疼爱，平时对他打骂也是做做样子，真让他们下狠手还是舍不得。所以说，顾子铭是被顾臻和顾老夫人宠坏了。这个家里，顾子铭怕的也只有顾墨成。

顾子铭的话说完，顾臻尴尬地咳了一声，顾老夫人朝苏安安和顾墨成笑笑：“这孩子净瞎说。”

“奶奶，是你说的，让我在二叔面前做做样子。”顾子铭不满地反驳，他对顾墨成说，“二叔，是我错了，自己闯了祸还让二婶帮忙，害她进了警局。可是你到了警局也不接我回来，还和他们说让我在里面待几天。”

顾子铭很纳闷，今天一大早被警察局的人放出来，他们说，是顾墨成让他待着的。

“待得我全身发臭，警察今天才把我放出来。”顾子铭可怜地说，“我在里面吃也吃不好，身上臭得都长虫子了。”

顾老夫人听完，看着顾子铭，顿时觉得他瘦了。

“墨成，子铭知道错了。”

顾墨成没有出声，他继续夹菜到苏安安碗里。

苏安安听懂了顾子铭的话，顾子铭是在和她说话。

“来，子铭快点吃饭吧。”顾老夫人对顾子铭招手。

顾子铭一笑，抹去刚才演戏掉出的眼泪，走到了餐桌前。就知道奶奶舍不得他吃苦，下次要是在外面闯祸，他必须得打电话给奶奶，千万不能再被二叔知道。

“等下。”顾墨成开口。

顾子铭正伸手去拿鸡腿，听到这话，手停在半空中：“二叔，我真的知道错了。”

苏安安有义气，帮了他的忙。这份恩情他记着了。

“你不是说身上很臭吗？”顾墨成倚在餐椅的后背上，淡淡地说，“去洗个澡再来吃。”

顾子铭摸摸自己饿扁的肚子，看向顾老夫人。顾老夫人示意他上楼，他只得先回房间洗澡。等他回来的时候，餐桌上只剩下了几道素菜。

他问阿姨：“荤菜去哪儿了？”

阿姨回道：“顾先生说，倒了。”

顾子铭顿时心痛，以后不仅得远离二叔，还得远离苏安安。招惹了苏安安，比得罪二叔还惨。

苏安安和顾墨成在老宅用了餐后，开车回了顾家。

他们已经从老宅搬回来自己住，一到顾家，陈叔就走出门，笑着问苏安安："夫人的伤好些了吗？"

"嗯，我没事了。"苏安安这一次受伤，得到了好多人的关心，这其中大部分是她认识不到半年的人，而她的家人却巴不得她出事。

"没事就好，"陈叔笑着说，"夫人你出了事，可把先生吓坏了。"

陈叔已经很多年没看过先生为了一件事失去分寸了。顾墨成因为苏安安失踪的事失去往日的冷静，张皇失措，哪怕是十年前那个人失踪，他也没有见过先生这么害怕焦急。

"是吗？"苏安安扭头看向身后的顾墨成，顾墨成摸了摸她的头，"上楼洗个澡去。我等会儿就来陪你。"

苏安安上二楼去了。

顾墨成看着苏安安跑向楼上，失了神。苏安安走到二楼时，停下脚步回头看了他一眼。他看着她，朝她笑。

陈叔看到顾墨成的笑意，说道："先生是真的爱上夫人了！"

顾墨成没有否定，他点点头："安安很好。"

他曾经认为自己十年前被人伤害过一次，不知道怎么再去爱一个人。遇到苏安安时，他只是把她当作自己的妻子，当作自己的责任。也正是因为这份责任，让他把心交了出去。然后，他不知不觉地爱上她了。

她飙车，他怕她出事；她打电话给别人，他会吃醋、会伤心。爱上了就是爱上了，没有什么不能承认的。以后的生活有她陪着自己，过得幸福安宁就够了。

"先生能想明白就好。"陈叔为顾墨成开心，他照顾了先生多年，从未看到顾墨成能如此幸福地笑。

"夫人爱您，您也爱着夫人，没有比这更让人开心的事了。"

是啊，和爱的人相守到未来，像顾臻和韩嫣那样。

顾墨成比任何时候都清楚自己的心，他没和陈叔多聊，迈开脚步往二楼走去。

陈叔看着顾墨成上了楼，从口袋里拿出一封信。信是今天早上收到的，信封上的字迹很漂亮，写着一个女人的名字——蒋柔。陈叔又看了一眼楼上，心里做出决定，将手中的信撕掉了。

过去的事就当过去了，先生能向前看，找到喜欢的人，就不要理会过去的人，以免打乱先生和夫人的生活。

陈叔撕烂了信，然后全部扔进了垃圾桶里。

苏安安洗好澡出来时，没有看见顾墨成。

——他人呢？还在楼下和陈叔聊天吗？

苏安安想着，出了房间去找顾墨成，然后在隔壁的书房里看到顾墨成正在和人开视频会议。她站在门口，等着顾墨成。

顾墨成结束会议后，一抬起头就看到苏安安穿着浴袍站在自己面前，浴袍很保守，只下面露出白皙的小腿。

“你站着干吗？”顾墨成放低声音问。

苏安安不悦地回道：“不是你让我去洗澡的吗？”让她去洗澡，自己在这里忙公事。

说话间，顾墨成伸手示意她过去。

苏安安走到他面前，洗澡后身上沐浴露的香气冲进他的鼻子，一下子闯到他的心里。他对苏安安更加容易动那方面的念头了，只是瞧了她一眼，只是闻了她身上的味道。

小丫头的魅力越来越大了！

“女孩子得矜持些。”顾墨成笑着说。

对自己喜欢的男人，苏安安不需要矜持，看到顾墨成，她一点都不想装矜持。

“哦。”苏安安故作听话地低头转身离开。

“去哪儿？”见苏安安走了，顾墨成倒是着急起来。

苏安安抿着嘴偷笑，转过身时收住笑容：“不是你让我矜持的吗？我回去穿一件衣服再来。”穿得严严实实的，然后坐在顾墨成面前乖乖地一动不动。

“过来。”顾墨成冷冷地说。

苏安安老实地走过去，被他一只手拉到怀里。

“老公，我得矜持。”

小丫头是拿他的话堵他。

“你在我面前不需要矜持。”顾墨成说着，盯着苏安安。

她的眼里满是笑意，看得顾墨成心里柔软一片。

“安安，不许对其他的男人这样笑。”

小丫头可能自己都没发现，她笑着的时候，眼睛像星辰，让人一下子就把心落在那里。

“老公。”苏安安双手环住顾墨成，然后她的嘴贴向顾墨成的，在他的耳边轻声说，“我只对你这样。”

柔情蜜语听得顾墨成受不住，他放在她腰间的手往上移动。

苏安安眼里只有他，她盈盈地笑着，问：“老公，那你喜欢我吗？”

顾墨成说不喜欢，她不给他亲。

“嗯。”顾墨成应了一声。他岂止是喜欢。

他的吻落下来，苏安安配合地闭上眼睛。

“安安。”顾墨成动情地唤了一声，他被小丫头撩得不行，恨不得现在就……

不过，他想起一件更为紧要的事。

“安安，嫁给我！”

苏安安一愣，她不是已经是顾夫人了吗？

她抬起头看向顾墨成，他的眼里只有她一个人。

“安安，嫁给我！”顾墨成重复着，他从口袋里掏出一个盒子。

苏安安疑惑地看着他递给自己的盒子。

是戒指？

顾墨成把盒子打开，和苏安安想的一样，是一枚钻石戒指。

“你自己去买的？”

“嗯。”顾墨成应道。

“今天早上，接我出院之前？”苏安安问道。

“嗯。”顾墨成说，“来医院的时候路过珠宝店，我看到这款戒指觉得你会喜欢。”

苏安安看着戒指，是她喜欢的，不过她喜欢是因为送的人。

“安安，可以吗？”连顾墨成自己都没有发觉他的声音在颤抖。他怕苏安安拒绝，他比苏安安大那么多，在苏安安眼里是一个老男人。

“元旦的时候，我们先把婚礼办了。”

这事顾墨成之前说过，这次顾墨成把戒指拿出来，说得更正式。

苏安安想不出理由拒绝。

“嗯。”苏安安点头应道。

她回应很快，顾墨成一笑，郑重地将戒指套在她左手无名指上。

“安安，这戒指戴上后一辈子都不能摘下来。”顾墨成说。

苏安安看着手指上的戒指：“这么大的钻石傻子才把它摘了，我得戴着它进棺材。”

顾墨成把她紧紧搂住，她回抱着他，这么好的老公，自己一定要珍惜，她不能再耍性子惹他生气了。

顾墨成精神不错，第二天起来的时候，见苏安安还在睡，他忍不住吻了吻她。

幸福的时光过得特别快，以前的顾墨成忙着公事，是因为顾氏是家里给他的责任，现在起早去顾氏，是因为他要给小丫头美好的未来，像顾臻给韩嫣撑出一片天一样，他不能让安安受到丁点儿委屈。

苏安安是被顾老夫人的电话吵醒的，她迷迷糊糊地哼哼着。

“安安，你还在睡啊？”

听到顾老夫人的调侃，苏安安没了睡意。她刚想问顾老夫人什么事，就听到顾老夫人开心地说道：“安安快起来，妈带你去打人。”

打人？打谁？苏安安还没来得及问，顾老夫人已经把电话挂了。

苏安安拿着手机，一脸奇怪地想着顾老夫人的话。她穿好衣服，简单地化了妆出门。一到大门口，她就看到车子停在前面。

车窗降下来，顾老夫人一脸笑意地对苏安安招手：“安安，快上车。”

苏安安应着，走到车子的另外一边，坐在顾老夫人的身边。

“妈妈。”苏安安唤了一声。

听到苏安安的声音，顾老夫人露出笑容。她瞧到苏安安脖子处的吻痕，脸上的笑容更多了：“安安，你和墨成一定得努力，”顾老夫人交代道，“争取明年给我生一个孙子。”

顾老夫人摸着苏安安的手背时，不经意摸到苏安安无名指上的东西，她低下头，戒指在阳光的照耀下闪闪发光。

“这戒指？”昨天在老宅的时候，她还没有见苏安安戴着。

“墨成送的。”苏安安说话时，嘴角处露出了甜蜜的笑容。

“他送的？”顾老夫人跟着说，“他向你求婚了？”

苏安安想了想，顾墨成开口问她嫁不嫁给他，这算是求婚吧。

“嗯。”苏安安点点头。

“下跪了吗？”顾老夫人认真地问。

苏安安摇摇头，下不下跪对她来说没有什么。顾墨成有想娶她的心她就很开心了，所以顾墨成一开口她就答应了。

“不会是墨成把戒指一拿出来，你就答应了吧？”顾老夫人诧异道。

“嗯。”苏安安应道，她好奇顾老夫人为什么激动起来。她答应了顾墨成的求婚，没有什么不对的。

“安安啊。”苏安安这么简单就应下顾墨成的求婚，在顾老夫人眼里当然不妥了。

“你太轻易答应墨成的求婚了。”顾老夫人想起自己曾让顾臻求了三次婚，每次都让顾臻换着花样，不少人都说她摆架子，万一顾臻恼起火来不要她，有她哭的。

她当时想，不要了就不要了。因为这样他就不继续求婚了，那么这个男人不是真的爱她。

顾臻懂她为什么要他一而再再而三地求婚，没有安全感的她是在试探他的真心。她试探过了，也就不会怀疑了。

“你把戒指还给墨成，让他再求一次婚。”顾老夫人建议道。

苏安安摸着手中的戒指，她不舍得摘掉。

“怎么都得他下跪向你好好地求婚。”

苏安安一笑：“不用了。他向我求婚，送我戒指，就证明了他的真心，他的心里是有我的，不需要什么花样的求婚仪式。”苏安安幸福地笑着，“他为我戴上戒指就够了。”

顾老夫人看着苏安安脸上洋溢的笑容，知道这小姑娘很容易满足。她的要求简单，墨成捡到她是他走运。

“安安，墨成要是对你不好，你一定要告诉我。”顾老夫人交代道。

苏安安笑笑：“他一定会对我好的。”

人生的路还很长，苏安安却轻易地觉得顾墨成会对她很好。因为她信他，爱着他。

小姑娘单纯简单，让顾老夫人更加喜欢。

“安安，今天妈妈必须得替你好好地教训蒋老太婆。”顾老夫人决定等下出手必须狠，不然对不起这么好的儿媳妇。

蒋氏受到顾氏、萧家以及韩家的打击，一下子元气大伤，公司状况百出，忙得蒋老太太焦头烂额、力不从心。她绞尽脑汁，与蒋氏家族的人想法子找寻解救蒋氏的法子。可是，顾氏追着蒋家打击，萧韩两家又趁火打劫，想利用这次的机会将他们蒋家整到破产。

蒋老太太想了许久，办了一场宴会，邀请宁城上流社会的名媛夫人相聚。她想讨好这些千金夫人，让她们在自己的父亲或是丈夫面前说说好话。

在这之前，蒋老太太手握蒋家大权，向来不把比自己家族低的人看在眼里。以往都是别人巴结她，哪里会像她这次这样砸大钱请她们吃饭。

宴会办得热闹，来的人也不少。倒是奇怪，顾墨成对付蒋家，竟然没有阻拦这些夫人、千金来参加蒋老太太的宴会。

蒋老太太考虑不了那么多，反正能抓住一个机会是一个机会。她端着酒杯四处敬酒，讨好那些女人。

“蒋老太太今天怎么回事？像变了一个人似的。”底下有人奇怪地说。

“你不知道吗？顾家在对付蒋家，这才几天不到，蒋家就承受不住了。”知道内情的人说。

“这么说蒋家不行了？蒋家以前不是很厉害吗，怎么这么经不起打击？”

“那都是表面。”

早有人看不惯蒋家了，蒋家人一向认为自己厉害，在宁城里耀武扬威了多年，常常因为一两句话就对其他人辱骂。特别是蒋盛旭，被蒋老太太宠坏了，瞧上了哪家的女孩，就想尽法子得到人家。有些是家世不如蒋家的，他就直接上门威胁，逼人家把女儿交出来，要是不给，蒋老太太就会对付他家的生意，害得别人家破人亡。

不知不觉中，蒋家已经在宁城的上流社会树敌太多了。

“有件事不知道你们听说了没有？蒋老太太为了给蒋盛旭报仇，把顾墨成的老婆抓了，后来蒋盛旭被顾墨成打了。”

“哦。”

原来是这样，听到这里，大家就明白了顾墨成为什么突然对蒋家出手了。

“顾墨成把蒋盛旭的两条腿打废了。”

“蒋盛旭是活该。蒋家人目光短浅，认为自己厉害，其实压根斗不过顾家。”他们说话时，有人提起了十年前的事。

“不是传言顾墨成十年前和蒋忠的私生女好上了，这件事当时顾家反对，蒋老太太也不答应吗？她压根不想私生女嫁到顾家去骑到她的头上。听说人被蒋老太太卖了。”

“卖了？”听到这话，其他人都震惊极了，“怎么说都是她老公的女儿，她怎么这么狠心！”

“蒋老太太这些年做的事，你们又不是没听说过。这人心狠手辣，不然怎么能掌控住蒋家的大权。”

她们越说越来劲，丝毫没有注意到蒋老太太就站在她们身后。

女人多的地方，八卦就多，一点事都会被夸张放大，蒋老太太听着她们的议论，握紧手中的酒杯，沉下了脸。她咬着牙，忍住了上前打人的冲动。

如果是之前，这群女人敢在她的宴会上嚼舌根，她一定上前狠狠地扇她们巴掌，再把她们轰出宴会。但是今天不行，她需要通过她们拉拢宁城的权贵。

她们还要说下去，有人瞥到了身后阴沉着脸的蒋老太太。她们连忙停止话题，转身对蒋老太太笑。

蒋老太太从她们中间穿过，走到另一边去应酬敬酒。

蒋老太太还没有走远，她们又开始议论起来。

“看到跟在老太太身后的男人没有？说是保镖，其实和她有私情。”

“不会吧？”

“蒋老太太年纪那么大了，这男人看上去才四十多岁，他们怎么可能？”

这种事听得蒋老太太的脸色更阴沉，她忍受不住，将手中的杯子摔在地上。杯子砸地的声音吓得那些议论蒋老太太的人都走到一边去了。

蒋老太太忍受着屈辱，想着等蒋家恢复元气，她一定把这些议论自己的女人狠狠地打一顿。

“真是热闹。”蒋老太太听到宴会厅大门口传来熟悉的笑声。

她看过去，见到顾老夫人带着苏安安慢慢地走进来。

Chapter 10

第十章 他的初恋回来了

顾老夫人保养得好，穿着合身的旗袍，踩着中跟鞋，和拄着拐杖、两鬓发白，因为蒋家的事容貌憔悴，脸上满是皱纹的蒋老太太形成鲜明对比。

两个人年龄相当，可是顾老夫人看上去精神饱满，脸上洋溢着被幸福滋养出来的笑容。

一张笑脸，一张阴沉的脸，是人都会选择前者亲近。

“顾老夫人。”

夫人和千金们主动让开一条路，顾家不好得罪，但是顾老夫人不是那种没事找事的人，你不得罪她，她也不会来找你的茬儿的。

“韩嫣！”蒋老太太愤恨地唤着这个名字。

韩嫣的名字压了她五十多年，现在还是有很多人拿她们对比。

都是豪门千金，一个嫁给顾氏的掌权者，一个嫁给蒋家的掌权者。两个人的命运却是相反，一比较，顾老夫人比蒋老太太幸福太多。

顾老夫人和顾臻结婚后，两个人恩爱到现在，生了两个儿子。

蒋老太太结婚后，蒋忠在外面养了不少女人，私生女就有好几个，而她给蒋忠生了一个儿子一个女儿，儿子遗传了蒋忠的花心，在外面也有不少女人。女儿就是蒋媚。

顾老夫人在顾家的生活可谓是养尊处优。蒋忠死后，蒋老太太虽然握住了蒋家大权，但是为蒋家操劳多年，把自己一张漂亮的脸蛋折腾得满是皱纹，变得恶心难看。

“你来做什么？”蒋老太太看着一脸笑意的顾老夫人慢慢朝自己走来。

顾老夫人没有回她的话，扭头对身后的苏安安说道：“安安，我和蒋老太太年轻的时候也算是朋友。”

朋友？蒋老太太冷嘲，她们两个是敌人还差不多。

“叫声阿姨吧。”顾老夫人又说道。

苏安安愣愣地看着顾老夫人，她没那么好的脾气叫蒋老太太“阿姨”。

“哦，叫不出来是吧。”顾老夫人故作想起什么的样子，“确实，看着她一脸皱纹，你叫不出口也是正常的。妈妈不会怪你不懂礼貌的。”顾老夫人对苏安安说。

顾老夫人让苏安安叫蒋老太太“阿姨”，是拐着弯说蒋老太太年纪大、难看。

“韩嫣！”蒋老太太阴沉着声音喝道。

“嗯？”顾老夫人笑着应了一声，“怎么，我说错了吗？安安，你包里有镜子吗？给蒋老太太看看自己。”

苏安安听话地从包里掏出镜子递给蒋老太太。

镜子放在蒋老太太面前，她不想看：“拿开。”

可是她还是看到了。镜子里的她眼窝凹陷，满脸憔悴，额头眼角都是皱纹，皮肤也干瘪瘪的。再加上一身灰色的衣服，整个人没有半点生气，就是一个再普通不过的老太婆。比起脸色红润的韩嫣，她输惨了。

“韩嫣，你来这里是什么意思？”蒋老太太忍着怒火说，“我没有邀请你。”说着就要将顾老夫人和苏安安赶出去。

顾老夫人看着苏安安笑笑：“安安，妈妈和你说了，过来是打人的。人就不用你打了，你把这里给我砸干净。”

蒋老太太的脸色变得难看，她厉声喝道：“韩嫣！这是我蒋家举办的宴会！”

韩嫣好些年没有对付过人，因为顾臻的纵容和宠爱，没人敢得罪她。刚结婚的时候，倒有些不长眼的人惹她。脾气不好的她直接把人打了一顿，人打伤了，顾臻没有半句责问，反而帮她收尾。那之后，哪里还有人不要命地敢得罪她。

韩嫣年纪大了，脾气比之前好了，她现在的重点是照顾顾臻，教顾子铭。有些事她大度，不与别人计较。但是这次蒋老太婆欺负了她儿媳妇，这口气她咽不下去。她要是不帮安安出气，蒋老太婆还以为她没以前厉害了！

“我一把年纪了，是一只脚都快踏进棺材的人，今天把人打死了，就是判了死刑也没什么好怕的。”韩嫣冷着声音，一步步走向蒋老太太。

蒋老太太看到韩嫣眼里的冷意，记起韩嫣曾经也动手打过自己。她想到韩嫣的狠劲，向后退了几步。

一直保护蒋老太太的保镖立即站了出来，护着蒋老太太。

“韩嫣，你别太过分！”蒋老太太冷声吼道。

“过分？”顾老夫人不开心了，她儿媳妇差点死在蒋家，她打蒋老太婆几个巴掌有什么过分的。

“这里是蒋家的聚会，请你出去。”蒋老太太强调道。

韩嫣笑笑：“怎么没有人告诉你，这家酒店早上被我儿子买下来了？”

她的话一说完，苏安安和蒋老夫人都愣住了。

苏安安诧异地看着顾老夫人，顾墨成买下了这家酒店，就是替她出气的？想到顾墨成做的和现在顾老夫人为她做的，她笑了起来。

她走到宴会厅放置食物的地方，伸手将上面的酒杯全往地上砸。砸了之后，她想起一个问题，停住了手中的动作。

“安安，放心地砸，蒋家的宴会摆在这里，签过了合同。宴会上的一切损失由她负责。”

听完顾老夫人的话，蒋老太太脸色变得苍白。

“蒋家有钱，应该付得起杯子盘子的钱。”苏安安点点头，说话间将桌上的其他东西也推到了地上。

蒋老太太明白过来了，顾家给她设了一个圈套。

为了让这次的宴会办得成功，蒋老太太挑选了好几家酒店。宁城的酒店要么是顾家的，要么是韩家的。她挑的这家是外地人开的，就是不想顾墨成伸手。哪里想到顾墨成更狠，直接花了大价钱把这家酒店买下来了。

至于签订的合同，也是酒店经理说的，是酒店里的规定。在酒店办聚会的宾客都要签一份合同，如果损坏了酒店的东西，都得照原价赔偿。蒋老太太没想太多，她一心想着成功举办这次聚会，笼络宁城的权贵。这宴会才进行了一半，韩嫣就带着苏安安闯了进来。

蒋老太太看着地上的碎片，脸色极其难看。她对付不了韩嫣，就针对苏安安。

“苏安安，你敢！”

蒋老太太冷着脸对苏安安说道。

就算没有顾老夫人在背后撑着，苏安安也敢。蒋盛旭差点毁了她，她砸蒋家几个盘子的胆子都没有吗？她直接将放着美食的桌子掀翻了。地上顿时一片狼藉，整个宴会厅里充斥着浓重的火药味。

“给我打死她！”蒋老太太对自己的保镖说道。

这个保镖就是在蒋家对付苏安安的那位，他上前时，顾老夫人冷冷地说：“真当我顾家人好欺负？你敢动她一下，我保证你明天被人打废。掂量掂量自己的分量，她是我顾家的人，她老公是顾墨成！”

又是顾家，又是顾墨成，一个个“顾”字冷冷地砸在宴会厅里，不仅保镖怕了，厅里其他人都惧怕了。

苏安安她们不放在眼里，但站在苏安安后面的人，她们不得不忌惮。

保镖被顾老夫人的话吓住了，没有听蒋老太太的话去打苏安安。

蒋老太太气得脸色发青，她只能挥手朝着自己的保镖打过去，骂道：“废物！”

打自己的人，这在韩嫣和苏安安看来是最没有用的。

“你真是越老越没用。”顾老夫人冷笑着，“没用到打自己的人。”

蒋老太太看着四周不屑地盯着自己的人，再看看地上的一片狼藉，她觉得很难受，捂着胸口开始大口地喘气。

苏安安见她的脸色苍白，看了一眼顾老夫人。

顾老夫人冷冷地看着：装病吗？

“我说了，我一个快死的老太婆不怕进监狱。”她淡淡地说，“你在这里晕倒了，我直接把你扔到停尸间去。”

一句话气得蒋老太太站直了身子，她握紧拳头，眼睛恨恨地盯着顾老夫人。

“韩嫣！”她确实被顾老夫人气得胸口难受。

顾老夫人走上前，她一过去，护着蒋老太太的保镖主动让开位置。

“我跟我儿媳妇说了，带她过来打人，大人是不能欺骗孩子的。”说话间，顾老夫人抡起手掌朝着蒋老太太的脸上打去。

两个人都是年过半百的人，那一巴掌下去，蒋老太太不仅痛，还丢脸。

今天在宴会厅里的都是宁城权贵的妻女，她竟然被韩嫣当着她们的面扇了巴掌。日后她该怎么活？蒋家该怎么立足？

完了，完了，蒋家真的气数将尽了。

蒋老太太气急攻心，她恨恨地瞪着顾老夫人，然后眼前一黑，真的晕倒在地。

顾老夫人冷眼看着倒在地上的蒋老太太，再扭头看看四周的看客，她伸手让苏安安到她的身边。

“今天让大家看笑话了。”顾老夫人牵着苏安安的手，嘴角的笑意淡去，对她们说，“这是我的儿媳妇，苏安安。希望大家以后多多照顾。给她面子，就是给我韩嫣的面子。”

顾老夫人说的话，聪明的人没有听不出来的。她这是在警告在场所有的人，不要得罪苏安安。得罪苏安安，就是和整个顾家过不去。

她们这些人都出自名门，嫁的也是豪门，但是她们出事后，家里人不会像顾老夫人护着苏安安那样，她们看苏安安的眼神不由自主地多了分羡慕。

“安安，砸开心没有？”顾老夫人对苏安安问道。

她怎么能不开心，都把蒋老太太气晕了。

“嗯。”苏安安点头应道，“妈妈，谢谢你。”

顾老夫人专门带着苏安安过来砸场子，苏安安心里很温暖。

这要是发生在苏华身边，苏华可不管蒋老太太怎么恶毒，反正她得罪了蒋家，损害了苏家的利益，一定是要把她绑到宴会上，要她下跪道歉的。

亲生父亲还不如相处不到两个月的婆婆！苏安安伸手挽住顾老夫人的手：“妈，我们回去吧。”

苏安安满意了，场子砸了，人也被她们气晕了，可以撤了。

顾老夫人也开心了。今天的事，她早就想到了，不过是来找苏安安的时候，接到了顾墨成的电话。顾墨成说，蒋家办宴会的酒店刚被他买下了，让她和安安放心地砸。自己的心思，被顾墨成看穿了。她心里开心，儿子这么护着苏安安，和当初顾臻宠她是一样的。

这绝对是真爱！

儿子爱着的女人，顾老夫人当然得护好了。

顾老夫人和苏安安要走的时候，酒店经理匆忙进来，他接到上头的电话，一直守在宴会厅门口，如果顾老夫人和苏安安出了事，他得第一时间到场。

“老夫人、夫人。”经理唤道。

“你把这里的损失一笔笔地算清楚，再把账单寄到蒋家去。我想这点小钱，蒋家出得起吧。要是真的出不起，就把单子拿到顾家来，我们顾家替她蒋家付了。”顾老夫人故意放大音量说道。

蒋家狂妄自大、死要面子，账单送到他们面前，蒋家就算没钱也会变出点钱支付酒店的损失。不然顾家替蒋家付了，真的是更大的笑话。

顾老夫人讲完这些话，才默许蒋家人把蒋老太太送到医院去。

蒋老太太原本想借这次宴会帮助蒋家度过这次危机，谁能想到顾老夫人直接带着苏安安来砸场子，不仅丢了她蒋家的脸，还把她气得直接晕倒。

顾老夫人护短、蒋家没落瞬间成了宁城上下议论的事。

蒋老太太被送进医院后，过了半天才醒来。

她一醒来，外面等着的人一个个都围了进来。

“妈，你醒了。”最先说话的是蒋盛旭的父亲。

有其父必有其子，蒋父风流好色，在外面养着不少女人，他只顾自己快活，很少管蒋家的事。反正蒋老太太专政，家里没有他的地位，他懒得管，也没有能力管，就一直在外面跟小三、小四过着舒服的日子。

这次蒋家受到打击，蒋父手中没了钱，才回到家里看看。

蒋老太太病倒，床边的儿子、孙女想的是蒋家还有没有钱，老太太能不能让蒋家起死回生，能不能让他们再过上富裕的生活……

"妈，这样下去一定不行。你不如去求求顾老爷子和顾老夫人，让他们对蒋家手下留情。"

蒋老太太醒来后听到的第一句话，就是自己儿子劝说她去顾家，连一句关心她身体的话都没有。她的心顿时冷了，不由自主地想起顾墨成。她输给韩嫣，不仅是因为没有嫁一个好男人，还因为她没有一个顾墨成那样的儿子。

"老太太，蒋氏门口聚满了讨债的人，他们问我们什么时候把钱还给他们。还有酒店那边，说我们砸了宴会厅的东西，他们把账单拿过来了。"说话的是蒋家的经理，他把一张账单递给蒋老太太。

蒋老太太阴沉着脸，没有接账单。

宴会厅的东西都是苏安安砸的，但是她必须得付这笔钱。

"老太太。"他又唤了一声，顿了顿，说，"顾家说，我们付不起，他们替我们付。"

"是吗？"蒋父一听，脸上露出开心的笑容，"妈，我们确实得去找顾家，求求他们，他们就不会追着蒋氏打了。"

蒋父不管蒋家和顾家之间的矛盾和仇恨，他只知道没有钱自己的日子过不下去。

蒋老太太的脸色变得难看，她恨恨地瞪着不成器的儿子，骂道："滚！"

"妈，是盛旭不对在先，不看看对方是谁就去招惹。"蒋父说道。

"滚出去！"蒋老太太怒声喝道。

儿子不成器，她费尽心思地培养孙子，谁知道孙子也是差不多的货色。

她看着围在自己床边的一堆人，不是劝说她去求顾家，就是说蒋氏缺钱的事。他们不是蒋家人吗，不会把自己的私房钱拿出来填补蒋家的资金链空缺吗？

"滚出去，都给我滚出去！"她挥手将床边的茶杯摔在地上。

蒋媚赶到的时候，看到自己的哥哥和其他的亲戚从病房里出来，她没有搭理他们。

老太太偏心，蒋媚自小和自己的哥哥不亲，那些亲戚觉得她嫁的不是宁城五大家族里的人，对她和苏家不屑。最近苏紫菡为了陷害苏安安，又狠心打掉自己的孩子，他们更是看不起她了。

她穿过他们，推门进去，地上散落着杯子的碎片。“妈。”蒋媚唤了一声。

蒋老太太抬起头冷眼看她：“来看笑话？”

蒋老太太被苏安安气得晕倒，蒋媚一听说这件事连忙赶过来。

“妈，是我对不起你，没有教好苏安安。”

蒋老太太冷冷地瞥了一眼蒋媚：“你现在可以去教她。”

现在？蒋媚哪里还有胆量！

“妈，我们得想法子让顾墨成赶走苏安安。”蒋媚建议道，只有把苏安安赶出顾家，她们才能报了仇。

“怎么赶？”蒋老太太冷笑着。

“妈。”蒋媚坐在蒋老太太的床边说，“苏安安是替紫菡嫁到顾家去的，顾墨成喜欢她无非是因为她年轻漂亮。我们找一个更年轻、更听话的。”蒋媚继续说，“苏雅，你记得吗？苏雅对顾墨成有意思。”

“苏雅？”蒋老太太没有印象。

她打心底看不起苏家的人，苏华为了富贵抛弃妻子，苏家其他人个个是势利眼。

“苏雅长得没有苏安安漂亮，但是人听话。”

“你认为顾墨成瞧得上她？”蒋老太太嘲讽道。

要是顾墨成这么容易对女人感兴趣，这十年来他身边会没有女人？这样的男人一旦喜欢上一个人，就会爱到底，就像顾臻。

蒋媚没有回话，心里想着要是苏雅不成，她就找更漂亮听话的，总能找到一个把苏安安从顾墨成身边赶走的女人。

不过蒋媚太想当然了，她连顾墨成的面都见不到，又怎么把女人送到顾墨成的身边？

当蒋媚绞尽脑汁地破坏顾墨成和苏安安的感情时，蒋老太太也在筹划着怎么把蒋柔送到顾墨成身边。

“妈。”蒋媚看着蒋老太太。

蒋老太太冷着脸看着她：“有事就说。”

这些儿女，没有一个是来探望她的，他们要么是想着她的钱，要么是想着找她帮忙。

蒋老太太的眼神太犀利，蒋媚就算想再找话聊天，也无法委婉说出自己想的事。她只能直接道："妈，紫菡还在警局关着。"

蒋媚的话一出口，蒋老太太的嘴角处露出嘲讽。苏紫菡开车去撞苏安安，这是自己撞上顾墨成的枪口。

"哦。"蒋老太太压根不想管苏紫菡的事，也没有精力去管。

"妈，紫菡从小娇生惯养的，警局那地方她怎么住！"想到女儿不好过，蒋媚红了眼眶，"妈，你就帮帮她吧。她年纪小不懂事，才做出糊涂的事。"

蒋老太太冷哼一声："年纪小？二十多岁的人还小？她该为自己做的事负责。"

老太太的话，蒋媚不爱听："妈，你为什么要这么偏心？盛旭出事，你一味地偏袒他。要不是他，顾墨成也不会对付我们蒋家。"

这事到底是因为蒋盛旭还是蒋媚母女，蒋老太太心里清楚得很。

蒋老太太冷嘲道："不是你们告诉我，苏安安想勾引盛旭，盛旭不愿意，才被废的吗？你以为我糊涂，看不出来是你们教唆盛旭去招惹苏安安的？出了事，你们就知道把责任推得一干二净。"蒋老太太冷声道，"盛旭是蒋家的独苗，我护着他有什么错？苏紫菡她姓苏，不姓蒋，和蒋家没有关系。再说我没有帮你们吗？顾家的那门婚事本来是紫菡的，是你们自己瞎了眼，不要了扔给苏安安。"蒋老太太讽刺道，"你走吧，我不想看到你。"

蒋媚不甘心这么走掉："妈，紫菡怎么说都是你的外孙女，你不能见死不救啊。"

"你认为现在的蒋家有能力和顾墨成作对吗？"蒋老太太嘲讽道，都怪她自己认为蒋家厉害，谁能想到蒋家的内部已经腐烂不堪，根本经不起顾墨成的对付。

他们说话的时候，病房的门被推开，进来的人是蒋家的管家，蒋老太太的亲信。

"走。"蒋老太太冷下声音对蒋媚说道。

蒋媚拿起包包，站起身子看了一眼进来的管家，走出了病房。她出了病房后没有离开，而是站在房门口听里面的对话。

"老太太，人找回来了。"管家说道。

蒋老太太笑了笑，这是她今天最开心的事。

"把她安排在小宾馆里，别让顾家人知道。"蒋老太太说道，她要给顾墨成一个措手不及。

"好的。"管家顿了顿，看着蒋老太太。

蒋老太太看着他，问道："还有什么事？"

"老太太，现在的柔儿小姐……"说话的时候，管家摇摇头。

"怎么了？"

以前的蒋柔年轻水灵漂亮，而现在的……

"她被人折腾得厉害，没以前好看了。"管家说道。

人都喜欢漂亮的东西，不再好看的蒋柔有什么魅力让顾墨成再爱？

"我知道了。"蒋老太太应道，不漂亮没事，最主要的是够可怜。

蒋柔这些年的遭遇能够唤起顾墨成的同情和怜惜就够了。而遭遇了痛苦的蒋柔一定懂得抓住机遇，过上自己想要的生活。

"安排一下，等我身体好些，我要见她。"

"好。"

病房里的话清楚地落入蒋媚的耳里，蒋柔这名字她有些耳熟。

遥远的事，蒋媚回忆不起来。她不管蒋老太太有什么招数，她反正要履行自己的计划。

苏雅这颗棋子她得好好用上。

苏安安被顾老夫人送回了顾家，她还不知道蒋家人正想用苏雅和顾墨成的初恋情人来对付她。就算知道了，她也不怕。自己的男人，就算对方再可怜、厉害，她也不能拱手相让。

她回到顾家，打开手机看到有人加自己微信，点开一看，微信名叫"安安老公"。

这么直白的名字，苏安安想不知道是谁都难了。

顾墨成怎么会玩微信？这东西流行，连顾老夫人都有账号，不过顾墨成太忙，没心思琢磨这个。

苏安安加了他，他的信息跟着跳出来："回来了？"

苏安安应着，她发了一个爱心过去："嗯，老公，谢谢你。"

一句谢谢根本表达不了苏安安心里的爱和感激。

"嗯。"顾墨成回了一句。

"我先去做作业，等会儿再聊。"苏安安说话的时候，看到另外的微信聊天界面跳出来，是班级群里的信息，说下周要交一份设计稿。

苏安安受伤住院，没有去学校，落下了不少功课。她抱着本子到书房，拿出了铅笔开始做群里发的作业。

最近宁城最热门的事就是顾家和景城徐氏合作建商业大厦，苏安安学的是建筑设计，她看到自己的作业就是设计顾氏的商业大厦。

当然不是全部，而是选择一个馆作为设计内容。

苏安安知道顾氏和徐氏合作的事，但是不知道他们谈的是商业大厦项目，她得熟悉这个项目的内容才好动笔。

网上的资料不多，苏安安想着该去向顾墨成要些资料。

苏安安静心地画着，画到一半的时候她突然想到一件事。

顾墨成有了她的微信，他一定会进她的朋友圈。她突然想到很久前自己发了一条关于他的微信，好像是说老男人闷，有代沟之类的话。

顾墨成应该不会已经看到这条朋友圈了吧？

苏安安是越怕什么越来什么，她点进微信一看，就是顾墨成的话：“代沟？”

仅仅两个字，苏安安就感觉到顾墨成在生气。顾墨成这个男人是越来越计较自己的年纪了，他听不得和苏安安的年龄差距。

“哈哈。”苏安安打了两个字，她一下子没有想好该怎么回他，停顿了一下，紧接着打了字在聊天框里：我爱这个代沟！

一句话让顾墨成没了生气的念头：“乖。”

苏安安觉得自己前世肯定是撩妹高手，不然怎么会懂那么多甜言蜜语，一两句话就把生气的顾墨成搞定了。

“老公，我爱你。”苏安安趁机说道，让顾墨成的心更甜了。

她这么会说话，顾墨成肯定不会生她的气了。

苏安安再等了一会儿，他没有回复，苏安安猜想他在忙了，又把手机放在一边没有打扰他。

设计的灵感不是说有就有的，苏安安在书房里想了好久，没有什么思绪。她站起来的时候，发现自己已经坐了半天了。接到傅芯的电话是下午四点多钟，她刚好从楼下拿了水果上楼。

“安安，我今天就走了。”接通电话，傅芯第一句话是这么说的。

“走？”傅芯要离开宁城苏安安知道的，可是听到她说今天就走，苏安安一下子没有回过神来，“你不是说过几天，怎么这么突然？”

“早走晚走都一样。”傅芯淡淡地说，她是对傅婉心灰意冷了，既然傅婉不可能支持她，那她再拖下去也没有意义。

“那你路上小心。”苏安安不舍道。

傅芯是她在宁城最好的朋友，和姐姐苏若初一样，傅芯在她心里很重要。这些年，她们的经历相似，都不被家里的人喜欢，所以她们两个人特别亲近，把彼此当作亲人。

“好。”傅芯说话的时候流下了眼泪，还好是给苏安安打电话，不然她一定会哭得更厉害的。

傅芯要走的消息突然让苏安安没了心情，她端着水果坐在走廊上的躺椅上，看着外面的天一点点变黑。

她应该去车站送送傅芯。

苏安安站起身，拿了外套下楼和陈叔说要出门。陈叔立即给她安排车子，顾墨成不放心她一个人出门，说她去哪里都得陈叔跟着。

苏安安坐在车子里，进去的时候莫名地心慌。应该说是从接到傅芯的电话开始，她的心跳就不对劲，总觉得今天有事要发生。

傅芯和苏安安结束通话后，她又一次推开房门进去，里面躺着的傅婉已经背对她睡着了，地上是汤碗还有药汤。

傅婉知道她一意孤行地要离开陆家，和她又大吵了一架。傅婉用自己来威胁她放弃离开的念头。

傅芯看着睡着的傅婉，眼泪流了出来："妈妈，对不起。"

她说话的时候关上了房门，然后回到自己的房间等着陆恒来接自己。

他买的车票是晚上九点钟的，从下午四点到九点这段时间，傅芯觉得内心分外煎熬。

苏安安坐车去火车站，她不知道傅芯出发的时间，开始的时候给傅芯发了微信过去，傅芯没有回她，她等得焦急就给傅芯打了电话。

那头是傅婉的哭声，傅芯的声音也带着哭腔。苏安安一下子不知道怎么开口了。

算了，她还是在车站里等傅芯吧。

肯定是傅婉和陆家人知道傅芯要离开，阻止他走。

苏安安的猜想是对的。陆恒来接傅芯的时候，陆洲带着人把他们拦住了。傅婉从房间里冲了出来，不许傅芯离开。

"傅芯，你给我站住。你是不是要把妈妈逼死才甘心了？"

傅婉用自己的性命逼傅芯，傅芯的心一点点地往下沉。想做自己喜欢的事真的那么难吗？

"妈妈，成全我，行吗？"傅芯跪在地上，朝傅婉磕头。

陆恒从地上把傅芯扶起来，他淡淡地说："小芯，不用求了。"求了也没用。

傅婉顾着自己，怕傅芯的事惹陆洲生气，让她在陆家没有地位。她不为小芯着想，又怎么让小芯为她考虑！她自私，难道还不许小芯自私一回？

陆恒说话的时候，温和的脸上染上了寒霜，双眸冷冷地扫视着陆家的人。

“让小芯走，还是不让小芯走？”他淡淡地对陆洲说。

“陆恒！”

都说陆恒对人温和有礼，但是他唯独对自己的父亲有着深深的敌意。

陆洲沉着脸没有回陆恒，他对陆家的仆人和请来的保镖说：“把大少爷给我请回房间。”没有陆恒的帮助，他倒要看看，傅芯怎么离开宁城！

陆恒不屑，若没有做好准备，他怎么敢带傅芯离开。

“爸，你觉得拦得住我吗？”他离不开陆家是因为血缘相连，他没办法放弃，可是傅芯不一样，他是把傅芯当做自己亲妹妹看待的，他想让傅芯快乐地做自己。

陆洲一怔，他想到了最近查到的事，深深地看着陆恒。

“让他们离开。”陆洲的脸上染上了寒霜。

陆恒没有再同陆洲说话，他牵着傅芯的手转身离开了陆家。

傅婉看着傅芯走了，快步地冲到大门口，看着他们上了车后，她喊道：“傅芯，你真要丢下妈妈不管吗？”

养了那么大的女儿，竟然真的不管她了。她又是难受又是气愤，她回到陆家，陆洲站在原地狠狠地抽烟。她走上前，对陆洲说：“现在我们该怎么办？”

手段该用的都用了，可是没有用。

陆洲噙着香烟，冷冷地看向傅婉，然后他突然抬起手朝傅婉的脸上打了过去。

家里的仆人还在，傅婉就被陆洲扇了一巴掌。

傅婉捂着发痛的脸，没敢指责陆洲，她轻轻地抽泣着。

“你真是教了一个好女儿。”

傅芯叛逃也就罢了，现在连他培养多年，寄予厚望的儿子，也不听话了。陆洲觉得，这都是傅芯挑拨教唆的。

被陆洲打了后，傅婉没有半点怨气，反而哭着求陆洲：“对不起，是我的错，是我不好。”

陆洲没有理会傅婉的哭泣，他接着对手下的人说道：“拦截他们的车，把大少爷给我绑回来。”

傅芯和陆恒走了，他们上了车去车站。

陆恒从后视镜里看到追赶着自己的几辆车子，他猛踩油门，快速地和后面的车子拉开距离。

傅芯也看到了后面的车子，不由自主地紧张起来。

陆恒的车速一路攀升，他的脸上突然间出现一丝慌乱的神色，然后很快平静下来。他拿了放在车位边的手机，打了一个电话："过来没有？不管怎样，要赶在他们之前把小芯带出宁城。按照原计划进行。"

陆恒沉着声音说完，挂了电话，安心地开车。

傅芯很少看见陆恒阴沉的脸，他一般都是温和笑着对人，他给人的感觉更像一个学者，而不是一个商人。

车速很快，陆恒已经把后面的车子甩了。

"小芯。"陆恒开口唤道。

傅芯看着他，等着他的话。

"你害怕吗？"他说话间扭头看傅芯，嘴边浮出笑意。

"不怕。"她早就想摆脱这个身份了，只是傅婉的警告、对陆家照顾母亲的感恩之心让她却步。

"陆恒……"傅芯唤了一句，一道强烈的光芒照射过来，刺得她睁不开眼，耳边是大车刺耳的鸣笛声。

傅芯瞥见陆恒急急地打了方向盘，然后她的身子被扑过来的陆恒抱住。

世界在那一瞬间变得安静，傅芯心里的那句话没有来得及说出口，她就失去了意识。

在车站吃了晚饭，苏安安还是没有等到陆恒和傅芯。她看了手机上的时间，已经是晚上八点了。她给傅芯打电话，可是那头没人接。

她突然间不安起来，总觉得傅芯的这场叛逃不会那么顺利。

陆洲是谁，陆家的掌权者，陆家在宁城威望甚高，排在顾萧韩三家之后。陆家这样的家族，就连亲女儿的婚姻都可以当做商场筹码，更何况只是一个微不足道的继女，而且继女叛逃，多丢脸的事啊，陆家是不允许这种辱没家门的事发生的。

苏安安看着人来人往的车站，她实在是等得煎熬。顾墨成的电话打来了，说在车站门口等她。

"老公，小芯还没有来。"苏安安执意要在这里送傅芯。

"安安，不需要了。"

顾墨成淡淡的声音传到苏安安的耳朵里，苏安安一怔，顿时觉得手脚发冷。她的预感没有错，傅芯出事了。

外面的风很冷，可能是快入冬的缘故，苏安安冷得抱住自己的身子。一辆车开到她的面前，看到驾驶座上的人是顾墨成后，她打开车门，坐了进去。

"小芯出事了是不是？"苏安安一进去直接说道。

顾墨成没有立即回答她的问题。过了一会儿，他说：“没有。”他开着车继续说，“你在这里等不到她的。”

“什么意思？”苏安安愣了一下，她跟着想到了，“小芯不是坐车离开吗？”

“嗯。”顾墨成说，“是陆恒开车带她离开宁城的，去哪里只有他们自己知道。”

“所以小芯之前说去外婆那儿只是一个幌子？”苏安安说道，可是心里不开心起来。

为什么傅芯连自己也瞒着，她应该早点和自己说她是骗陆家人的，这样自己也不用在车站等那么久了。

“安安，傅芯去过自己的生活，你应该开心。”顾墨成说道。

被顾墨成一说，苏安安觉得有道理。她还是掏出了手机，给傅芯打电话，不过傅芯的手机依然没有接通。

苏安安就给傅芯发了微信过去：小芯，祝你幸福。

“小芯！”梦里，傅芯满身是血，她嘴里喊着“救命”。苏安安被梦里血淋淋的场景惊醒了，她的叫喊声把身边的墨成吵醒了。

“怎么了安安？”顾墨成打开床头灯，看着脸色发白的苏安安，语气里带着几分焦急。

“我梦到小芯了。”苏安安看着顾墨成。

顾墨成拿了纸巾擦着苏安安脸上冒出来的冷汗。

“小芯有陆恒照顾，会没事的。”顾墨成安慰道。

陆恒和傅芯的事，他觉得还是瞒着苏安安好。

“做梦而已。”顾墨成跟着说道。

苏安安点点头，人往顾墨成的怀里钻去：“老公，小芯走了，姐姐也不见了。”

她关心的两个人一下子都消失了。小芯走了，姐姐离开苏家后就没有和她联系过。

“你说姐姐为什么不来找我？”苏安安问，“有你在，她不用怕苏华的。”

苏安安不明白，为什么苏若初离开苏家后不来找自己。

顾墨成搂紧怀里的苏安安，他知道苏安安是因为傅芯的离开而不安。

苏安安现在能依靠的只有顾墨成，也知道他会照顾好自己。

“她可能有自己的想法。”顾墨成安慰道，他想到医院里苏安安说见到了苏若初的事，想到了韩龙逸。

“安安，先睡吧，明天我带你去一个地方。”顾墨成说道。

苏安安抬起头看着顾墨成，她做了噩梦，舍不得从顾墨成的怀里出来。

“老公，我抱着你睡。”说话的时候，她的手放在顾墨成的胸膛上，半个身子贴近顾墨成的。

“安安。”顾墨成唤了一声。

“老公，你会不会也不要我？”

傅芯的离开、苏若初的失踪让苏安安一下子害怕起来。她的朋友不多，她在乎的人更没有几个。傅芯和苏若初是，顾墨成更是。

“你胡说什么。”顾墨成声音温柔。

苏安安问：“老公，我能问你一个问题吗？你不许生气！”

看着苏安安一本正经地说着，顾墨成点头。

“你的心里是不是喜欢以前的……”

苏安安的声音小了下去，后面的话没有说完，但是顾墨成已经知道她要问什么了。

苏安安说完后就没了声音，她的心开始不安地跳着。她怕自己的话惹顾墨成生气，她等着顾墨成生气地离开，心想着自己大半夜的问什么不好，偏要提起顾墨成的伤心事。

“安安。”过了一会儿，苏安安听见顾墨成的声音。

苏安安抬头看顾墨成，说：“老公，我不是故意提起她的。”苏安安是突然间想到顾墨成以前喜欢的是蒋家人。这件事从蒋盛旭对苏安安提起后，苏安安的心里就记着。

“你别生气。”她刚说完，顾墨成的吻就落在她的额头上：“安安，你是存心的？”

苏安安不解，然后她看到顾墨成的嘴角慢慢地抿出笑意，他说：“你存心整我。”

看着顾墨成温柔的眸光里都是自己，苏安安也笑了起来。

“安安，别人的话都不要相信，你只要明白我是你的丈夫，而你是我的爱人就够了。”

顾墨成把话说清楚，过去的人过去的事他没有兴趣。他已经有了安安，有了自己的妻子，会过好自己的生活，那些过往有什么意义？谁都有过往，但是人总要往前走，在遇到深爱的女人后，那些过去不过是做了一场梦。梦醒了，也就回到了现实里。

“嗯。”苏安安应道。顾墨成都这么说了，她当然听明白了。

“安安，我爱你。”顾墨成怕小丫头胡思乱想，他吻住苏安安的嘴，不允许苏安安再东问西问让他煎熬。

就在这时，电话响起。

“你找谁？”苏安安喘着气问道。

她的声音让手机那头的人立即把电话挂了。

苏安安直接把顾墨成的电话关了机，省得有人再来打电话打扰他们。

蒋老太太故意挑深夜离开医院，她被管家带进一间小旅馆里。当看到里面瘦削的女人时，她一怔。

从管家口中知道蒋柔没有往日漂亮水灵，但是没有想到她变得那么瘦，一看她蜡黄的脸色就知道她长期缺乏营养，而且生活很苦。

看到蒋老太太，蒋柔身子一颤，眼里多出了恨意。她会沦落到现在的地步，都是蒋老太太害的。就因为当年她执意和顾墨成在一起，忤逆了蒋老太太的意思，蒋老太太就瞒着所有的人把她卖了。这一卖就是十年，十年里她无时无刻不想回来，回到顾墨成的身边。

“这是顾墨成的手机号码。”蒋老太太说着，示意管家把手机递给蒋柔。

蒋柔伸出皲裂瘦削的手接过了手机，她一脸奇怪地看了一眼蒋老太太，在看到上面的号码后立即拨了过去。

顾墨成的号码她一直记着。

然而电话打通，那头传来的不是顾墨成的声音，她卡在喉间的“墨成”的两个字没有出口，就被那边女人的声音堵了回去。

顾墨成有了女人！

蒋柔脸色发白，不敢相信。

“顾墨成结婚了。”蒋老太太说。

这话是蒋老太太在试探蒋柔，她要是听到顾墨成结婚了，就放弃回到顾墨成的身边，蒋老太太倒觉得是自己以前看低了蒋柔。可惜，如蒋老太太所想，蒋柔在听到顾墨成结婚的事后，怨恨的同时更多的是不甘。

“你想回到顾墨成的身边吗？”蒋老太太问，“回到他的身边，你就不用过以前的日子。”蒋老太太继续诱惑。

对于常年受到折磨的蒋柔来说，这是一个很大的诱饵。她没有拒绝，问：“他还会要我吗？”

“那得看你配不配合我！”蒋老太太冷笑道。

蒋柔有把柄在她的手里，不然当初她怎么能拆散得了顾墨成和蒋柔，还把蒋柔成功地卖了。

蒋老太太和蒋柔谈成后，她走出了宾馆。蒋柔是一个识时务的人，懂得抓住机会，不枉她费尽心思把她从外面找回来。

“把蒋柔这十年来的事都瞒住了，不要让顾墨成查到。”

“是。”管家应道。

他看着走在自己前面的老太婆，发自内心地觉得这个老太婆阴狠毒辣。

苏安安醒来的时候，发现顾墨成没有去顾氏，她觉得奇怪，顾墨成却开口催促着她去洗漱换衣服。

苏安安不解：“你要带我去哪里？”

“忘了？”顾墨成走到她面前，低着头看苏安安。

“忘记了。”苏安安摇摇头。

“你先去吃东西。”顾墨成说，“以后不能让你那么累。”

苏安安红了脸：“老公。”她撒娇，抬头看着顾墨成。

顾墨成低下头轻轻吻了吻苏安安的唇。

旁边的仆人和陈叔都在，他们习惯了先生和夫人的恩爱，照这情形下去，顾家很快就要添新人了。

“你早上赖床，太迟吃早饭会把胃饿坏的。”顾墨成轻声说。

“那我们分床睡或者我搬到学校住宿舍。”苏安安故意这么说。

顾墨成不乐意了：“快去吃饭，我带你去一个地方。”

苏安安很期待顾墨成带她去哪里。顾墨成忙工作，她又得上学，两个人很少出去约会。什么时候约顾墨成去看一场电影吧，苏安安心里想道。

顾墨成是自己开的车，他载着苏安安去的不是大商场，而是一个比起市中心较为冷清的街道。

他的车子太好，一停在街道上就引起路人的注意。这里的人没太见过豪车，所以看到顾墨成的车的时候，都停下脚步议论开来。

“这是哪里？”这里苏安安没有来过，顾墨成把车停在这里，苏安安更不知道顾墨成带自己来看谁。

顾墨成指着街头一个铺子说道：“进去吧。”

苏安安抬起头看到铺子上写的韩氏门诊，再回头看着顾墨成：“韩龙逸的诊所？”

真的是奇怪，韩家这么大的产业，珠宝设计、电子领域还有医院。可以说整个宁城有名的私家医院都有韩氏的股份。韩龙逸学医出身，不去自己家的大医院做个院长，反而跑到这里开了一家小诊所，玩隐居吗？

顾墨成点点头。

苏安安来了兴致，她加快了脚步，走向韩龙逸的诊所。

走到诊所门口，看到门口的两桶垃圾，苏安安皱起了眉头，就是一个小诊所，也不能这么不注意卫生吧。

苏安安进去后，诊所地面也不干净，她听到里间传来了说话声。

“小韩，我最近老是咳嗽，是不是老毛病犯了？”

“哦。”韩龙逸应了一声。

“小韩，你‘哦’什么？我在问你话呢。”

苏安安走到门口，看到一个大爷正在和韩龙逸说话。

“叔，你在说什么？”给人看病的韩龙逸竟然没有听见大爷说的话，那他之前“哦”什么？

“你这小子。”大爷生气地骂道，“你最近怎么魂不守舍的？”他骂完后想起了什么，接着说，“是不是那姑娘走了，你想人家了？”

“我早和你说了，多存点钱，去市区买套房子。有了房子，人家姑娘就会跟你了，你不听，让这么漂亮的姑娘跑了。”大爷教训着韩龙逸，“不过跑了就跑了，我让你大妈帮你看看有没有合适的姑娘，就是可能找的姑娘没你之前的那位漂亮。那姑娘长得真是漂亮，又贤惠，你没绑住她真是可惜。”大爷说了一堆，韩龙逸就听进去一句话。

她跑了，苏若初跑了！

大爷看韩龙逸心不在焉的，也不看病了，站起身子往门口走。在看到苏安安后，他愣了一下，又来了一个漂亮姑娘。

正想和韩龙逸说的时候，他看到苏安安身后的顾墨成，心想韩龙逸没有福气，这位漂亮姑娘有主的。他还是让自己老婆帮忙看看有没有合适韩医生的小姑娘，不用太漂亮，太漂亮的容易跑掉。

韩龙逸依然沉浸在自己的思绪当中，根本没有注意到门口的苏安安和顾墨成。

苏安安看着韩龙逸拿着一条项链，这项链明显是女孩子戴的，而且从大爷的口中知道，韩龙逸之前有个女朋友，还漂亮，但是人家嫌弃韩龙逸没钱跑掉了。

“你在想什么呢？”苏安安出声调侃道。

韩龙逸抬起头，因为苏安安逆着光，沉浸在思念苏若初情绪中的他一下子没有回过神，以为苏若初回来了，他连忙站起身，激动地说：“你回来了！”

他说话的时候，过去一把抱住苏安安。

苏安安一怔，被韩龙逸抱得莫名其妙，韩龙逸这么想她？还是暗恋她？

“我好……”韩龙逸后面的“想你”两个字没有说出口，就看到了眼前沉着脸的顾墨成。他猛地反应过来，一看自己抱着的人，傻了眼。

“小嫂子！”他慌乱地唤道。

这下他不好解释了，不会二哥怀疑他爱着的人是苏安安吧？

“二哥。”韩龙逸对顾墨成说道，“你不要误会，我不喜欢小嫂子。”

“可以放开了。”顾墨成冷冷地说。

韩龙逸一愣，跟着苏安安把他推开，他才反应过来，自己还抱着苏安安。

他瞧了眼顾墨成，看着顾墨成在屋里找了位置坐下。韩龙逸走到他面前，“二哥，你听我说，我真的对小嫂子没有感情。不是，我很尊敬小嫂子。”

顾墨成对苏安安那么好，看到其他男人抱着苏安安，肯定又想把人的手剁了。韩龙逸摸了摸自己的手。

他突然听到顾墨成轻轻“嗯”了一声：“我相信。”顾墨成说话的时候，苏安安已经走到顾墨成的身边。

“韩龙逸，你在想谁，你把我当成谁了？”苏安安笑着问。

韩龙逸一愣，没有回答苏安安的话。

“回答你小嫂子。”顾墨成冷冷地说。

韩龙逸看着顾墨成，明白了。顾墨成不会好端端地带苏安安来他的诊所，肯定是二哥知道苏若初被他带走的事了。

韩龙逸没有回答苏安安，而是对顾墨成说道：“二哥，她已经走了。”

“去哪儿了？”顾墨成说话的时候，习惯性地抽烟。

屋子里顿时飘着一股浓浓的烟草味。

在医院里，苏安安说看到了苏若初，之后顾墨成调出了医院的监控，可是监控里没有苏若初的身影，那么可能是被人处理过。医院是韩龙逸的，能处理监控的也只有韩龙逸。韩龙逸不会无缘无故地帮苏若初，而之前苏安安说过韩龙逸一直在给苏若初看病。一切联系在一起，顾墨成觉得苏若初的失踪和韩龙逸脱不开关系。

“不知道。”韩龙逸失落地回道，“她没有说。”

“你没有派人跟着她？”顾墨成问道。

韩龙逸摇摇头：“没有。”

轮到顾墨成愣住了，在他看来，韩龙逸不是一个愚笨的人，怎么会在苏如初的事上慢了半拍。

“你该跟着她。”顾墨成冷冷地说。

他以为苏若初走了，韩龙逸会找人跟着，这样一来，她的踪迹还是能找到的。他带苏安安来，就是来找苏若初的。没有想到韩龙逸竟然让苏若初走了，还没有找人跟着。

“她不让我跟着。”韩龙逸说。

苏若初说什么他都听，而且他派人跟着她，她那么聪明，肯定会发现。

“要是被她知道她会生气。”

虽然和清醒后的苏若初相处了不长的时间，可韩龙逸了解她的性格。要是被她发现，她肯定不想再见他。

恋爱中的人智商不行。顾墨成看着韩龙逸。

喜欢一个人就该主动，韩龙逸把苏若初放走了，他猜得不错的话，苏若初会去找霍笙。一个她念了七年的男人，苏若初找到霍笙后，哪里还有韩龙逸的机会。

“她没喜欢上你之前，你不该放她走。”顾墨成抽着烟，淡淡地说。

一旁的苏安安听得一头雾水，为什么她听不懂呢？韩龙逸喜欢的女人顾墨成也认识？

“韩龙逸，你喜欢的是哪个女孩子？介绍我认识认识，我帮你把她追到手。”苏安安笑着说。

一听苏安安要帮他，他眼睛一亮，说道：“真的？”

没等他继续说，顾墨成无奈地喊了一句：“安安。”

苏安安看着在抽烟的顾墨成，听着顾墨成后面的话：“你姐姐是被他带走的。”

苏安安愣了几秒钟，她脸上的笑容跟着消失。再看韩龙逸的时候，她没有露出一点笑容：“是你带走我姐姐的？”

想到刚才进来的时候韩龙逸抱着她，她确定了一件事。

“你喜欢的人是我的姐姐。”

韩龙逸笑着讨好苏安安：“小嫂子，我们一起去找若初吧。”

苏安安之前不知道韩龙逸看上的是她姐姐，现在知道了，她才不想韩龙逸染指姐姐。其实也不是不愿意，是她没有权利替姐姐做决定。

韩龙逸一开心，握住苏安安的手，余光瞄到黑脸的顾墨成，连忙把手缩回来。

“再碰一下我剁了你的手。”顾墨成淡淡地说。

男人的妒忌心绝对不会输给女人。

“韩龙逸，你怎么把我姐姐带出来的？她现在去了哪里？”苏安安着急地问韩龙逸有关苏若初的事。她说完，想到一个重点。

“姐姐的病好了？”

如果没有好，韩龙逸为什么把她带出苏家？姐姐又是怎么离开诊所的？而且上次在医院里，真的是姐姐来看她的！

“嗯。”韩龙逸点头，“应该好了。”

“什么叫应该好了？”

“不受大的刺激，你姐姐的精神状态不会变差。”韩龙逸说道，所以他想照顾苏若初，让苏若初生活得幸福快乐。

“哦。”苏安安问韩龙逸，“你是怎么把姐姐带出苏家的？”

韩龙逸将苏若初是怎么离开苏家的事告诉苏安安。苏安安现在明白了，为什么当初苏华会打电话质问她，苏若初不见的事。

原来那是姐姐故意设了局，放松苏华的警惕，等着她再次失踪的时候，苏华也会以为姐姐过一会儿就出现。

苏安安很开心姐姐恢复了原样，还是那么聪慧。

听完韩龙逸的话，顾墨成感叹苏若初的厉害，这个女人很精明。也是因为苏若初的能力，顾墨成对苏安安说：“安安，你姐姐不会出事的。”

一个聪慧的女人很清楚自己要做什么！不过苏若初为了霍笙疯了七年，可以看出来她太过痴情。一个女人再聪明，痴情也会成了她的弱点。

苏安安相信顾墨成的话，可她还是担心姐姐。

“墨成，帮我找找姐姐。”

“好。”顾墨成应下，本来带苏安安来就是找苏若初的，谁能想到韩龙逸太笨了！

“我会安排人去找的。”

“二哥，找到人和我说一声。”韩龙逸后悔把苏若初放走了，她身上没有很多钱，也不知道找了什么工作。她长得又这么漂亮，会不会有男人对她不轨？她走后，韩龙逸心里一直担心着，生怕她出了事。

既然在诊所里没有苏若初的消息，顾墨成便带着苏安安离开了。

苏若初离开诊所肯定是去找霍笙，而霍笙在哪儿，顾墨成知道。只是苏安安被蒋家绑走之后，霍笙突然离开了宁城。

顾墨成猜想，霍笙只是暂时离开，他费尽心机把苏家整败，在苏家没有完全破产、苏若初没有现身前，他还会回来的。

第十一章 你怎么奖励我

离市中心不近的一栋三四层高的楼房，四楼的一个房间里，电视里播着彩票的兑奖信息。苏若初拿着彩票，把数字对了一遍。

她天生对数字敏感，也在股票和彩票上有好运。从韩龙逸那里拿的钱只能帮助她过完一个月左右的生活，想炒股她又没有手机和身份证，一旦用了以前的账号就会被苏华发现，再者她没有那么多钱炒股，所以她碰运气买了彩票。

倒是不错，虽然中不了大奖，但是维持每天基本的生活是够的。在没有找到霍笙前，她不能离开这房子很久，屋子里飘出泡面的香味，她端起来慢慢地吃。

她从小被苏华呵护着，过着锦衣玉食的生活，泡面这东西七年前在霍笙家里吃过。当时她觉得味道很不错，可能是跟谁一起吃有关系。

楼下传来了说话声，苏若初看了一眼墙上的时钟，已经是晚上九点半了。

她站起身走到窗口，看到一个女人进了对面的楼房。

她在这里住了快十天了，这个点就只有何妈一个人回来，霍笙到现在她都没有见到。不过苏若初想，霍笙如果回来了，一定会来这里见何妈的。

苏若初想着的时候，心里一阵抽痛，嘴角露出苦涩的笑意。

她继续吃着碗里的泡面，其实她吃泡面吃了十来天了，直到今天才觉得真的是难以下咽。她等了七年，再等一个七年又能怎样?

苏安安的伤好后，回到学校上课。

苏安安下课后，第一个念头是给小芯打电话。她掏出手机，才反应过来小芯已经离开了宁城。

小芯也是的，离开宁城都四五天了，怎么还没有打电话给自己？都不知道她过得怎么样。

苏安安想着的时候，看到苏雅走过来。

“安安。”苏雅看到苏安安露出了笑容。

苏安安没法给苏雅笑脸，瞧了她一眼，苏安安直接要走。

“安安，我是来和你说谢谢的。”苏雅着急地说。

谢什么？苏安安不解地看着苏雅，她还不知道顾墨成让苏雅和苏二婶作证，把苏紫菡关到派出所，然后顾墨成把苏二叔弄了出来。

苏二叔平安无事地出来，让苏二婶知道权势的重要性。

以前她觉得苏雅找一个有钱的人家，过着富裕的生活就够了。经过苏二叔的事后，苏二婶认为苏雅得找有钱又有势的男人。

顾墨成就是最好的对象。

这棵大树，苏二婶必须让苏雅攀上。

要接近顾墨成，只能从苏安安这边着手。苏雅在学校里等了几天，今天才等到苏安安。苏雅聪明，不会一开口就提起顾墨成。

“安安，要不是你，我爸爸还在警局关着，可能还要进监狱。”苏雅说道。

“是顾墨成出的手？”苏安安问道。是因为顾墨成知道二叔对她不错，他才出手的。

苏雅不这么认为，她觉得顾墨成是对自己有些兴趣才去救苏二叔的。

“嗯。”苏雅笑着应道，“安安，如果不是你，他也不会救我爸爸。”

“哦。”苏安安应道，苏二叔出来了就好。她不想和苏雅说话，苏雅想说的事却没有说完。

“安安，我爸爸想请你吃饭。”苏雅说，“感谢你救了他。”

“不用了。”苏安安第一反应是拒绝。

苏雅知道苏安安来吃饭一定会把顾墨成带上，她继续说：“安安，爸爸说很久没有看到你了。”

苏安安不去她家，她怎么见到顾墨成。

苏安安还是拒绝，对苏雅和苏二婶苏，安安不得不防。

苏雅倒没有坚持下去：“那好吧。”

下午结束课程，苏安安回到顾家，接到了苏二叔的电话。

苏安安把苏华的号码已经拉入了黑名单，苏紫菡和蒋媚的她也是拒接的。她就留了苏二叔的电话号码。

苏二叔说想请她和顾墨成一起吃饭，他是真的很想谢谢她。

苏安安回想起苏二叔的好。姐姐疯了后，照顾她最多的就是二叔，二叔自己没多少钱，每个月也会剩下点给她。

苏二叔开口邀请，苏安安没法拒绝，就应下来了。苏安安觉得把顾墨成带上比较好。

“怎么样？”苏二叔一挂断电话，苏二婶就焦急地问，“来不来？”

“安安说来的。”苏二叔回道。

“顾墨成呢？”重点是顾墨成，不是苏安安。

“不知道。你们盯着顾墨成做什么，顾墨成是有钱有势，可是他是安安的老公。”苏二叔不悦地说道。

他一从警局回来，她们就要他打电话给苏安安，让苏安安带着顾墨成来家里吃饭。她们的心思，苏二叔怎么会看不出来。

“你懂什么？”苏二婶指责道。

“他们压根没有结婚，他们最多算男女朋友。”苏二婶不开心地说，“你难道不想我们雅雅找一个好男人？”

“可那是安安的。”苏二叔说，“我告诉你们，就请人家来吃顿饭，不许打别的主意。”苏二叔这么说着，但是心里很不安，看着自己的妻子和妈妈，总觉得哪里不对劲。

“你就别管了。”苏老太太开口说，“拿些钱出来，让雅雅去买些漂亮的衣服。”

“对对对。”苏二婶觉得有道理，“得给雅雅好好打扮打扮，我们雅雅打扮起来，绝对漂亮。”

看着激动的苏二婶和苏老太太，苏二叔叹了一口气，摇摇头。他希望这顿饭吃得顺利些，要是途中出现什么问题，他真的是对不起苏安安和何晴。

顾墨成回来后，苏安安和他说了去二叔家吃饭的事。他不反对，他同苏安安解释了为什么救二叔出来的事。

“安安，你不吃醋？”顾墨成问。

苏安安笑笑，伸手环住顾墨成的脖子：“这点自信我还是有的。苏雅可没有我漂亮，也没有我讨顾先生喜欢。对吗，顾先生？”苏安安踮起脚吻了顾墨成。

顾墨成笑着回吻了苏安安。

苏家。苏安安的房间里一片狼藉，地上、床上乱糟糟的一片。桌上，苏安安和苏若初的合照也被苏紫菡砸在地上，镜框上的玻璃破碎，照片落在苏紫菡的眼里，让她心头的怒火又攀高。

“浑蛋！浑蛋！”苏紫菡狠狠地骂道，她用自己细高的跟使劲地往照片上苏安安的脸上踩去。都是苏安安这个浑蛋害的，让她在警局待了半个月。

那个地方又冷又湿，她的脸被关在一起的人打了，身上还有被人拳打脚踢后留下的瘀青。

这一切都是苏安安害的！

蒋媚从外面回来，听到仆人说二小姐回来了，她欢喜地跑上楼。在苏紫菡的房间没有看到人，正好奇苏紫菡去了哪里，就听到苏安安房间那边传来了声响。她走过去一看，房间里凌乱极了，苏安安柜子里的衣服正被苏紫菡拿出来一件件地撕扯着。

她进去，踩到地上的照片，低头一看，是女人一脸笑意地盯着她，吓得她连忙弹开，再定睛看去，不过是何晴的照片。

苏安安的房间除了放着她和苏若初的合照，就只有她妈妈何晴以前的照片。

蒋媚心有余悸地看了一眼地上何晴的照片，绕过走到了苏紫菡面前：“紫菡，你在干吗？”

苏紫菡听到蒋媚的声音，她转身，眼角处的瘀青和嘴角的伤痕看得蒋媚心疼极了。

“是谁把你打成这样的？”蒋媚着急地问道。

“妈妈！”苏紫菡看到蒋媚，哭着扑到她怀里，“苏安安，是苏安安害我的！”苏紫菡大哭道，在警局里受的委屈随着哭声发泄出来，在里面她连大哭都不敢。因为哭得响，吵到别人休息，她就会挨打。

“妈妈，我只是和苏安安开个玩笑，没有想过真的撞她，倒是她把我的车撞坏了。她仗着自己跟了顾墨成，就让顾墨成把我送进警局。”苏紫菡越说越委屈，更加恨起了她。

苏紫菡哭得伤心，听得蒋媚心里也难受。

“都是妈妈没用。”蒋媚内疚地说道。她求了蒋老太太、苏华、慕家人，他们一个个都拒绝救苏紫菡。蒋媚也给苏安安打过电话，可苏安安根本不接。

苏紫菡继续哭道：“苏安安还买通了里面的人，让她们打我。”

这纯属是诬陷苏安安了。以前在苏家的时候就是这样，只要苏安安惹她一点不愉快，她就把事夸大无数倍，甚至搞出些“莫须有”的事，让蒋媚帮她教训苏安安。

“苏安安这么狠毒！”蒋媚眼里全是恨意。

“是的。”苏紫菡继续哭泣道，“她让那些人拼命地打我，白天打，晚上也打。妈妈，我差点死在里面。”

苏紫菡伤心地哭了起来，她被人打和苏安安、顾墨成没有关系，是苏紫菡自己的大小姐脾气犯了，进去后还把自己当作公主，指使别人服侍她。那是什么地方，被关着的肯定是会惹事的主。她们才不怕她，所以见到她就忍不住动手了。

“不哭了不哭了。”蒋媚安慰道，“今天晚上妈妈给你做顿好吃的。”

一听蒋媚的话，苏紫菡的脸色变了。她一把推开抱着自己的蒋媚，严厉地说：“妈，你这话是什么意思？你不帮我教训苏安安吗？”

“紫菡，这事我们不能急。”

“妈妈，你现在就给苏安安打电话，要她来苏家！”苏紫菡建议道，“再不行，让爸爸给她打。”

“紫菡，你听妈妈说，我们现在对付不了苏安安，她就算来了能怎样。”

苏紫菡心里是清楚的，因为苏安安背后的人是顾墨成，是她不要的顾墨成。

“妈妈。”苏紫菡大哭了起来，“我好后悔让苏安安代替我去了顾家。”她说着抓住蒋媚的衣服，“妈妈，难道我们要由着苏安安欺负吗？”

当然不能！蒋媚比任何人都不想被苏安安压着。那是何晴的女儿，是输给她的何晴的女儿。

“紫菡，你二婶请了苏安安和顾墨成去她家做客。”蒋媚抹去眼角的眼泪。

苏紫菡一听，勾起嘴角冷笑起来：“苏雅？顾墨成瞧得上吗？”

“不一定要瞧上。”蒋媚轻声说，“只要生米煮成熟饭，你奶奶和二婶就会逼着苏安安把顾墨成让出来。”

苏紫菡看蒋媚露出阴狠得意的笑容，明白了苏二婶请苏安安和顾墨成吃饭的用意。苏紫菡露出了笑意，心情总算好起来。

蒋媚说的计划让苏紫菡高兴极了，更让她开心的是慕瑾瑜来苏家接她回去。

她在房间里用了半个小时化妆、挑漂亮的衣服，把自己打扮得漂漂亮亮，她要慕瑾瑜看到她就被她迷住。她有信心把慕瑾瑜抓在手里，慕瑾瑜是她的。可她的脸上有好几处瘀青，化了妆也没有之前好看。

苏紫菡站在落地镜前照了又照，觉得自己很完美才下了楼。她故意走得很慢，让自己表现得优雅大方，就像当初慕瑾瑜来接苏安安的时候，他看到盛装打扮的她，一下子就被她迷住了一样。

她慢悠悠地下楼，慕瑾瑜却等得不耐烦了。他抬起手腕又看了一次时间，来这里已经半个小时了，茶都喝了三杯，苏紫菡在搞什么，怎么还没有下来？

如果不是慕夫人让他来接苏紫菡回来，他才没时间接她。她爱在苏家住多久就住多久，一辈子都不回慕家更好。

“瑾瑜哥。”苏紫菡下楼后站在慕瑾瑜身后，娇柔地唤道。她痴痴地看着慕瑾瑜，眼里都是温柔的波光，不时对慕瑾瑜放电。

慕瑾瑜见她下楼，起身说：“走吧。”他压根没看苏紫菡，就算苏紫菡打扮得跟天仙一样，在他心里，她也犹如蛇蝎。

看慕瑾瑜头也不回地往前走，苏紫菡脸上的笑意僵住了。

慕瑾瑜这是什么意思？他没有看到自己为了他打扮得这么漂亮吗，他的眼睛瞎了吗？

“你磨磨蹭蹭做什么？”他的语气里全是不耐烦。

“妈。”苏紫菡不开心地说，“你看他！”慕瑾瑜来接她，就是这个态度！

“我不回慕家了。”苏紫菡的大小姐脾气发作了，慕瑾瑜不过来求她，她就不走。

“随你。”慕瑾瑜冷声丢了一句话，作势要走，被蒋媚拦住，“瑾瑜，紫菡在和你说笑呢。”说话时，蒋媚拉着苏紫菡往门口走，“紫菡，不要和瑾瑜闹别扭了，他在这里等了你半个小时了。”

听到慕瑾瑜等了自己这么久，苏紫菡的脸色变得缓和。这还差不多！她被男人追捧惯了，受不了慕瑾瑜的冷落。

“好吧。”苏紫菡故作不太情愿的样子。她刚说完，慕瑾瑜已经抬起脚往大门口走去。

苏紫菡噘起嘴，不甘心地跺了跺脚，跟上了慕瑾瑜。

蒋媚看看苏紫菡的背影，叹了一口气。苏紫菡被她宠坏了，慕瑾瑜要是再在外面找一个会演戏扮弱的女孩子，她根本不是对方的对手。到时候不管是在慕家还是在慕瑾瑜的心里，哪里有她的半点位置。

苏紫菡跟着慕瑾瑜上了车，两个人谁都没有出声。

慕瑾瑜是不想、也没有话同苏紫菡说。苏紫菡是和慕瑾瑜置气，想他先开口，可是她等了很久，他就只是在专注开车。

她实在忍不住了，慕瑾瑜接她回去又什么都不说，这是什么意思？她一气恼，直接伸手去动慕瑾瑜的方向盘，吓得慕瑾瑜连忙刹车。

“苏紫菡，你疯了！”慕瑾瑜严厉地骂道，真是一个疯子！

“你才疯了！”苏紫菡大声地反骂，“慕瑾瑜，我问你，你是不是不想接我回慕家？”

慕瑾瑜冷笑着瞧了苏紫菡一眼，还算她有自知之明：“是！”

“你！”苏紫菡气得直咬牙，“你到现在还念着苏安安那个浑蛋。”

“安安不是浑蛋。”慕瑾瑜冷冷地为安安说话，以前是他有眼无珠，喜欢上苏紫菡这个狠心虚伪的女人，不然现在安安就是他的了。

“你竟然为苏安安说话。”苏紫菡怒声说，“你还喜欢她，竟然还喜欢她！”

“对！”慕瑾瑜吼道，“我爱安安。”

苏紫菡受不了慕瑾瑜的话，她抡起手掌朝着慕瑾瑜的脸打去。慕瑾瑜手上的伤恢复得不错，他已经把车停在路边熄了火，当她打过来的时候，一把抓住了她的手。

“你够了！苏紫菡，要是不想和我回慕家，自己滚下车去。”慕瑾瑜没精力应付苏紫菡。

苏紫菡一听慕瑾瑜要她滚，她“啊”地尖叫出声：“苏安安，这个不要脸的浑蛋敢勾引你，勾引自己的姐夫！”

慕瑾瑜冷冷地盯着苏紫菡，为苏安安说了一句话：“她没有勾引我。”苏安安根本不理他，可他还是想得到苏安安。

慕瑾瑜都在为苏安安说话，苏安安怎么没有勾引慕瑾瑜！

“苏安安，我饶不了你。”苏紫菡阴狠地说，她突然想到蒋媚说的苏雅和顾墨成的事，她勾起嘴角冷冷地笑了，那阴森森的笑意让慕瑾瑜一怔：“你笑什么？”

“慕瑾瑜，你放心，很快苏安安就会被顾墨成赶出顾家，到时候她落到我手上，我一定要她生不如死！我能让她嫁给顾墨成，也能让别人勾引顾墨成！”

慕瑾瑜听到了话里的重点，抓紧苏紫菡的手腕，问道：“你们要让谁勾引顾墨成？”

苏紫菡看慕瑾瑜绷着脸，着急地问：“慕瑾瑜，你是不是以为顾墨成把苏安安甩了，你就有机会和她一起？你死了这条心吧。顾墨成把她甩了后，我会让妈妈再给她找一个又丑又老的男人。”

“丧心病狂！”慕瑾瑜看苏紫菡一脸笑容，厌恶地骂道。他之前还觉得苏紫菡温柔善解人意，真的是自己瞎了眼，喜欢上这种蛇蝎心肠的女人！

“慕瑾瑜。”听到慕瑾瑜骂自己，苏紫菡恼怒地说，“苏安安想不要脸地勾引你，我不会给她机会的。”

“说！你们找谁来破坏苏安安和顾墨成的感情？”慕瑾瑜的声音变得严厉，加重了抓紧苏紫菡的手的力道。

苏紫菡的手腕被慕瑾瑜捏痛，哭出声来：“瑾瑜哥，我好痛。”

她的眼泪在慕瑾瑜眼里根本没有一点作用，相反都是厌恶。

“说！”他的声音变得凌厉，捏苏紫菡手腕的力道更重，顾不得自己没有好全的手，恨不得把苏紫菡的骨头捏碎。

“好痛啊！”苏紫菡大声叫了出来，她使劲想抽出自己的手，痛感却越来越强，她只得告诉慕瑾瑜，蒋媚和苏二婶的阴谋。

“苏雅！”

“苏雅？”慕瑾瑜重复着这个名字。

苏家的四个女孩子慕瑾瑜都见过，最漂亮的是很早前见过的苏若初，然后是苏安安，最后就是苏雅。

苏雅不漂亮，皮肤也没有苏安安和苏紫菡白皙，而且她就像一个影子一样躲在苏紫菡的身后，柔柔弱弱的很安静，但是温顺的她会让男人不由自主地喜欢她。

慕瑾瑜突然觉得苏雅那样的女孩子对男人很有杀伤力，顾墨成很可能厌烦了脾气不好的苏安安，喜欢上苏雅。他不由自主地替苏安安担心起来，转念一想，又觉得如果顾墨成把苏安安赶出了顾家，他再出手救了安安，他不是就有了和安安和好的机会？

慕瑾瑜想着，嘴角抿出一丝笑容。

慕瑾瑜和苏紫菡各自怀心思回了慕家。到了慕家后，苏紫菡难得没有对慕夫人发脾气，晚上她洗了澡，故意穿了性感的睡裙。

因为苏安安会和顾墨成分开的事，慕瑾瑜晚饭的时候高兴地喝了些酒，看着挑逗自己的苏紫菡，他没有控制住，又和苏紫菡在一起了。

苏二叔说在酒店里订了位置，请苏安安和顾墨成吃晚饭，苏安安应下了。顾墨成因为公事没有处理完，她先去了酒店，去的路上她接到了陌生的电话。

她不知道是谁，接了起来，一声“安安”听得苏安安皱起眉头，直接把电话挂了。

在这之前，苏安安已经把慕瑾瑜的号码拉进黑名单了，他也好长一段时间没有骚扰自己，她还以为慕瑾瑜认清了事实。现在慕瑾瑜又打来电话，紧接着还发了一条短信进来：安安，我有正事和你说。

苏安安冷笑着，把电话号码拉进了黑名单。管慕瑾瑜找自己说的是什么正事，反正她没有什么和他好聊的。他这个渣男，她一辈子都不想见到。

到了酒店，苏安安找到苏二叔订的包厢，推门进去的时候，里面的人都站得笔直，一张张笑脸看着她。当看到只有她的时候，他们脸上的笑意僵住，眼睛盯着她的身后看。

“怎么是你？”苏二婶不悦地说，她看向一旁的苏二叔，难道苏安安在耍他们，根本没有带顾墨成过来？

“二叔，不是你打电话给我要请我吃饭的吗？”苏安安故作不解地问道。

她会来吃这顿饭，完全是看在二叔的分上，给他们一点面子。要是苏华请客，她绝对是甩脸不来。

“不是，安安。”苏二叔连忙说道，他是在座唯一真心请苏安安吃饭的人，“安安你快坐，看看有什么想吃的菜。”他将菜单递到苏安安面前。

苏安安坐在靠门口的位置上，拿过了菜单。

苏二婶、苏雅，还有苏老太太看到只有苏安安一个人，三个人面面相觑，很不甘心。

“安安，顾先生呢？”苏二婶厚着脸皮问，她的脸上露出笑容。

苏安安翻着菜单，抬头看了一眼盯着自己的苏二婶，问：“你们不是只请我一个吗？”

什么？这话听得苏二婶和苏老太太脸色大变，她们立即拉下了脸。苏二婶甚至伸手去抢苏安安手中的菜单，不让安安点菜。

“你做什么？”苏二叔呵斥道。

苏二婶瞪了他一眼：“顾墨成又不来，来这么贵的饭店吃什么吃！我们找小饭店吃炒菜就够了。”

苏二婶的话让二叔觉得丢脸，他刚要反驳，苏老太太跟着点头：“是呀，这里的饭菜那么贵，她有什么资格吃。”

苏老太太看苏安安的时候，一双眼里掩盖不住厌恶。

苏安安听着她们的话，也不气，微微地抿嘴笑笑：“这样啊。你们要去哪家小饭馆吃？把位置告诉我，我和他说！”

他？苏二婶她们又听到了重点，苏安安的意思是顾墨成会来？

“安安。”苏雅笑着唤道，“我爸爸的事多亏了顾先生，所以妈妈和奶奶是很想请你和顾先生一起吃顿饭，感谢下他。”

苏雅这话中听，如果不是苏安安知道她对顾墨成感兴趣，她会觉得苏雅真是一个善解人意又温柔的好姑娘，可是这张柔弱温顺的笑脸下隐藏着对她老公的觊觎。

“本来呢，我是不想带他来吃饭的，可是我老公担心我被人欺负，非要跟着过来。”苏安安看着苏雅笑着说道。

她把“老公”两个字咬重，告诫苏雅，顾墨成是她的老公，不要再想入非非。

可是苏二婶她们压根听不进去苏安安的话。

苏安安接着对苏二叔说：“二叔，我和墨成元旦会摆酒结婚，到时候请你过来喝杯喜酒！”

“你们要结婚？”苏安安话音刚落，苏二婶尖叫着问道。

顾墨成真的要娶苏安安！

“嗯。”苏安安应道，“二婶怎么这么激动？有些人觉得我们没有领证也没有摆酒席就觉得自己有机会，想介入我们的感情。所以我老公要大摆酒席告诉所有的人，我是顾太太。”

苏安安笑着说的话每一句都刺中苏雅的心，苏雅白了脸色，低下了头。顾墨成真的爱苏安安？

“是吗？”苏二婶不以为然，“有钱人家呀，就是喜欢吃着碗里的，看着锅里的。安安，顾墨成娶了你也不代表什么，指不定你刚结了婚，就被他赶出顾家了。”

她说话时，苏安安已经变了脸色。苏安安将手中的杯子重重地放在桌上，发出“嘭”的一声：“二婶，顾墨成爱我，我也爱顾墨成。谁敢抢我的男人，我绝对不会要她好过。”

这些话是说给苏二婶和苏雅听的，她们能听进去最好，听不进去她也不会给苏雅机会接近自己的老公。要是她们敢乱来，别怪她翻脸不认人。

苏二婶勾起嘴角，不屑地哼了一声。在她看来，只有她家雅雅才配得上顾墨成。苏安安脾气那么差，顾墨成肯定不喜欢。

“安安，恭喜你。”苏二叔出声缓和了饭桌上的气氛，他端起酒杯对安安说，“元旦那天二叔一定去，再给你包一个大红包。”

“谢谢二叔。”苏安安端着酒杯笑着说道。

她不怕苏二婶下药，一是相信二叔，二是顾墨成等会儿就来了。

“雅雅，你也抓紧时间找一个男朋友。”苏安安对对苏雅说道。

苏雅抬头，抿嘴一笑：“嗯。”

“我家雅雅肯定会找一个很好的男朋友。”苏二婶立马接嘴。

饭桌上，顾墨成没有到，苏二婶和苏雅还有苏老太太三个人聊着天，不怎么搭理苏安安。

苏二叔很不好意思，一直陪苏安安聊天，问起苏安安最近的学习和生活。苏安安上次在蒋家受伤的事二叔也听说了，听到苏安安说没事了，他就放心了。

过了一会儿，包厢的门被推开，苏雅第一个扭头去看，苏安安端着酒杯倒没有回头。

顾墨成刚给她发过短信，说还在路上，所以进来的人肯定不是他。

是的，来人不是顾墨成，而是来看好戏的苏紫菡。苏紫菡推门进来，看到苏安安身边的位置空着，脸上的笑意淡去。

怎么回事？顾墨成没有来？顾墨成没来的话，她们的计划不是实施不了？

一见来的人不是顾墨成，苏雅失落地低下了头。

“雅雅，你今天打扮得真漂亮！”苏紫菡进来，拉开椅子坐在苏雅的身边，笑着夸道。

苏雅穿了一身嫩黄的连衣裙，化了妆，皮肤因为粉底变得白皙多了。再加上苏雅低着头，虽然没有苏安安漂亮，但是这朵小花很容易让男人生起怜惜之心。

苏安安好奇苏紫菡的到来，而且苏紫菡看到她一点都不生气，相反很开心。他们这些人在计划什么？她的脸色沉了下来，她倒要看看她们想干吗。

“安安，顾先生呢？”苏紫菡问。

“你也对我老公有兴趣？”苏安安嘲讽道，“想继承你妈妈的衣钵啊！”

“你在胡说什么！”苏紫菡经不起激，一下子就生气地骂道。

“我说错了吗？”苏安安瞪大无辜的双眼，想了想，“哦，我都忘了，你已经继承了你妈妈的衣钵了。”

“苏安安！”苏紫菡起身朝着苏安安的脸上打去。

苏二婶和苏老太太冷笑着看着，没有阻止苏紫菡。

苏二叔出声喊道：“紫菡，你在干吗？”

苏二叔话音刚落，就被苏二婶狠狠揪了一下，痛得苏二叔叫了起来。苏二婶说：“你不说话没人把你当成哑巴。”苏安安就该被苏紫菡打！

可苏紫菡这一巴掌没有打下去，她看着苏安安冷冷的眼睛，想到上次被苏安安甩的两巴掌，不敢下手。她的手高举着，犹豫着打还是不打。包厢的门再次被推开，进来的人是顾墨成。

苏安安收起手中的手机，最先反应过来，她扭头一脸笑意地看着他。

顾墨成无视其他人的笑脸，径直走向苏安安。

苏二婶站起来，招呼着顾墨成到苏雅身旁坐下，可是苏雅旁边坐着突然过来看戏的苏紫菡，她给苏紫菡使眼色，该死的苏紫菡竟然没有看见，坐在那一动不动。

顾墨成在苏安安面前坐下，他的另外一边是苏二叔。

“二叔好。”苏安安对谁好，他就对谁有礼貌，这是对安安的尊重。

苏二叔一怔，唤他“二叔”的可是顾墨成，他连忙开心地笑起来，激动地去拿桌上的香烟。

“顾先生，您抽烟。”

“您唤我‘墨成’就好。”顾墨成说道。

对顾墨成，苏华都是一口一个地叫“顾先生”，而苏二叔竟然得了这样的殊荣。

苏二婶一听，更加觉得顾墨成是对自己家雅雅有兴趣，才对苏二叔这么好的。

其实顾墨成全是看在安安的分上，来的时候苏安安说了，整个苏家，除了姐姐，就是苏二叔对她好了。谁对她好，她记着，谁对她不好，她记得更牢。

顾墨成自己点了烟，抽了起来，他的身子贴向苏安安：“有受欺负吗？”

苏安安摇摇头：“有老公你撑腰，谁敢欺负我？”

苏安安的话让顾墨成抿嘴笑了起来。

换作以前，苏紫菡那一巴掌肯定会打下来，但她没有，说明苏紫菡也在掂量自己在顾墨成心里的分量。

“老公。”苏安安唤了一声，伸出手抓住顾墨成的手。

顾墨成嘴角的笑意更浓，将苏安安的手握紧。

顾墨成来了，苏二婶他们高兴极了，酝酿已久的计划开始实施。

“雅雅。”苏二婶开口示意苏雅给顾墨成敬酒。

苏雅看顾墨成的时候，脸就红了起来。

坐在那里懒懒抽着烟的顾墨成让苏雅着迷，她从未见过比顾墨成更有魅力的男人。她很喜欢他，很想和他在一起。哪怕做不了他的妻子，她也想，哪怕是做顾墨成不能见光的情人。

因为太喜欢顾墨成，所以苏雅压根没有把苏安安的警告听进去，也没有想过她现在正破坏着苏安安和顾墨成的感情。

“顾先生，谢谢你救了我爸爸。”苏雅柔声说道，她的笑意淡淡的，一脸羞涩。

顾墨成没有给苏雅面子，他一只手抽着烟，另一只手玩着苏安安的手指。他什么女人没见过，苏雅是怎样的女人，对他又怀着什么样的心思，他清楚得很。

苏雅端着酒杯在空中，被顾墨成晾着。

苏安安心里不由自主地叹气，她都把话说得这么明白了，苏雅还不死心。

饭桌上的人尴尬起来，除了苏安安和顾墨成。

所有人的注意力都在苏雅和顾墨成身上，苏安安趁机喝着红酒。刚才点菜的时候，她故意点了一瓶红酒来解解馋。

“安安。”顾墨成冷冷道，“少喝点酒。”他说话的时候，将苏安安手中的酒杯拿开，再让服务员端一杯开水来。

这嗜酒的小丫头，一会儿工夫就把一杯红酒喝完了。

“老公。”苏安安撒娇道，她这声娇柔的“老公”可比苏雅的“顾先生”好听多了，特别是在顾墨成听来。

苏雅端着红酒的手开始发酸，苏二婶忍不住地提醒道：“墨成，雅雅她在敬你酒呢。”

“墨成？”顾墨成声音变冷。

苏二婶的笑意僵在脸上，刚才顾墨成让苏二叔直接唤他“墨成”，所以她也跟着苏二叔唤“墨成”想套近乎。

“妈妈。”苏雅看出顾墨成脸色变了，连忙对苏二婶说道。

苏二婶很少会怕一个人，顾墨成脸色沉下来的时候，她害怕起来，闭上自己的嘴。

“你乱喊什么！”苏二叔不悦地说。他不知道苏二婶她们要做什么，但是顾墨成一来，苏雅的两只眼睛就盯着顾墨成，他看着安安在身边，心里不痛快起来。

“墨成，我们喝酒。”苏二叔说话间给顾墨成倒满了酒。

苏雅难堪地坐了下来，因为顾墨成拒绝喝她敬的酒，她觉得委屈，眼睛红了起来。

苏雅一流泪，最心疼的是苏二婶，苏二婶冷冷地瞪了眼苏安安：“雅雅，先吃菜。”要是苏安安不在顾墨成身边，顾墨成肯定会喝雅雅敬的酒。

顾墨成只给苏二叔面子，安安对谁好，他就对谁好。

一下子，酒桌上只有苏安安、顾墨成和苏二叔说着话。

苏二婶不时插嘴，并且想方设法让顾墨成注意到苏雅。

顾墨成不理会苏二婶，更没有看苏雅一眼，这让苏二婶和苏雅很尴尬，又因为顾墨成的身份不好发作。

苏紫菡原本是来看戏的，可是看到的却是顾墨成对苏安安的温柔，这两个人当其他人都是背景墙，大肆地秀恩爱。

苏二婶等不下去了，她朝一旁的苏老太太看了一眼，苏老太太明白她的意思，老太太故作难受地“哎哟”出声：“我的头好晕啊！”

苏安安吃着菜，噙着笑看着老太太演戏。

接下来，苏二婶是不是让她去扶苏老太太到外面休息？

“安安，快点来扶一下你奶奶。”苏二婶对苏安安说道。

苏安安坐在那里没有动，苏二叔皱了眉头：“让雅雅扶妈妈出去。”

苏二婶看着拆台的苏二叔，冷了脸色，苏老太太伸手指着苏安安说：“我要安安扶我！”不把苏安安支走，怎么给苏雅接近顾墨成的机会。

“好吧。”苏安安起身说道。

她相信自己的老公，也一点都没有把苏雅放在眼里。刚才已经警告了苏雅和苏二婶，她们非要作死，那就由着她们。

“老公，你慢慢喝酒，我先出去一会儿。”苏安安说着弯腰吻了吻顾墨成的脸颊，“记得想我。”

“嗯。”顾墨成知道苏安安是故意的，不过她喜欢怎样，他都由着她，她高兴就好。

苏安安和苏二婶扶着苏老太太出去，等着看好戏的苏紫菡借故出去看苏老太太，也离开了包厢。

包厢里只剩下苏雅、苏二叔和顾墨成。

苏二叔看得出顾墨成对苏安安是真心好的，之前他还觉得顾墨成这么有钱，对安安只是玩玩。这顿饭下来，他知道顾墨成是真的很爱安安。

苏二叔看了一眼旁边的苏雅。回家后他一定要和苏雅好好说说，不要对顾墨成有非分之想，那是安安的老公。

“墨成，安安有了你，我很放心。”苏二叔说道。

何晴死后，苏安安一直不招苏家其他人待见，苏华更是觉得苏安安不是自己的女儿，对她厌恶至极。苏二叔有心想帮她，也被苏老太太和苏二婶压着，他只能在背后偷偷地给她钱花。

“你以后一定不能做对不起安安的事。”苏二叔交代完后，严肃地对苏雅说，“雅雅，安安比你大些，是你的姐姐，顾先生是你的姐夫。”

苏二叔在告诫苏雅，不要对顾墨成有非分之想。

可苏雅的心已经想要顾墨成想疯了，苏二婶和苏老太太为她布置好一切，她怎么可能不把握好这个机会让顾墨成爱上她。

苏雅端着面前的酒喝了一口，她的目光瞄到一个没有倒过酒的空杯。

苏二叔还想和顾墨成说话，一个电话进来。

“又怎么了？”苏二叔很不耐烦地对电话里的人说，“现在出来？好，好！”苏二叔无奈地挂断电话后，看看苏雅，又看看顾墨成，有些不放心。

“二叔，你有事就去忙吧。”顾墨成抿着红酒，淡淡地开口。

苏二叔一走，包厢里只剩下苏雅和顾墨成两个人。

苏安安扶着苏老太太离开了包厢，去了隔壁空着的包厢里。苏安安进去后就放开了苏老太太，直接在包厢里的沙发上坐下，她靠在沙发上，掏出了手机玩着。

“你给我站起来！”苏老太太冷声对苏安安喝道。

顾墨成不在，苏华也不在，苏老太太恨不得上前打苏安安。看着苏安安这张脸，她就想起何晴。

苏华把苏老太太带到宁城，她不喜欢娇生惯养、什么都不会的何晴，让她更生气的是苏华那时太过偏袒何晴，家务活都不让何晴碰。后来蒋媚看上苏华，说不计较苏华已经结婚生子，愿意做小。蒋媚可是蒋家的千金小姐，能给苏华做小，在她看来是求之不得。她试着说服何晴，谁知何晴竟然当场朝她发火。她一气愤，向苏华告状，苏华又帮着何晴。

还好最后何晴死了，苏华娶了蒋媚。

想到过去何晴顶撞自己的种种，苏老太太对面前的苏安安越是看不惯。这个野种和她妈一样，不懂礼貌，哪里有紫菡和雅雅乖巧。

苏安安淡淡地瞧了眼苏老太太，没有站起来的打算。

“真是一个没家教的野丫头。”苏老太太气愤地骂道。

“你教得好。”苏安安回道，骂她没家教，可不是苏华教的。

“你！”

“你们叫我过来，是有什么想同我说的？”苏安安正在用微信给顾墨成发信息，她抬起头对苏二婶她们说，“没事的话，我回包厢了。”

“安安。”苏二婶露出笑意，挡在苏安安的面前，“二婶有件事同你商量商量。”

“商量？”苏安安勾起嘴角冷笑，“你想同我商量让我把我老公让给苏雅？二婶，你怎么还想着这件事！上次在苏家你们没被顾墨成打怕吗？”

"安安，那是你没有给雅雅和顾墨成单独相处的机会。你只要给机会让他们处处，顾墨成一定会喜欢雅雅的。"苏二婶越说越觉得这事能成，"安安，雅雅和顾墨成在一起对你也是好事。"

苏安安在心里骂了一句，她实在是被苏二婶说得想骂人。

"二婶，你的脑袋被驴踢了吧！"苏安安忍不住出口嘲讽，"顾墨成长得帅，有钱有势，对我又好。这么完美的男人，我为什么不抓牢，还要让给你的女儿？"

"安安，雅雅是真心爱着顾墨成。"

"如果顾墨成是个又穷又难看的老头，她也要？"苏安安恼怒地说，"二婶，你们不要做梦了。我今天过来吃饭完全是看二叔面子，不要再打我老公的主意，打了也没用。我建议你们现在让我回去，不然惹我老公生气了，后果是你们承受不住的。"

苏二婶被苏安安的话吓住了，她听说过顾墨成的厉害，要是把顾墨成得罪了，一定是没有好结果的。

"二婶，等雅雅跟了顾墨成，没有好下场的人是苏安安吧。"一旁的苏紫菡的挑拨让苏二婶又坚定了原来的想法。

"安安，雅雅是你的妹妹，你就顾着自己，一点都不为她考虑考虑吗？"苏二婶气愤地指责道，"你必须给雅雅一次机会，如果顾墨成选择了雅雅，你就给我离开顾家，不要再缠着顾墨成。"

苏安安压根没有把苏二婶的话听进去，她冷笑道："既然你们一点都听不进我的劝说，出了事可和我没有关系！"她说着重新坐下去，"二婶，苏雅长得没有我漂亮，也没有我会讨顾墨成的喜欢，装柔弱这招在顾墨成身上可没有用，希望她和顾墨成这顿饭能吃得开心。"

苏二婶不屑，她家雅雅是最好的，顾墨成一定会看上雅雅的！

"安安。"苏紫菡露出笑意，"顾先生要是看上了雅雅，你没有地方去就回苏家吧。"

"瞧上了再说。"苏安安冷嘲。

"顾先生和雅雅好上了，你难道还要赖在顾家？"苏紫菡说，"雅雅是你的妹妹，你怎么能抢自己妹妹的男人。"

说起满嘴喷粪的能力，她们三个人绝对厉害。

"紫菡，雅雅也是你的妹妹。"苏安安看着苏紫菡笑笑，"雅雅不对我老公的胃口，慕瑾瑜一定喜欢这样的。你这么为雅雅这个妹妹考虑，就把雅雅送给慕瑾瑜吧。慕家也是不错的！哦，对，二婶看不上慕瑾瑜那个人渣！"

“苏安安，你不要嚣张！没有顾墨成护着你，你什么都不是。”苏紫菡那种想打又不能打的感觉让她气出了内伤。

苏安安看着他们三个，没啥兴趣再陪她们等下去了，她困了！

苏安安刚起身就被苏二婶拦住。

“二婶，我困了，我要找我老公，让他带我回家睡觉。”苏安安一把推开苏二婶。

苏二婶的力气很大，她一把拽住苏安安的手。

苏安安看着苏二婶的手，再看看苏二婶沉着的脸，她直接一脚踹了过去，这一脚力道不轻，直接踢在苏二婶的小腹上。

苏二婶吃痛，不相信苏安安对自己下手：“苏安安，有你这么打自己长辈的吗？”

苏安安冷冷回道：“二婶，我告诉过你好几遍了，不要动我的男人。你们偏不听，一个个地当我是傻瓜，逼我把顾墨成让出来，真是做梦！就算想拆散我们夫妻，也请你带苏雅先去整个容。”

苏安安毫不留情，她不想再待下去，给的时间已经够多了，要是出去迟了，顾墨成可得生她的气了。

苏老太太也急了：“苏安安，你给我站住！”

苏安安充耳不闻，苏老太太直接破口大骂：“你这个野种，竟然不听我的话！我们苏家养了你这么多年，你一点都不知道感恩。站住，给我站住！”

她越骂，苏安安走得越快。

见苏安安走掉，苏老太太、苏二婶和苏紫菡只能跟上去。

可不能在苏雅和顾墨成在办事的时候，被苏安安搅黄了。这个苏安安的脾气越来越大了，顾墨成肯定不会喜欢这样的。

她们可不知道，苏安安的坏脾气都是顾墨成宠的。

苏安安走到用餐的包厢门口，包厢门上竟然被上了锁，里面传来声响，仔细一听有点不可描述。

这把锁是谁拿出来锁门的？苏安安要踹门进去。

苏二婶和苏老太太三个人着急地过来，在听到包厢里的动静后，高兴极了。

包厢里面的男人一定是顾墨成，就说没了苏安安，苏雅一定能成功勾引顾墨成。这顿晚饭过后，苏雅就是顾墨成的女人了。她们回家后，就要替雅雅准备嫁妆，让苏雅嫁到顾家去。以后在宁城，她们横着走都不怕。

苏紫菡更是高兴，她冷笑着看着苏安安，这以后苏安安没有了顾墨成这座靠山，还不被自己给欺负死了。

“安安，顾先生真是急不可耐。”苏紫菡笑着说。

苏安安瞪了苏紫菡一眼，她才不觉得这里面的男人是顾墨成。

“二婶，可不能让苏安安闯进去，打扰了顾先生的兴致！”苏紫菡笑着对一脸笑容的苏二婶说道。

她刚说完，扭头就瞥见了从走廊尽头走出来的男人，男人夹着烟，视线落在苏安安的身上。

“安安。”他看着苏安安，双眸不由自主地温柔起来。

苏安安听到熟悉的声音，侧过身子看到在抽烟的顾墨成，脸上露出了甜甜的笑容：“老公。”

顾墨成慢慢地走过来，走到苏安安的身边，自然地牵起她的手。

“在干吗？”顾墨成先出声问道。

除了苏安安，其他人看到突然出现的顾墨成都怔住了。

这是怎么回事？包厢里面的男人不是顾墨成吗？那是谁？

她们盯着顾墨成看了一会儿，跟着激动起来，特别是苏二婶，她的雅雅在跟其他男人……不，不可能！面前的顾墨成一定是假冒的。

苏二婶这么想着，可她还是慌乱地扯着包厢门上的锁，锁是铁链做的，怎么可能打得开。

苏二婶打电话把苏二叔叫出来买东西后，包厢里只剩下苏雅和顾墨成两个人。

苏雅握紧手中的酒杯，倒酒的时候，手不停地在颤抖。

她不能慌，一定要稳住了。过了今晚，她就能成为顾墨成的女人。想到自己躺在顾墨成的怀里，她的脸颊不由自主地泛红。

她是真的太爱顾墨成了，对顾墨成一见钟情后不能自拔。

苏安安是她的堂姐，一定能理解她的心情的。只要和顾墨成度过一个晚上，以后她做顾墨成的情人也愿意的。为了爱情，她愿意付出一切。

“顾先生。”苏雅站起身子走到了顾墨成身边。

顾墨成正用微信和苏安安聊着天，问她：那边怎么样？

苏安安说：等我十分钟。

顾墨成没有意见，坐在这里喝着红酒等苏安安。他晃动着杯子里的红酒，对身边的苏雅没有瞧一眼。

苏雅被晾着，笑容僵在嘴边；“顾先生，我知道你对我有误会。”她的目光落在顾墨成的脸上。

顾墨成俊美的侧脸让苏雅入迷，她真的没有见过比顾墨成更好看的男人，而且顾墨成有权有势。从他对苏安安很温柔这件事上，她就知道顾墨成是一个很完美的男人。如果苏紫菡当初找的是她替嫁到顾家多好。

“我从第一眼看到你，就很喜欢你。”苏雅慢慢地对顾墨成告白，说出心声，她的眼睛跟着红了，泪珠在眼眶里打滚，让人看着不由得想疼惜。

“你是我见过的最好的男人，我好后悔没有比安安早一步遇到你。”如果她比苏安安早一步，顾墨成现在宠的人一定是她。

“顾先生，我只能把对你的喜欢埋在心里，也祝福你和安安。”苏雅轻轻抽泣，将手中的酒杯递到顾墨成面前，“顾先生，看在我那么喜欢你的分上，喝了我这杯酒吧。以后，我不会再喜欢你，会默默地祝福你。”苏雅含泪说的话很动听，让人听着就觉得她很委屈，她需要男人的关心。

顾墨成喝着酒，没有看苏雅一眼，更没有接过苏雅的酒。

继续被顾墨成晾着，苏雅委屈地掉着眼泪，她哭着唤道：“顾先生，你能不能不要这么对我，我是真的很喜欢你。”

“喝了吧。”毫无感情的话从顾墨成嘴里蹦出来，苏雅一愣，她停止了抽泣，眼睛瞪大地看着顾墨成，“顾先生？”

顾墨成扭过头冷脸看着一脸泪痕的苏雅，“怎么，你在酒杯里下了毒啊？”

被顾墨成说中，苏雅紧张起来，她连忙摇头：“没，没有！”

“那就喝！”顾墨成阴沉着脸说道。

如果连苏雅这点伎俩都看不出来，那他不知道被人算计过多少次了。

顾墨成冷厉的眼神让苏雅害怕起来。她盯着杯子里的酒，不知道该怎么办。

“不喝是吗？”顾墨成冷声嘲笑，他抿了一口酒，“难道没有人跟你说过，我顾墨成不好惹？”

顾墨成话里的威胁意味苏雅听出来了。这杯酒是苏二婶为顾墨成准备的，她知道喝下去会变成什么样。她看看包厢关着的门，咬牙喝了下去。她喝完没一会儿，就感到全身无力发热。

顾墨成冷笑，站了起来。

“顾先生，你要去哪里？”苏雅连忙起身去追顾墨成，又无力地坐了回去。

“顾先生，不要丢下我。”苏雅柔柔地说。

走到门口的顾墨成停住了脚步：“你们算计我，你觉得你们会有好下场？”顾墨成的声音冰冷阴鸷。

要不是看在安安的分上，他这会儿怕是直接把喝了药的苏雅扔出包厢，任由外面的男人蹂躏了。他说完，走出了包厢。

苏雅看着顾墨成走掉，心里难受极了。她都这样子了，顾墨成怎么忍心把她丢下？

“顾先生你不要走，不要丢下我！我是真的好爱你。”苏雅躺在椅子上，喊着顾墨成的名字。

顾墨成出了包厢就在找苏安安，想带她回家。

一个男人急匆匆地朝这边走来，走近时顾墨成认出了他，他也认出了顾墨成。

“顾墨成。”慕瑾瑜走到顾墨成面前，他透过包厢的门缝看到里面有些不对劲的苏雅。

“你对苏雅做了什么？”慕瑾瑜气愤地以为是顾墨成做了什么，“你这样做对得起安安吗？”

不提苏安安还好，一提起苏安安，顾墨成就想到这个男人对安安的纠缠。他黑着脸看着一脸愤意的慕瑾瑜，语气淡淡道：“你不进去看看？她也算是你的妹妹，你关心关心妹妹不过分。”

慕瑾瑜恶狠狠地瞪了顾墨成一眼，骂道：“浑蛋！”然后他很气愤地走进包厢关心妹妹去了。

顾墨成看着进了包厢的慕瑾瑜，他从口袋里掏出了钱递给刚好走过来的服务员，看到包厢的门被锁上以后，他掏出烟去了洗手间。

慕瑾瑜这么喜欢关心苏雅这个妹妹，他就给一个机会让他好好地关心。

包厢里进行得火热，包厢外面的人看到顾墨成出现，一个个都怔住了。

“苏小姐。”顾墨成拉着苏安安的手，看着苏紫菡。

苏紫菡惊诧顾墨成叫自己，她不解地看着顾墨成，听到顾墨成淡淡地说：“慕少刚才来找你了。”

慕少？苏安安抬起头看着顾墨成。

顾墨成不会无缘无故地提起慕瑾瑜，苏安安看着砸门的苏二婶，问：“老公，包厢里的男人不会是……”

苏安安的话音刚落，一旁的苏紫菡发疯一样一把拽开在砸门的苏二婶。

“慕瑾瑜，你在干吗？你给我滚出来！”苏紫菡大声地叫嚷道。

回应苏紫菡的是包厢里传出来的大声叫唤。苏紫菡气得全身发颤，拼命拿自己的包砸包厢的门。

“浑蛋，苏雅这个浑蛋！”苏紫菡边砸边骂，恨不得冲进去立即把苏雅打死。

顾墨成拉着苏安安站在一边看戏，苏安安没有出声。本来苏紫菡是来看她的笑话的，现在却是她看苏紫菡的笑话了。

苏紫菡砸累了，慕瑾瑜和苏雅也完事了。

顾墨成示意在走廊上看戏的服务员过来开锁。其实他把门锁上，真的是多此一举，慕瑾瑜进去后压根就没想过出来。他把门锁上，还给慕瑾瑜找好了和苏雅欢好的借口。

门刚被打开，苏紫菡就愤怒地快步走进去，苏二婶和苏老太太跟在后面。

苏安安要进去看戏，被顾墨成拉住，顾墨成伸手把苏安安的双眼捂上，不让安安看到那些肮脏的画面。

苏紫菡冲进去，先看到苏雅，她扑上前拽住苏雅的头发，抬手就朝着她的脸上狠狠地扇了一巴掌："苏雅，你这个不要脸的浑蛋！"

苏雅本来就觉得委屈，猛地被苏紫菡打了，她顿时蒙了，眼泪啪啪直掉。

"紫菡姐姐。"她那眼泪让一旁的慕瑾瑜心疼，不管怎样，苏雅已经是他的女人了。

苏雅的眼泪让慕瑾瑜疼惜，但是让苏紫菡看得更是恼火，她刚准备再打，手就被被苏二婶一把拽住，苏二婶怎么容许其他人打自己的女儿！

"紫菡，你在干什么？"

苏二婶看着哭泣的苏雅，再看到苏雅脸上的掌印，怒声对苏紫菡说："你敢打雅雅！"

"她不要脸地勾引我老公，我怎么打不得？"苏紫菡生气道，她早该知道，苏雅这个浑蛋想勾引慕瑾瑜。

"我们家雅雅才看不上你老公，我看是你老公强迫了雅雅。这件事我们要报警。"苏二婶嚷道。

"好！"苏紫菡一口应下，"苏雅不要脸破坏我的家庭，我倒要看看她以后有没有脸活下去。"

苏紫菡势要把苏雅的名声搞臭。敢勾引慕瑾瑜，她不弄死苏雅才怪！

苏雅听到苏紫菡难听的话，哭得更委屈了，她抬头看着站在门口看戏的顾墨成。

顾墨成走了不说，还把慕瑾瑜放了进来，他就这么讨厌自己吗？

顾先生，我只是太爱你了，你为什么对我这么狠？苏雅含泪痴痴地看着顾墨成，心里这样想。

顾墨成眼神冷漠，他的手已经从苏安安的眼睛上移开。苏安安看到苏雅双眼凄凄地看着他，很不开心。

苏雅是在怪顾墨成？难道要顾墨成当这场戏的男主角她才满意？自己可没那么大方把自己老公送人。顾墨成是自己的老公，自己没打她已经很好了！

“老公，我们回家吧！”比起看戏，苏安安更想和顾墨成看场电影。

“好。”顾墨成扭头看苏安安，脸上露出笑意，他牵着苏安安的手转身往外走去。

转身时，刚好撞上买药回来的苏二叔。其实苏二叔早回来了，听到里面的吵闹声时，顿时怔住了，站在原地没有进包厢。

“二叔，我们先走了。”经过苏二叔身边时，苏安安说了一声。

苏二叔点点头：“今天的事……安安，真是对不起。”

今晚的事，从苏二婶打来电话把他叫出来，再听到包厢里的吵闹，他已然猜到发生了什么。

他是真的想请苏安安和顾墨成吃一顿饭，一是看看安安的老公，二是感谢顾墨成把他带出警局。他没想到事情发展成这样，他再也没有脸面对顾墨成和苏安安。

苏安安和顾墨成走后，包厢里的事还没完。

苏雅的眼泪让慕瑾瑜心软难受，是他害苏雅被打的，他伸手抱住哭泣的苏雅。

苏紫菡一看更冒火，抡起巴掌又要打向苏雅，苏二婶立马抓住苏紫菡的头发，苏二婶的力气比苏紫菡大，她抓得苏紫菡眼泪都痛出来了。

“放开我！”苏紫菡痛苦地叫出声。

苏二婶松开苏紫菡，挡在苏雅和慕瑾瑜面前：“苏紫菡，你再敢打雅雅一下！”

苏紫菡看看地上被苏二婶扯下来的头发，气得操起桌上的杯子直接砸向苏二婶，杯子砸到苏二婶脸上后掉在地上。苏二婶的怒火更甚，她上前朝着苏紫菡的脸打去。苏紫菡被打，不甘心地还手，两个人顿时扭打在一起。

苏老太太看得怔住了，不知道该帮谁。

“住手，都给我住手！”苏老太太上前想拉开苏紫菡和苏二婶，不知道谁一个巴掌打在了苏老太太的脸上，痛得老太太坐在地上哭了起来，“该死的，怎么打我这个老太婆！”

苏雅被慕瑾瑜搂在怀里，慕瑾瑜柔声安慰着她。

苏二叔阴沉着脸色站在门口，看着一团糟的包厢。

他早跟她们说过，不要打顾墨成的主意，那是安安的老公。她们一意孤行，听不进他的话，现在好了，真是活该！

包厢里的好戏引来不少人的围观，苏二叔铁青着脸，没有阻拦，转身离开了酒店，由着她们闹下去。

苏安安和顾墨成离开包厢后，两个人开车回去。他们没有被包厢里的事影响了自己的心情，不过苏安安好奇一件事。

“老公，苏雅到底是怎么回事？”

顾墨成淡淡道：“自食恶果。”

苏安安一愣，立马明白了。还真是这样！这招也太狠了，他还以为她们只是把她叫走，给苏雅和顾墨成制造一个独处的机会。

苏安安很相信顾墨成。她信顾墨成既然爱了，就一定只爱她一个人。

“老公，我爱你。”苏安安盯着顾墨成。

小丫头的话又成功地取悦了顾墨成，顾墨成轻笑出声：“我坐怀不乱，你怎么奖励我？”

顾墨成对苏安安说道：“你得补偿我，爱我一辈子。”

听着顾墨成的话，苏安安的眼里都是笑意：“我当然会爱你一辈子。”

Chapter 12

第十二章 我会护你一辈子

苏紫菡和苏二婶打到最后，警察来了，把苏紫菡和苏雅等人都带进了警局。

蒋媚接到苏紫菡的电话就赶到了警局，她以为是苏雅和顾墨成的事成了，苏安安发起火来和紫菡打到了警局。

来的时候蒋媚心情很好，然而到了警局，她没有看到苏安安，反而看到了坐在椅子上哭泣的苏雅还有她身边的慕瑾瑜。

“妈妈。”苏紫菡恨恨地瞪着苏雅和慕瑾瑜，她恨不得上前打死苏雅，可是她打不过苏二婶，委屈伤心地走到蒋媚身边。

她的声音让其他人注意到蒋媚来了。

苏二婶看到蒋媚，不由自主地后退一步，她打心底怕蒋媚这个女人。

“妈妈，你怎么才来，我快被二婶打死了！”

紫菡脸上的伤是被苏二婶打的？刚才的猜想是真的！蒋媚一怔，握紧了拳头，冷冷地看着走到自己面前的苏雅。

“大伯母，都是我的错，是我不好。”苏雅眼泪掉得更厉害了。

楚楚可怜的脸蛋看得苏紫菡恼火，苏紫菡过去要挥手打她，但是慕瑾瑜上前挡住了苏紫菡的一巴掌。

“你闹够没有？”慕瑾瑜冷声质问。

蒋媚的心一颤，以后她的女儿不会有好日子过了。比起苏紫菡的骄纵，男人都偏向柔弱爱哭的苏雅。

“紫菡。”蒋媚拦住再要动手的苏紫菡，她看着护着苏雅的慕瑾瑜，问道，“瑾瑜，你是谁的丈夫？”

蒋媚一针见血，慕瑾瑜猛地反应过来，他的妻子是苏紫菡，不是苏雅。

“你做了对不起紫菡的事，还不许紫菡发火吗？”蒋媚沉声说道。

她的话刚说完，苏雅哭着走到她的面前说：“大伯母、紫菡姐姐，对不起，都是我的错，你们打我吧，骂我吧。”

苏雅很懂得扮弱，她越是柔弱越是让慕瑾瑜愧疚心动。

苏紫菡看得一肚子火，恨不得上去把苏雅的脸扯烂！她要去打苏雅，蒋媚用劲地把她拉住，然后自己抬起手朝着苏雅的脸上打了过去，一个巴掌清脆地在警局响起，苏二婶的脸色立即变了。

苏雅捂着自己的脸，抽泣得更是厉害，一直同苏紫菡和蒋媚说着对不起。

慕瑾瑜着急地吼道：“妈，你……”

“瑾瑜，这件事我会和你父母说的。”蒋媚冷冷地说完后，拉着不愿意离开的苏紫菡走人。

听到蒋媚要跟慕劲夫妇说，慕瑾瑜慌了，他怕的不是自己的父母，而是慕老爷子。

蒋媚拉着苏紫菡出了警局，她们上了车，苏紫菡还愤怒地嚷着要打死苏雅。

“紫菡！”蒋媚冷声喝道，“你打死她，慕瑾瑜只会更恨你！到底是怎么回事？为什么她会和慕瑾瑜在一起？”

“是苏安安，一定是苏安安！”苏紫菡想都没想，直接给苏安安定了罪。

蒋媚皱了眉头，提醒道：“紫菡，你现在的敌人已经不是苏安安了。”苏安安虽然讨厌，但是她不会耍心计，对慕瑾瑜也没有兴趣。苏雅不一样，苏雅的手段比紫菡厉害，本来就厌恶苏紫菡的慕瑾瑜一定会偏向苏雅的。

以后，紫菡的日子不会好过了。

“妈妈，我以后该怎么办？”苏紫菡也知道她不是苏雅的对手，“为什么会变成这样？”她越说越伤心，哭出了声。

“紫菡，你要振作起来！”蒋媚安慰着苏紫菡。

苏紫菡摇摇头，扑到蒋媚的怀里哭得更是伤心。

这一个晚上，好好的一顿饭吃到最后，成了一场闹剧。

苏雅回到房间，在浴室里把自己里里外外清洗干净。在洗澡的她想到包厢里的场景，她的眼睛又红了，哭出了声。

苏雅想不明白，为了失去的清白，为了顾墨成，她一个晚上没有睡觉。

第二天，她起来没有化妆，顶着红肿的眼睛和憔悴的脸直接出了门。

苏二婶叫了离开的苏雅几声，苏雅没有理她。

苏雅打了出租车直接去了顾氏，从知道她喜欢的男人就是顾墨成后，她就不时地在顾氏门口晃荡。她设想过，要是顾墨成从顾氏里面出来，她可以故意撞过去，来个偶遇。或者看到顾墨成的车子后，不慎被他的车撞上。

各种的偶遇的场景在她心里盘算过无数遍，但是她连顾墨成的人影都没见到，更不知道顾墨成坐的是什么车子。

高高的顾氏大厦，让苏雅只得仰头看。她走进顾氏，惊讶顾氏大堂的辉煌富贵。不管是顾墨成的人，还是顾墨成的权势都吸引着她。

助理接到大堂的电话，说有位苏小姐来找顾墨成。助理有了上次的经历，不敢随意把姓苏的小姐领上楼。再说，上次苏安安来过顾氏，顾氏的员工都认得苏安安。

助理正打算替顾墨成拒绝掉，却听见一旁的顾墨成淡淡地说："让她进来。"

来的人是不是苏安安，顾墨成比谁都清楚。昨天晚上的戏虽然落幕了，但是这笔账他还没有算清楚。

苏雅跟着人上了顾氏顶楼，一路上她都震惊于顾氏大厦里的豪华，真的和传闻一样，顾家很有钱。

她进了顾墨成的办公室，看到了办公桌后坐着抽烟的顾墨成。

顾墨成三十一岁，举手投足间展现出来的成熟魅力是慕瑾瑜远远比不上的。苏雅一双眼睛痴痴地看着顾墨成。这样的男人，如果是她的多好！

她走向顾墨成，含着眼泪，柔柔地唤着顾墨成："顾先生。"

顾墨成抽着烟，冷冷地看着苏雅。他不是慕瑾瑜，看到一个女人就能发情。

顾墨成没有说话，苏雅先开了口："顾先生，我是真的很喜欢你，你昨晚为什么要那么对我？"

"我怎么对你了？"顾墨成反问。

作为一个有妇之夫，看到其他女人那样，他难道不该第一时间离开吗？

"我应该和你发生点什么？"顾墨成出声嘲讽。

这句话让苏雅红了脸，这是她心里期待的。

她没有回顾墨成的话，随即听到顾墨成冷声嘲笑："你配吗？"

厌恶的眼神，刺得苏雅心口阵阵地发痛。

苏雅的眼泪掉得更厉害了，她摇摇头，不明白；"为什么？我哪里比安安差了？你为什么要这么对我？"

“安安应该跟你说了，我是她老公，我们两个元旦要结婚了。”顾墨成沉着声音说，“你说喜欢我，有没有想过安安？”

“我想过。”苏雅撒了谎，她说，“可是我太喜欢你了，根本没法控制自己的心。”

“太喜欢了，所以算计我？”顾墨成冷冷地嘲讽。

苏雅摇头，委屈地抽泣着：“我没有！”

顾墨成抽了一口烟：“那你自己喝下的那杯酒算怎么回事？”

她喝的那杯酒是她准备递给顾墨成的，顾墨成知道有问题后才让她自己喝下去的。顾墨成打心底里看不起她，他站起身，抽着烟走到了她的面前。

被顾墨成说破所有的事，苏雅除了哭没有其他辩解。她抬起头看着走到自己面前的男人，俊美的脸映入她的眼里，让她的嘴角浮出笑容：“顾先生，我是真的爱你！我不介意做你的情人。你放心，我不会破坏你和安安的感情的。”

顾墨成嫌恶地看着苏雅，他转身，看向窗外：“有没有人告诉你得罪我的后果？”

苏雅一怔，顿时脸色惨白。

“我只是因为太爱你了。”她轻声地对顾墨成一遍遍强调。她没有错，错在自己太喜欢顾墨成了。

“慕瑾瑜是我送给你的第一份礼物。”顾墨成冷冷地说。

他就是要苏雅知道，他是故意把慕瑾瑜带进包厢的。

苏雅知道是一回事，从顾墨成嘴里知道又是另外一回事。她摇头不敢相信顾墨成的狠心。

“顾先生，你为什么要对我这么残忍？我哪里不如安安了?”苏雅忍不住大声质问。

顾墨成侧过脸，继续抽着烟：“你没有一处比得上安安。你再敢招惹安安，我绝对会送上更好的礼物。”

苏雅伤心地哭出声，顾墨成允许她进他的办公室，她以为自己还有点戏，但在听到他说这些话后，她明白了，他是专门把她叫来警告她、威胁她的。

“顾先生，你不能对我这么残忍！”苏雅哭着冲过去想抱住顾墨成。

顾墨成嫌恶地往旁边一让，苏雅重心不稳地摔在了地上。

苏雅砸在地上，鼻子涌出了血。她从地上爬起来，哭着伤心地看着自己爱慕的男人。

顾墨成真的好狠！

顾墨成已经走回了办公桌前，他拨了内线，让助理把保安请进来，保安进来后直接拖走了苏雅。

苏雅哭泣着唤着“顾先生，顾先生”。

女人的眼泪和痴情看得助理连连摇头，都快结婚的顾先生还是这么有魅力。

顾墨成注意到助理的唉声叹气，他斜眼看去，助理连忙露出了笑容。

“让你做的事办妥没有？”

“已经好了，先生。”助理说，“再过半个小时，整个宁城都会知道慕家少爷和自己妻子的妹妹耐不住寂寞，在包厢里翻云覆雨。就是包厢里没拍到照，只有警局里他们在一起的照片。”

顾墨成抽完手中的烟，冷声道：“以后会有的。”

慕瑾瑜和苏雅有了第一次，就会有第二次。苏家和慕家不乱，难解他心头之恨。

苏紫菡和苏雅一个晚上的时间从盟友变成了敌人。

苏安安对她们的互掐开心极了，以后她的耳根能清净不少了，起码苏紫菡不会盯着她不放了。

苏安安猜想着苏紫菡和苏雅两个争夺慕瑾瑜的大战里，应该是苏雅更厉害。苏紫菡脾气暴躁，又任性，一点都经不起激，她哪里是小白花苏雅的对手！

苏安安心情很好，她关掉手机里关于慕瑾瑜出轨的新闻，去教学楼上课。慕瑾瑜和苏雅的事一大早就传遍了整个宁城，警局里苏雅被慕瑾瑜搂在怀里的照片拍得一清二楚。

这下子，乱的不仅是苏家，还有慕家。

苏安安原以为她的生活会因为苏雅和慕瑾瑜的事安静下来，可是苏雅又找到她了。

在苏雅来找自己之前，苏安安已经接到了顾墨成助理的电话。助理说顾先生是绝对的好男人，一个女孩子哭得可怜兮兮地在地上说爱顾先生，顾先生看都没看就让保安把人丢了出去。

没有顾墨成的默许，助理哪里敢打电话给苏安安。

“和顾先生说声，顾夫人爱他。”苏安安笑着对助理说。

助理开的是免提，苏安安的话不需要他转达，顾墨成已经听见了。

因为苏安安的话，顾墨成心情更好了，他的嘴角不时地浮出暖暖的笑容。这让跟着顾墨成处事多年的助理觉得奇怪，顾先生什么时候变了一个人？

苏雅找顾墨成没成，就跑到学校里找苏安安。

苏雅和苏安安在同一所大学，她清楚苏安安每天的行踪，苏安安下午有空的时候，喜欢到学校附近的咖啡馆喝咖啡看书。

苏雅来的时候，苏安安正悠闲地喝着咖啡。

“是你，都是你！”苏雅跑到苏安安面前，开口的第一句话指责着苏安安。

苏安安抬起头看了一眼苏雅，继续看自己的书，苏雅和慕瑾瑜搞在一起，关她什么事。

“苏安安，是你害了我。”苏雅说话的时候哭了起来。

“是你自食恶果。”苏安安冷嘲，“我警告过你，不要打我老公的主意。你和慕瑾瑜搞在一起，关我们夫妻俩什么事？滚！”

“安安！”苏雅被苏安安骂得无话可说，站在苏安安面前就是不走，还哭得委屈，好像苏安安欺负了她一样。

看到哭得可怜的苏雅，苏安安觉得自己的看法没有错，苏雅的段位确实比苏紫菡高。苏紫菡以后惨了，这么一朵“可怜”的小白花，她可斗不过。

“安安，你为什么要害我？”苏雅突然哭着说。

苏安安抬起头。

苏雅的话不对劲，苏安安思索的时候，看到一个男人推门进来，他看到苏雅，大步走了过来。

怪不得苏雅突然质问起她来，原来是叫来了慕瑾瑜。她敢肯定苏雅跟慕瑾瑜说昨晚是她联合顾墨成，在算计苏雅，理由是，她想用苏雅留住顾墨成的心。

苏安安抿着嘴朝沉着脸过来的慕瑾瑜笑，慕瑾瑜看到苏安安的笑容，脸上的怒火顿时淡了下去。

在苏雅的抽泣声中，苏安安笑得甜甜的，对走来的慕瑾瑜唤道：“瑾瑜哥。”

慕瑾瑜本来是为苏雅来的，当看到苏安安的笑容时，他的眼里一下子只剩苏安安了。

“安安。”慕瑾瑜的声音忧伤起来，“你原谅我了？”

苏安安那声“瑾瑜哥”让慕瑾瑜回想起以往的事，他听着怎么可能不动容？

苏安安瞥了眼挂着眼泪的苏雅，笑了笑：“瑾瑜哥，你怎么和雅雅……”她故意话留一半，让慕瑾瑜听出她的欲言又止。

“安安，不是。我昨天担心你出事，是去找你的。”慕瑾瑜着急地解释。

“哦。”苏安安笑道，“我能出什么事？”

慕瑾瑜是知道苏雅和苏紫菡联手对付她的事的，他原本想赶过去英雄救美，结果苏安安没有找到，反而救了苏雅这朵小白花。

慕瑾瑜刚想回答苏安安的问题，苏雅的哭声响了几分，他反应过来，自己是来替苏雅出气的。苏雅打电话给他，说起了昨晚的始末。

“瑾瑜哥。”苏雅哭肿了双眸，神色憔悴，委屈地盯着慕瑾瑜。

慕瑾瑜看着苏雅的眼泪，心里柔软一片，他看着苏安安，正色道：“安安。”

苏安安端着面前的咖啡喝了一口，露出笑容，看着慕瑾瑜：“刚才雅雅跑过来说，是我想保住顾夫人的地位才害她，想把她送给顾墨成的。”苏安安说完，嘴角的笑容更浓，盯着慕瑾瑜的眼睛，问，“你信吗？”

慕瑾瑜没有回答，苏安安的先发制人让苏雅脸色发白。

事情没有按照她的设想发展，所有的主动权好像都掌控在苏安安手上。不该是这样的，她才是受害者，慕瑾瑜是来替她出气的！

“瑾瑜……”苏雅含着眼泪，后面的“哥”字还没出口，就听见苏安安说：“瑾瑜哥，你为什么和雅雅在一起啊？你让我好失望。”苏安安的眼眶也湿润了。

她的眼泪让慕瑾瑜着急起来，他本来对苏安安就存有幻想，越是得不到，他越想要。

“安安，不是你想的那样。”慕瑾瑜解释道。

“是雅雅勾引你的，对不对？”苏安安的故意歪曲气得苏雅握紧了拳头。

慕瑾瑜看看哭泣的苏雅，再看看含泪的苏安安，不知道该怎么抉择。

苏安安看着犹豫的慕瑾瑜，她抬起手腕看了一眼时间，陈叔快来学校接她了，她没时间陪慕瑾瑜和苏雅玩了。

“瑾瑜哥，我老公对她没有兴趣。”苏安安抽出桌上的纸巾抹去眼角的泪珠，对自己来说，掉一两颗眼泪有什么难的！

“她这种货色留给你慢慢玩吧。”苏安安站起身收拾好桌上的书，“顺道提醒你一句，你可不要厚此薄彼！紫菡姐姐的脾气可不好！雅雅再见！你哭多了眼睛会瞎的，顾先生就对你更没有兴趣了。瑾瑜哥，雅雅就送给你了，祝你们玩得愉快！”

苏安安说完赶紧溜，没给慕瑾瑜和苏雅回话的机会。

她走后，苏雅才反应过来不仅没让苏安安被慕瑾瑜骂，自己反而受了苏安安一顿羞辱。苏雅看着还在看她的背影的慕瑾瑜，眼泪掉得更厉害了。

慕瑾瑜听到哭出声的苏雅，收回了看苏安安的视线，他安慰着苏雅："雅雅，别哭了。"

"瑾瑜哥，真的是顾墨成为了得到我，安安才害我的。"苏雅哭着说，"可是，我不喜欢顾墨成。"苏雅哭泣着道，"还好最后你来了！"

想到和自己发生关系的男人不是顾墨成，苏雅哭得更伤心了。她顺势扑到了慕瑾瑜的怀里，哭着说："瑾瑜哥，从第一次见到你，我就喜欢上你了。可我不敢向你表白，只能站着你身后默默地看着你。"

男人都喜欢听好话，特别是听到苏雅说暗恋他多年，慕瑾瑜怎么会不感动！

"傻丫头！"慕瑾瑜搂着苏雅。

"瑾瑜哥，我知道你喜欢安安，我在你心里算不上什么。但是你偏袒她，我会伤心的。"

"雅雅，你误会安安了。"慕瑾瑜说，"这件事和你没有关系，也与安安无关。"

苏雅一愣。

慕瑾瑜继续说："是苏紫菡和蒋媚，她们想利用你破坏苏安安和顾墨成的关系。"慕瑾瑜说着伸手握住苏雅的手，"雅雅，昨晚的事我会负责的。"

负责？苏雅抿了一下嘴，慕瑾瑜要怎么对她负责？娶她进慕家的门吗？苏紫菡和蒋媚可不是吃素的！

"瑾瑜哥，我不能破坏你和紫菡姐姐的关系。昨晚的事我们就当作没有发生过。"苏雅故意这么说，从慕瑾瑜的怀里挣脱。

"雅雅。"不管苏紫菡同不同意，苏雅已经是他慕瑾瑜的女人了，他强行把苏雅抱在怀里。

苏雅是聪明的，她从慕瑾瑜的话里听出端倪。慕瑾瑜觉得昨晚她被害的事和苏安安无关，她再多说下去只能让慕瑾瑜也讨厌自己。顾墨成不要她，她又和慕瑾瑜有了关系。慕家虽然不如顾家，但是总比什么都捞不到的好。

比起苏紫菡的任性，苏雅的乖巧更让慕瑾瑜喜欢。知趣懂事的女人，他很喜欢。

两个人抱得起劲的时候，耳边突然传来苏紫菡愤怒的声音："狗男女！"

苏紫菡推开咖啡馆的门，看到苏雅和慕瑾瑜两个人不要脸地抱在一起。

苏紫菡的怒火直冲脑门，她拿起桌上的咖啡杯不管不顾地朝他们两个人砸过去。

昨晚还能说苏雅是被苏安安害的，那现在她和慕瑾瑜抱在一起又算什么？

她来得突然，砸东西又砸得猛，慕瑾瑜反应过来的时候，苏紫菡已经走到了他们面前，她扬起巴掌就朝着苏雅的脸上狠狠地扇了过去。

“不要脸的浑蛋，敢勾引我老公！”苏紫菡揪着苏雅的头发大骂道。

咖啡馆的宁静被苏紫菡大吵大闹的声音破坏了，店里的顾客和店员纷纷朝这边看过来。慕瑾瑜觉得丢脸，想拦着苏紫菡，见拦不住，便朝着苏紫菡的脸上打了一巴掌。

苏紫菡被打得更愤怒，她怒声骂道：“慕瑾瑜，你给我等着！这件事，你们慕家要给我一个交代。”

苏紫菡再不受慕家喜欢，也是慕家明媒正娶的老婆。慕瑾瑜出轨勾搭上她的堂妹，慕老爷子肯定厌烦慕瑾瑜出了这种事的。

苏紫菡走了，看戏的人也散了。顾客陆续回到自己的位置上，一个女人从一旁的隔间里走出来，她戴着鸭舌帽，冷笑地瞧了眼窗边的慕瑾瑜和苏雅。

还好安安没有跟慕瑾瑜这个男人结婚，不然真被他毁了。

出了咖啡馆，苏若初将自己的帽子取下来。她是来宁城大学看苏安安的，来了学校好几趟，知道安安喜欢来这家咖啡馆坐坐。像以往一样，苏若初坐在离苏安安较远的隔间里看着她。

苏雅来了，跟着慕瑾瑜也来了。

早上的新闻苏若初看到了。慕瑾瑜和苏雅勾搭在一起，苏若初去了吧台，打了一个电话到苏家去：“告诉苏二小姐，她的老公和她的妹妹在咖啡馆约会。”

苏若初回到原来的位置，当苏安安离开的时候，她坐下来看好戏。没有过多久，苏紫菡如她所料愤怒地冲进来打人。

帮安安稍微出了一口气，苏若初回到了自己的住处。她还是和以前一样，吃着从超市里买的泡面。她在何妈的对面住了快半个月，可还是没有看到想见的人。

夜色降临，睡着的苏若初被楼下汽车的汽笛声吵醒了，她猛地睁开眼睛，翻身下床，赤着脚走到了窗边。

车子停在何妈住的房子楼下，车里的人没有出来，然后她看到何妈急匆匆地从楼上跑下去。车窗降下去，何妈一脸笑容地和车里的人说话。

苏若初看着路灯下的这一幕，她的手颤了颤，心口在发痛。

是他，一定是他来了。

等了那么久，她终于等到他了。

苏若初看着何妈提着一堆东西上楼，嘴角抿起了笑容。

霍笙回到宁城后，开了车跑到这里给何妈送补品。上次他按照何安琪给的地址来过一次，开车离开的时候，他的眼皮突然一跳一跳的，好像有什么事要发生。他闭上眼睛。

苏家败落了，苏若初还是没有从国外回来。

他心烦意乱起来，车子突然一个急刹车，让后座坐着的他猛地向前倾去。

司机一脸惊慌地踩住刹车，他看着霍笙，慌张地说："先生，好像撞上人了！"

车子的大灯开着，车前倒了一个女人。

霍笙看着司机下了车，蹲身去查探女人的伤势。

霍笙突然间烦躁起来，觉得开着冷气的车厢闷热，他放下车窗，从兜里掏出了烟点燃，烟头微弱的亮光在车厢里忽明忽暗，外面传来司机的声音："先生，她晕了。把她送医院吗？"

霍笙没有说话，狠狠地抽着手中的烟，可是越抽越烦躁，越烦躁抽得越狠，才一会儿的工夫，香烟只剩下了一半。

"先生，这女的长得真漂亮，就是瘦了些！"司机扶起晕倒的女人说。

车灯下，女人被司机扶起，她的半张脸映入霍笙的眼底。

惊艳、漂亮，就同当初看到她第一眼时的感觉一样。

霍笙的手抖了抖，手中半截的香烟就这么掉在车垫上，他把烟捡起来，继续抽。

司机扶着女人开了车门。女人身上的香气突然闯入他的鼻间，一直钻到他的内心最深处。

霍笙没有扭头看身边的人，他盯着车前的玻璃，眼眶变得干涩难受，他狠狠地抽完手中的半支香烟，紧跟着又掏出一支。因为抽得猛，他被呛得眼眶通红，昏暗的车厢里，他拿着烟头的手颤抖着，又是狠狠地抽完，将烟头扔在窗外。

"开车。"霍笙的语气淡淡的。

他一直看着前方，没有勇气看身边的女人一眼。过了许久，发愣的他回过神了，他的手动了动，伸手在触到女人的衣服时，他吸了一口气。

这不是梦，是不是？

雪白的婚纱穿在苏安安的身上，让进来的顾墨成双眼一亮，特别是她裸露着的肩头又白又嫩，看着顾墨成眸色沉了沉。

他趁苏安安周末休息，抽了一天时间陪她选婚纱，拍婚纱照。

苏安安在镜子前看到顾墨成，欢喜地转身，抿嘴唤道："老公，你迟到了。"

早上出门的时候，顾墨成接到电话，要回顾氏一趟，让苏安安先去。苏安安在婚纱店挑中了想要的婚纱换上，顾墨成才到。

苏安安提着婚纱快步走向顾墨成，可是婚纱的裙摆太长，她没走几步就差点被绊倒。

顾墨成快步跑到她的面前，把她抱在怀里，责备道："你这么着急干什么？"

"怕你跑了。"苏安安笑着说，"我好不容易把你骗到手，煮熟的鸭子可不能飞了。"

"煮熟的鸭子？"听着苏安安对自己的描述，顾墨成勾起嘴角重复道。

苏安安朝他一笑，转移话题："老公，我身上的婚纱漂亮吗？"说完，苏安安从顾墨成的怀里出来，在他的面前转了一个圈。

没有比她更漂亮的新娘了。顾墨成笑得温暖，他刚想夸她，眸光落在裙摆里面，脸上的笑意散去。

苏安安察觉到顾墨成的脸色不对，她顺着顾墨成的视线看去……又忘记穿鞋子了。

"老公……"苏安安娇声唤道。

"鞋子呢？"

"鞋跟太高了，穿着不舒服。"苏安安撒娇。

"去穿上。"

"哦。"苏安安应着，转身走向鞋架区，紧接着她的身子被顾墨成从身后抱住。

顾墨成将苏安安横身抱在怀里，他拿小丫头没有办法。

苏安安幸福开心地笑起来，她的双手环住顾墨成的脖子，一双眼里只有顾墨成的脸。

"老公。"苏安安唤道。

顾墨成低下头看着盯着自己傻笑的苏安安："怎么了？"

“没事！”苏安安笑着说，“就是想叫叫你。”她就是觉得幸福，想抱着顾墨成不停地叫“老公”。

顾墨成将苏安安放到椅子上，他将旁边的高跟鞋递到苏安安面前。

苏安安跷起了脚，白皙的脚从裙摆里露出来，她得寸进尺地对顾墨成说：“老公，帮我穿！”

顾墨成看着笑容灿烂的苏安安，默默地将地上的鞋子捡起来，帮她穿上。

苏安安盯着蹲在地上帮她穿鞋的顾墨成，她笑着笑着，眼眶莫名地红了。

他是顾墨成，是顾氏的掌权者，却愿意跪在她的面前帮她穿鞋。这比起下跪求婚的仪式更让她感动。

“老公，你真好。”

顾墨成帮苏安安穿好鞋子，抬起头看到苏安安眼里含着眼泪。

“你能不能不要对我这么好？”

从来没有男人对她这么好，顾墨成是第一个，肯定也是最后一个。

顾墨成抬起手轻刮了刮苏安安的鼻尖：“傻丫头，我不对你好，对谁好？你是我的妻子。”

郑重的话从顾墨成口中说出来，苏安安的眼泪掉得更厉害了。她被人欺负不喜欢哭，也没怎么掉过眼泪，倒是被顾墨成的宠爱感动得掉了一次又一次眼泪。

“再这么下去我会成一个爱哭鬼的。”苏安安自我取笑道。

顾墨成笑笑，指腹落在苏安安的眼睛旁边，替她擦拭着眼泪。

苏安安扑到他的怀里：“老公，你那么好，一定会有很多女人想抢走你。”比如苏雅。

“所以呢？”顾墨成搂着苏安安笑着问。

“所以我也要对你很好。”苏安安坐起身子，快速亲了亲顾墨成的嘴。

突然的吻让顾墨成又喜又无奈，苏安安刚要后退，顾墨成把她搂到怀里，吻住了她。

“这种事，要男人主动！”顾墨成缓缓地说道。

“你不喜欢吗？”苏安安被顾墨成吻得脸红，反问道。

顾墨成笑笑：“喜欢。”他喜欢她吻他，喜欢和她在一起的感觉。

“安安，婚纱挑得怎样了？”顾老夫人的声音传进来，吓了苏安安一跳，她躲到了顾墨成的怀里。

顾老夫人看着苏安安露在外面的肩头，想歪了，她不好意思地说：“墨成，你得悠着点。”

苏安安看着顾墨成黑着的脸，扑哧笑出声。

顾墨成不悦地看着顾老夫人，老夫人以为自己打扰了他们的好事，说道：“你们先继续吧，等半个小时我再过来。”

“妈！”顾墨成站起身，理了理身上的衣服，“说吧，什么事？”

顾老夫人看出顾墨成不高兴，不敢惹恼他，笑着说：“昨天和你爸拟定了婚宴的名单，你和安安看看有没有需要补充的！”

“我们顾家请的人差不多了，就是安安你……”顾老夫人看着苏安安，没有把话说完。

苏安安知道顾老夫人的意思，苏家的人她就叫了苏二叔。

苏安安心里其实很犹豫，苏华怎么说都是她的父亲，不过苏华将她送到蒋家的事，还是令她原谅不了他。

“我妈妈在我出生没多久就去世了，姐姐也不知道在哪里。”苏安安有些难过，“至于其他人，我觉得没有必要邀请他们。”

苏安安看向顾墨成，顾墨成握住苏安安的手，看着顾老夫人说：“就按安安的意思吧。”

顾老夫人来的时候就猜到苏安安的决定了，她忍不住叹了一口气，心疼起苏安安来。

“安安，没事，以后你就是我们的女儿。”顾老夫人安慰道。

苏安安和她身世有些相像，总是被亲人刻薄冷落。

“谢谢妈妈。”苏安安回道。

问了宾客的事，顾老夫人转身离开了。

挑了一个早上的婚纱和礼服，下午是拍内景。拍好内景时，已经六点多了，苏安安全身疲惫，双脚酸痛，她坐在沙发上，看到顾墨成起身接着电话。

“不去。”

是萧彦打来的电话，请顾墨成去销金窟玩，被顾墨成一口拒绝。

萧彦纳闷，顾墨成有了女人后，简直是一个老婆奴。他要不就是去顾氏，要不就是陪老婆。

萧彦想再劝顾墨成，他的话还没有说出口，顾墨成就先把电话挂了。

“老公，谁的电话？”苏安安问。

“萧彦的。”顾墨成回道。

听到是萧彦，苏安安的脸拉了下来，她对滥情的男人没有半点好感：“老公，不要理他。”

“嗯。”顾墨成朝苏安安点点头，“听你的。”

苏安安朝顾墨成笑，问道：“他找你干什么？”

“请我去销金窟吃饭。”

“销金窟”三个字让苏安安一下子想起里面好喝的红酒，上次去的还是二楼，跟着萧彦可能能去顶楼，那里的红酒一定很好喝。

“老公，我觉得你拒绝了萧彦不太好。萧彦人虽然花心了点，但是那些女人都是主动黏上他的。你就这么一两个好朋友，今天拒绝他的饭局，以后可能都不叫你吃饭了。”苏安安拐着弯劝说着顾墨成去销金窟。

顾墨成看着突然改变主意的苏安安，抿嘴笑。

苏安安被顾墨成盯得心虚，她“呵呵”地笑着：“老公，你要是怕做了对不起我的事，我陪你一块去。”

“好！”顾墨成顿了顿，答应了。

苏安安咧嘴笑得更开心了，在顾墨成面前，她努力压制着心里的欢喜。

——红酒！销金窟的红酒，我来啦！

顾墨成掏出电话给萧彦打了电话，说自己半小时后到。

萧彦好奇顾墨成怎么突然间改变了主意，顾墨成可是一个说一不二的男人，什么时候见他在一件事上反反复复？这里面一定有猫腻！

婚纱店外，一辆车子从早上一直停到顾墨成和苏安安离开。

坐在车里的女人淡淡地看着顾墨成搂着苏安安出来，苏安安脸上幸福的笑容一下子闯到女人的心底，让她的心痛起来。

她手上拿着有关苏安安的资料，苏安安的家世，苏安安的爱好，苏安安读书的事都在上面。

“蒋小姐，还要跟着吗？”前面的司机扭头问蒋柔。

蒋柔摸着资料上苏安安笑靥如花的照片，然后抬起头看着离去的车子，冷冷地说：“跟着吧。”

知己知彼，她才能夺回顾墨成，不然，她又得被蒋老太太送到那个鬼地方了。

顾墨成带着苏安安到了销金窟。

这是苏安安第二次到这个地方，从顾墨成口中得知，销金窟是萧彦的地盘。萧彦为了方便自己寻欢作乐，在宁城最中心地带开了这家销金窟。

苏安安心里鄙夷着萧彦的作风，要不是为了这里好喝的红酒，她才不会让顾墨成来这里。

顾墨成带着苏安安直接上了顶楼，比起一楼的喧闹，顶楼安静极了，他们推开包厢的门，才感受到热闹的气氛。

萧彦左一个右一个地搂着美女，他看到顾墨成他们，自动地把跟在顾墨成身后的苏安安忽略掉了。

“墨成，今天我给你留了好货色。”萧彦笑着说。

他故意瞧了眼顾墨成身后的苏安安。顾墨成突然改变主意让他感到奇怪。顾墨成到了后，下面的人马上给他打了电话，说，顾先生带了一个女人过来。

女人？萧彦顿时清楚了，这女人是苏安安。

十年来，顾墨成身边没有女人，苏安安是第一个。这家伙，他还以为顾墨成良心发现，抛弃妻子过来陪兄弟喝酒。说到底，顾墨成是听了老婆的话才过来的，他还是一个妻奴。

“过去，像以前一样陪着顾先生。”萧彦笑着推了推身边的女人。

顾墨成脸色一沉，看出萧彦是故意的。

“老公，这是你的好朋友萧彦吗？”苏安安适时地出声，她走到顾墨成的身边伸手挽住他的手臂，对包厢里的女人宣示自己的主权。

萧彦装作现在才看到了苏安安，他“呀”了一声，说：“小嫂子也来了。真是对不起，我没有看见。墨成，你怎么把小嫂子给带来了？”他抿着笑意说。

顾墨成没有马上回萧彦的话，他拉着苏安安的手坐在沙发上。坐下来的苏安安一下子被茶几上放着的红酒吸引了。

“安安要来的。”顾墨成冷冷地说。

就是说他本来是不来的，是苏安安说想来他才来的？萧彦笑笑：“哦，小嫂子是怕二哥背着你偷腥。”

他的话音刚落，苏安安接过话：“他才不会。”

苏安安说完，看着萧彦端着红酒喝着，看得她嘴馋。

“我敬你一杯。”苏安安主动地拿起茶几上的高脚杯，倒起了红酒，对萧彦说道。

萧彦端着酒杯碰了苏安安的，他听到苏安安说：“祝你永远健康。”

健康？他第一次听到这样的祝福，这句话怎么听着怪怪的？他不健康吗？

苏安安尝了一口红酒，怎么没有上次在顾家喝的红酒味道好？萧彦这瓶红酒肯定不是最好的。

“好难喝的红酒。”苏安安故意嘲讽，“萧彦，你这里的红酒都这么难喝吗？”

被苏安安一刺激，萧彦不悦道：“小嫂子，我这里的酒可是宁城出了名的好。”

“哦，是吗？”苏安安反问道。

“去，把酒窖里的好酒拿出来招待顾先生和顾夫人。”

萧彦说完，他看着苏安安的双眼发亮，顿时觉得奇怪。他看向一旁温柔地看着苏安安的顾墨成，眼神示意：你老婆喜欢喝酒？

顾墨成知道苏安安嘴馋，来销金窟就是冲着萧彦的红酒来的，这点爱好，只要苏安安不喝多，他由着她。况且，喝醉的她很可爱！

红酒很快拿来了，是萧彦珍藏了多年的拉菲。

苏安安看到暗红的液体倒进酒杯里，闻到了红酒醇厚的香味，她不由自主地吞了吞口水。

一等侍从倒完酒，她端起来就要喝。

好酒！随即她又喝了一口。

萧彦看着苏安安一口接着一口的喝法，他一脸奇怪地看着顾墨成，照苏安安这种喝法，他这瓶红酒一会儿的工夫就得喝完。

萧彦后悔了，拿这么好的酒招待苏安安。

“安安。”顾墨成看着一下子喝完一杯红酒的苏安安，说：“少喝些。”

喝了酒的苏安安脸色发红，眼睛迷离起来，她看着顾墨成，柔柔地唤了一声：“老公。”

萧彦想，顾墨成是一个霸道的男人，他向来说一不二，而且他喜欢的是安静温顺的女人，应该不喜欢一个酒鬼。

哪知道顾墨成听到苏安安的一声“老公”后，改了主意，说道：“喝吧。”

萧彦瞪大了眼睛，怔怔地看着满眼温柔看着苏安安的顾墨成，竟然因为苏安安的一句“老公”就改了主意，允许苏安安喝酒。

“小嫂子这样喝会醉的。”萧彦心疼自己的红酒。

“没事。”顾墨成说，“我在。”

萧彦更愣了，顾墨成的潜台词是：苏安安想喝多少就喝多少，她醉了也没有关系。

“谢谢老公。”苏安安得到顾墨成的同意，开心地靠向顾墨成，然后亲了顾墨成一下。

一个吻让顾墨成的眼神更加温柔。

萧彦惊讶极了，他从来没有看到过顾墨成这么温柔地对一个女人。就是当初的蒋柔，也是很听顾墨成的话，而不是被顾墨成宠得肆无忌惮。这苏安安绝对是顾墨成的软肋。

苏安安开心极了，她直接拿起茶几上的大半瓶红酒，坐到一边喝了起来，还顺带拐走了萧彦的女伴，和她们边喝边玩骰子，让顾墨成和萧彦两个大男人聊天去。

没有女人搂在怀里，萧彦觉得浑身不自在。

“顾墨成，你这么宠下去，这丫头绝对能骑到你头上。”

顾墨成不以为然：“这样不好吗？”他喜欢宠着苏安安，而且是越来越喜欢，只要听到苏安安柔柔地唤着“老公”，任何条件，他都会答应。

这样好吗？

萧彦一愣，他“啧啧”两声：“你会把她宠坏的。”

顾墨成笑而不语，他端着红酒抿了一口，眼里是苏安安欢喜的笑脸。他要的就是把苏安安宠坏。

看到顾墨成的笑容，萧彦反应过来：“你是担心苏安安把你甩了？”这句话顾墨成不爱听，他的脸色立即沉下来。

萧彦没觉得自己说错了：“这丫头小你太多了。”

等到顾墨成六十多岁，苏安安才四十多岁。四十岁的女人可还是一枝花，六十岁的男人就是一个糟老头了。

“宠坏了，没有人敢要她！”萧彦笑着说了一句。

顾墨成没有回话，他的目光继续落在苏安安的身上，笑着说：“我喜欢宠着她。”宠着苏安安已经成了他的习惯。

萧彦听不下去了，顾墨成这么赤裸裸地在他面前秀恩爱，真让他妒忌！

“元旦我们结婚。”顾墨成突然说，“请柬明天让人送来。”

“你过来专程为了和我说这事？”

“对。”说话间，顾墨成又看向苏安安，顺带带安安来喝酒。

萧彦郁闷了，这顾墨成有了女人后，眼里就没他这个兄弟了。还有韩龙逸，也是差不多。不知道怎么回事，身边的人一个个都走了桃花运，就他一个单身汉。

不过萧彦心里仍然觉得做一个黄金单身汉好。

苏安安喝了不少的酒，想上洗手间，她过去和顾墨成说了一声。

销金窟是萧彦的地盘，苏安安独自离开顾墨成没有不放心的。

“去吧。”顾墨成说完，苏安安笑着吻了吻他的脸颊才离开。

萧彦看得想把自己的眼睛捂住，这两个人动不动就在他面前秀恩爱，真是受不了了。

萧彦看苏安安一时半会儿回不来，让人把包厢的音乐调低，他坐到了顾墨成的身边。

顾墨成看他神秘兮兮的，知道他有事要说，而且与自己有关。

“什么事？”

萧彦一笑：“顾墨成，问你一个问题。如果你的初恋和老婆同时掉进水里，你先救谁？”

这个问题，顾墨成看着萧彦：“你想说什么？”

“你先回答我！”萧彦很期待顾墨成的答应，不过据他的观察，顾墨成会选择后者。

“安安。”果真如萧彦预料的，顾墨成一口说出苏安安的名字，没有半点犹豫。

“可她不会游泳！”萧彦说道。

萧彦说的这个“她”是谁，顾墨成心里很清楚。

当初，顾墨成就是在水里救起了蒋柔，两个人经过那场意外，走到了一起。

“安安的水性不错。”萧彦提醒道，“我查过苏安安的资料，她高中的时候参加过一个游泳比赛，得了第一名。”

苏安安参加任何比赛，都是冲着钱去的，什么比赛有钱，她就去。苏华给的钱少，蒋媚又克扣她的生活费，所以她很早就靠自己的能力赚钱了。

“你选谁？”萧彦继续问道。

顾墨成一脸奇怪地看着萧彦，冷冷地说：“安安。”

“为什么？”萧彦不解地问，“都说了苏安安会游泳，你应该救不会游泳的那个。”

救初恋情人，这才有意思。萧彦就是看顾墨成太幸福，妒忌得心里不爽，想找点事让顾墨成和苏安安打架。

“我的妻子是苏安安。”顾墨成给的回答很直接。至于那个人，是过去式了。

“你太绝情了。”萧彦无语，说了半天，顾墨成怎么还是选择自己的老婆？“你们以前的感情很好，你还为了她差点和顾家闹翻。顾墨成，才十年你就把人忘记了。”萧彦故意刺激顾墨成。

顾墨成喝着红酒，冷冷地说道：“你不也说是‘以前’，我如果救了她，安安怎么想？”

不管安安会不会游泳，他第一个想到的人是自己的妻子。初恋掉进了水里，自然有别的人会去救。他救了初恋，安安就算没有受伤，可是她心里肯定不舒服。

苏安安不舒服，他会心痛！所以，他不想自己不开心。

听完顾墨成的话，萧彦只摇头：“该怎么说你好呢？又绝情又痴情。”

顾墨成不在意别人说什么，他只顺着自己的心走。

“顾墨成，我再问你一件事。”没有得到想要的答案，萧彦不死心。

男人不是都对自己的初恋忘不掉吗？一旦初恋出现，男人总会左右摇摆，会忘记妻子的好，转身去关心初恋，顾墨成怎么这么另类？

“如果蒋柔回来了，你怎么办？”萧彦笑着问道。

顾墨成瞧了眼萧彦，冷冷地说：“她回来和我有什么关系？”都过去十年了，她回来还能改变什么吗？

顾墨成的话让萧彦备受打击，也让萧彦觉得好没意思。

“她是你的初恋，你难忘的初恋啊！”萧彦恼了，“顾墨成，人家可是为了你和蒋老太太作对的。”

“萧彦，安安听到这些话会不开心的。”顾墨成冷冷地警告道。

他的意思很明显，别在苏安安面前提起蒋柔。他不在意，不代表苏安安听着心里不难受。

萧彦无语了，顾墨成一口一个“安安”，他实在听不下去了，再问顾墨成关于初恋的问题根本没啥意思。现在顾墨成心里就只有一个苏安安，蒋柔回来了也不能改变什么。真是可怜了蒋老太太大费周章把她找回来，可是顾墨成心里已经有人了。

萧彦不由自主地叹气：“蒋老太太的行踪很诡异。”

蒋家被顾墨成对付后，元气大损，已经败落下去。

在蒋家出事的第二天，蒋老太太就去顾家求顾臻了。顾臻和故去的蒋老太爷关系不错，本来应该看着蒋老太爷的分上给蒋家点面子，劝说顾墨成别下狠手的。没想到，顾臻连蒋老太太的面都没有见，直接让人把蒋老太太赶走了。

蒋家见没有人帮忙，蒋老太太举办的宴会又被顾老夫人和苏安安破坏了，无奈之下，蒋老太太只能应付着顾家的攻击。

不过萧彦查到，在蒋老太太被顾老夫人和苏安安气得住院的第二天，她不顾没有好全的身体去见了一个人。

这个人，萧彦很感兴趣。

蒋柔失踪了近十年，也不知道蒋老太太从哪里把她挖出来的。

萧彦本来想看戏，等着蒋柔出现在顾墨成面前，破坏他和苏安安的感情。刚才看到他对苏安安的宠爱，萧彦唯恐天下不乱地问了他一些问题，倒想看看他会不会因为蒋柔不要苏安安。

这一问，萧彦简直是自找没趣。

顾墨成这人太绝情了，对蒋柔这么心狠。

不过，等蒋柔出现在顾墨成面前，到时候看看顾墨成是不是能像他自己说的那样，护苏安安护到底。

萧彦想着，露出了笑容，心情变好，招手让陪苏安安玩骰子的女人坐回来陪自己。

“墨成，女人得多玩几个，才知道哪个最好。你这么快结婚，可不好。”

顾墨成冷眼看着在亲女人的萧彦，提醒道：“你这些话不要被安安听见，她会把你揍一顿。”

提到苏安安，顾墨成的嘴角就露出笑意，不需要再换女人，他已经确定了自己的心意。

“这么凶悍！”萧彦想到跟苏安安一起的傅芯。真是人以群分，那姓傅的女孩子和苏安安一样凶残。就是姓傅的比苏安安的命还惨些，在离开宁城的路上被人害得出了车祸，现在还下落不明。

“我还是喜欢温柔的女人。”萧彦说完，抱着怀里的女人。

顾墨成习惯了萧彦和女人一起，哪天萧彦钟情一个女人，那才叫稀奇！

他们喝着酒，包厢的门突然被推开，一个男人走进来一脸慌乱地对顾墨成说：“顾先生，夫人出事了。”

顾墨成顿时脸色大变，他将手中的杯子放下，起身跑出了门。

萧彦也变了脸，在他的地盘上苏安安竟然出了事！他连忙推开怀里的女人，站起身跟了出去。

苏安安喝了酒，但是她酒量不错，没有到喝醉的地步。她出了包厢后没有立即去洗手间，而是被楼下的音乐吸引了过去。

年纪还小的她实在不喜欢和顾墨成、萧彦在包厢里聊天唱歌。她还是喜欢一楼的氛围，看着一楼大厅里在尽情跳舞唱歌的年轻人，她开心地下楼。

下楼的时候，她想起了傅芯。

上次来销金窟，是傅芯拿着陆恒的卡进来的。她们还在大厅里把顾子铭耍了一顿，让顾子铭脱了外套和裤子，裸着上身在这里跳舞。

想到这事，苏安安念起傅芯。

这个小芯真是的，都过去半个月了，人不知道去哪儿了？

她给傅芯发微信，傅芯也没有回。要不是有陆恒护着，陆家那边也没有传出什么事，她都快以为傅芯出事了。不知道元旦自己结婚那天，傅芯能不能来参加她的婚礼。

唉，肯定是不行的。

傅芯是叛离陆家的，她要是回了宁城，不是又会被傅婉和陆洲抓住？走远了就别再回来了，不然就只能做个利益的牺牲品。

想着想着，苏安安又想起苏若初。

她和傅芯断了联系，姐姐也不知道跑到哪里去了。

苏安安心情郁闷起来，她走到大厅里，看着四周跳舞的人。音乐动感十足，苏安安不由自主地和她们跳起来，她把心里的想念都发泄出来。

自己的婚礼，傅芯和姐姐不来参加也没有关系，她们能平安幸福就好。

苏安安跳了一会儿觉得累了，她担心顾墨成找自己，决定上楼把顾墨成拉下来，让他陪自己跳舞。

不知道他跳起舞来是什么样子？

苏安安很期待顾墨成在这里跳舞的样子，肯定没有顾子铭跳得好看。顾墨成肯定只会跳那种老套得不行的交际舞。

苏安安抿着笑走出人群，她被闷得脸色发红，出来的时候没有看前面，和路过的人撞上。

舞池里音乐已经停了，大厅里换上了明亮的灯光。

苏安安从地上爬起来，顺便捡起地上的手机。有一双手伸过来，和苏安安白皙娇嫩的手放在一起简直是云泥之别，她的手干枯，还有裂痕。

苏安安抬起头，她看到一个女人正满怀歉意地看着她。

“对不起。”苏安安说道。

“没事。”女人笑笑，她将自己的手不好意思地藏到了身后。年轻就是好，不像她经历了那么多的苦，皮肤变得干枯。

苏安安拿了手机，想去洗手间，她没有注意到，撞上她的女人脸上的笑容变了。

在苏安安离开后，蒋柔伸出自己的手。这会儿舞池的灯光变了，但是她还是瞧到自己手上的裂痕。

蒋老太太说得对，在容貌上，她根本没法和苏安安比。她和苏安安之间，能让顾墨成在意的只有过去的情意，还有她这些年受的苦。

苏安安上完洗手间出来，去洗漱台上洗手，镜子里的自己因为喝酒和运动，脸颊泛着红晕，一双眸子晶莹剔透，很是漂亮。

苏安安用水拍了拍自己的手，突然间她感觉到自己的脚上有东西在爬。她低下头，看到一只黑色的东西从脚边溜走。她的心跟着提了上去，大声地尖叫着跑出了洗手间。她出来后，洗手间的门边又看见快速爬过的老鼠，她天不怕地不怕，却很怕老鼠。

她经不住这一吓，眼泪直接掉了出来，她大叫着跑离洗手间。

苏安安的行踪一直有人跟着，她是顾墨成的妻子，自然是萧彦的贵宾。来销金窟玩的人都是有头有脸的人，当中也有不好的人。

萧彦怕漂亮的苏安安被其他男人害了，所以让人保护着她。坏男人没有碰到，倒是让她看到了她生平最怕的老鼠。

苏安安大叫着跑开，萧彦的人以为她出了大事，连忙去和萧彦、顾墨成报告。

顾墨成急急地出了包厢，看到苏安安挂着眼泪跑向他。

“怎么了？”顾墨成担忧地问。

“有老鼠！”苏安安扑进顾墨成的怀里哭出声。

小时候在苏家，蒋媚把她关进储物间，储物间有老鼠，常把她吓得脸色发白、大喊大叫。后面，她为了克服对老鼠的恐惧，让傅芯找来小白鼠，可她试着碰了小白鼠后，当场就晕了过去。这件事，她身边的人都清楚。

站在顾墨成身后的萧彦一听，苏安安是因为瞧到了老鼠，才大哭大叫起来，他一愣，大笑出声。原以为苏安安敢撞顾墨成的车，让顾墨成服服帖帖的，肯定是什么都不怕，没有想到她怕这玩意儿。

“墨成，下次小嫂子不听话，你就用老鼠吓她。”萧彦提议道。

顾墨成扭头瞪着萧彦，安安已经怕成这样，萧彦还有心思说笑。“你这销金窟的卫生情况也不怎样。”顾墨成冷冷地说，“该打个电话给卫生局，让他们过来检查检查。”

“别！别！”萧彦连忙求情，“二哥，你行行好，销金窟一向很干净的。”

顾墨成看苏安安吓坏了，说：“安安，我们回家。”

“这么快就走？”萧彦好不容易请来了顾墨成，才聊了一会儿，顾墨成就要带着苏安安回去。

顾墨成瞪着萧彦：“她在这里被吓坏了，还留着做什么？销金窟应该早些关门。”

萧彦见顾墨成动了气，连忙讨好道：“二哥，你想要什么，说出来我送给你。”

萧彦很少开口叫顾墨成“二哥”，这一口一个地叫着“二哥”，根本就不能动摇顾墨成不原谅萧彦的心。

苏安安的心绪平静下来，她从顾墨成怀里出来，看着萧彦：“刚才的红酒，你得送我两瓶，不对，是五瓶。”她不客气地说道。

萧彦脸上的笑容一僵，那红酒，他总共珍藏了十瓶，之前请客已经开了两瓶，今天苏安安来又开了一瓶，还剩下七瓶。苏安安现在一开口就要五瓶，真的是在挖他的心。

“还不快拿来。”顾墨成帮着苏安安说道。

萧彦说：“二哥，小嫂子这么喝下去都成了酒鬼了。”他故意挑拨离间，想让顾墨成劝说苏安安别要红酒。

萧彦哪里知道，顾墨成现在就是宠妻的家伙，苏安安说什么他就做什么：“五瓶。”顾墨成冷冷地说，“一瓶都不能少。”说完，他搂着苏安安下了楼，离开销金窟。

萧彦的脸沉下来，他的心好痛。

顾墨成和苏安安拿了酒后，开着车离开销金窟，苏安安抱了一瓶红酒在怀里，开心到一下子就忘记刚才被老鼠惊吓的事了。

顾墨成扭头看了一眼身边笑着的苏安安，小丫头的忘性真大。

“不许一口气喝完。”顾墨成说道。

苏安安露出笑容看看顾墨成，控制不住自己的喜悦，给顾墨成的脸颊一个吻：“老公，谢谢你。”

顾墨成被她吻得心慌意乱，他稳住心神温声道：“以后我开车的时候，不许亲我。”不然他被她撩得心乱，连开车都不能专心。

“嗯嗯。”苏安安笑着应道，然后低头继续抱着酒瓶，就这样看着，她都很开心。

到了顾家，顾墨成直接打开车门把苏安安抱在怀里，苏安安要带座位上的红酒一起走。

“陈叔会帮你拿。”顾墨成说道，他等不及了。

苏安安不舍地看着红酒，伸手搂住顾墨成的脖子，她想到刚才被吓到的一幕，头往顾墨成的怀里钻：“老公，刚才我真的被吓到了，我最怕老鼠了。”

顾墨成低头看着她，知道她是真的怕了，不然不会哭叫起来。

“别怕。”顾墨成柔声说道，他抱着苏安安快步进了顾家，回了卧室。

因为喝了酒，苏安安的脸色发红，她漂亮的脸蛋让顾墨成看得失神。

“老公。”苏安安嘟嘴喃喃道。

“安安，我会护你一辈子。”顾墨成柔声说。

因为顾墨成的话，苏安安的心平静下来。她想主动去吻顾墨成，顾墨成先她一步吻住了她的嘴。

有了苏安安后，顾墨成觉得长夜不再寂寞漫长，他感觉到自己的心被苏安安填得很满很满。

苏安安和顾墨成十分甜蜜。另外的地方，另外的房间，却是冰冷异常。

带回苏若初后，霍笙一直看着床上昏睡的人。他不知道自己到底是怎样的情绪，惊喜还是恨意更多？

看着那张熟悉的脸，他很烦躁，很恼。他花了那么多的心思，终于等到了她，可是看着她这张脸，恨意又袭满胸口。

苏若初！

苏若初早已经醒了，她故意撞上霍笙，用一场车祸制造了重遇的事。

真看到了霍笙，她又不知道该怎么办。她只能暂且闭着眼睛，躲避着和霍笙的相处。不然醒来后，她该和霍笙说什么？

说很久不见？说她为了他疯了七年？

疯了这件事，苏若初不敢告诉霍笙。因为爱他，所以她不想被霍笙知道她的不堪。

“先生。”房间的门被推开，进来的助理对霍笙说话。

“什么事？”霍笙淡淡道。

从他带回苏若初后，他就一直在房间里待着。

“何小姐打来电话找你。”

霍笙看到助理手中的手机，他没有让助理把手机递进来，而是选择自己出去接电话。

“安琪。”声音温柔动听，床上的苏若初睁开了眼睛。

他和何安琪真的在一起了？他们结婚了？

苏若初不由自主地想着，何安琪，何妈的女儿，也是她从小一起到大的玩伴。真是讽刺，她们是闺密，也同时喜欢上同一个男人。

苏若初从床上下地，她赤着脚走到窗边。

七年来，在苏家顶楼，她只能通过窗户看向外面的世界。

不知道过了多久，门被推开，苏若初紧张起来，她不敢回过身去。脚步近了，她吸了一口气，扭过头：“阿笙！”

她嘴里的这两个字刚说完，对上霍笙的眼睛，他看她的眼神很复杂，不再是一种单纯的爱慕。

“闭嘴！”霍笙沉着声音吼道。

当苏若初这句“阿笙”脱口而出的时候，霍笙肯定了苏若初是故意撞上自己的车的。苏若初的聪慧，他七年前就见识过了。

“苏若初，你有什么资格叫我的名字？”

他伸手扼住苏若初的脖子。

七年，他恨了她七年！

要不是苏家，他的双腿不会废了。而她苏若初转身把他忘了，嫁到国外去了。确实，他一个穷小子，有什么资格配得上苏家大小姐。

霍笙眼里的恨意看得苏若初心惊，她以为他们多年不见，霍笙会把她抱在怀里，不是这样一把扼紧她的脖子，要把她掐死。

他不爱她了？还是七年过去了，他爱上了一直跟着她的何安琪？

霍笙看到苏若初泛着水雾的眸子，那一瞬间，他是真的想把她掐死，要不是她和苏家，他不会是现在的样子！

恨，他很透露苏若初！

霍笙双手一松，将苏若初推倒在地。

苏若初因为长年被关着，又吃着药，她的身体本来就不好，被霍笙一推，人重重地倒在地上，顿时身子四处感觉到痛意。

“阿笙！”苏若初的眼泪掉了下来。她费尽心机从苏家逃出来，又想尽办法地找到他，可是他对她却没了以前的疼惜。

七年过去了，他们的感情是回不到以前了吗？

“不许叫我的名字。”霍笙恼恨道，“苏若初，你真的让我好恨好恨！”

霍笙沉着脸，看着苏若初掉出的眼泪，那一颗颗的泪珠晶莹漂亮，将原本就绝色的苏若初衬得更加娇柔动人。

他的心因为她的眼泪发痛，当迈开脚步走向她的时候，双脚的不适让他一下子想起苏家对他的所作所为以及她对他的抛弃。

若不是年少无知，深深地爱着她，他的脚会瘸吗？这七年来他会夜夜被噩梦折腾，几次在生死边缘挣扎吗？

“我恨你！”冷冷的话从霍笙嘴里蹦出来。

清醒后的苏若初想过很多他们重遇的场景。他会是欢喜地抱着她，就算恨苏华拆散了他们，他也会高兴自己来找他。

“阿笙，我来了。”苏若初含着泪，她的视线落在霍笙的脚上。

刚才霍笙朝她走了几步，虽然只有几步，但是她看出他的脚不对劲。

一句“我来了”让霍笙觉得讽刺极了。

“你的脚？”苏若初问道。

他蹲下身，看着地上眼泪掉得更厉害的苏若初，手伸出来，当想抹去她脸上的眼泪时，心一狠，他的手直接捏着她的下巴。

“我的脚？”霍笙笑了，“被你的爸爸打断了。”

苏若初的心一颤。

阿笙不会想掐死她，阿笙不会阴冷地笑，她的阿笙去了哪里？

苏若初想得失神，霍笙狠狠地捏住她的脸颊：“我成了一个瘸子，这一切都是你苏家害的。”

苏若初想到了什么，忍着痛意问道：“苏氏被人打击，是你在背后设计的？”

这些年，苏氏确实经营不善，不是有心人在背后对付苏氏，苏氏是不会到今天的地步。

“是。”霍笙承认，“苏氏不完，你怎么会出现？”

霍笙笑着，冷眼看着苏若初，他认为苏若初找上自己，是因为苏氏被他逼得快完了。

看着霍笙眼底的恨意，苏若初的心被人撕扯般发痛。她看着眼前变得陌生的霍笙，淡淡地说：“你恨我？我来找你，没了任何意义。”

七年的疯癫，她费尽心思地找到他，现在对她来说，这一切都没有什么意义。

如果被霍笙这样恨着，她还不如继续被关在顶楼里疯着。

霍笙放轻了力道，指腹摸着苏若初的脸：“怎么会没有意义？苏若初，很有意义。”他笑着，温柔着声音说。

他说着站起了身子，看着地上的苏若初笑出了声。

霍笙也不知道该怎么对苏若初好？

他日日夜夜地想着怎么把她逼出来，然后呢？真看到人的时候，他不知道该怎么办。不过有一点他清楚，他七年来受的苦楚必须有人来承担。

苏若初从地上爬起来，她站在他的面前，眼眶湿润，没在掉泪，她朝门口走去，一步步地，当她的手接触到门把的时候，身后的他走来，将她的手拽住。

“你去哪儿？”

“你恨我。”苏若初看着他，淡淡地说道。

“你哪里都不许去。”霍笙严厉地说，他将苏若初推进屋内，自己快步地离开屋子，离去前，他丢下一句话，“苏若初，我所受的苦都是拜你所赐，所以，你不能走。你走了，我找谁去报复？”

他的心结又该怎么解开？

苏若初茫然地看着被关上的房门，屋子里的安静让她恐惧。七年来的独处让她习惯一个人蜷缩在角落寻找安全感。

霍笙说，他受的苦是她给的。那么她七年来所受的苦，又是谁造成的？

她的脑袋要爆炸开了，感觉到自己的不对劲，她想到韩龙逸教的，连忙喘息深呼吸，让自己平静下来。

她不能再疯了，她不能再做一个疯子。

未完待续

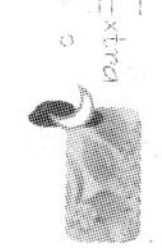

番外
人生若只如初见

（一）

可能是因为屋子被人装了防盗门，也可能是因为窗上还安装了铁栏，所以哪怕外面的阳光很炽烈，屋子里却依然阴凉昏暗。

女孩子坐在窗边的地上，她靠着墙壁，乌黑的长发遮住她大半张脸，看不清楚她的容貌，她低着头，双目痴痴地看着手心的照片。

照片上的男人戴着眼镜，抿着嘴角，满是笑意地对着镜头，他白皙的手搂着怀里的少女，仔细看，那眼镜下的双眸正渗透出一丝丝的温柔。

“阿笙。”女孩子的视线只落在他的面容上，不知道想到什么，指腹跟着轻轻地摸着他的面容，仿佛他就在眼前。

房门被人从外面打开。她抬起头，双目落在对面的白墙上，仿佛没有看到进来的人。

“阿笙。”她又唤了一声，再看她的容貌，才发现这个女孩子异常漂亮，虽然面色苍白了些，双眸涣散无神，但是也遮不住她倾城的容颜。而手里合照中的女孩子，就是她。

“苏若初！”

进来的女孩和苏若初的年纪相仿，她穿着漂亮的连衣裙，像一只蝴蝶招摇地飞到苏若初面前。见苏若初不搭理自己，只是低头看着照片上的男人，她勾起嘴角阴冷地笑——妈妈的药果然有用，把漂亮又聪明的苏若初变成了现在这个模样。

“阿笙。”苏若初沉浸在自己的世界里，根本没有看到她身边的何安琪。

“苏若初，你这个样子比以前顺眼多了。”

何安琪狰狞着笑脸，瞧见苏若初手里捏着的合照，她一把抢了过来。

照片上的男人俊美温和，女孩绝色耀眼，站在一起真是一对令人羡慕的金童玉女。不过他们再相配，如今也没有用了！

“阿笙！阿笙！”见照片被夺走，苏若初反应过来，站起身要去抢回何安琪手里的照片。

被关在屋里多日，又连日被喂下有损精神的药物，苏若初哪里是何安琪的对手。当她扑向何安琪时，何安琪侧开身子，顺带狠狠地朝着她的后背推过去。

这冷不防的一下，苏若初往前冲去，双脚被地上的东西绊住，整个人朝着前面的桌子撞去。

何安琪嘚瑟地站在那里，冷眼看着苏若初的额头撞上桌沿。

只听“嘭”的一声，苏若初的额头“炸开”，殷红的血迅速从裂开的伤口处渗出来，一点一点很快就染红了她漂亮的脸颊。

或许是痛了，苏若初有了些意识，抬起头看着最好的朋友一脸笑意地瞪着自己。

“苏若初，霍笙和你这辈子都没有可能！”何安琪咬牙切齿道，她将苏若初和霍笙的那张合照慢慢撕开。

“刺啦”一声，像一把锋利的刀子在苏若初胸口最柔软的地方一下一下地割着，痛得她呼吸重了起来，痛得她大口大口地呼吸起来。

看着何安琪手里的照片被撕碎后，散落在地上的各个角落，苏若初猛地想到些什么，“啊”地尖叫出来。

阿笙！她的阿笙在哪里？

何安琪看到苏若初发疯地尖叫，嘴角的笑容更浓，这么一个疯子还想和霍笙在一起，真是做梦！

“苏若初，你这个疯子！”她走过去，冷笑着看着叫喊的苏若初。

苏若初猛地扭头看她，那双混沌不见底的眸子突然间变得通红凶狠，她扑过去掐住何安琪的脖子，将何安琪推到墙壁上，力道在那一瞬间加重，再加重！

紧绷着全身的苏若初恨恨地瞪着慌乱害怕起来的何安琪，过去的事情一幕幕地在脑海里闪过。

阿笙，她的阿笙好像没了。

（二）

有些女孩是上帝的宠儿，美貌、智慧、家世全给了她。

苏若初就是这样的女孩，在学校里，她的容貌不知道吸引了多少男孩子的目光，身后更不知道有多少个人追着她。

也是这个缘故，她有骄傲的资本，那些男孩的追求她从来不放在眼里。直到有一天，有个少年走入她的心底，她的心里满满的全是他一个人。

喜欢一个人，只需一眼就够了。

因为漂亮，学习成绩又好，苏若初是一个心高气傲的人。

上学期的期末考试，她考了全校第二，第一名是一个叫霍笙的少年，她因此把他的名字记得很清楚。

后来有一次，她跟何安琪穿过学校的篮球场，何安琪指着场上帅气投球的男孩说，他就是霍笙。

霍笙！苏若初看到阳光下他温和的笑容，看到他清澈的双眸，心在那个瞬间加速跳动了。所以当他拿着情书站在自己面前的时候，她的心更乱了。

“拿着。”

情书嘛，苏若初从小收到大，都腻烦了。到了后来，她看都不会看一眼情书的内容，就直接扔进垃圾桶。

对于自己不喜欢的男孩子，她根本不需要给他们任何的机会。

而当霍笙把情书递过来的时候，苏若初竟然怔在那里愣愣地看着他。

平日里，霍笙是一个温和的少年，不管男女同学，他和他们说话都很温柔，唯独在苏若初面前。他淡漠的面容，清冷的双眸，无一不是在告诉苏若初——他不喜欢她。

偏偏，苏若初不知道什么时候对他动了心。

“谢谢。”苏若初红了脸，羞涩地接过霍笙手里的情书。原来他也是喜欢自己的，也不知道他在里面写了什么。

“别误会，不是我给的。”

霍笙冷淡的声音传来，像一盆冷水往苏若初的头顶浇下来，把她心里的欢喜全冲走了。

她疑惑地盯着霍笙。

或许是她的眼神太过专注，或许是她看他的眼神瞬间变冷了，他后面的话突然卡在喉咙里出不来。

他第一次注意到苏若初，是在很早很早以前。

明媚的阳光下，骑着自行车到学校的他看到一个漂亮的女孩从轿车里下来，甜美的笑容像当天的阳光一样毫无征兆地侵入他的心。

接着，他很快知道了她的名字。她是苏家千金，她就是那个能让全校男生躁动的苏若初。他和她，突然间成了两条平行线，让霍笙觉得不可能。

再喜欢，在不可能的情况下，霍笙也断了这种念头。

他安心学习，让自己全身心投入到学习当中，直到室友拜托他给苏若初送情书，他才第一次有了和她近距离接触的机会。

“你说什么？”坐过山车的感觉苏若初不喜欢，她不悦地问，“这情书不是你给的？”

成绩优异的苏若初在同龄人里无疑是优秀的，加上她很早就跟着苏华进苏氏学习，骨子里的骄傲在这个时候被霍笙毁了。

“你不会觉得是我送的情书吧？”霍笙反问道。

他可以对其他女孩子温和地说话，唯独眼前的苏若初，他不想温柔。

“苏大小姐，我对你没兴趣！”

他声音冷淡，眼里透露出的光淡淡地落在苏若初的身上，让她浑身不舒服，她甚至能感受到心里有丝丝的痛意。

“你不喜欢我？”苏若初抬起头，抿着嘴问。

霍笙比她高一个半头，她抬头能看到他坚毅的下巴，以及他那张好看的面容。他白色的T恤在阳光的照耀下仿佛闪着光。

苏若初从来没有觉得他这么好看，她往霍笙那边一步步走去。

霍笙看到走到身边的苏若初，眉头慢慢地皱紧，女孩子身上的沐浴露很香，香得他心跳加速，不得不别开头看别的地方。

“好！”

他听到苏若初又说了一个字，没等他反应过来，余光中看见少女踮起脚，朝着他的脸颊吻了过来。

不知怎的，霍笙低下头，双唇刚好覆上苏若初的唇。

那一瞬间，两个人的眼里只有对方，他们感觉到彼此唇上的柔软和香味，心也在树影下跳得越来越快。

苏若初没有想到事情进展得那么顺利，那个说对自己没有意思的霍笙，在那个吻后，竟然红透着脸，满目深情地看着她。

第二天，他挡住了追求她的男生，拉着她到僻静处，宣告他们的关系。

“苏若初，你要对我负责，昨天是我的初吻！”

遇到喜欢的人，苏若初才不要羞羞答答、扭扭捏捏的，霍笙不来找她，她也准备和他说清楚。既然要她对他负责，那么……

“好巧，我也是！”

苏若初看着笑着的霍笙，说：“以后，你就是我的男朋友，你不许对别人笑，更不许对别人温柔。”

她不是一个任性的女孩子，只有在喜欢的人面前才会把小女孩的矫情一点点地暴露出来。

（三）

和霍笙一起在图书馆温习完功课，趁着夜黑，他们手牵着手逛了大半个学校，苏若初才恋恋不舍地回到宿舍。

她和霍笙的恋爱低调地进行着，不愿被太多人知道，苏若初更不想马上传到苏华那边。

“若初！”

想着霍笙的苏若初回到宿舍，何安琪跑过来叫她。

苏若初扭过头看着拿着本子的何安琪，疑惑地问：“怎么了？”

“我倒想问你这两天怎么了，老是发呆、傻笑，叫了你半天也不回应。”

何安琪是苏家仆人何妈的女儿，两个人年纪相仿，一起长大。苏若初从来没有把何安琪当作仆人，一直觉得她是自己最好的朋友。

“没什么！”苏若初红着脸笑。

“谈恋爱了？”

何安琪既然问了，苏若初就不瞒她了：“嗯。”

“真的？”苏若初谈恋爱，何安琪顿时感到奇怪。

从小到大，追苏若初的男孩子很多，但苏若初从来没有看上过谁，也不知道是谁让苏若初动了心。

不过，比起打听苏若初的男朋友是谁，何安琪有更重要的事情要说。

“若初，你能不能帮我一个忙？”何安琪不好意思地说。

“什么？”

“我喜欢上了一个人，想请你帮忙写一封情书。”何安琪把本子放在苏若初的桌上。

她早就暗恋着一个人，但是没有勇气告白。最近听说他有了女朋友，何安琪着急起来，觉得自己不能再等了。说不定，对方也喜欢自己，就算不喜欢，她也得把他抢过来。

何安琪到底是一个脸皮薄的女孩子，让她开口表白，她说不出口，写出来的话文笔又不够好，不够吸引男孩子的注意。想来想去，她只能找苏若初。

“好啊。”苏若初没有犹豫，直接应下，在她看来，好朋友要表白，她一定要全力支持。

“谢谢你，若初。”

何安琪见苏若初答应了，很高兴。她转身回自己的床位，扭头看到苏若初把她的本子打开，开始写了。

灯光下，苏若初漂亮的侧脸映入何安琪的眼底，何安琪的双眸阴沉下来，连她自己都没有发现，她的眸子里不自觉地多了几分妒忌。

苏若初没有写过情书，要是以前的她，肯定就是抄些美好的句子，现在她谈了恋爱，把何安琪暗恋的男孩子当作霍笙来写，所以她很快就把情书写好了。

何安琪把情书拿过去，看到上面的句子，觉得明天的表白肯定能成功。她将情书折好放在枕头下，满怀信心地睡了。

第二天，何安琪刚准备去男生寝室那边找霍笙，一走出宿舍就看到了霍笙拿着书在等人。

宿舍外来来往往的人不多，何安琪觉得这是最好的机会。她伸手理了理自己的头发，露出自认为最美好的笑容走到霍笙面前。

“霍笙！”何安琪走过去，笑着唤道。

对霍笙表白的女生很多，所以当何安琪走到霍笙面前时，霍笙就已经看出何安琪对他的心思。

“霍笙，给你。”何安琪鼓起勇气把准备好的情书递过去，她笑着说，“我写了一个晚上，你……”

“我有女朋友了。”霍笙冷淡地说。

他自从和苏若初在一起后，不自觉地对喜欢自己的女孩子保持着距离。

何安琪知道霍笙有女朋友，所以没有在意，她正想说“自己不在意，可以等着他”，却看到他往宿舍门口走去了。

何安琪转过身子，扭头看到苏若初从宿舍台阶走下来，而台阶下的霍笙抬着头，满眼温柔地迎上去：“我买了你喜欢吃的那家包子。”

苏若初出现的时候，霍笙的眼睛不自觉地发亮，他的眼里只剩下她，她也是。她笑着接过他手中的包子，两个人结伴往另外一个方向去了。

何安琪站在那里，看着霍笙和苏若初离开，她怎么都没有想到霍笙的女朋友是苏若初，而苏若初的喜欢的人是霍笙！

她低头想到手中的情书是苏若初写的，想到情书里那些“恶心”的字眼，她的胸口涌出一阵又一阵的怒火。苏若初竟然瞒着自己和霍笙在一起！苏若初难道不知道自己也喜欢霍笙吗？

苏若初确实不知道。

“苏若初，你是故意在羞辱我吧！”

何安琪想到自己的妈妈在苏家做仆人，想到在高贵如公主的苏若初面前，自己也是一个卑微的下人，她的心在这一刻瞬间失去平衡。

凭什么好的都是苏若初的？凭什么连霍笙也成了苏若初的男朋友？

她不甘心，怎么能甘心！

（四）

和对的人在一起，做什么都是幸福的。

霍笙的家境一般，父亲早逝，他和霍妈妈相依为命。苏若初和他的情况差不多，不同的是，她的父亲苏华早早地娶了老婆回来，还给她生下了一个妹妹。

霍笙最在意的是霍妈妈，苏若初最在意的是妹妹苏安安。两个人在很多事情上想法也出奇一致，在一起后，非但没有荒废学业，反而在期末考试后，双双拿了奖学金。

恋爱的事，他们再想遮挡，但看彼此的眼神以及两人在图书馆或小树林牵手被学校里的人看到，久而久之，有人问苏若初是不是和霍笙在一起，她也大大方方地承认了。

霍笙那边，自从和苏若初确定关系后，就声明自己有了女朋友。

俊男美女，两个人又足够优秀，别人想挖墙脚也没有机会。但是有些人却觉得只要是自己看上的东西，就只能是自己的。

嘈杂凌乱的平房边，苏若初被四周的人围住。她穿着漂亮的长裙，背着大牌包包，脚下的板鞋在走进这个地方的时候已经沾上污水，这样的她和这里的一切显得格格不入。

这几天，霍笙没去学校。苏若初联系过他，但是他的手机关机，她去找了他宿舍的人，他们说他好像病了。听到这个消息，她着急起来，去学校那边找了他家的地址，开车赶了过来。

“我是来找霍笙的。”

被一群人看得很不自在，向来冷静的苏若初这会儿有些怕了，他们看她的眼神很是怪异，她像一个“怪物”闯入他们的圈子。

和他们有什么不同？是她穿得好了些，是她长得太过漂亮，还是她开来的那辆车是他们十年的工资都买不起的？

苏家在宁城不算顶尖，但是苏华对苏若初一直是精心养着的。这个女儿太漂亮，以后嫁入豪门是很简单的事情。

“霍笙啊！”周围的人听到苏若初是来找霍笙的，大声叫嚷道，“老霍家的，有女孩子来找了。”他们喊着，但是没有给苏若初让路。太过漂亮的女孩子到哪里都惹人注意。

“若初。”

霍笙的声音传来，苏若初看到他从人群外走进来，伸手拉着她就往外走。平日里待人温和的他在转身牵走苏若初的时候，脸色冷漠得吓人。

他不喜欢任何人欺负苏若初。

“不过找了一个漂亮有钱的女朋友，就给人摆架子。”那些围着苏若初的人看到霍笙不高兴，一个个讥讽道。

苏若初也感觉到霍笙握着自己的手很用力，她疑惑地问：“阿笙，怎么了？”

霍笙转身看着比橱窗里的娃娃还要漂亮的苏若初：“你怎么来这里了？”

和苏若初在一起后，他把自己最好的一面给了苏若初。那些阴暗的，比如他的家世，比如他住的地方，比如他骨子里的冷漠，他一一藏起来，他舍不得让心爱的女孩失望、难受。

“你还说呢，你都那么久不来找我了。你的病好些了吗？”她踮起脚去摸霍笙的额头，冰凉的手覆上来，霍笙整个人都僵住了，他双目怔怔地看着她，眼里只有她一个。

“是我妈病了。”

苏若初的手移开，霍笙才回过神来解释道。

“哦。”苏若初应了一声，她靠近霍笙柔声交待，“嗯，以后有什么事情都得和我说。”

他不在，她想他，很想他！

“好！”霍笙应下，他牵着苏若初的手往身后的门口走去。走进去时，苏若初突然意识到什么。她担心他跑过来找他，这里是他的家，那么家里除了他，还有霍妈妈。

想到自己是空手过来的，想到即将见到的霍妈妈，苏若初紧张得脸红

霍笙正帮苏若初倒了一杯水过来，看到她涨红的脸色，问：“怎么了？”

没等苏若初回答，里面传来了女人的咳嗽声：“阿笙。”

苏若初抬头看到一个女人从黑暗中走来，她的脸色很白，人也很瘦，但是五官很好看，霍笙的好样貌肯定多少遗传了她。

“阿笙，这是谁？”霍妈妈看到一个漂亮的女孩子在自己家里，疑惑地

看向霍笙。

霍笙握住苏若初的手，淡定道："我女朋友，苏若初！"

霍笙的回答安抚了害怕的苏若初，苏若初抬起头露出笑容，和霍妈妈打招呼："阿姨好。"

看到苏若初的时候，霍妈妈以为这是追霍笙的女孩子，没想到霍笙直接说是他的女朋友。

霍笙是怎样的人，霍妈妈比谁都清楚。

追他追到家里来的女孩子不是没有，但是他都把人赶出去，不像这个，他直接把人带回了家。

"你好。"

霍笙认可的人，霍妈妈当然喜欢。

不过她再打量苏若初，发现这女孩子不仅长得漂亮，身上的衣服、背着的包包，就连脚下的鞋看上去都贵得很。这个女孩子家世一定很好，虽然阿笙很优秀，但是门当户对……

霍妈妈不由得担心自己儿子和苏若初的未来。

"你要做晚饭了吗？我帮你。"

见霍笙端着盆子到外面洗菜，苏若初主动跟过去。

霍妈妈看上去很好，但是让她和霍妈妈单独相处，她还是全身不舒坦。霍笙知道她有些胆怯，没有把她丢在家里陪霍妈妈，笑着带她去外面的小厨房做晚饭。

两个人站在一起很相配，只是家世的悬殊让他们的感情不可能一帆风顺。

霍妈妈没想到苏若初做的菜很好吃，她看得出来，这个漂亮的女孩子很喜欢阿笙，身上没有大小姐的娇贵任性，也看得出来阿笙很在意她。

在吃饭过程中，霍妈妈侧面打听到苏若初的家境。苏若初走后，霍妈妈问霍笙："她的家世很好，她的爸爸会同意吗？阿笙，如果她爸爸要房和车，我们给不起。"

苏若初是很好，但是霍妈妈觉得阿笙该找一个门当户对的女孩子。比如，家世一般些的。

"我知道她家里很好。"霍笙坦然。

从一开始，他就知道苏若初的家境好，自己和她是两个世界的人。可当她站在他面前突然吻他的时候，他很确定，自己非她不娶。

"不过，我可以给她更好的。"他淡淡说，眼神从未有过的坚定。他坚定自己要娶苏若初，坚定能给她更好的生活。

“阿笙！”

霍妈妈仍然担忧，他们现在的生活很糟糕，怎么能和有钱的苏家比！

“妈，你不相信我？”霍笙反问。

霍妈妈知道自己的儿子是厉害的，但是在他和苏若初的事情上，她还是不那么赞成。

“我不会放弃若初，怎么都不会。”

如果没有和苏若初在一起过，霍笙或许会把这份念想放在心里，然后随着时间的推移淡忘掉。

但是他完全爱上她了，又怎么可能放弃。

霍妈妈的担忧是正常的，就算霍笙想尽办法赚钱，就算霍妈妈接受苏若初，苏家那边也是绝对不会同意的。

苏若初和霍笙在一起没多久，她就把这件事情告诉了何安琪。

何安琪笑着恭喜她。

苏若初想了想，让何安琪别把自己恋爱的事情告诉苏华。

学校的事情，苏华没空管她。他有新妻子，有苏紫菡，光是公司就够他忙的。所以，她和霍笙的事只要不传到家里，基本没有什么问题。

不是霍笙见不得人，而是苏若初心里清楚得很，霍笙的家世，苏华肯定看不上。苏华靠着她妈妈建立起苏氏，但是他从骨子里看不起没钱的人。

她和霍笙的事，最好在霍笙事业有成的时候被苏华知道。再不济，也要等到霍笙毕业。

只是苏若初没有想到，在她和霍笙没有准备的情况下，苏华就知道了他们的事情。对她很好的苏华得知她找了一个家境很差的霍笙，气得把她关了起来。

认定一个人是一辈子的事情，苏若初怎么可能屈服！

（五）

苏若初不知道自己是怎么回来的！她只记得自己和阿笙牵着手走在学校的小径上，阿笙高兴地告诉她，他接了一个项目，赚了房子首付的钱。

苏若初欢喜极了，她想着晚上去哪里吃饭，和阿笙庆祝一番。

当他们满怀信心展望未来时，苏华就这么毫无征兆地出现了。他冷着脸看着自己最在意的女儿和一个穿得很简单的男孩在一起，他上前直接甩了苏若初一巴掌。

那一巴掌把苏若初打蒙了。

霍笙上前一拳打在苏华的脸上。苏华是谁，霍笙不想知道，在他的眼里，谁都不能欺负苏若初，就算是她的爸爸也不能。

这一拳下去，苏华气得脸色铁青，直接让保镖把苏若初拉走带回苏家。

“我怎么会有你这么不要脸的女儿！”

到了苏家，苏华把苏若初关在房间里，让她好好反省。

在苏华看来，这个女儿是最好的，她的人生他必须精心策划，她一定会嫁得很好。可她竟然瞒着他和一个什么都不是的男人在一起，那种感觉直接撕裂了他的心，再想到霍笙打自己时冷漠阴沉的眼神，他决对不会同意他们在一起。

被关在房间里的苏若初手机被苏华收走了，她只得拼命地拍打房间的门。

“若初。”是何安琪。

苏若初的恋情被苏华发现，何安琪比谁都清楚原因，因为就是她告的密。

苏若初从她手里抢走霍笙，她恨得很。她不动声色地跟着苏若初，以苏若初好朋友的名义跟在霍笙身边，丝毫不提给他情书的事情。

但是，霍笙眼里只有苏若初，每当她刻意讨好他的时候，他就眼神冰凉地看着她，好像能看穿她喜欢他的心事。

霍笙这样的人，表面上看上去温和无害，骨子里却是冷漠无情的。

他和苏若初一起后，除了对苏若初温柔，没有再对任何一个女孩子温声说过话。

这种变化，只能说明他以前就是冷血无情的人，只是被那张完美的面具遮盖住了。

“安琪，是你吗？”苏若初听到是何安琪的声音，激动地问，“你能不能帮帮我？”

何安琪惦记着霍笙，但是她在苏若初面前从来没有说起过。苏若初心里只有霍笙，自然没有发觉她隐藏在深处的秘密。

“若初，霍笙打我电话了，他很担心你。”何安琪说，“他问你，愿意跟他走吗？”

霍笙是打过电话给何安琪，但是没有说过要带苏若初走之类的话。那一拳打在苏华的脸上，霍笙知道自己把事情搞得更加严重了，也知道苏华更厌恶自己了。这个时候，他不是逃避，而是面对。

他想来苏家，想见苏华。他不能保证现在就给苏若初很好的生活，但是再给他五年，他可以。

苏华是苏若初的父亲，他即使再婚，苏若初也是在意他的。苏若初在意的人，霍笙自然是在意的。所以对霍笙来说，努力赚钱，得到他的同意，才是最重要的。

“走？”苏若初愣了一下，她打心底里觉得这不像霍笙说的话。

这一走就是私奔。霍笙是要带着她和霍妈妈一起走，还是要扔下霍妈妈？

不过，苏若初没有怀疑何安琪的话：“霍妈妈也走吗？”

“嗯。”何安琪简单地应道，她没有过多解释为什么霍笙要这么做。在这个时候，不说比说更好，“你要是不愿意，我打电话告诉霍笙。若初，你如果跟着他走，先生会很伤心，你以后也会吃苦的。”

苏若初不怕吃苦，她也不觉得自己会吃苦。现在她也在外面找了兼职，赚的钱不多，但是能养活自己。而霍笙能把他们房子首付的钱赚到，那下一套房子的钱他也一定可以。摆在他们面前的问题，并不是钱。

不过霍笙要带她走，她想了想，应了下来：“好！”

“那今天晚上十二点，霍笙说在高速路口等你。等他们睡着后，我过来帮你开门。”

“好。”苏若初应道，“谢谢你，安琪！”

听到苏若初的“谢谢”，门外的何安琪勾起嘴角冷冷地笑了。

苏若初想和霍笙在一起，真是做梦！

她离开苏家，用同样的说辞和霍笙说了一遍。而且她还把苏若初在苏家的处境说得很严重，说苏华要把苏若初送人。

是的，有个姓郁的少爷看上了苏若初，来苏家向苏华提过，苏华也有把苏若初嫁给他的意思，但是事情并没有定下来。

到了霍笙这里，就是苏华卖女求荣，而他和苏若初不得不走。

霍笙马上买了车票，让霍妈妈先走。他等到十二点接到了苏若初，再一起会合。

当天晚上的雨很大，苏若初听到一直在敲打窗户的雨声，心里特别焦躁。她很慌，总觉得有事情要发生。

十一点，房间的门被打开，苏若初看到外面的何安琪。何安琪带着她偷偷下楼，到了正厅门口，何安琪给了她一把伞。她撑着它朝着苏家大门口走去，一步、两步……平日里五六分钟的路，这个时候不知道是不是风雨太大的缘故，她突然觉着这段路好长。